本书得到江西师范大学外国语言文学学科建设经费的资助

江西师范大学外国语言文学学术文库

约翰·德莱顿
讽刺诗学研究

李树春 著

中国社会科学出版社

图书在版编目(CIP)数据

约翰·德莱顿讽刺诗学研究／李树春著 . —北京：中国社会科学
出版社，2017.12

（江西师范大学外国语言文学学术文库）

ISBN 978-7-5203-1476-3

Ⅰ.①约…　Ⅱ.①李…　Ⅲ.①德莱顿–诗学–研究　Ⅳ.①I561.072

中国版本图书馆 CIP 数据核字（2017）第 280175 号

出 版 人	赵剑英
责任编辑	李庆红
责任校对	夏慧萍
责任印制	王 超

出　　版	中国社会科学出版社
社　　址	北京鼓楼西大街甲 158 号
邮　　编	100720
网　　址	http://www.csspw.cn
发 行 部	010-84083685
门 市 部	010-84029450
经　　销	新华书店及其他书店

印　　刷	北京明恒达印务有限公司
装　　订	廊坊市广阳区广增装订厂
版　　次	2017 年 12 月第 1 版
印　　次	2017 年 12 月第 1 次印刷

开　　本	710×1000 1/16
印　　张	21.5
插　　页	2
字　　数	320 千字
定　　价	89.00 元

凡购买中国社会科学出版社图书，如有质量问题请与本社营销中心联系调换
电话：010-84083683

谨以此书献给我的父亲李宗白，
是他鼓励我走上学术之路

目　　录

第一章

绪　　论

第一节　写作缘起

认识到西方古典文学中"讽刺诗"这一文类，始于拉丁语课程中对罗马诗人马歇尔（Martial，38—103）警句诗的翻译。马歇尔的警句诗短小隽永而谐智并生，循着这种戏谑多讽的传统，笔者进而接触到罗马文学中被称为"罗马讽刺诗（Roman satire）"的文类。罗马人认为"讽刺诗"完全是罗马人自己的创造，而没有受到希腊人的影响。随着对"罗马讽刺诗"认识的加深，笔者逐渐了解到罗马人引以为豪的这一诗类，实际上其起源并非那么单纯，而其实是众说纷纭。从公元前 2 世纪到公元 2 世纪，罗马人鲁克留斯、贺拉斯、帕修斯和尤文纳尔等是写作讽刺诗的重要诗人，这些罗马诗人所开创的"讽刺诗"传统对西方文学产生了持久而深远的影响。

对"罗马讽刺诗"进行校勘、评注和阐释的研究，自公元 4 世纪开始至今绵延千余年从未中断。"罗马讽刺诗"是西方古典学研究中的重要领域，并在今天西方高校的古典系课程设置中，"罗马讽刺诗"是一门常设课程。我国研究西方古典学的机构屈指可数，从事古典学研究的人员也很稀少，于是导致我国整体上对罗马文学的研究不足，而对"罗马讽刺诗"的研究，更鲜有人涉猎。2015 年年初，我开始在爱尔兰"都柏林圣三一大学"（Trinity College Dublin）古典系进行交流和学习，这对笔者的拉丁文语言学习和对西方古典语文的知识有较大提高；同时，笔者更深刻地认识到"罗马讽刺诗"对于整个西方文学传统所产生的深远影响。因为笔者一直从事英国文学的教学和研究，更能体会到"罗马讽刺诗"对于英国文学所产生的影响。逐渐地，循着这个脉络，笔者就转向了当下这个研究课题，即研究英国17世纪后半叶享有"桂冠诗人"称号的新古典主义文学大家德莱顿的讽刺诗学。

起初，虽然另外几位18世纪讽刺诗人如蒲伯（Alexander Pope，1688—1744）和约翰逊博士（Samuel Johnson，1709—1784）也都进入了我的研究视野，因为前者创作了包括《夺发记》（*The Rape of the Lock*，1712）和《群愚史诗》（*The Dunciad*，1728）在内的多首文学史上享有盛名的讽刺诗，后者亦创作有《伦敦》（*London*，1738）和《人类愿望的虚妄》（*The Vanity of Human Wishes*，1749）两首在英国文学史上享有举足轻重地位的讽刺诗体。① 但考虑到德莱顿的讽刺诗理论和创作对于英国讽刺诗发展所起到的重要转折作用，如他对讽刺诗所进行的史诗化努力，他的《麦克·弗雷克诺》（*MacFlecknoe*；*or, A Satyr upon the True-Blew-Protestant Poet*，*T. S.*，1682）所开创的"仿史诗"（Mock-heroic epic）传统等②，使得他本人在英国讽刺诗发展中具有承上启下的关键意义。

德莱顿对古典时代以来的诸多讽刺诗问题，如其起源问题等，进行过全面而深入的理论探讨，他的讽刺诗创作实践和理论对后世讽刺诗人和作家如蒲伯等产生过重要而直接的影响。于是，本书仅选取德莱顿作为研究对象，以对他的讽刺诗学进行研究作为主题，结合他的讽刺诗创作实践，对他的讽刺诗学进行细致阐释和深入讨论，揭示出

---

① 《伦敦》全诗263行，表达主人翁Thales欲离开伦敦城去威尔士生活的决定，该诗模仿尤文纳尔第三首讽刺诗，因为尤文纳尔在其第三首讽刺诗里表达了主人翁离开罗马城去库迈生活的相同主题；《人类愿望的虚妄》全诗368行，该诗重新回到尤文纳尔，模仿其第十首讽刺诗而作。

② "Mock"本意是"模仿"，以其构词"Mock-epic"或者"mock-heroic"用于描述一类模仿史诗风格的诗歌，其使用严肃、宏大而正式的元素去描述渺小细微、荒诞可笑的对象，在形式和内容、表面所指和实际所指之间造成一种嘲弄和滑稽的效果，从而对诗中人物和行动以及诗之所指的对象进行讽刺，如德莱顿的《麦克·弗雷克诺》和蒲伯的《群愚史诗》。

其讽刺诗学体系中为讽刺诗所开出的新面目和所提示的运作新机制，来理解德莱顿赋予讽刺诗不同于其前代讽刺诗学的理论旨趣，并观察此具有新鲜内涵的讽刺诗学与他的讽刺诗创作实践之间的呼应与沟通，从而进一步凸显他为革新讽刺诗学而进行的灵巧运思，以及他所进行的理论和实践努力对后来讽刺诗实践所产生的深远影响。

第二节　德莱顿简述

塞缪尔·约翰逊在他的《英国诗人传》（*Lives of the Most Eminent English Poets*，1779—1781）中介绍德莱顿时第一句话即先声夺人，他说"我将要描述一位伟大诗人的生活，他的名声所必定引起巨大的好奇，要求比我现在所能给予的描述以更丰富的呈现。"[1] 这种开头不是普通传记文章的写法，而更像是简·奥斯丁等 18 世纪小说家们写小说时所惯用的笔法，还可以隐隐觉察到荷马等史诗诗人运笔的影子。此文始句不仅是大学者约翰逊博士随手拈出的神来之笔，还是凝聚了他精心锤炼的才智（wit），其平淡的口吻与夸张的声势构成欲说还休的张力，先声夺人却又预留空白以引人一探究竟，对于介绍德莱顿这位以笔投身党派政治、宗教纷争，人生经历曲折而富于变化的诗人来说，这种开头最适合不过。

德莱顿出生于 1631 年 8 月 9 日，他的父亲是支持议会派的乡绅，但他自己却不是在严格的清教环境中长大。他的家资颇为殷实，故而能让他在威斯特敏斯特学校（Westminster School）上学，由鼎鼎大名的理查德·巴斯比博士（Dr. Richard Busby）负责他的教育，他的同学中有著名的政治哲学家约翰·洛克（John Locke，1632—1704）和诗人兼政治家的马修·普莱尔（Matthew Prior，1664—1721）。巴斯比博士的教育实践全面体现了英语中这句有名的教育谚语："Spare the

---

① Samuel Johnson, *Lives of the English Poets*, Vol. 1, London: J. M. Dent & Sons Ltd, 1941, p. 181.

rod, spoil the child"（省掉了棒子，惯坏了孩子），他以棍棒作为辅助教育手段，这让德莱顿在早年就奠定了很坚实的学问基础，尤其在古典语文方面。之后德莱顿又去剑桥三一学院学习，于 1654 年获得学士学位。他的诗歌创作始于他的学生时代，他为早逝的黑斯廷斯（Lord Hastings）写有哀歌，该诗带有浓厚的玄学派诗风。此外，他在学生时期还有一些其他的诗歌，其中为克伦威尔之死而写的《英雄诗节》（*Heroic Stanzas, On The Death Of Oliver Cromwell*, 1658），被认为是他的第一首成熟诗作。根据日记家皮普斯（Samuel Pepys, 1633—1703）的一条记载，德莱顿在剑桥时就享有诗名。

德莱顿在英国 17 世纪最后 40 年的文坛上是一位领导性人物——虽然不乏批评者①，以至于文学史家们习惯称这个世纪为"德莱顿的世纪"。德莱顿的文学创作领域很广，包括戏剧、批评、散文和诗体翻译以及大量各种形式的诗歌，并在这些领域获得不凡的成就。记述其生平的约翰逊博士曾感叹："可能没有一个国家能产生这样一位作者，他树立了如此多样的文学模范，并因此丰富了该国的语言。"② 从他的作品里，可以听到他对那个时代发生的许多事件所发出的各种声音——政治的、宗教的、哲学的、艺术的，等等。德莱顿不习惯于去表达个人体验，而更像是一位世界公民，对发生在他那个社会大家所共同关注的问题进行评论。③ 他真正的文学创作始于复辟时期，1660

---

① 厄尔卡纳·色托（Elkanah Settle, 1648—1724）曾写出了《摩洛哥女王》（*Empress of Morocco*, 1673），该剧当时大受欢迎，以至让德莱顿深感困扰，为之耿耿于怀良久。色托不但是德莱顿的竞争对手，也是他的有力批评者。然而色托去世后——德莱顿 20 余年才去世，他的墓志铭只有一句话，却是"这里躺着德莱顿的对手和反对者。"（Samuel Johnson, *Lives of the English Poets*, London：J. M. Dent & Sons Ltd, 1941, p. 206.）这则墓志铭也算是从侧面说明在这两人的竞争中，立碑者只得让色托落败，以借德莱顿之名来为色托作铭，最终让德莱顿占尽上风。另外，白金汉公爵（Duke of Buckingham）和罗切斯特公爵（Earl of Rochester）都宣称自己是德莱顿的敌人。

② Samuel Johnson, *Lives of the English Poets*, Vol. 1, London：J. M. Dent & Sons Ltd, 1941, p. 181.

③ M. H. Abrams, *The Norton Anthology of English Literature*, New York：W. W. Norton & Company, Inc., 1975, p. 856.

年，他为欢迎查理二世（Charles II, 1630—1685）的归来写出了《正义归来》（*Astraea Redux*, 1660），该诗成为他歌颂或捍卫王室所写的一系列诗歌中的第一首。复辟之后，伦敦的剧场重新开张，这激起了他创作戏剧的浓厚兴趣，也有人认为他创作戏剧仅仅是为了谋生，因为他自己也常常抱怨入不敷出，约翰逊博士支持这一看法，认为德莱顿写作戏剧是为了从中获得收入——尽管当时现实是，通过创作戏剧所得的收入很低。① 德莱顿创作了他的第一部以散文体写作的喜剧《不羁的公子哥》（*The Wild Gallant*, 1663），② 由"国王剧团"（King's Company）搬演，但是首演并没有在观众中引起反响，皮普斯在日记里对其评价说："so poor a thing as ever I saw in my life..."（我此生中所见的如此糟糕的一个东西。）德莱顿对该剧进行修改，于1667年将其重新搬上舞台，这次表演比首演成功。德莱顿致力于讨好皇室的努力让他终于获得回报：1668年，他接替威廉·达夫南特爵士（Sir William Davenant, 1606—1668）被查理二世任命为"桂冠诗人"，每年领取一百镑的薪俸和一桶酒。两年后，他又被任命为"皇家史撰家"（Historiographer Royal），这让他的年俸达到了两百镑。

在交叉创作戏剧和诗歌几年后，德莱顿开始专门以写作戏剧为主，从1667年到1680年这段长达12年的时间里，他一共创作了28部剧本，其中有他同罗伯特·霍华德爵士（Sir Robert Howard, 1626—1698）合作创作的剧本《印第安女王》（*Indian Queen*, 1664）——他娶了后者的妹妹。从整体上看，德莱顿创作戏剧的时间超过了30年，如果考察他同舞台的关系，包括他为戏剧而写的前言和后记，他实际上从没有离开过戏剧舞台，直到他于1700年去世。德莱顿虽然未曾真正热爱过戏剧创作，但是他对文学的态度公认是认真而诚挚的。他持续不断地讨

---

① "1663年，他32岁，他开始成为舞台作家。毫无疑问，他是因为生活所迫，因为他从来没有喜欢过他的这份天赋，或者他对自己的戏剧感到过满意。"（Samuel Johnson, *Lives of the English Poets*, Vol. 1, London: J. M. Dent & Sons Ltd, 1941, p. 183.）但是复辟后的剧院观众很少，所以剧作家能拿到的报酬也很少。

② 开始的这部喜剧并不成功，他不得不将其收回并进行修改，今天所见到的这个剧本是他几经修改后才比较完善的样子。

论、研究文学中的各种问题，包括同其他人就文学中的问题而进行的争论和交锋，包括戏剧创作问题。《论戏剧诗》是他重要的批评文章，他的诗学思想于其中也体现得更为全面。德莱顿研究过古希腊、罗马戏剧家们的作品，也对文艺复兴时期的戏剧和同时代法国的戏剧都有深入的考察——他对莎士比亚的批评更被后人视为莎士比亚批评的典范之作，约翰逊博士对此称："（他）对于莎士比亚的批评可以作为赞誉性批评的模范而长存。精确而不嫌细琐，崇高而不觉夸张。"① 但是莎士比亚的时代已经过去，经过动荡变化的英国社会，其观众的欣赏趣味已经发生改变，时代需要新的戏剧形式。作为一位着重迎合观众趣味而不引导观众趣味的剧作家，德莱顿对前人剧作和法国戏剧的研究是为了寻找创作新戏剧的理论原则，而且他的批评理论也总是在支持和指导着他自己的创作潜力。②

虽然德莱顿在他的时代影响很大，但人们并没有把他看作是一位伟大的剧作家。他常匆匆写成作品，却从不会去再做修改。同时代人对他剧作的粗糙多有批评，而他也常常以时间不够为借口为自己辩解。他也不时翻作前人旧剧，比如莎士比亚的多部剧作，因而引来"剽窃"（plagiarism）之名。他曾花费大量精力创作英雄悲剧，并坚持要求在英雄剧中用韵，像法国悲剧那样，认为这是为了制造好的听觉效果，③ 并先后创作了《印第安女王》（*Indian Queen*，1665）、《印

---

① Samuel Johnson, *Lives of the English Poets*, Vol. 1, London: J. M. Dent & Sons Ltd, 1941, p. 226.

② M. H. Abrams, *The Norton Anthology of English Literature*, New York: W. W. Norton & Company, Inc., 1975, p. 857.

③ 他曾经将弥尔顿的《失乐园》改写成押韵的歌剧，准备搬上舞台演出。但是弥尔顿在《失乐园》中也曾为"无韵的英国诗"辩护，马维尔还讽刺过德莱顿的用韵要求。德莱顿后来又主动彻底放弃使用押韵，这与其前期不顾反对、大力鼓吹用韵的观点和实践不一致（Inconstancy），也引来人们对他的非议。但许多学者也倾向于认为这是德莱顿思想具有活力的一种表现。另一方面，德莱顿虽然在他后期的两部戏剧《奥朗·泽布》（*Aureng-Zebe*，1675）和《一切为了爱》（*All for Love*，1677）中没有使用双行韵体，而是使用了无韵体，他自己对此解释说："Not that I condemn my former way, but that this is more proper to my present purpose."（Essays I, p. 200.）

第安皇帝》（*Indian Emperor*，1667）等押韵的悲剧。在他的英雄剧中，比较著名的是长达十幕的大型戏剧《格拉纳达的征服》（*The Conquest of Granada*，1672），这是英语文学中一部获得了巨大成功的英雄戏剧。① 在该剧中，他成功地塑造了英雄人物阿尔曼佐（Almanzor），一位超越法则和禁忌，行走世界和统治世界的人物。他的另一部有名悲剧《一切为了爱》（*All for Love*，1677），是在安东尼和克里奥佩特拉的爱情故事基础上创作的，这部剧一改其先前用韵的做法而以无韵体创作——这又被看作是他富于变化的一个证据。德莱顿本人极为重视这部悲剧，甚至说这是他唯一的一部为自己写作的戏剧。② 这部剧从表面上看，与其说是在模仿莎士比亚，而就其实际的创作方法和表达的思想来看，他的创作倒更像是同莎士比亚在竞争——这也可能是他不太愿意承认自己是在剽窃别人剧作的原因。

　　"光荣革命"（The Glorious Revolution，1688）之后，改宗天主教的德莱顿失去了他"桂冠诗人"的称号，该荣誉被他的老对头托马斯·沙德维尔（Thomas Shadwell，1642—1692）接替。已过耳顺之年的德莱顿为了补贴家用，只好重操旧业又开始为剧院写作剧本。在他去世前，他在这一期间完成了 4 部戏剧的创作。当它最后一部戏剧《爱之凯旋》（*Love Triumphant*，1694）遭到了失败后，他又把精力转向了对古代作品的翻译，主要是对古罗马作家作品的翻译。出于对于古典作家及其作品的敬仰，以及致力于通过翻译古代的伟大作品来提高本国文学的愿望，使得翻译古典作品成为当时许多英国作家都乐于进行的一项工作，所以翻译这项活动在客观上推动和提高了英国文学

---

　　① 白金汉公爵（George Villiers，Duke of Buckingham，1628—1687）匿名写了《排练》（*The Rehearsal*，1671）一剧对德莱顿的这部英雄剧进行了攻击，而且其中许多攻击因为非常具有针对性而使其讽刺有力。但事实上，该剧在当时非常成功，受到观众和批评界的好评，乔治·赛恩茨贝利（George Saintsbury，1845—1933）半调侃地说，"如果你还没有选择去尝试英雄的游戏，那么站起来欢迎它；如果你已经尝试过这种游戏，那么你的游戏不可能比他的更精彩"。（G. Saintsbury，*John Dryden*，London：T. Fisher Unwin Ltd.，1904，p. 22.）

　　② M. H. Abrams，*The Norton Anthology of English Literature*，New York：W. W. Norton & Company，Inc.，1975，p. 857.

本身：拉丁翻译培育了英国人，正如希腊翻译培育了罗马人一样。
1693 年，他翻译的五首尤文纳尔的讽刺诗及全部帕修斯的六首讽刺诗
出版①；1697 年，他翻译的插图版维吉尔作品出版；在他去世前两个
月，他的《古今故事集》（*Fables, Ancient and Modern*，1700）出版，
里面收录有他对奥维德、薄伽丘和乔叟等人作品的精彩翻译，该作品
集同时也展现了他对于英语语言的运用。他使用现代英语语言将古代
作家的作品进行了精彩的重现。同其他的戏剧和诗歌一道，他的散文
为英国散文树立起了典范，让英语表达更加简明，为下一个世纪散文
的发展奠定了基础。

第三节　德莱顿的研究史

　　在 17 世纪的英国文学史上，德莱顿无疑是继弥尔顿（John
Milton，1608—1674）之后最重要的文学家。他虽然同弥尔顿一样家
境不凡，但其却是专以文为生。西方学术界尤其英语世界对于德莱顿
的研究历史很早就已经开始，如果从约翰逊博士对他的评论开始，已
经有两百余年。要是把德莱顿与同时代作家们就某些文学问题所展开
的争论和同时代人对他文学创作所表达的意见也看作是对他的研究的
话，这个研究史的时间又得前推近百年。18 世纪以来，对其发表批评
见解的著名文学理论家有 F. R. 利维斯、艾略特和新批评的理论家如
维姆萨特和布鲁克斯等人，而其他人的批评研究文章更是多不胜数。
德莱顿的研究者们对他的研究深入而广泛，而且他们尤其重视研究德
莱顿的讽刺诗，这是因为德莱顿的文学名声很大程度上得益于其讽刺
诗的影响。然而令人遗憾的是，批评家们却基于某些理由没能足够重
视他关于讽刺诗的重要批评文章《关于讽刺诗的起源与发展》（*Dis-
course Concerning the Original and Progress of Satire*，1692），对于一位以
讽刺诗的写作闻名于世并对讽刺诗展开过理论批评的作家而言，这种

---

①　分别是尤文纳尔的第 1、3、6、10、16 首讽刺诗。

不对称的研究所造成的后果不仅仅是一种情感上的遗憾，更是一种研究上的缺失和不足。该文是德莱顿为出版自己所翻译的尤文纳尔和帕修斯的讽刺诗诗集而写的序言，是迄至德莱顿的时代关于讽刺诗最为系统和广泛的理论文章，德莱顿在该文里分析讽刺诗复杂起源、条述讽刺诗发展、评点今古讽刺诗之长短、批评比较不同讽刺诗人、沟通讽刺诗与其他诗体尤其是英雄史诗之间的关系等，故这篇文章对于研究德莱顿的讽刺诗文学创作有重要作用，又由于该文构成了德莱顿讽刺诗学思想来源的主体部分，所以它对于理解和研究德莱顿的讽刺诗学有着非常重要的地位和作用。因此，可以肯定地说，要讨论德莱顿的讽刺诗学，不得不从他的这篇文章开始；另外，要更好地理解和阐释德莱顿本人创作的讽刺诗及受其影响的 18 世纪讽刺诗，也需要从这篇文章里获得更多的诗学线索和理论启示。从历史性角度来看讽刺诗的理论发展，这篇文章还有更重要的学术意义，即它在讽刺诗学史上较之以前是一篇更为大型而完备的批评理论文章。总之，《关于讽刺诗的起源与发展》不单对德莱顿本人的讽刺诗学有重要意义，对他所处时代的文学理论有重大贡献，而且对于整个讽刺诗的诗学历史也具有里程碑的意义。

　　作为"英国批评之父"，德莱顿的批评一向受到研究者的重视，但是对其讽刺诗批评重文《关于讽刺诗的起源与发展》一文的忽视，自然会造成对德莱顿作为批评家之身份研究的不彻底，德莱顿的讽刺诗学因此不能得到重视和被深入研究，他的讽刺诗学不能被构建起来，其整体诗学中某些重要的部分遭到冷落和遮蔽。对于这篇文章长期被忽视的状况，Mary Claire Randolph 于 1942 年在其发表于《语文学季刊》（*Philological Quarterly*）中的一篇文章里曾如此说："总体上说，该文是我们文学中最被忽略和未被充分编辑的批评论文。"① 即使到了 1965 年，Alvin Kernan 在其著作 "*The Plot of Satire*" 中仍然表现出对于德莱顿这篇文章的轻视，他以为该文是一篇有严重缺陷的文

---

　　① Mary Claire Randolph, "The Structural Design of the Formal Verse Satire", *Philological Quarterly*, Vol. 21 (1942), pp. 368-384.

章："零散，组织不严密，常常晦涩不清。"① 甚至对于文本内部研究极为重视的新批评领军维姆萨特和布鲁克斯等人，在其文学批评史中谈到这篇文章时也仅是征引其中一段，未曾展开评价。所以 William Frost 对这一状况进行总结说："It has not been much appreciated in modern times."（该文在现代尚未得到更多的研究。）② Stanley L. Archer 在其博士学位论文 "John Dryden and the Earl of Dorset" 中也认为 "The essay has never been a favorite with critics or with general readers."（该文尚未成为批评家或普通读者喜爱阅读的文章）。③ 到了 1994 年，Anne Cotterill 仍然认为该文虽很有探索的价值但却没有得到足够的讨论："The *Discourse Concerning the Original and Progress of Satire* is one of the most intriguing and least appreciated of Dryden's critical texts."（《关于讽刺诗的起源与发展》是德莱顿众多批评文章中最为有趣而又少有人欣赏的一篇。）④ 此后二十余年间虽有关于讽刺诗的研究不免涉及此文，但未见有专门的文章或者著作发表。

　　的确，许多批评家也都指出过德莱顿此文有以上 Alvin Kernan 所说的种种不足，"跑题"（digressiveness）基本是他们对这篇文章的一致指责，同时他们还觉得该文无论是作为献词还是序言都显得篇幅过于庞大，因此让批评家和一般的读者们都不愿多费精力阅读、研究。但是也有研究者从不同的角度出发而得出不同的结论，比如上文提到的 Anne Cotterill 就认为德莱顿故意设计了这种跑题的论文结构，而该文令人不安的长度、隐晦和漫不经心等特点也都是德莱顿模仿帕修斯的风格而进行的精巧安排，目的是将读者导向另一种

---

① Alvin Kernan, *The Plot of Satire*, New Haven, Conn: Yale University Press, 1965, p. 6.

② William Frost, "Dryden's Theory and Practice of Satire", in *Dryden's Mind and Art*, ed. Bruce King, Edinburgh: Oliver and Boyd, 1969, p. 189.

③ Stanley L. Archer, *John Dryden and the Earl of Dorset*, Ph. D dissertation, University of Mississippi, 1965: 194.

④ Anne Cotterill, "The Politics and Aesthetics of Digression: Dryden's *Discourse Concerning the Original and Progress of Satire*", *Studies in Philology*, Vol. 91, No. 4 (Fall, 1994), pp. 464–476.

不同的阅读：

> I would like to suggest that the digressive structure of the essay is purposeful and skillfully designed. Further, the aggressive length, ambiguity, and meandering, even difficult, progress—closely related to what Dryden calls the dark, obscure, or cloudy writing in Persius—constitute a deliberate strategy to guide the reader circuitously toward a highly unflattering and dangerous portrait of Dorset and William's court. . .
>
> （我倾向于认为这篇文章离题式的结构是精心而有技巧的安排。而且，令人不安的长度，意义的晦涩不明，写作的散漫，阅读的困难，文章的进展——这些都密切联系于德莱顿在帕修斯诗中所发现的黑暗、晦涩、不明等写作特点——构成了一种审慎的策略，引导着读者迂回地去理解对多赛特爵士和威廉宫廷的极为坦率而危险的描述……）①

但是 Cotterill 的解读还是一种很个体化的研究，他的结论也未能改变整个批评界对于这篇文章的认识和判断，所以对于德莱顿这篇讽刺诗的批评，此后仍然是处于被漠视和忽视的状态。对该文的冷落和排斥，带来的后果就是，我们不但无法完整理解德莱顿本人的讽刺诗创作，而且无法窥见他讽刺诗学的全貌。德莱顿系统阐述自己讽刺诗学是开始于他晚年的这篇批评长文，故而对于该文的忽视也造成对于德莱顿晚期文学活动和学术思想研究的重大缺失。而更重要的是，对该文的忽略与它在文学批评史上尤其是在讽刺文学史中的重要性和起承前启后的地位极不相称。基于这些背景，本书将以德莱顿的这篇批评文章为中心，综合他以序言而写出的其他批评，并重点关注中间问世最早、影响最大、对众多当下紧要文学问题做出过回应的批评之作

---

① Anne Cotterill, "The Politics and Aesthetics of Digression: Dryden's *Discourse Concerning the Original and Progress of Satire*", *Studies in Philology*, Vol. 91, No. 4 (Fall, 1994), pp. 464–476.

《论戏剧诗》，来全面了解、探究德莱顿的讽刺诗学。整体上看，早年受过严格古典学训练的德莱顿，非常重视并多有倚重古典时代以来在史诗、悲剧和演说修辞中所已形成的诗学理论，因此对传统诗学欣赏和借鉴态度也自然形成了他相对保守的诗学思想（更不用说他在政治和宗教等问题上所表现出来的极为保守性）；另外，他的诗学视野却极为广阔，除了对古代诗学思想的继承和发展，他还能够将诗学目光投向同时代法、意等国文学家的理论。总之，德莱顿研究中对于《关于讽刺诗的起源与发展》一文重视不够、研究不足、评价有失偏颇的现状也就构成了本书对其讽刺诗学进行系统探讨的现实前提。

　　德莱顿的这篇讽刺诗批评篇幅之巨、所论问题之广，使得本书无法穷尽其讽刺诗学问题的所有方面，但本书将对他讽刺诗学中论述最多、问题性最为突出且能反映德莱顿整体诗学思想的一些诗学问题进行探讨，如其中一个最应引起关注的重点是德莱顿讽刺诗学中的史诗化问题，即他在讽刺诗批评中坚持使用英雄史诗的批评原则，以及他在创作实践中对讽刺诗所进行的史诗化改造。德莱顿讽刺诗学中的史诗观在《关于讽刺诗的起源与发展》一文中非常引人注目，该文中不但有大量对诸多史诗问题本身进行的讨论，并以史诗的诗学原则对古今的讽刺诗进行批评，而他的根本目的是想使用史诗的诗学原则从形式到内容对讽刺诗进行整体改造，使讽刺诗在他的手中呈现出具有史诗等高等艺术所具备的严肃和宏大等特征，远离之前对讽刺诗所进行的"低等文类"定义①，改变文艺复兴时期以来讽刺诗的创作实践。考虑到德莱顿之前所进行的创作英雄戏剧、历史诗和讽刺诗的实践，可以理解德莱顿的这番理论表述是对他之前的创作实践所进行的诗学总结，从某种程度上也说明他在开始其文艺活动伊始就具有天然的史诗化情结。德莱顿对于英雄史诗的喜爱和羡慕，令他在诗歌语言、修辞表达、写作技法、诗体形式、素材内容等方面对所创作的戏剧诗和

---

　　① "低等文类""低等艺术"是亚里士多德时代遗留下来的诗学观念，随着学术的进步和人们观念的更新，这些区分文类和艺术高低的概念在现代学术中，已经作为充满偏见和过时的概念被人们抛弃，只是在17世纪人们的思想中，这种观念仍很强烈，所以本书只是就其时的理解来使用这些相关术语，但不等于笔者认同这种诗学观。

讽刺诗等，都有注入英雄史诗特征的冲动，他的《格拉纳达的征服》（*The Conquest of Granada I & II*，1670，1671）等英雄戏剧，他的《押沙龙与阿齐托菲尔》（*Absalom and Achitophel*，1681）等讽刺诗，都明显烙上了他史诗化企图的印记。对于德莱顿的英雄戏剧，虽然戏剧和英雄诗的结合在德莱顿的时代已不陌生，但是德莱顿为这种英雄戏剧增加了更多他所认为的英雄诗特征，比如对用韵的强调，因为他认为英雄史诗是应该用韵的。而对于德莱顿所进行的讽刺诗之史诗化的改造，则是他于讽刺诗所取得的最突出成绩，无论是在诗学理论上，还是在创作实践上。但是讽刺诗与史诗之间的关系，尤其德莱顿在他的批评中融合二者的论述，和他进行的史诗化讽刺创作实践——《押沙龙与阿齐托菲尔》，却被许多研究者因文艺复兴时期以来对于讽刺诗的惯性理解，在被他们过分重"讽"寻"刺"的过程中被模糊掉，因而不能关注并正确理解德莱顿对于史诗和讽刺诗二者之间关系的批评理论。

Chester H. Cable 注意到以往对于德莱顿讽刺诗进行的研究中，出于惯性思维而过分强调讽刺诗本身特性而没有注意到中间史诗化特征的情况，所以他曾专门写有一篇题为《作为史诗的"押沙龙与阿齐托菲尔"》的文章，他在文章起始就明确指出德莱顿该诗对于史诗的依赖以及二者关系尚未被充分研究的事实：

The dependence of the satiric hits in Dryden's *Absalom and Achitophel* upon a theory of the epic and the theoretic relationships between epic and satire is frequently obscured by its more obvious qualities as satire. ①

（德莱顿《押沙龙与阿齐托菲尔》一诗中成功的讽刺对于史诗理论的依赖，以及史诗同讽刺诗之间的理论关系常常被更明显的讽刺特征所掩盖。）

---

① Chester H. Cable, *"Absalom and Achitophel* as Epic Satire"，*Studies in Honor of John Wilcox*，ed. A. Dayle Wallace, Woodburn O. Ross, Detroit：Wayne State University Press，1958，p. 51.

　　我对德莱顿讽刺诗之史诗化特征的思考不是从这篇文章开始，而是在我开始往这个方向展开思考并由此进行相关材料的阅读时读到这篇文章。因为在我阅读德莱顿的讽刺诗和其相关研究时，被称为德莱顿最重要的诗歌《押沙龙与阿齐托菲尔》所呈现出的史诗化特征，以及他另外两首讽刺诗《麦克·弗雷克诺》和《奖章》的仿史诗（mock-epic）特征不时掠过我的思考，并在我的思考中开始汇聚成一个更具焦点的问题，即讽刺诗同史诗的关系在德莱顿的思考中绝不会是随便和任意关联起来的，而是有他特别的思考和安排。同时，我会把这些讽刺诗同德莱顿的英雄戏剧联系起来，也将他同古典讽刺诗人们的讽刺诗进行联系起来进行考虑，看是否能在古典讽刺诗中找到足以影响后来讽刺诗创作的因素。古典讽刺诗——罗马讽刺诗当然有史诗的特征，但是这种特征并没有成为定义讽刺诗本身的要素，而且几位古典讽刺诗人的创作风格都互有不同——这些问题在后文中将会得到关注。因此，德莱顿对于讽刺诗的史诗化问题虽然在某种程度上从古代讽刺诗人那里获得过某些启示，但有意识地利用史诗的英雄化特征参与到讽刺诗的创作和诗学讨论中则主要还是他自己的自主性思考。故而，讨论德莱顿讽刺诗批评中的史诗化问题也因此构成了我讨论德莱顿讽刺诗学的一个重要方面，或曰主要方面，因为即便是他所讨论的某些形式化方面如格律问题也都与史诗的形式因素相关，而关于讽刺诗所应遵循或采用的语言表达、题材选择、人物塑造等方面也更是同史诗学中对于史诗相关方面的规定和要求，是史诗得以成为史诗的一般原则和具体手段。而之前对于德莱顿讽刺诗批评研究的不足，对于他讽刺诗学中史诗化问题的讨论尤为稀少，这即构成本书可以较为系统讨论德莱顿讽刺诗学并重点关注其史诗化运作的充分理由和可能的创新之处。

　　以上所谈主要是目前西方学界中对于德莱顿讽刺诗批评研究有所不足的状况。正因为西方学界相关研究中存在此不充分的方面和被忽视的部分，所以这亦构成了本书在更宽更广的层面对德莱顿讽刺诗学进行讨论的必要性。而本书主要是在中文语境中进行，要面对中文语境里的研究者和读者，所以本书的出发点着眼于我国当前的外国文学研究，尤其是英国 17 世纪文学中复辟时期的文学研究——德莱顿在这一时期的崇高文学地位使他成为这一时期文学研究中最不能忽视的对象。因此研究德莱顿对于充实我国的文学研究，研究德莱顿的讽刺诗学对于丰富我国外国文学批评和理论，以及启示我国的讽刺类文学创作，都具有非常积极的意义。首先，本书要对中国的德莱顿研究做一个相对翔实的学术史梳理，在梳理的过程中也会进行相应的可能性商榷和批评，进而提出本书的写作所可能带来的研究意义。

国内的德莱顿研究还没有充分展开，对 17 世纪英国文学的研究也尚显不足，我国著名的英语文学专家杨周翰老先生虽曾著有《十七世纪英国文学史》，但可能出于他个人的写作趣味或者同他著书时的社会背景相关，杨先生的写作主要倾向于 17 世纪前半期的作家，他的写作显得轻松而平和，所选入的作家风格也多与此类似，因此那些与某种政治态度相关涉的严肃作家如德莱顿等尽被略去（弥尔顿是例外）。① 对国内的德莱顿研究进行检索发现，尚没有关于德莱顿研究的专著出版，对他进行研究的论文数量也不多，且论文多以讨论德莱顿的翻译理论和戏剧创作为主，他的批评理论少有涉及，而他的讽刺诗创作和批评更无人问津，只是在相关的外国文学史和文学作品选集中才稍有介绍，但也尽是点到即止。下面就基本依照这些谈及德莱顿讽刺诗和其批评的文学史和作品选集出版的时间，对国内的相关研究做一个简单的综述。

金东雷所著《英国文学史纲》是我国较早的一部外国文学史，该书谈到德莱顿时，以为他早期以写作戏剧为主，受到法国戏剧作家高乃依（Corneille，1606—1684）和拉辛（Racine，1639—1699）创作的影响，虽也斩获名声，但终不如他的诗名影响巨大。对于德莱顿戏剧创作的目的，他引用德莱顿自己的话说："我写剧本的本意，只以金钱为目的，好不好是管不到了，至于享有大名，那是不敢希望的事。"② 当然这就是金东雷自己对德莱顿的看法，他的这个见解在今天

---

① 杨周翰：《十七世纪英国文学史》，北京大学出版社 1996 年版。
② 金东雷：《英国文学史纲》，上海书店 1991 年版，第 185 页。

看来极具批评眼光，是较为公允的评价，因为德莱顿的戏剧尽是应时而作，以受观众欢迎被剧院接受而获得报酬为目的，因而他的戏剧数量不少，但在文学史上的价值终不如他的诗歌。对德莱顿戏剧和诗歌创作二者的评价，金东雷也在他的《史纲》中指出："他戏剧的作品虽然风行一时，但比不上他的诗这么好。"① 而在德莱顿的诗歌创作中，他的诗风以讽刺的力量而流行于世，他的讽刺诗上承罗马讽刺诗尤其是尤文纳尔的余绪，下开"欧洲最伟大的诗人"蒲伯的先声。② 而德莱顿自己也说："They say, my talent is satire..."（人们说，我的天赋在于讽刺诗……）③《押沙龙与阿齐托菲尔》被认为是他最享盛名的讽刺诗，几乎每一本英国文学作品的选集，没有不选录这一首诗的。而对于德莱顿诗歌的总体评价，金东雷认为其诗作充满冷冰冰的理性，缺乏兴趣和生动活泼的精神，好像是有韵的散文。④ 作为一个时代的潮流，随着怀疑精神和科学精神在 17 世纪的兴起和风行，感性的精神逐渐退去而代之以时代的理性精神。德莱顿是他那个时代的先行者，自然能够理解和接受新的时代思潮，所以在他的诗作中体现出这种理性的思想自然在情理之中，但是如果说他缺乏兴趣和生动活泼的精神，单就他的讽刺诗而言，恐怕不太妥当。他的讽刺诗是要犯错的人笑着接受批评并得到纠正，这不但是他自己为讽刺诗所规定的原则，而且他自己的讽刺诗也确实能实现这种效果。比如在《押沙龙与阿齐托菲尔》的开始部分，明里是为国王查理二世多情人、多子嗣的事实进行辩护，而暗地里，读者们都不难读出来这同时也是对国王的挪揄和嘲讽，因为构成这首长诗内容的王位继承人危机，正是由于国王自身不检点引起的私生子意图篡位的阴谋所致。

晚年的梁实秋以 7 年的时间终于完成了《英国文学史》的写作，

---

① 金东雷：《英国文学史纲》，上海书店 1991 年版，第 185 页。

② 伏尔泰对于蒲伯的赞语，转引自金东雷《英国文学史纲》，上海书店 1991 年版，第 187 页。

③ "Dedication to Eleonora", *The Poetical Works of Dryden*, ed., George R. Noyes（Cambridge Edition, 2nd ed., 1950）, p. 271.

④ 金东雷：《英国文学史纲》，上海书店 1991 年版，第 186 页。

该书以重事实、重作家作品为特征。① 他认为"德莱顿在文学史上是一个问题人物"，② 主要是因为历史上对于德莱顿的评价随着时代风潮而发生改变，一是人们对其新古典主义文风和思想的或迎或拒，二是因为其人在政治和宗教上的态度屡生变化而影响到对他的作品的评价，梁实秋亦认为他大节有亏，而影响到人们对他作品的看法。梁实秋首肯德莱顿的诗歌成就，对他的讽刺诗也甚为推崇，认为如果不考虑其讽刺诗的政治意味，有几首是可以永久留世的。这一说法也许可以成立，但是德莱顿本人在写作自己的讽刺诗——《押沙龙与阿齐托菲尔》的时候，在序言"致读者"里非常明确地说这是一首为党派而写作的诗③，而且认为正因为这是一首参与到政治事件里的诗，所以它才能够依托政治事件天然所具有的严肃、宏伟等特点，来完成德莱顿本人企图将讽刺诗提升到英雄诗高度的努力。而对于他讽刺诗的不足，梁实秋认为还是其政治意味过浓，以及"有时过于毒狠"，④ 并由此推断"作者之胸襟狭隘而已"⑤。梁这种自传式的批评在今日是要受到诟病的。梁虽然注意到德莱顿的颂诗和讽刺是在"大量模仿古典作品的形式"，⑥ 也知道讽刺诗是来源甚古的文学类型，可分为温和同情的"何瑞斯"（Horatian satire）和辛辣激烈的"朱文拿"（Juvenalian satire）两派，⑦ 但没有进一步指出德莱顿本人对于二人讽刺诗风格的总体评价和其本人对于尤文纳尔讽刺风格的推崇，而这些观点却是渗透于《关于讽刺诗的起源与发展》一文之中，梁可能是没有关注到这篇长文，因而也就无从谈起了。梁实秋所著《英国文学史》是整

---

　　① 对于这部独立完成的皇皇巨著，梁实秋称其"注重的是事实，而非批评"，他认为"研究文学应以文学作家与作品之认识为主，故此书对于各个作家之生平及其主要作品内容特为注意，或详或略地加以叙述。"而对该书的写作，他也曾表达了如此感受："迟暮之年，独荷艰巨，诚然是不自量力。历时七载有余，勉强终篇，如释重负。"

　　② 梁实秋：《英国文学史》，新星出版社 2011 年版，第 511 页。

　　③ "...but he who draws his pen for one party must expect to make enemies of the other."

　　④ 梁实秋：《英国文学史》，新星出版社 2011 年版，第 513 页。

　　⑤ 同上书，第 517 页。

　　⑥ 同上书，第 518 页。

　　⑦ 同上书，第 562 页。

理他的讲课笔记最后结撰而成，所以免不了比较重视文学的社会历史背景内容，容易对作家作品展开传记式批评，只不过这种历史的批评在新批评（new criticism）家们那里被看作犯有意图谬误（Intentional Fallacy）。

王佐良在他的文学史里对德莱顿的介绍不长，首推他的"英雄诗剧"，其次才提到他的政治讽刺诗，但是却专门引用了《押沙龙与阿齐托菲尔》中四行诗，并对他的政治讽刺诗有一小段评论，可见王也是非常重视德莱顿的讽刺诗。不过他的看法同梁实秋稍有出入，梁认为德莱顿的讽刺诗因为时过境迁，后人不会感到如何的亲切有味①；但是王佐良认为政治讽刺诗不好写，因为容易事过境迁为人遗忘，但是德莱顿的《押沙龙与阿齐托菲尔》即使到了今天，仍然有人爱读。② 这种看法上的不同，大致可以看出二人对于讽刺诗的一种态度。王以为有人爱读是因为德莱顿的讽刺诗写出了普遍性格，这种看法未必准确，因为这是讽喻当时历史事件的政治讽刺诗，虽然有其类型化的一面，但终归还是各有所本，自成其特点，据说当时读者还手持此诗而仔细考证诗中人物同当时哪位政治人物能相对应。王佐良看到了德莱顿力图在他的政治讽刺诗中体现的新古典主义精神，但只是以为这种努力仅仅是为了实践他的新古典主义批评原则，却没有考虑到德莱顿其实还有另外一种想拔高讽刺诗到英雄史诗地位的努力。同时，他注意到德莱顿写作讽刺诗不使用曾经流行一时的无韵体而使用双韵体，认为他把双韵体使用得很精妙，并因此奠定了下一世纪主要诗体的地位，但是他也只是直陈事实，没有分析其如此使用的原因——因为双韵体不单单作为一种替代无韵体的用韵形式，它同时也是一种在英语语言中适用于写作英雄史诗的诗格——当然其中有来自法国的影响，所以德莱顿才一改之前流行的无韵体而使用双韵体，也即英雄双行体。

刘意青教授主编的《英国 18 世纪文学史》以第 3 章和第 4 章两

---

① 梁实秋：《英国文学史》，新星出版社 2011 年版，第 512 页。

② 王佐良：《英国文学史》，商务印书馆 1996 年版，第 92 页。

个章节的内容介绍德莱顿，并各有侧重。第 3 章为刘意青本人撰写，除了对德莱顿进行概述性的介绍外，主要介绍了德莱顿的诗作。刘承认作为诗人，德莱顿最有名的诗歌是他的政治讽刺诗，并重点介绍了其中的《押沙龙与阿齐托菲尔》和《麦克·弗雷克诺》。① 刘不但看到了《押沙龙与阿齐托菲尔》一诗中尖利泼辣的讽刺，还注意到了该诗的词语雄浑有力，从而使这首诗的效果超过了当初的政治初衷——这实际上是注意到了德莱顿通过使用英雄史诗的特点来改造讽刺诗的做法，但是作者没有继续对这个问题作进一步的发挥，似乎是对讽刺诗的传统稍显陌生，其中有一句评语："因为正是这些诗歌的成就使得德莱顿跻身于以贺拉斯为首的世界讽刺诗歌巨匠的行列里"，② 也大约可以看出作者还没有接受古典文学界已经形成的对于古典讽刺诗诗人的评价，以及尚未认识到德莱顿对尤文纳尔而非贺拉斯所表达的特别推崇。第 4 章为何其莘编写，主要介绍德莱顿的戏剧，并以为"英雄诗剧（heroic drama）或英雄悲剧是王朝复辟时期由德莱顿等人在英国开创的一个新剧种"③。一方面，这也可称得上是中国学者的一种理论发现和总结，因为这种"英雄的"（heroic）概念的确是被用于戏剧而创造出一种新类型的戏剧，如同这种特征也被德莱顿用于他的讽刺诗写作以改造讽刺诗一样，另一方面，这种"英雄戏剧"的传统不是自德莱顿开始，只是德莱顿对这种传统甚为强调和对他的特征有所增添而已。

陈嘉等所著《大学英国文学史》虽然首先提到德莱顿的诗人地位，但是对他讽刺诗的介绍寥寥数语非常简略，以为它们只是些党派诗和人身攻击的诗，今天的读者对他无甚兴趣。④ 可能是因为该书体

---

① 本书在综述时，由于许多作者对德莱顿和其著作的中文译名都没有统一，所以本书决定不迁就每一位著者的译名，而在本书内使用统一的译名。如读者需要做进一步的详细了解，均可以根据本书提供的信息索引到原文一探究竟。

② 刘意青等主编：《英国 18 世纪文学史》，外语教学与研究出版社 2005 年版，第 21 页。

③ 同上书，第 35 页。

④ 陈嘉、宋文林：《大学英国文学史》，商务印书馆 1996 年版，第 194 页。

例的缘故，所以对包括德莱顿在内的几乎所有作家都仅简短介绍。其诸多语焉不详之处虽可理解，但对德莱顿讽刺诗评的评价尚欠公允。他不但没有突出讽刺诗在德莱顿作品中的地位，更没有指出这些讽刺诗在英国复辟时期文学中的影响，更没有它们在整个讽刺诗史中的影响，这显示出陈嘉本人对于德莱顿的讽刺诗或是认识不足或是故意轻视。刘意青和刘阳阳在《插图本英国文学史》中赞扬了德莱顿完善和发展了"英雄双韵体"（heroic couplet），[①] 以为使用该韵律是为了更符合新古典主义"严谨、精确、优雅"的要求。这个评价太过笼统，因为使用该格律的主要原因虽然有新古典主义的因素在，但却不是德莱顿坚持使用它的主要原因。不过该书正确地指出了德莱顿主要是以讽刺诗著称，他的艺术成就可圈可点，承认他在蒲伯之前对英雄双行体有最精彩的发挥。[②] 常耀信在《英国文学大花园》里极推崇德莱顿对英语文学语言的革新，指出德莱顿的讽刺诗能表现他卓尔不群的诗才，并以为《押沙龙与阿奇托菲尔》一诗尤其有名，在诗中他熟练使用英雄双行体使之成为成熟的诗歌表达手段。[③] 德莱顿的确常常感叹包括英语在内的所有欧洲民族语言不如古典语言精致典雅，以至阻碍了伟大作品的出现。作为以英语语言写作的作家，他同其他作家一样当然对于英语语言的成熟有其贡献，要是以为他为英语语言的发展和成熟做出什么特别贡献，却是稍显武断。而其对于德莱顿讽刺诗的评论，也都是大而概之经不住推敲。常耀信主编的另一部《英国文学通史》在介绍德莱顿一节，虽然承认德莱顿一生最大成就乃是他的讽刺诗，可是他没能对其详加介绍和充分讨论，往往是一语提及就径言他处，综合该书中对另一位讽刺诗人巴特勒（Samuel Butler，1612—1680）的介绍，同样也是使用比较笼统的语言简论作者本人和他的长诗《胡迪布拉斯》（*Hudibras*，1674—1678）——该诗被看作是德莱

---

① 也许称作英雄双行体较好，因为"双韵体"的称呼容易使人误认为是使用双行两韵。

② 刘意青、刘阳阳：《插图本英国文学史》，北京大学出版社2011年版，第37页。

③ 常耀信：《英国文学大花园》，湖北教育出版社2007年版，第44—46页。

顿之前最重要的讽刺诗。① 因此这番泛泛之论还不能令读者对于英国讽刺诗历史和传统，以及二人在其中的地位和各自贡献有清晰认识，并引起他们的重视和进一步探究的兴趣。

由艾弗·埃文斯所著、蔡文显所译的《英国文学简史》中有两处提到德莱顿。对于德莱顿的评价，该书指出他在作为戏剧家、批评家和翻译家之前，首先是一位诗歌的艺术圣手，并以为《押沙龙与阿齐托菲尔》是他最好的讽刺作品，但没有对该诗和其他讽刺诗有更多介绍和评论。在此书的第二处，埃文斯提到了德莱顿创作"英雄剧"所使用的英雄双行体，认为他的这种诗体形式能激发出荣誉观念，但是埃文斯对这种做法甚为不屑，认为它是一种不合于时代的奇怪形式。这个说法明显脱离了德莱顿的时代和无视那个时代的文学潮流——法国流行用韵，复辟的王室受此影响而中意有韵且显得庄严崇高的戏剧，故剧作家以韵体写作剧本乃时势使然，何况德莱顿本人还是王室钦定的"桂冠诗人"。同时，有韵无韵的争论也在作家们中间展开，就连弥尔顿的无韵体诗也被德莱顿以韵体形式进行改写，所以埃文斯对于双行韵体的评论犯有"时代误置"（anachronism）的理解。而且，双行韵体还被德莱顿使用于他的讽刺诗中，并引起了当时读者的极大反响，埃文斯自己也承认这一事实。②

桑德斯所著《牛津简明英国文学史》对德莱顿的讽刺诗有比较全面和细致的分析，能够总结出德莱顿讽刺诗的一些特征，书中也概括了他许多可贵的发现和准确的评论。桑德斯认为德莱顿的讽刺诗"以理性论辩、精湛技巧和诋毁责骂的结合而引人入胜"③；他看到了德莱顿在他的讽刺诗中有意运用英雄诗的风格来写作讽刺诗；他说德莱顿在《押沙龙与阿齐托菲尔》中让"出身高贵的坏蛋像在英雄诗中一样

---

① 常耀信、索金梅：《英国文学通史》，南开大学出版社 2010 年版，第 508—517、549—551 页。

② ［美］艾弗·埃文斯：《英国文学简史》，蔡文显译，人民文学出版社 1984 年版，第 48—51、205 页。

③ ［英］安德鲁·桑德斯：《牛津简明英国文学史》（上），谷启楠、韩加明、高万隆译，人民文学出版社 2000 年版，第 387 页。

庄严出场"①，在《麦克·弗雷克诺》里让滑稽的弗莱克诺作为伟大的奥古斯都出场，从而让庄严同荒唐形成对比；他注意到了德莱顿不满讽刺诗人奥尔德姆（John Oldham，1653—1683）的"刺耳节奏"，据此认为多谩骂、谴责的《奖章》和《押沙龙和阿齐托菲尔 II》与《押沙龙与阿齐托菲尔》相比黯然失色。桑德斯肯定了德莱顿对于英雄诗体的强调，②看到了德莱顿利用史诗风格来写作讽刺诗的尝试，并创造了以崇高风格来描写可笑对象的"仿史诗"实践。此外，他还谈到了讽刺诗的"净化"理论。他注意到德莱顿的矛盾之处，就是德莱顿一方面非常重视英雄史诗，另一方面，自己却没有专门的英雄史诗创作。故综合来看，桑德斯可能比较熟悉德莱顿《关于讽刺诗的起源与发展》一文，因为这些问题在该文中都有讨论，但是桑德斯无暇深入关注这些问题。其实德莱顿将史诗特征引入讽刺诗的实践还可以进一步分析为两类：一类是以《押沙龙与阿齐托菲尔》为代表，另一类是以《麦克·弗雷克诺》和《奖章》为代表，前者是近似史诗的讽刺诗，后者是"仿史诗"的类型。因此，德莱顿自己的确没有完成自己曾打算写作的史诗，但是他的愿望可能某种程度上在他的《押沙龙与阿齐托菲尔》一诗中有所弥补，而本书将会对以上诸问题进行全面而深入的分析，而以《麦克·弗雷克诺》为代表的"仿史诗"则是开创了一类新的讽刺诗实践。

王佐良所著《英国散文的流变》在叙述复辟时期的散文时，认为这一时期的散文朴实平易，并以《论戏剧诗》为例来说明作者亲切和口语化的特点，没有提到他谈论讽刺诗的散文，如《关于讽刺诗的起源与发展》。③陈新所著《英国散文史》充分肯定了德莱顿在文学理论方面的贡献，但是仅仅把他的戏剧理论作为他的主要理论成就，而忽视了德莱顿在讽刺诗批评理论方面所做的贡献，尤其是没有注意到

---

① ［英］安德鲁·桑德斯：《牛津简明英国文学史》（上），谷启楠、韩加明、高万隆译，人民文学出版社 2000 年版，第 387 页。

② 同上书，第 384—390 页。

③ 王佐良：《英国散文的流变》，商务印书馆 2011 年版，第 48—50 页。

那篇以散文写作的批评讽刺诗的理论长文。① 德莱顿被约翰逊（Samuel Johnson，1709—1784）称为"英国批评之父"，他的批评理论大多写在他自己作品的序言和后记里，以及他的书信和献辞中。王卫新的《英国文学批评史》强调德莱顿能接受古典批评和法国批评的新古典主义理论原则，同时能够在集大成的基础上进行开新和本土化②，但是他没有就这个问题具体来看德莱顿如何在他的戏剧和讽刺诗中体现这些原则，以及他所进行"开新"的努力。特别是在讽刺诗方面，德莱顿对古典讽刺诗人尤为倚重和多有借鉴。李维屏等所著《英国文学思想史》中有关德莱顿的一节题为"英国现代戏剧理论的奠基人"，可见此书所主要肯定的方面是德莱顿的戏剧理论和戏剧创作，其介绍也以他的戏剧理论和戏剧创作为主，这同一般认为德莱顿诗歌创作重于剧作的观点有所不同。该书虽也介绍了《押沙龙与阿齐托菲尔》和《奖章》这两首讽刺诗，但没有提及它们的讽刺风格并区分出他的讽刺诗类型。③ 王守仁等所著的《英国文学批评史》将德莱顿部分安排在"文艺复兴时期的文学批评"一章，这种文学分期不太严格。该书对德莱顿批评理论的介绍主要集中于他的《论戏剧诗》一文，较为详细地介绍了德莱顿在该文中所讨论的英法、古今的关系，以及新古典主义戏剧"三一律"等原则，但是对构成德莱顿批评很重要的讽刺诗批评部分没有涉及。④

王佐良所辑选的《英国诗歌选集》选入了德莱顿的三首诗，第一首是节选了《押沙龙与阿齐托菲尔》中对白金汉公爵二世的一段讽刺。在此诗题解中，王佐良认为该诗"渗入讽刺笔法，堪称史诗与讽刺诗的绝妙结合。"这是注意到了英文诗里讽刺诗和史诗的两种传统以及德莱顿讽刺诗的特点。同他所辑选《亚历山大的宴会》全诗相比，王佐良显然没有足够认识到德莱顿讽刺诗的文学地位，甚至以为

---

① 陈新：《英国散文史》，南京师范大学出版社 2008 年版，第 45 页。

② 王卫新：《英国文学批评史》，上海外语教育出版社 2011 年版，第 9、35—45 页。

③ 李维屏、张定铨：《英国文学思想史》，上海外语教育出版社 2011 年版，第 179—189 页。

④ 王守仁、胡宝平：《英国文学批评史》，南京大学出版社 2012 年版，第 40—48 页。

该诗不如他的其他诗歌重要，这也不符合批评界的一贯看法。①《英国文学名篇选注》由王佐良和李赋宁等主编，其中关于德莱顿的部分由杜秉洲和戴镏龄两位选注，仍然是选注《亚历山大的宴会》全诗，而仅选《押沙龙与阿齐托菲尔》中讽刺沙夫茨伯里爵士（Anthony Ashley Cooper, 1st Earl of Shaftesbury, 1621—1683）一节。但在简介中承认德莱顿的讽刺诗是他的文学成就之一，同时也指出他的讽刺诗因使用英雄双行体而有阳刚之气，被后来者如蒲伯等奉为诗律楷模。②这些评论虽然指出了关于德莱顿讽刺诗的一些事实，但是为此所作的诠释却差强人意，显得不够专业。德莱顿的讽刺诗已经被认为是高于他的戏剧成就，英雄双行体作为史诗的格律，德莱顿选择该诗格不仅仅是因为它的阳刚之气。蒲伯是以仿史诗的讽刺诗《麦克·弗雷克诺》作为模范，而《押沙龙与阿齐托菲尔》则是受《失乐园》启发甚多而更趋近于史诗的讽刺诗。

　　以上是特别选取中文出版的英国文学著作中有关德莱顿的介绍和讨论。因为没有检索到有关德莱顿和对其研究的中文专著，所以只能就一些文学史和文学选读等类型的中文著作所提到的德莱顿部分进行综述。此外，从20世纪初至21世纪还有更多中文出版的英国文选和文学史著，但对德莱顿和他的讽刺诗都没有足够重视，或根本没有提到德莱顿本人和其作品，或即使选入他的作品，也没有选入他的讽刺诗，所以就不再对他们进行一一评介。接下来再看在中文学术论文中对于德莱顿的研究情况。通过以"德莱顿""屈莱顿"作为关键词，在"中国期刊网期刊全文数据库"和"万方数据资源系统的全文数字化期刊"进行检索，结果仅能检索出十多篇研究德莱顿的论文，其中有一篇以德莱顿为题的博士学位论文，一篇硕士学位论文，其他均为普通期刊论文，因此可见，关于德莱顿的研究数量不但非常稀少，而且其研究也不够深入。就所检索到的这十多篇文章的研究重点来看，

---

① 王佐良选编，金立群注释：《英国诗歌选集》，上海译文出版社2013年版，第195—208页。

② 王佐良、李赋宁等主编：《英国文学名篇选注》，商务印书馆1983年版，第297—319页。

唯一的一篇博士学位论文是比较研究德莱顿与中国明末清初戏曲理论家李渔的戏剧理论，一篇北京大学外国语学院的硕士学位论文因与本书关系不大也略去不论，其他论文多是研究德莱顿的戏剧和他的批评理论，批评理论也是以他的戏剧理论为主，其他数篇为讨论德莱顿翻译理论的文章，没有发现对德莱顿讽刺诗批评理论和其讽刺诗创作有专门研究的文章。因而，在本书的写作中，对这些中文写作的论文基本没有引用。

综合以上的梳理，目前国内大致可见对于德莱顿的介绍和研究，首要还是将德莱顿视为一位戏剧家，然后是文学批评家。他的诗人地位也得到承认，但主要还是因为他通过自己的戏剧诗发展和完善了英雄双行体，以及该诗体对 18 世纪诗歌创作的影响。在文学史和作品中虽然也会选入他的诗歌，但也只是将其作为一般的诗歌来看待，而不会专门将他的讽刺诗纳入讽刺诗的传统中加以介绍和讨论，因此国内研究普遍对德莱顿的讽刺诗认识不深，如在介绍或者编选他最重要的诗歌《押沙龙与阿齐托菲尔》时，往往仅以一句"政治讽刺诗"加以笼统概括而没有更进一步的讨论。而在学术论文的写作中，对于德莱顿的研究主要集中于他的戏剧和翻译方面。所以，国内整个德莱顿研究仍然比较保守，在视野上还不够开阔，也不深入，而作为德莱顿研究中很重要的讽刺诗研究，则根本无人问津。因此，本书将德莱顿的讽刺诗纳入研究的中心，以其《关于讽刺诗的起源与发展》一文作为本书的主要材料来源，结合他在其他序言、后记、献辞和书信里的相关论述，以及他在 1780 年前后所进行的讽刺诗实践，来分析在尊重和借鉴古典讽刺诗的基础上德莱顿为现代讽刺诗所做出的理论和实践贡献，并将重点考察德莱顿为改变讽刺诗性质、抬高讽刺诗地位而对其进行史诗化努力的各个方面。

所以，本书一方面可在一定程度上突破国内德莱顿研究相对狭隘的局面，还可弥补国内外国文学研究中对讽刺诗进行研究的不足，从而让更多学者看到德莱顿研究的其他方面，并引起从事外国文学研究的中国学者开始关注讽刺诗这一有悠久研究史的领域，所以本书能够对中国的外国文学研究起到扩大和补充的作用。另一方面，英语世界对于德莱顿讽刺诗的研究还仅仅将德莱顿的讽刺诗及其中英雄诗当做两个独立的问题来看待，还没有看到英雄诗同讽刺诗在德莱顿这里具有更密切的关系；而且，国外学者以为《关于讽刺诗的起源与发展》一文过于凌乱而缺乏对其进行系统研究，但是该文却是德莱顿关于讽刺诗批评理论的最重要的文章，对该文的忽视一定会导致对德莱顿讽刺诗批评理论和史诗理论以及二者在讽刺诗中的结合产生研究的盲点。因此本书认为要理解德莱顿对于改变文艺复兴时期以来讽刺诗的性质和实践，理清他为讽刺诗所提供的新的理论基础和注入的新内容，其中他以史诗化特征改造讽刺诗的努力和尝试应该做更深入的研究，因此不得不系统梳理《关于讽刺诗的起源与发展》一文中他对讽刺诗和史诗理论的论述，了解英国讽刺诗到他这里所发生的诗体性质和地位上的变化，辨明史诗化特征被引入到讽刺诗中的机制及其对讽刺诗面目所产生的改变，等等。

还有一点值得指出的是，新古典主义时期对于古典学的重视和教育也使得当时的学者们具备深厚的古典学知识，他们能够掌握古典语言，能够广泛阅读和编辑古代文献并进行出版，他们对许多旧问题展开了新讨论，并在新的时代背景下，发现了新的问题而以古典题材来进行言说，所以这真的是一个以围绕古代学问来展现新时代的"新古典"时期。在德莱顿《关于讽刺诗的起源与发展》一文中对于讽刺诗的讨论，"古典的"气息弥漫全文，德莱顿在该文中不但对古罗马讽刺诗诗人贺拉斯、帕修斯和尤文纳尔等进行了评介，而且他的许多讽刺诗学的问题也是据此出发而获得新的结论、解释和发展。所以，要理解德莱顿的讽刺诗学，就必须重视德莱顿这篇批评文章《关于讽刺诗的起源与发展》，而对这篇批评的阅读、分析和研究，要求研究者必须具备一定的古典学知识，尤其是对于古罗马讽刺诗的写作历史、它的诗人及其诗作等要有基本的了解，还要能够大致认识到由此而形成的西方讽刺传统，因为德莱顿是从这些诗人和诗作开始他的批评诗学，他本人深厚的古典学功底使得他的讨论和研究密切联系着古典时代的相关学问。而笔者在博士研究生学习期间先后在北京大学哲学系、外国语学院西亚系、考古文博学院及比较文学与比较文化研究所

接受过西方古典语言和相关专业课程的学习，并先后两次在辅仁大学
参加了西方古典学课程的学习，还在爱尔兰都柏林圣三一大学的古典
系学习了一个春季学期，并且笔者为博士学位论文开题所做的准备正
是罗马讽刺诗及其最后的讽刺诗人尤文纳尔，这些背景恰好构成了我
对德莱顿的讽刺诗学进行研究的前提。

第四节　研究的方法与目标

　　任何研究方法，总是与研究的对象及其目标紧密相关。鉴于本书
的研究对象和学术目标，如果说有什么方法的话，主要还是文本细
读、文学史梳理和相关理论著述互相参照的论证方法，在对文献的仔
细辨识和分析中，才能有所发现。首先，德莱顿通过大量的作品序
言，同时作为对不同贵族的献辞（dedications），写作了大量针对当时
热点文学问题的批评论述，而其长文《关于讽刺诗的起源与发展》则
是专门针对讽刺诗而写作的批评，篇幅巨大，内容丰富，通过以古典
讽刺诗人和文艺复兴时期以来的讽刺诗人们作为批评对象，他非常详
细地就讽刺诗中许多方面的问题表达了自己关于讽刺诗的见解，确立
了许多有针对性的批评原则。既纠正了当时对讽刺诗的狭隘偏见，又
明确地提出了革新讽刺诗的一些重要论点。这篇批评写于其完成讽刺
诗创作的十余年后，如果按照 Wm. E. Bohn 的划分，作为德莱顿众多
批评中的一篇，该文属于他第四时期的历史批评（Historical criti-
cism）。① 德莱顿这一时期的批评较之前期更加成熟，而对于这篇关于
讽刺诗的批评，更是他经过了长时间的思考酝酿，是他在考察别人作

---

　　① Wm. E. Bohn 在其文章 "The Development of John Dryden's Literary Criticism" 中将德莱
顿的批评分为四个时期，同时这四期也构成四种批评方法，分别是 "the Romantic, the
French rationalistic or neoclassic, the English rationalistic, and the historical." （Wm. E. Bohn,
"The Development of John Dryden's Literary Criticism", *PMLA*, Vol. 22, No. 1, 1907, pp. 56-
139.）所谓历史批评，即德莱顿自己的一种批评观念，他认为任何作家和作品都是他所在
时代的产物。

品和亲自创作实践后的成熟表达。① 本书将以德莱顿的《关于讽刺诗的起源与发展》这篇批评作为考察的中心材料，结合德莱顿其他众多批评及相关问题的论述，并以古典时代以至近代的诗学理论，尤其是文艺复兴时期以来的欧洲诗论作为讨论的背景，结合德莱顿本人的创作实践及古典时代以来的相关文学和诗学作品，来梳理和分析他所提出的批评原则和依据这些批评原则所进行的具体批评实践，探究这些理论原则的源流及其在德莱顿的批评中所产生的效力，以此来观察他对鲁克留斯、帕修斯和贺拉斯三位古典讽刺诗人所进行的比较批评，对文艺复兴时期以来诸多讽刺诗人的评点性批评，对许多批评原则的系统性描述和说明，进而由此来窥探并揭示出德莱顿讽刺诗学的方方面面。

德莱顿的讽刺诗批评中结合了大量史诗理论，他在《关于讽刺诗的起源与发展》一文里大幅论及古代和 17 世纪及前几个世纪里的史诗实践，利用古典与现代的史诗理论对这些诗人及其诗歌进行批评，既肯定他们合度的方面同时也揭示出其中所发生的新变，如他对异教史诗同基督教史诗关系的论述等。悲剧也于此时被纳入同史诗进行比较考察的视野，二者之间的许多古老话题又在德莱顿的批评中复活，他不唯古人是从，对许多已存问题给出自己的批评决断。从史诗和悲剧的批评理论中，他引入并转化了大量原则作为讽刺诗的批评原则，因而他的讽刺诗理论呈现出显著的史诗化特征。所以，本书将全面梳理《关于讽刺诗的起源与发展》一文，但要穷尽该文所涉及的所有问题几乎不太可能，故将拣取其中获得较多批评重心的问题和相应的批评原则，来总结和分析德莱顿如何展开他的批评，考察他的批评过程和得出相应批评结论，尤其关注他对于英雄史诗与讽刺诗之间关系的重新整理，以史诗原则对讽刺诗展开批评。在考察其批评中，一方面要理解他如何认识古典时代的讽刺诗，如何继承和接受古典时代的讽刺诗理论，以及他反对文艺复兴

---

① 德莱顿自己的许多批评观点，写成之后不久又会发生改变，如当他几年后重新回顾《论戏剧诗》（1665）时，他如是说："I confess I find many things in this discourse which I do not now approve; my judgment being a little altered since the writing of it."

以来讽刺诗的理论和实践，另一方面，要考察他对英雄史诗与讽刺诗所确立的新型联系，以及利用史诗的批评原则来改造讽刺诗的企图，结合他自己的创作实践对此进行举隅说明，并观察他如何清除长久以来人们对于讽刺诗的误解，从而寻求适合于讽刺诗的诗体形式和内容，期望找到合适的讽刺对象和理想的讽刺方式。

第二章

"讽刺"起源的诗学问题

英文单词"satire"是本书中一个至关重要的词汇，应先对其进行一些基本而必要的讨论，以便为此后问题的展开准备必要的知识。因为本书将使用中文来完成，所以首先便会遇到对于"satire"一词进行翻译的问题。在中文里，该词经翻译转换后，"讽刺"一词被用作其对应词。然而，学术研究的严谨性要求在对该翻译词汇进行使用前，先要对该词所能传达和不能传达"satire"一词的部分做出相应的说明——这正是翻译文学中的一个老问题。① "satire"和"讽刺"虽然有其相似和可通约的部分，这一部分决定了二者可以在对方语言里进行相应的替换。但同时，二者又都是在各自文学和文化土壤中生成的词汇，各自具有自己生成和演化的历史，具有自己特定的内涵和外延，所以二者之间必定有许多交集之外的语域（register）——这是翻译文学本身所带来的不可避免的问题。为了不使这种文化差异问题引发研究的困惑，提醒中文读者在以自己文化思维来理解作为"satire"替换的"讽刺"时，还要留意中文"讽刺"所漏掉的"satire"中所包含的其他部分。所以本书在决定使用"讽刺"一词之前，先对"satire"本身在西方文学和文化中的生成和演化做一个大致说明，从而让中文读者能突破前见，在本书对"satire"所说明的边界范围内去努力接近和理解"讽刺"一词在本书里的具体所指。

---

① "翻译文学"是"比较文学"研究里的重要分支。此处"文学"取其作为"literature"对应词的宽泛含义，即以任何媒介所记录和写成的文本（text），故此处所谓"翻译文学"即是指称包括文类意义上"文学"在内的其他任何文本。

第一节 "讽刺" 的起源

一 "讽刺" 的几种起源说

西方学术史上对 "satire" 一词起源的讨论非常久远, 也最为混乱。古希腊人有 "satyr" 之羊人剧, 是在演完三场悲剧之后进行; 尤文纳尔把他的 "satire" 称作 "*farrago*"; 昆体良说讽刺诗完全是罗马人自己的, 如此种种, 这种争论在欧陆一直持续到文艺复兴时期, 在英国则是到德莱顿才慢慢接近尾声。英文里的 "satire" 来源于拉丁文 "*satura*" 一词, 而从古代开始, 学者们对于 "*satura*" 的起源有两种基本的看法, 它们最具代表性且最为人们广泛接受: 一种认为该词起源于希腊; 另一种认为该词实为罗马人自己的创造。认为 "*satura*" 起源于希腊, 是因为古希腊神话里有一类森林神祇, 他们的希腊语名称是 "σὰτυρος", 复数是 "σὰτυροι", 转写成拉丁文就是 "*satyros*" 和 "*satyroi*", 或者可能写成 "*saturos*" 和 "*saturoi*", 这类神祇就是古代神话里常见的 "羊人" (Satyr)。这是一种羊首人身的男性动物, 淫荡好色, 极具贬义色彩。"羊人" 常见于公元前 5 世纪的古希腊戏剧舞台, 因为每年都要在雅典举行狄奥尼索斯大会 (Dionysia) 以纪念酒神狄奥尼索斯。在这个大会上, 照例会举行悲剧比赛, 我们所知道的希腊悲剧三巨头埃斯库罗斯 (Aeschylus, 525/524—456/455 BC)、索福克勒斯 (Sophocles, 497/496—406/405 BC) 和欧里庇得斯 (Euripides, 480—406 BC) 都先后多次参加过这个比赛并获奖。通常, 每一位参加悲剧竞赛的作家在其三联悲剧后都会附加一出以这些 "羊人" (satyr) 为主题的滑稽剧, 如埃斯库罗斯的三联悲剧 *Oresteia* 之后有 *Proteus*, *The Tracking Satyrs* 是索福克勒斯的羊人剧, 但是这些剧本都没有流传下来 (*The Tracking Satyrs* 仅存一些片段), 只有欧里庇得斯的羊人剧 *Cyclops* 得以完整保存至今。"σὰτυρος" 这个希腊词语还有其形容词 "σατὺρικος" (*satyrikos*), 意思是 "像羊人似的"或者"同羊人剧有关的",亚里士多德在其《诗学》里对羊人剧进行过讨论。正因为希腊词"σατυρος"同拉丁词"satura"在发音上的相似,又因为希腊文化如此深刻地影响了罗马文学,所以在公元前1世纪早期就开始有人提出"satura"是源自"σατυροι"的理论就毫不奇怪了。①

人们之所以认为"satura"是罗马人自己的创造,因为该词可以追溯到拉丁形容词"satur"(充满的,充盈的)。"satur"的阴性形式是"satura",后来又拼作"satira"。"satura"这个词很早就用作名词,表示用于祭祀的丰盛祭品,是现代英语中"saturate"和"satisfy"这两个词语的词根。到了公元前150年,该词开始泛指"混合的、混杂的"东西。古罗马作家瓦罗(Varro,116—27 BC)曾说古代的人们使用这个词来称呼某种特定的馅饼或者布丁,这种布丁是用各种各样的香草和肉类混合而制成。② 相反,在古希腊语中却没有一个以音节"sat"开头的词,并具有"丰盛""满盈"的含义。

到了公元4世纪时,一位古罗马的语法学家戴奥米底斯(Diomedes Grammaticus,late 4th century grammarian)在他的著作《语法艺术》(Ars grammatica)中对此前出现的种种关于"satura"的起源学说作了一个总结,大致归为4种理论:第一种认为它来源于希腊的羊人剧"satyrs","讽刺"从这种羊首人身的动物"satyrus"获得它的名称;第二种看法认为其来自"satura lanx"这一事物,指的是放满各种水果的盘子,用于宗教仪式中向诸神献祭,"讽刺"因而具有"丰富"和"多种多样"的含义;第三种看法认为"讽刺"来自某种填满了许多原料的香肠,瓦罗把它叫作"satura";第四种看法认为"satura"同法律条文有关,是指一个法案中包含着的众多条款。其实,戴奥米底斯之前的罗马历史学家李维(Livy,59 or 64 BC—17

---

① C. A. Van Rooy, *Studies in Classical Satire and Related Literary Theory*, Leiden: Brill, 1965, p. 139.

② "Varro saith, that in ancient times, men called by this name, a certaine sorte of pie or pudding, into which men put diuers kindes of hearbes, and of meates." (转引自 Peter Green 的文章 The Word Satyre。)

AD）在他的《罗马史》中为"讽刺"也提出了一种起源的看法，他认为"satura"诗起源于罗马早期一种叫作"撒图拉"（satura）的本土戏剧（History of Rome，vii. 2）。虽然同是戏剧起源说，但是这种本土戏剧起源说同起源于古希腊悲剧的理论在本质上是不同的。

　　到了文艺复兴时期，托马斯·德朗特（Thomas Drant，1540—1578）在为自己所翻译的两卷贺拉斯讽刺诗集 A Medicinable Morall（1566，1567）所作的序言诗中定义"讽刺"是"tarte and carping kind of verse"，并为"讽刺"提供了三种起源的理论：第一种起源说比较罕见，他认为"satire"是一个阿拉伯语的名词，该词所指是一把有刃的剑："他们给它起了一个阿拉伯语的名字：/对于"讽刺"，其所指的确是一把剑而已。（"A name of Arabique to it they gaue：/For Satyre there，doothe signifie a glaue."）① 对于这种说法，格林（Peter Green）在其文章《关于"讽刺"一词》（The Word Satyre）里称德朗特的词源说非常奇特，自己在其他地方没有见过。不过他还是做了一番考察，推测此处所指可能是一个阿拉伯语或波斯词语 ساطور（satur），该词的意思是屠夫切肉所使用的刀，它的阿拉伯语词根是 سطر。德朗特所提供的第二种理论倒不新鲜，认为"讽刺"来源于："Satyrus，the mossye rude，/ Vnciuile god"（萨梯尔，毛茸茸的、粗鲁的/不文明的神），即是"satyr"。他所找到的第三种起源说是以为"讽刺"之名来自罗马神"萨图恩"，因为该神有一把切割时间的镰刀作为自己的象征："of writhled waspyshe Saturne may be named"（它可能是从锋利而多刺的萨图恩那里得名），因为"As Saturne cuttes of tymes with equall sythe：/ So this man cuttes downe synne，to coy and blythe"（萨图恩以镰刀均匀地切割时间：/所以此人切割罪恶，腼腆而欢快。）。

　　综上所述，因为"satire"的不同起源，所以也就获得它最初的一些基本含义。总结起来，其一，因同古希腊神话里的"羊人"有关，

---

　　① "Glove"的现代意义是："a blade fastened to a long handle"（OED，sense 2. a）。该诗请见附录1。

含有淫秽、放荡、戏谑、嘲弄和不严肃的意思，而这个含义也很容易
将其同喜剧联系起来；而"羊人"是"羊人剧"的主角，"羊人剧"
在悲剧后演出，所以"satire"另一个含义同悲剧相关；历史学家李维
也提供了一种本土戏剧起源说。其二，无论"satire"同装满果盘、香
肠还是法律条文有关，它都是同众多、丰富和杂乱（medley）相关，
所以尤文纳尔在他的第一首总序性的讽刺诗（programmatic satire）里
甚至宣称他的诗就是"*farrago*"（杂货）。而德朗特所提供的理论里将
"satire"同"刀剑"联系起来，既有阿拉伯世界的"刀剑"之义，也
有本土神话中"萨图恩"用于分割时间的"镰刀"之义，这种联系
之所以能够成立，都在于同"刀剑"能"切割"一样，"讽刺"能
"刺痛"其目标对象。

二 "讽刺"作为"satyr"

以上对"satire"起源的考察已经了解到该词所指的复杂性。公元
3 世纪，学者波菲利翁（Porphyrion）认为此词意为"讽刺的"或者
"一位讽刺作家"。来自 4 世纪的罗马语法学家多纳图斯（Donatus）
在对泰伦斯（Terence）的评论中则提到："很明显，关于旧喜剧，萨
图拉剧和新戏剧，都同属于惩戒性写作的类型，他们是前后相延，一
脉相承的。"① 而 7 世纪时，伊西多尔（Isidore of Seville）径直称呼讽
刺作家为羊人"satyr"（satyrs），把他们看作是一类喜剧作家。② 到了
文艺复兴时期，人们对"satire"的热情又变得高涨，围绕着对它进行
的创作和批评一时又都重兴起来。这一时期在文学批评极为发达的意
大利，围绕着对但丁《神曲》的分类展开了一场极为激烈的大争论，
人们认为它不能算作"satire"，因为在诗里没有出现"牧神"（faun，
即 satyr 羊人"satyr"）。而在 16 世纪的法国，大部分评论家都把
"satire"的起源同希腊的羊人故事联系到一起，同时学界也一致同意

① O. J. Campbell, *Comicall Satyre and Shakespeare's Troilus and Cressida*, San Marino：Hun-
tington Library, 1938, p. 25.

② C. A. Van Rooy, *Studies in Classical Satire and Related Literary Theory*, Leiden：Brill,
1965, pp. 196–197.

"satire"的所指要大于"羊人"这个起源。

第一位将"satire"同羊人"satyr"混同起来的概念引入到英国的学者是亚历山大·巴克雷（Alexander Barclay，1475—1552），时间是1509年。[①] 他和普滕南姆（George Puttenham，1589）都将"'satire'看作是'satyr'，即那种羊首人身的混合动物，人们将对它粗陋生活的简单观察用于指称人性的缺点。"[②] 将这两个词语混同的另一个原因是这种动物本身也是人面羊身的混杂。上文已提到，德朗特（1566）是第一位翻译贺拉斯的英国人，他继承了中世纪词源学的技巧，他为自己所翻译贺拉斯讽刺诗集所写的序言诗里（"A Medicinable Morall"），其中提到的一种讽刺诗起源，就是认为"satire"是浑身长毛、粗鲁、不文明的神。[③]

受此影响，托马斯·德莱昂特之后的英国讽刺作家们一直到17世纪初大多都接受了"satire"源于"萨梯尔"的这一看法，如托马斯·洛奇（Thomas Lodge，1558？—1625），约翰·马思腾（John Marston，1575？—1634）等不但对自己的作品如此命名，而且还称呼自己就是"森林之神"（Woodland deities，即萨梯尔——羊人）。博学的珀利多尔·维吉尔（Polydore Vergil，1470—1555）在谈论"satire"的词源时说："'satire'从怪异的神祇那里获得它的称呼，这些神祇粗鲁、淫荡、举止轻浮。"[④] 威廉·兰金思（William Rankins，1587—

---

① 1494年，德国讽刺诗人 Sebastian Brant 的讽刺诗 "*Narrenschiff*" 发表，引起轰动。James Locher 于 1497 年将其翻译成拉丁文诗 "*Stultifera Navis*"，并为之增写了一个序言。巴克雷参考 Locher 的拉丁文诗完成了自己的 "Ship of Fools"，他翻译了 Locher 的序言，将其中的 "*satura*" 简单地翻译为 "Satyre"。1509 年也因此被 NED（*A New English Dictionary on Historical Principles*，即《牛津英语词典》的初版，1884—1928）看作是 "satire" 进入英语词典的时间。

② R. M. Alden, *Rise of Formal Satire in England*, Philadelphia: The University, 1899, p. 38.

③ 全诗见附录一。

④ 这是 Campell 所引，在 *Comicall Satyre and Shakespeare's Troilus and Cressida* 一书的第 27 页，并附有注释："这是对珀利多尔·维吉尔名作的删节，由托马斯·郎勒（Thomas Langley）扼要整理（London，1551），该译文的第一版于 1546 年出版。"

1598）说："我就是一个萨梯尔。"① 萨缪尔·洛兰兹（Samuel Row-lands，1573—1630）在他的诗里提到"羊足的萨梯尔"。② 理查德·布拉斯威特（Richard Brathwaite，1588—1673）也提到裸体的萨梯尔在跳舞。③ 约瑟夫·霍尔（Joseph Hall，1574—1656）声称自己是第一位写作"satire"的英国人，以致弥尔顿在一个充满动物意象的段落里提到他时，嘲讽地称他为"英国的第一只萨梯尔"。④

这种从词语起源上将"讽刺"等同于"satyr"的看法广为人知，而且非常持久，在整个文艺复兴时期，萨梯尔的形象已经成了"satire"的一种象征。坎普贝尔（O. J. Campbell，1938）曾著文对文艺复兴时期流行的这种看法进行了系统梳理，并指出这一看法极大地误导了伊丽莎白女王一世时期英国诗人们的讽刺诗创作实践，从而决定了这一时期英国讽刺诗主体上粗鲁而猥亵的风格。⑤ 甚至导致这一时期的讽刺作家们普遍认为，除非他们以极为粗俗和野蛮的语言来写作他们的诗歌，否则这些诗歌就不能称之为"讽刺"。

首先对于这种从起源意义上将"讽刺"等同于"萨梯尔"的看法进行批判的，是法国古典语文学家艾萨克·卡索本（Issac Casaubon，1559—1614）。他在其《关于两卷希腊"萨梯尔"诗歌和罗马讽刺诗的讨论》（*De satyrica graecorum poesi et romanorum satira libri duo*，1605）一文中，对这种错误的联系进行了批评和澄清。德莱顿接受了卡索本的观点，并在自己的长文《关于讽刺诗的起源与发展》⑥ 中介绍了卡索本的观点——而事实上，德莱顿此文的观点更多是受到了法

---

① Campell 所引，p. 25。

② Alden，p. 167.

③ Alden，p. 216.

④ John Milton，耶鲁大学出版社出版的《散文集》（1593），第一卷，第915页。但是弥尔顿本人在1641年则称，"讽刺既然是从悲剧中产生的，所以它必须同它的父辈相似。"《散文集》（1593），第一卷，第916页。

⑤ O. J. Campbell，*Comicall Satyre and Shakespeare's Troilus and Cressida*，San Marino：Huntington Library，1938，pp. 35-37.

⑥ John Dryden，*Essays of John Dryden*，ed. W. P. Ker. Oxford：Clarendon Press，1925，pp. 15-114.

国另一位古典学家达希尔（André Dacier，1651—1722）*Preface sur les satires d'Horace*（1687）一文的影响。德莱顿接受了法国古典学家们的意见，他同样质疑这种古老的神话起源，并澄清因此而来的混淆，极力将"讽刺"同"萨梯尔"区别开来。他在该文中所推崇的讽刺诗人是此文作为献辞的对象：多赛特爵士（Earl of Dorset，1368—1706），他认为多赛特爵士的讽刺诗中没有"satyr"的特点。其次，因为多恩（John Donne，1572—1631）的讽刺诗是伊丽莎白讽刺诗人中没有"萨梯尔"特点的诗人，所以他也成为德莱顿所认同的诗人。卡索本、达希尔和德莱顿等前后所做的工作都是要将"讽刺"起源同"萨梯尔"的关系剥离开，虽然他们的观念没有被立即认同，但是随着人们逐渐对"satyr"式讽刺诗的反感，更多的英法诗人和学者都开始接受他们的看法。但是这种误解还是对后来的人们留有影响的影子，比如到了 1725 年，霍加斯（William Hogarth，1697—1764）在为萨缪尔·巴特勒（Samuel Butler，1613—1680）的讽刺长诗《胡迪布拉斯》所刻的插图中，他一直使用萨梯尔——羊人的形象作为插图的中心图像，以提示读者这是巴特勒的羊人诗——讽刺诗。①

三 "讽刺"的两种类型及扩大

"Satire"的不同起源导致了它所具有的丰富含义，而且古典时期已经将"satire"发展成为一种文学形式（Literary form），其使用的文体形式是"诗体"（verse），而不是散文体（prose）。《牛津古典学词典》"satire"词条对它的解释是："satire 首先是作为罗马的一种文学形式。"② 也就是说，罗马人对于"satire"的使用，是把它视为一种文学类型。将"satire"解释为罗马人所创作的一种文体，大致都受到了昆体良（Quintilian，35—96）的影响。昆体良在自己的《演说术原理》中曾自豪地宣称："讽刺（诗）的确可完全算作是我们自己

---

① 霍加斯为《胡迪布拉斯》所刻的第一块版画，请见附录二。

② "satire（*satura*）was first classified as a literary form in Rome."（Hornblower 2012, p. 1320）

的。"① 昆体良发出这番断言的特别背景是，本土发生的古罗马文学在先进的古希腊文学和文化进入以后，逐渐被其湮没而失去发展动力和个性，古罗马作家纷纷转而学习模仿古希腊文学而不能形成自己的传统——贺拉斯在给皮索父子的信里甚至还主张"应当日日夜夜把玩希腊的范例"②。昆体良在写作此书时，感慨于古罗马文学步希腊后尘而缺乏原创性，在历数古罗马文学类型受到希腊文学影响的种种现象时，突然找到了"satura"这种类型，他认为这是古罗马人自己的本土创造，同古希腊人没有关系——他尤为欣赏贺拉斯所写作的讽刺诗。于是自昆体良开始，罗马讽刺诗就开始由批评家们逐渐建立起了它的罗马谱系，从鲁克留斯开始，贺拉斯前承其绪，再到帕修斯和尤文纳尔而告一段落。德莱顿在讨论"讽刺"起源时，稍有不同，后文将对此作仔细说明。

在昆体良写作《演说术原理》之前，罗马文学史上已经出现了"satire"的两种类型。一类是以瓦罗为代表创作的"梅尼普讽刺（Menippean Satire）"③，人们也称这种讽刺为"Varrocian Satire"。昆体良提到这种讽刺时说："提乌斯·瓦罗创作了一种更古老的讽刺，这是一种杂有诗体的讽刺混合体。"（*Institutio Oratoria*，10. 1. 95）这种讽刺诗是兼有散文体式和诗体形式的杂糅作品（*prosimetrum*），并且它具有希腊文学的产生渊源，被认为是公元前 3 世纪希腊作家梅尼普斯（Menippus）首创；另一类是以鲁克留斯（Lucilius，180 - 103，

---

① "*Satura quidem tota nostra est.*"（Quintilian［10. 1. 93］）

② 该信乃贺拉斯应皮索（Piso）父子请教如何写作而写的短笺，经昆体良极力推赏而成为后世广为人知的诗学名篇《诗艺》（*Ars Poetica*），杨周翰先生于1962 年将其译成中文。

③ 梅尼普讽刺（Menippean satire），是经公元前 3 世纪早期希腊讽刺作家梅尼普斯（Menippus，flourished 3rd century BC）发展，于公元前 1 世纪被学者瓦罗通过其创作的《梅尼普讽刺》（*Saturae Menippeae*）介绍到罗马。此后被塞内卡（Seneca the Younger，4 BC—65 CE）和希腊讽刺作家琉善（Lucian，120 - 180）所效仿，并影响到贺拉斯和尤文纳尔（Juvenal，55，60 - 127 CE）的拉丁讽刺诗创作。古罗马作家彼得罗纽斯（Petronius，27 - 66）的《萨蒂里孔》（*Satyricon*，61）是一部梅尼普讽刺。（"Menippean satire." *Encyclopaedia Britannica. Encyclopaedia Britannica Online Academic Edition.* Encyclopædia Britannica Inc.，2015. Web. 12 Jun. 2015.）

or 102 BCE）作为创造者的罗马讽刺（Roman satire），① 它是一种完全采用史诗格律来进行创作的诗体形式。② 在鲁克留斯之后，继续写作罗马讽刺诗的有诗人贺拉斯（Horace，65BC—27BC），随后有帕修斯（Persius，34—62）以及最后一位写作罗马讽刺诗的尤文纳尔。③ 昆体良没有显示出对瓦罗作品的兴趣，而且也根本没有提到创作梅尼普讽刺的塞内卡（Seneca，BC45—AD65 年）和彼得罗纽斯（Petronius，逝于公元66年）。显而易见，他所引以为骄傲的罗马人自己的首创当然是指诗体的“satire”，所以我们称“Roman satire”为罗马讽刺诗。

　　“讽刺诗（satura）”首次被人有意识地用于指称一种类型的诗是从贺拉斯开始的。在此之前，还没有一个稳定的命名专用于称呼鲁克留斯式的诗歌。鲁克留斯本人曾尝试使用过一个权宜性的词来指称他的作品，这就是“schedium”和它的相应形式。因戈尔索尔（J. W. D. Ingersoll）在其文章里考察了该词的希腊语词源“σχέδις”，这个词的意思大致是指“突然，因为临时的需要而仓促创作的短小作品”。所以，鲁克留斯使用这个词用于指称自己的讽刺诗似乎是在说明自己的作品是一种即兴之作。④ 共和晚期的西塞罗（Cicero，

----

　　① 昆体良说：“第一位写作讽刺诗并赢得声名的是鲁克留斯，他的一些追随者们如此钟情于他，以至于毫不犹豫地认为他在讽刺这种类型创作上是无出其右者，就是在所有诗人中，他也是无与伦比。我同贺拉斯一样不能赞同他们的观点，贺拉斯认为鲁克留斯是充满泥泞的河流，其中的许多杂质都可以被清除。他的学问是无可比拟的，他极为自由的言论也是一样，以及因为这种自由而产生的辛辣讽刺和丰富才智也不可思议。贺拉斯却更为凝练和纯洁，我认为他是最好的作家，除非因为我过分钟爱他而产生偏差。帕修斯取得了极大的并与之成就相称的名声，尽管他只写了一本书。今天也还有一些了不起的讽刺作家，将来他们也会被人们所敬仰。”（Institutio Oratoria 10.1.93-4）

　　② 自《荷马史诗》以来的希腊史诗和后来罗马人模仿希腊史诗而创作的罗马史诗，如维吉尔的《埃涅阿斯纪》，都是采用六音步长短短（Dactylic hexameter）格，这种格律被看作是史诗的专用格律。

　　③ 尤文纳尔是昆体良同时代人，据说他曾进入昆体良的学校学习修辞，但是没有确证。尤文纳尔本人和他写作的讽刺诗也没有在昆体良的著作中被提到，其中的原因多有解说，但都无直接的材料来证实。

　　④ J. W. D. Ingersoll, "Roman Satire: Its Early Name?" Classical Philology, Vol. 7, No. 1（Jan., 1912），pp. 59-65.

106BC—43BC）在提到鲁克留斯的时候，也只是使用描述性的词语来说明他的作品所具有的幽默和讽刺特点，而没有认定他为某一特定文类的作家而对其作品使用特别的称谓。即使贺拉斯本人，他也没有一开始就把自己的讽刺诗称作 "*satura*"，因为他在自己的第一卷《讽刺诗集》里也还是将其诗歌称作 "这种类型的写作"（ "*genus hoc scribendi*"，Sat. I. 4. 65）或者 "谈话"（*sermones*）。直到他写作第二卷《讽刺诗》时，他才正式使用 "*satura*" 一词来固定指称自己的这类作品。① 后来，晚贺拉斯半个世纪才出世的罗马诗人帕修斯，他所创作的讽刺诗也使用这个名称来称呼——尽管他只有 6 首而不是全部诗作被批评家们一致认定为讽刺诗。写作罗马讽刺诗的最后一位诗人尤文纳尔，他创作的时间则是在公元 2 世纪前后。

　　文艺复兴时期重新掀起创作和讨论 "satire" 的高潮，这时期的作家们几乎一致地将 "saitre" 限于某种类型的诗歌。彼得蒙特（Francesco Filippi Pedemonte，1546）在亚里士多德《诗学》的基础上认为 "satire" 同悲剧相关；罗巴特洛（Francisco Robatello，1548）认为 "satire" 是用于舞台表演的戏剧诗；敏图尔诺（Antonio Minturno，1559）与罗巴特洛持相同看法，他将所有诗歌分为史诗、舞台诗和抒情诗（melic）三类，并说舞台诗是 "由悲剧、喜剧和 'Satire'，以及

---

　　① 贺拉斯在第一卷《讽刺诗》里也还没有将 "讽刺" 用于称呼他的这类诗歌，虽然其中第四首特别提到当时许多罗马人在讨论鲁克留斯作品的风格和精神以及进行模仿再创作的问题，可是他也没有使用 "*satura*" 这个词来称呼鲁克留斯的作品，而只是使用了 "鲁克留斯的特点"（ "*character Lucilianus*"）这个表述。他在称呼自己这种六音步的诗作时也只是说 "这种写作" 或者 "谈话（*Sermones*）"。Hendrickson 认为，贺拉斯因为反对同时代人不考虑时代，不做具体分析和鉴别，而对鲁克留斯作品的所有方面进行盲目模仿和复兴，因此对他而言，需要总结出一种文学类型，虽发端于鲁克留斯，但又不囿于其个人特点并能摆脱其时代局限，于是其《讽刺诗》第二卷伊始，贺拉斯就对鲁克留斯所开创的这一风格的文类给出了一个专门命名 "讽刺诗"（ "*sunt quibus in satura videor nimis acer et ultra / legem tendere opus*"，Sat. 2. 1. 1–2）。这样，到了公元前 40—前 30 年代，在拉丁文学史上，一个具有明确所指的文类 "讽刺诗" 就有了自己的专门命名。半个世纪后，这一名称同样被用来称呼另一位贺拉斯的后继者帕修斯所创作的六首讽刺诗。（G. L. Hendrickson， "Satura-The Genesis of a Literary Form"，*Classical Philology*，Vol. 6，No. 2（Apr.，1911），pp. 129–143.

其他在剧院里可以看到的诗歌类型构成";① 吉拉尔迪 （Giovanni Battista Giraldi，1554）也将 "Satire" 定义为一种类型的舞台剧，包括悲剧和喜剧因素，也就是悲喜剧。② 普滕南姆 （George Puttenham，1589）还将三类谴责性的诗歌归纳在一起，并为他们假定了一个先后出现的顺序：先是 "Satire"，由扮成森林神祇的男性朗诵；此后是旧喜剧，继承了 "Satire" 的辛辣特点和面具，但更具戏剧性；后起新喜剧，较之以前更为文雅和令人愉悦，不再指名道姓地批评。托马斯·洛奇 （Thomas Lodge，1558？—1625）被一些人认为是英国的第一位讽刺作家，他甚至在普滕南姆之前就确立起了一个诗体的顺序：先是感恩诗，然后是讲述王子和王国败落的粗糙戏剧，最后才是通过表现萨梯尔 （Satyrs）生活的讽刺诗。17 世纪的海恩西乌斯 （Nicholas Heinsius，1620—1681）在研究贺拉斯的博士论文里称 "'Satire' 是一种类型的诗，没有一系列的行动 （Action），用于净化我们的思想。"③ 所以，这种将 "Satire" 看作是诗之类型的看法从贺拉斯到新古典主义时期已经是诗人们的共识，因而约翰逊博士 （Samuel Johnson，1709—1784）④ 在其独力编纂的《英语语言词典》中对 "satire" 词条的解释是： "'satire' 是为审查邪端和愚行而写作的诗。"⑤ 这种 "讽刺" 诗体因此也常常使用一个更严格的称谓 "Formal verse satire" 而对于另外一类诗体、散体杂糅的 "satire"，瓦罗称其为 "Menippean Satire"，而后人则因为瓦罗对其诗体的贡献，更惯于使用 "Varrocian satire" 这个术语。

---

① Bernard Weinberg, *History of Literary Criticism in the Italian Ren-aissance* （Chicago，1961），pp. 387-388, 399, 742 （Minturno），and pp. 443-444 （Giraldi）；the quotation from Minturno is on p. 742.

② O. J. Campbell, *Comicall Satyre and Shakespeare's Troilus and Cressida*，San Marino：Huntington Library，1938，pp. 28-19.

③ "Satire is a kind of poetry, without a series of action, invented for the purging of our minds." W. P. Ker, Essays of John Dryden, II, 100.

④ 本书尽量提供所有提及的外国作家生、卒年等基本信息，以网络版《大英百科全书》数据库所提供的信息作为参考。

⑤ "A poem in which wickedness or folly is censored" （Johnson 1979, SAT）.

"讽刺"逐渐从诗体扩大到其他的文体类型中。它的诗体概念从其前驱罗马讽刺诗那里获得，经昆体良等人的论述，使它成为一种令罗马人感到骄傲的文学创作，所以使得"讽刺"的文体意义得到强化。然而"讽刺"这种文体本身所包含的"使用反讽、挖苦、挪揄等来揭露、谴责或者嘲弄邪恶和愚蠢"这种意义也同时得以凸显出来①，并渐渐突破了它原有的文体类型，成为一种可以被多种文体容纳具有普遍意义的"讽刺精神"。如同喜剧所具有的喜剧精神可以在小说、诗歌等文体中表达一样，"讽刺"于是作为一种文学创作的"讽刺精神"（Satiric Spirit），也能够同其他的文体类型相结合并得以表现，而不仅仅限于诗体作为其唯一的载体。这样，经过几个世纪的演变，"讽刺"终于摆脱了它的文体限制，从中独立出来而成为一种具有普遍意义的"讽刺精神"，这是"讽刺"含义扩大的另一种表现。《柯克尔英文词典》（Cocker's English Dictionary，1704）如此定义"讽刺"："任何尖锐或严厉的事物，都可以称作'讽刺'。"②可见这时的"讽刺"已不限于其文体意义了。因为人本身和人之外的社会都不完善，"讽刺"只是审查和看待这些不完善和弊端的一种方式和态度，所以这种方式同其他看待人和社会的方式和态度并无二致。正因为这种"讽刺精神"的范围非常广泛，所以可以在很多样的文学形式中找到"讽刺"，而不会仅仅限定在"Formal verse satire"的界限之内，如斯威夫特（Jonathan Swift，1667—1745）最伟大的"讽刺"之作《格列佛游记》（Gulliver's Travels，1726，1735）不是诗体，而是18世纪小说萌芽初期所出现的最伟大的"讽刺"小说。即使坚持"讽刺"是以"Formal verse satire"的形式来表现，那么经历了"古典讽刺"（Classic satire）之后的"讽刺"也可以在不同类型的诗体中呈现，如抒情诗、颂诗，

---

① Jess Stein ed., *Random House Webster's Unabridged Dictionary*, 2nd edition（2000），New York：Random House，p. 1705.

② "Anything sharp or severe, is called a Satyr".

甚至在弥尔顿所著史诗《失乐园》中也有"讽刺"。并且，"讽刺"范围的扩大不仅仅表现在文体形式上，就连诗体的格律形式也更为多样化，古典讽刺诗所使用的长短短六步格（Dactylic hexameter）也被代之以民族国家兴起后各民族语言中更丰富的格律结构，[①] 如巴特勒（Samuel Butler，1612—1680）写作的讽刺诗《胡迪布拉斯》，他使用的八音节双行体（Octosyllabic couplet）；而《唐·璜》的诗体结构是诗节（Stanzaic）的形式。这是因为随着时代在前进，社会在发展，社会分工愈加精细，人群也因此进一步分化。与之相应，文体类型也变得更加多样化和细致化。于是不难看到，"讽刺"会愈来愈多地出现在书信、戏剧、小品文（essay）、游记、历史和批评等文体里。"讽刺，它一旦进入文学，它就永远不会消失，它只会改变形状，让自己去适应不同的当红文类。"[②]

四 "讽刺"与几个相关术语的辨析

"讽刺"作为对人性缺陷和社会弊端进行反思，并予以揭示和批评的艺术类型，同另外几个具有相同嘲弄和批评功能的术语有相似之处。"讽刺"与它们在发展成为一种艺术（art）之前，都是作为人的一种心理状态，都反映着人本性中一些基本的冲动，所以它们之间很自然具有相似的地方。但是作为艺术的类型，"讽刺"在批评限度、表达方式、介入范围和实现目标等方面同它们有差异，需要加以辨析和说明，否则很容易导致对"讽刺"本身的误解，将它误认为是与其相关的这几个术语或者相反。

---

① 本书关于"Dactyl"格律的翻译基于古代语言和现代语言形成格律的不同特征和原则，当指称古代诗歌时，即译为"长短短格"；当指代现代语言中的诗歌格律时，即译为"扬抑抑格"。

② S. M. Tucker, *Verse Satire in England before the Renaissance*, New York：The Columbia University Press，1908，p. 12.

在以下所要辨析的几个术语中，"lampoon"同"讽刺"最为接近①，但是二者在批评的方式和目标上却又极为不同。"讽刺"有其"度"（propriety）的边界，而"lampoon"却远在"讽刺"所要求的"合度"之外。Aenghus O'Daly 曾对二者进行了这样的区分："Satire is general. A lampoon or pasquinade is personal, and always intended, not to reform, but to insult and vex：the former is commendable；the latter scurrilous；—*foeda et insulsa scurrilitas.*"（讽刺诗针对一般人。"lampoon"或者"pasquinade"针对个人，而且总是蓄意的，不是为了改正，而是为了侮辱和激怒。前者是可赞美的，后者是粗鄙无礼的。）② 所以"lampoon"的目标是要造成伤害，为达到这一目的，其作者可以毫无顾忌地使用责备、谩骂等手段对对象进行攻击。这种攻击甚至还可以从作为目标的事物延伸到相关的个人，从而使"lampoon"发展成为对个人进行人身攻击的一种类型，霍加特（Matthew Hodgart，1916—1996）正是这种看法。③ 正因为"lampoon"所具有的这种以攻击、羞辱为乐而不加限制的特点，它也常常等同于其他文学手段如"谩骂"

---

① 《大英百科全书》网络版对"lampoon"的解释是，"它是以散文形式或者诗体形式写成的恶意讽刺，对某个人进行无端的、有时是不公正的蓄意攻击。"（"lampoon". *Encyclopaedia Britannica. Britannica Academic.* Encyclopædia Britannica Inc.，2015. Web. 27 Jul. 2015. <http：//academic. eb. com/EBchecked/topic/328871/lampoon>.）该词原指 17 世纪法国祝酒歌 *Lampons*（"让我们喝吧！"）的副歌部分，其词源是古法语词 *lamper*。在英语中，它指以奚落和反讽的方式进行公开批评。（Julia Cresswell，*Little Oxford Dictionary of Word Origin*，Oxford：Oxford University Press，2014，p. 193；和 *Encyclopaedia Perthensis or Universal Dictionary of the Arts，Sciences，Literature，etc，Intended to Supersede the Use of Other Books of Reference*，2nd edition，Volume XII，Edinburgh：Printed by John Brown，Anchor Close，1816，p. 580.）然而，这种批评主要的目标是进行羞辱和使人恼怒，而不在于助人改正。（*A Dictionary of the English Language*，New York：Noah Webster，LL. D.，1828，lam-部分.）汉语里有"讽刺、讥讽、奚落"等对该词的解释，但是为了区别出该词的文体用法，故据其音、义而做出如上的权宜译法。另外几个术语在汉语里的使用有涉及其文体意义的情形，所以不另做翻译，仅采用其在汉语中通常的理解和翻译。

② Aenghus O'Daly，*The Tribes of Ireland：A Satire*，tr. J. C. Mangan，Dublin：John O'Daly，LL. D.，M. R. I. A.，1852，p. 15.

③ M. Hodgart，*Satire*，New York，Toronto：World University Library，1969，p. 14.

(invective) 和"诋毁"（libel），而这正是"讽刺"所不取、所要反对的。德莱顿说："总之，原来的这种讽刺①，在英国以'Lampoon'而得名，是一种危险的武器。大体上讲，它是不合法的。我们在道德上没有权利去对别人的名声指手画脚。"② 德莱顿随后说明在两种情况下可以写作"Lampoon"，但是他也说不能保证它们总是能够成立，这实际上是针对第一种情况，即别人伤害了自己，所以自己也要选择以同样的方式进行报复，因而他在谈到自己时说："攻击我的诽谤言论（libels），比任何一个在世的人所受到的都还要多……我极少去回应任何对于我的'lampoon'。"③ 但是德莱顿肯定了第二种情况，认为对于危害公众利益的人，诗人写作"lampoon"进行惩戒是正当的，它是诗人的义务。④

"滑稽"（Burlesque）的最大特点在于它的喜剧性，它要求不断地制造喜剧效果、加强喜剧气氛⑤，从而获得众人的哄堂大笑——如果"讽刺"只是要达到微笑效果的话。因此"滑稽"同"讽刺"之间的界线正好是在微笑和大笑之间。"滑稽"与"讽刺"的关系如同"闹剧"（Farce）同"喜剧"（Comedy）的关系。⑥ 德莱顿还从文体上区分了一种诗体的滑稽，它是采用四步八个音节和阴性韵（Feminine

---

① "That former sort of satire" 指的是希腊人的"犀利体"（Silli），这是一种对个人或者团体进行人身攻击的文体，极其强烈而无节制。

② John Dryden, "A Discourse Concerning the Original and Progress of Satire", *Essays of John Dryden*, Oxford: The Clarendon Press, 1925, p. 79.

③ Ibid. , p. 80.

④ Ibid. , p. 81.

⑤ 如果就诗的构思（design）而言，滑稽诗（Burlesque poetry）又大略可以分为 Travesty 和 Parody 两种滑稽，二者方向相反，但都是为了达到滑稽的效果。Travesty 的主题范围和形式有限，使用较少，通过降阶的方法以微小低贱的形式来表现宏大的对象；而 Parody 使用较多，是通过增阶的方法以宏大森严的形式来呈现低俗不严肃的对象。（Tucker, S. M. (1908), *Verse Satire in England before the Renaissance*, New York: The Columbia University Press, pp. 20-21. ）

⑥ Humbert Wolfe, *Notes on English Verse Satire*. New York: Harcourt, Brace and Company, 1929, p. 17.

rhyme，or double rhyme）的诗行，如巴特勒的《胡迪布拉斯》。①

　　"戏仿"（parody）是戏仿者对戏仿对象进行夸大或者缩小的游戏仿作。大多数情况下，它表达的是对戏仿对象的欣赏和钦佩，而非厌恶和憎恨，而且态度和缓而不激烈。"戏仿"只有在对所模仿事物进行责备和嘲弄时，它才成为"讽刺"。"戏仿"除了可以表达对所模仿事物的不满之外，它还可以表达对该事物的喜爱和钦佩，通过模仿对象来拔高和赞扬对象，而这却是"讽刺"所不具备的。

　　"特拉维斯提"（Travesty）是同"戏仿"方向相反的另一种模仿手法。"戏仿"是通过夸大的方式来拔高、扩大对象，使本来低微的、小型的事物显得宏大和庄严；而"特拉维斯提"是通过缩小的方式来降低、压缩对象，让庄严、大型的事物以低俗、比例更小的事物来表现。夸大的戏仿使用较多，而反方向的"特拉维斯提"则相对使用较少，二者目的都是为了达到滑稽的效果。

　　"寓言"（allegory）是自中世纪以来讽刺作家们最喜欢使用的"讽刺"的手段，最为后世所知而对后世最具有示范作用的作品是但丁的《神的喜剧》，即中文所译的《神曲》，因此"寓言"有时本身就是"讽刺"。但是"寓言"又不专属于"讽刺"，且其本身又是独立的类型，所以它有时又在"讽刺"的范围之外。所以"寓言"也可以是"讽刺"，也可以不是；反之亦然。②

　　"幽默"（Humor）是"讽刺"中不可或缺的因素，没有"幽默"就等于"讽刺"失去了其精神，因而不成为"讽刺"。当"幽默"同"批评、嘲弄、教导"相结合时，它就构成了"讽刺"。这也是为什么人们在谈到乔叟的"讽刺"时，总会发现在他的"讽刺"中还弥漫着一股"幽默"（Humorous）的精神。③

---

① John Dryden, "A Discourse Concerning the Original and Progress of Satire", *Essays of John Dryden*, Oxford: The Clarendon Press, 1925, p. 105.

② Humbert Wolfe, *Notes on English Verse Satire.* New York: Harcourt, Brace and Company, 1929, p. 20.

③ Hugh Walker, *English Satire and Satirists.* London: J. M. Dent & Sons Ltd, 1925, p. 18.

第二节 德莱顿讽刺诗学的形成

德莱顿讽刺诗学的形成主要来自两个方面,其一是他的讽刺诗创作,其二是他的讽刺诗批评。二者的写作顺序是创作在前,而批评的写作则是在他完成诗作的十余年后,因此可以理解德莱顿的批评对象是古代至当时的讽刺诗人及其作品,显然他自己的讽刺诗也可以作为他论述时的对象和参照,但他似乎有意识去避免提及他自己的作品,在《关于讽刺诗的起源与发展》的长文中,只是当谈及讽刺诗中的人物刻画时他才提到自己的讽刺诗《押沙龙与阿齐托菲尔》中对于 Zimri 这个人物的描写。他很为这一人物的刻画感到自豪,认为它几乎可以抵上整整一首讽刺诗——看来他真的是为这节内容感到极为自豪,因为在该文里他滔滔不绝地征引他人作品,从古到今、从本国到外国,无有不能入其批评视野的讽刺作品,但是他在文中却绝少提及自己的作品,只有在这一处他才终于提到了自己诗中能抵过整首讽刺诗的人物描写这一小节内容。[①] 虽然德莱顿极少将自己的讽刺诗作品作为自己构建讽刺诗学的主要对象,但是他在展开自己的诗学论述时却并没有忘记自己的创作,他只是出于某种今日尚未确知的原因而不愿意提及罢了,刚才所举这一例即是他创作实践同他讽刺诗学理论之间关联的明证。因此探讨德莱顿的讽刺诗学必须要考察他的讽刺诗创作,其实践已经包含了他讽刺诗学理论体系中的种种内容,等到十余年后他的《关于讽刺诗的起源与发展》一文问世,这些诗学内容才系统地通过他的批评得以阐发出来。所以,一方面,无论是德莱顿的讽刺诗创作,还是他的讽刺诗批评,都构成了他整体讽刺诗学的一部分;另一方面,他的创作与他的批评又构成了实践展开与理论总结的关系,二者之间虽然相隔十余载,但是二者在诗学精神和理论旨趣上却是相互一致和统一的,它们形成互相说明和解释的同构关系。

---

① 《押沙龙与阿齐托菲尔》中对于 Zimri 这个人物的描写部分请见附录四。

一　德莱顿的批评

斯威夫特牧师，即那位著名的文学家乔纳森·斯威夫特，曾经在他下面这首诗 *On Poetry: A Rhapsody* 里提到德莱顿的批评：

Get Scraps of Horace from your Friends,

And have them at your Fingers Ends.

Learn Aristotle's Rules by Rote,

And at all Hazards boldly quote：

Judicious Rymer oft review：

Wise Dennis, and profund Bossu.

Read all the Prefaces of Dryden,

For these our Criticks much confide in,

(Tho' merely writ at first for filling

To raise the Volume's Price, a Shilling.)

—Swift, *On Poetry: A Rapsody*, II. Line：245-254

(从朋友那里获得一些关于贺拉斯的零碎知识,

然后在自己的指尖摆弄。

死记硬背记住了亚里士多德的规则,

然后大胆地随便引用：

明智的 Rymer 常发评论：

Dennis 博学, Bossu 深刻。

读完德莱顿所有的序言,

我们的批评家多就此坦言：

尽管它们初为填补空位,

目的却是为了抬高书本价格——多出一先令。)

诚如斯威夫特所言，德莱顿的批评多是他为作品所写的序言——这些序言同时也是作为向他提供经济援助的恩主所写的献辞。的确，除了他的《论戏剧诗》外，他的批评写作大多是以作品序言（献辞）

的形式而出现，计有 25 篇，另有数篇是为同时代其他作家作品所写的序言。德莱顿的这些批评写作无疑有针对当时热点文学问题发表见解的直接性，或是用于对自己的写作进行某种自我辩护，但还有一重目的是要换取某位恩主对其解囊相助。无论属于哪种情况，或其中有孰轻孰重之分，但大致上可以说，德莱顿的批评具有非正式、应时和自我宣泄这些特点。德莱顿以文为业，其辛勤创作只是为了维持一家生计而已。这些作为序言的零散批评可能如斯威夫特所谴称的那样，他写这些评介文章不过是为了多挣一先令，因为通过这些广告式的序言可以去招徕更多的观众或者读者。另外，刚才也已经谈过，他在批评中也包含有他出于对诗歌、戏剧等文学问题的热情和真诚，通过写作来探讨在实际创作中所遇到的理论问题，同时也通过这些批评写作在公开或潜在的对手面前申辩和捍卫自己的创作主张。虽然在他和他之前的时代，也曾出现许多文学批评理论，但这些写作都零碎不系统，草率而不缜密，过度依赖古代希腊罗马的理论，或者截取意、法等国的理论观点，缺乏自己独立的思考和意见，不能形成自己有效的批评理论体系。德莱顿的批评既广泛借鉴前人成果，又重视自己的独立思考。不同之前的加斯科伊涅、普滕南姆、锡德尼和本·琼生等人所谓的立法式或理论式批评（Legislative or theoretical criticism），他的批评始终不离前人和今日的现成作品，根据这些具体作品而精心确立起他欣赏和批评的原则，他的这种批评根据 Gorge Watson 的区分是描述性批评（Descriptive criticism），是最具启示性和生命力的批评。① 所以，他的批评最终成为这众多批评中最重要和最受欢迎的批评，他的批评理论也因此逐渐成为后来批评家和作家们重要的理论和创作参考。

约翰逊博士极为看重德莱顿的批评，对其称赞说：

---

① Gorge Watson 在其著作 "*The Literary Critics: A Study of English Descriptive Criticism*" 中区分了三类文学批评，分别是：Legislative criticism, Theoretical criticism 或者 literary aesthetics, 和 Descriptive criticism 或者 The analysis of existing literary works，并称德莱顿："He is clearly the founder of descriptive criticism in English." （Gorge Watson, *The Literary Critics: A Study of English Descriptive Criticism*, New York: Barnes & Noble, 1964, pp. 207-208.）

the criticism of a poet; not a dullcollection of theorems, nor a rude detection of faults, which perhaps the censor was not able to have committed; but a gay and vigorous dissertation, where delight is mingled with instruction. . .

（一位诗人的批评，不是一些原理的集合，也不是对一些错误的粗糙检测，这或许是审查员也不能完成的事情。但是一篇令人快乐而有力的论文，文中快乐与教益混合……）①

他对德莱顿的批评如此欣赏，认为他的这些批评构成了一篇完整的"论文"，既能给予快乐，还可予以教导。约翰逊博士认为在德莱顿之前，莎士比亚等天才作家不需要批评的理论原则来指导而每每能让自己的作品合乎法度，另一些作家虽然知道创作的法度，他们却没有将这些法度讲出来教给大家。所以在他看来，德莱顿才是英国第一位全面的批评家，是英国的文学批评之父。虽然受到意大利人文主义学者们的启发，伊丽莎白时期的作家也零星写出了一些不系统的批评，如普滕南姆的《英国诗歌的艺术》（*Art of English Poesy*，1589）、菲利普·锡德尼爵士的《为诗辩护》（*Defense for Poetry*，1595）、萨缪尔·丹尼尔的《用韵的辩护》（*Defense of Rhyme*，1603）、本·琼生的《发现》（*Timber, or Discoveries*，1641）等等，但是德莱顿的《论戏剧诗》却是关于写作艺术的第一部完整而有价值的作品。② 德莱顿熟悉这些批评家们的作品，他也清楚古代的批评著作，如亚里士多德、贺拉斯、昆体良以及朗基努斯等人的作品③，他还了解同时代法国一些重要批评家们的批评思想，如高乃依、拉品（René Rapin，1621—1687）和布瓦洛等。他把自己广泛的阅读经过独立而变通的思考，形成了自己的批评理论，除了少数之外，他把这些思考写在了戏

---

① Samuel Johnson, *Lives of the English Poets*, Vol. 1, London: J. M. Dent & Sons Ltd, 1941, p. 226.

② Ibid., p. 225.

③ 英文名 Longinus，希腊文名 Λογγῖνος，通常被认为是《论崇高》（*On the Sublime*，希腊文 Περινψους）的作者，该论文主要讨论一篇好文章应该达到的效果。

剧或者诗歌的前言、后记以及献辞里。他参考古今的批评理论，但是不拘泥于其意见，他对于批评有着自己的思考。同时，作为剧作家和诗人，他拥有丰富的创作实践，这让他的批评更加具有针对性和可操作性，以至于后来的批评家在评价他时非常肯定地说："作为批评家，他不是任何人的学生。"[1]

德莱顿喜欢谈论文学，他在批评里主动同读者探讨如何根据法则来进行创作。这些附在他的喜剧、英雄剧、悲剧、翻译等作品前言或者后记中的批评，作为一门独立的学问在当时的英语写作中还很新颖，而同作品本身相邻的这些细致批评无疑又能提高公众欣赏作品的能力。[2] 他在每一篇批评里所讨论的问题对于正在发展中的英国文学都十分重要，他是促进这种文学发展的主要辩护者（Apologist），也是英国文学发展的实践者和推动者。他公开发表自己关于各种文学创作的见解，他也参与到当时众人所讨论的许多具体问题，如才智（Wit）、奇思（Fancy）、想象力（Imagination）和判断（Judgment）等问题是当时的热门话题，德莱顿坦承自己的看法，也不厌其烦地同其他人进行论辩交流。须知，德莱顿的这些批评不是脱离创作实践的空洞理论，他基本上是从他自己的创作实践中而来——也包括从古人和前人那里的继承，而他们的理论一样有古代的作品作为这些理论的实际依据，所以德莱顿的整个理论体系是基于自己的创作实践、有极强实践性和指导性的内容。

在德莱顿的理论系统中，他非常重视当代诗人同以往传统的关系，所以他会不时去梳理古人的批评理论，并进行适时的强调。对于如何正确地批评一位前代作家，德莱顿认为需要置身于他们的时代，去发现在他们的时代里，人们的需要是什么，这些作家又是以什么样的方式来提供这些需要的。而作为剧作家，他观察到时代潮流的变

---

① M. H. Abrams, *The Norton Anthology of English Literature*, New York: W. W. Norton & Company, Inc., 1975, p. 903.

② 根据斯威夫特记载，在他同德莱顿的交流中，德莱顿曾经觉得后悔写了这些批评，因为这些批评让公众变得更加挑剔，而难以取悦。（Samuel Johnson, *Lives of the English Poets*, Vol. 1, London: J. M. Dent & Sons Ltd, 1941, p. 201.）

化，并思考复辟以来新的文学趣味和新的戏剧舞台所带来的新问题，所以他能够重新审视莎士比亚他们那一代剧作家的剧作，他分析那个时代的剧场和那个时代剧作家成功的因素，他更能看到当时的新剧场和趣味发生改变了的观众，所以他总是致力于去为如今新的舞台找到合适的表达方式。德莱顿对前代作家和作品的极大兴趣和热情，让他以极专注的精神和旺盛的精力去描述那些天才作家——荷马、维吉尔、贺拉斯、尤文纳尔、乔叟、莎士比亚、琼生等等，往往能够在数行文字里就准确地刻画出他们的肖像和天才之处，表现出他广博的理解力和精准的判断力。约翰逊博士称他批评一经落笔，后人就再无能力进行增减和修改，如他对莎士比亚的批评，否则无异于是以坏铁换金玉。① 德莱顿近四十年的批评所确立起来的一整套批评理论原则，在他之后已经逐渐成为欣赏和批评的标准，而整个奥古斯都时代（Augustan Age）文学也因为他的贡献而成熟起来。②

二　德莱顿的讽刺诗写作

"在二十卷德莱顿著作的标准版本中，只有三首主要的讽刺诗。考虑到他（德莱顿）在今天主要是作为一位讽刺诗人，（德莱顿）是奥古斯都讽刺诗之父（斯威夫特、蒲伯、格雷和菲尔丁），这就显得有点不同寻常。"③ 从 17 世纪 70 年代后期到 80 年代初，德莱顿在他 50 岁时开始创作政治和文学讽刺诗，这些诗作不但在当时产生过轰动效应，而且也奠定了他后来的文学名声，同时对后来的讽刺诗写作也影响巨大，尤其对下一个世纪的讽刺诗创作——蒲伯和斯威夫特等。德莱顿的时代被看作英国讽刺诗的黄金时期，他是这个时代最伟大的讽刺作家。他从讽刺诗这种媒介里发现了自己的写作潜能，讽刺最终

---

① Samuel Johnson, *Lives of the English Poets*, Vol. 1, London: J. M. Dent & Sons Ltd, 1941, p. 226.

② M. H. Abrams, *The Norton Anthology of English Literature*, New York: W. W. Norton & Company, Inc., 1975, p. 903.

③ R. Paulson, "Dryden and the energies of satire", *The Cambridge Companion to John Dryden*, ed. S. N. Zwicker, Cambridge: Cambridge University Press, 2004, p. 37.

成为他最拿手的绝活，"德莱顿在《麦克·弗雷克诺》找到了自己真正的本行：讽刺诗"。[1] 他的第一首讽刺诗《麦克·弗雷克诺》是他同另一位剧作家托马斯·沙德维尔（Thomas Shadwell，1642—1692）因为文艺上的分歧及党派之争交恶后，于 1678 年写出的对他进行攻击的讽刺诗，人们一般把这首诗看作是仿英雄（Mock-heroic）讽刺诗。这首诗刚开始只是以手稿的形式在流传，直到 1682 年才被发表出来。"天主教阴谋案"（The Popish Plot，1678）[2] 可谓是促成了德莱顿所有讽刺诗的写作，包括他同托马斯·沙德维尔的交恶也因与该案相关。而这个事件更是促成了他最伟大的讽刺诗《押沙龙与阿齐托菲尔》的写作，以及第二年为这个事件的后续事件而写的《奖章》。

德莱顿此前 20 余年创作戏剧和诗歌的经历，已经为他写作讽刺诗尤其是《押沙龙与阿齐托菲尔》做好了技术准备。他已经完全掌握了英雄双行体（Heroic Couplet）这种他认为是英雄诗的格律，他使用此格律不但用于攻击，而且还使用这种诗格进行叙事和抒情、说理和雄辩（Declamation）。在《押沙龙与阿齐托菲尔》第二部分，对于欧格（Og）和多额格（Doeg）两个人物的讽刺性刻画是德莱顿为这首诗所贡献的部分。在《牝鹿与豹》（The Hind and the Panther：A Poem，in Three Parts，1687）这首动物寓言诗里，也体现出他的讽刺精神，但他写作这首诗的初衷并不是将其作为一首讽刺诗。德莱顿同贺拉斯一样都是在晚年才开始创作讽刺诗的。总体上看，他的讽刺诗的出现显得具有偶然性和片段性特征。然而，审视德莱顿的全部著

---

① M. Alexander, *A History of English Literature*, 3rd edition, printed in China by Palgrave Macmillan, 2013, p.171.

② 天主教阴谋案一般被认为是由提图斯·欧提斯（Titus Oates，1649—1705）所虚构的一个政治阴谋，这个阴谋论使得英格兰和苏格兰在 1678—1681 年间出现一股广泛反对天主教的潮流。欧提斯声称天主教徒企图阴谋杀害国王查理二世，他的指控导致了至少 22 人被处死，并激化了王位继承人的危机——因为查理二世预定的继承人是他的弟弟约克公爵（Duke of York，1644—1685；James II，1685—1688），他是一位天主教徒。最终欧提斯的指控被证明缺乏足够的证据，他因此被逮捕并被控犯有伪证罪。

作，我们却可以觉察到其中讽刺的能量。①

　　查理二世复辟以后的时代为讽刺诗的创作提供了更多的材料，而这个特殊时代里政治事件和事件中的人物也成为德莱顿写作的直接原因：与荷兰的战争尚未完全结束；尚未久去的内战；对国王和王室的态度；提图斯·欧提斯和他的天主教阴谋案；抵制约克公爵继位的倡议；沙德维尔等人对德莱顿的攻击等等都构成了德莱顿进行创作的动力和题材。所以，休·沃克说："这一时期的整体环境都有利于讽刺的极大的进步。"② 这时已见雏形的英国政党政治更推动了英国的政治性写作，托利和辉格两党的诗人们纷纷就这些时代的大事件写诗互相攻讦，并不遗余力地表达自己的政治意见以影响人民，托利党一方有白金汉爵士、罗切斯特爵士和多赛特爵士，而代表辉格党的另一方有沙德维尔、欧尔达姆、色托等人。复辟时期影响较大的讽刺诗人有约翰·威尔莫特（John Wilmot, 2nd Earl of Rochester, 1647—1680）和约翰·欧尔达姆（John Oldham, 1653—1683）。《对人类及其理性的讽刺》（*A Satyr against Reason and Mankind*, 1675）是前者比较有名的讽刺诗，该诗对人的理性能力进行了质疑，体现出诗人对人本性极为消极的看法；后者在短短的生命历程里，备尝人生的艰辛。欧尔达姆最有名的讽刺诗《对耶稣会的讽刺》（*Satires upon the Jesuits*, 1679）尽显尤文纳尔的激烈和强度。德莱顿在写给约翰·欧尔达姆的挽诗中，表达了对其讽刺诗精神的认同和其早逝的哀悼。

　　《麦克·弗雷克诺：或者，一首关于那位充满真知的新教诗人T. S. 君的讽刺》③ 作为德莱顿的第一首讽刺诗，写于 1678 年年底或

---

　　① Paulson, R., "Dryden and the energies of satire", S. N. Zwicker, ed., *The Cambridge Companion to John Dryden*, Cambridge: Cambridge University Press, 2004, p. 37.

　　② Hugh Walker, *English Satire and Satirists*. London: J. M. Dent & Sons Ltd., 1925, p. 152.

　　③ "Mac" 在盖尔语（Gaelic）中是 "……之子" 的意思，故 "Mac Flecknoe" 意为 "弗雷克诺之子"。在一般英国人眼中，讲盖尔语的爱尔兰人没有文化，智力低下。德莱顿同时代诗人罗切斯特爵士也曾在诗歌 "*Upon Nothing*" 中提到 "Hibernian learning"（爱尔兰人的学问）。

者 1679 年,但是直到 1682 年才印刷出版。该诗使用仿史诗(Mock-epic)① 的形式攻击糟糕的诗人和诗歌,而本诗所要集中讽刺的对象,就如诗题中的缩写 "T. S." 所暗示的那样,是当时另一位有名的戏剧家同时也是德莱顿的对头托马斯·沙德维尔和他的糟糕作品。沙德维尔是德莱顿同时代诗人,在当时也具有一定的文学名声,革命后他还接替德莱顿被新的王室任命为 "桂冠诗人"。沙德维尔写过十八部戏剧和一些诗歌,同德莱顿曾经是多年的朋友,后来二人因为文学、宗教和政治上的分歧而反目。② 今天已不能确定是什么具体事件让二人彻底变得互相敌对,并促成德莱顿写下这首诗,但是该诗所采用的 "仿史诗" 形式和其宏大与戏谑的讽刺张力令这首讽刺诗成为该型讽刺诗的写作典范,蒲伯的《群愚史诗》从此诗借鉴甚多,亦成为 18 世纪讽刺诗中的名作。

《麦克·弗雷克诺》以当时另一位籍籍无名的蹩脚诗人理查德·弗雷克诺(Richard Flecknoe,1600—1678)③ 为题,而该诗的写作时间也是依据他去世的时间(1678)来大致推定的。德莱顿在写成此诗的数年后才决定印刷出版这首诗,是因为沙德维尔在当时发表了一首充满攻击与敌意的讽刺诗《约翰·贝伊斯的奖章》(*The Medal of John Bayes*,1682)来攻击德莱顿——"贝伊斯"(Bayes)是白金汉爵士(George Villiers,Duke of Buckingham,1628—1687)在其攻击德莱顿的讽刺诗《排练》(*The Rehearsal*,1671)中称呼德莱顿的别名,此

---

① "Mock" 本意是 "模仿" 的意思,"Mock-epic" 或者 "mock-heroic" 的诗歌就是仿用史诗中非常严肃、宏大和正式的元素去描述一件细小的事物,从而在形式和内容之间造成一种嘲弄和滑稽的效果,从而对诗中的人物和行动进行讽刺。

② 在文学上,二人的分歧在于对莎士比亚和本·琼生的评价,谁更有创作的天分。德莱顿拥护莎士比亚,而沙德维尔将本·琼生视为偶像。再者,是二人对于喜剧的偏好和目的有不同看法。在宗教上,沙德维尔在他的剧作里讽刺了天主教而德莱顿这时正在考虑转信天主教。在政治上,德莱顿属于王党,是托利党人,而沙德维尔属于辉格党。

③ 理查德·弗雷克诺是一位剧作家和诗人,他的作品曾经遭到诗人安德鲁·马维尔(Andrew Marvell,1621—1678)的讽刺。

诗之后，德莱顿的敌人们都习惯用此名称来称呼他①，而沙德维尔的
这首诗是作为辉格党对德莱顿的讽刺诗《奖章》所作的回应和反击。
为了回击沙德维尔，德莱顿才把数年前就已写成用于嘲弄诗人
"T. S." 的该诗正式发表——事实证明这首诗非常成功，德莱顿也因
此在这轮政治色彩浓厚的笔战中占据上风。

　　该诗的内容是，愚人王国的国王弗雷克诺要在自己众多子嗣中选
出自己的继承人，继续自己"同'才智'进行一场永恒的战争"的
事业②，而这个继承人就是托马斯·沙德维尔，因为他"从幼年时就
十分愚蠢"（"Mature in dullness from his tender years"，line 16），而且
"绝不会有所偏差而变得清醒"（"But *Sh*—never deviates into sense"，
line 20）。他在泰晤士河上泛舟，岸上的人群和河里的小鱼无不争相
观看，都一致认定他就是理想的国君。沙德维尔在奥古斯塔（"Au-
gusta"，用于指代伦敦城）登上王位，发誓"决不同'才智'媾和，
也不同'理智'休战"③。他左手拿着酒杯，右手拿着自己的剧本
《爱之王国》，宣称这是"他的权杖和他的君威"（"At once his Sceptre
and his rule of Sway"，line 123）。弗雷克诺鼓励他的继承人要"向新
的粗率、新的无知进军"④，要使"你的悲剧女神微笑，你的喜剧女

---

①　白金汉爵士主要以其政治活动而闻名于世，他的文学名声在于他曾写作了讽刺诗
《排练》，该诗是主要讽刺德莱顿和威廉·达夫伦特（William Davenant，1606—1668）的英
雄戏剧。在诗中，谈到一位名叫贝伊斯（该名称可能指用采自海湾的花圈授给拥有官方
"桂冠诗人"称号的德莱顿）的戏剧家，带着两位朋友——史密斯和约翰逊——去观看自己
戏剧的排演。（A. Hager，ed. *Encyclopedia of British Writers*，16th，17th，*and* 18th *Centuries*，
New York：Book Builders LLC.，2005，p. 54.）德莱顿直到写作《押沙龙与阿齐托菲尔》一
诗时，才在诗中为白金汉爵士安排了兹姆礼（Zimri）这一角色，这一角色的描写在德莱顿
看来可以抵得上整首诗，报了这一箭之仇。

②　"To settle the succession of the State：/ And pond'ring which of all his Sons was fit / To
Reign, and wage immortal War with Wit"（*MacFlecknoe*，line 8-10）

③　"And in his father's Right, and Realms defence, / Ne'er to have peace with Wit, nor truce
with Sense"（*MacFlecknoe*，line 116-117）

④　"Then thus, continu'd he, my Son advance/ Still in new Impudence, new Ignorance"
（*MacFlecknoe*，line 145-146）

神沉睡"。① 最后弗雷克诺身上的斗篷掉在沙德维尔身上,他开始了他的愚人王国的统治,"身具两倍于他父亲的愚人之艺"("With double portion of his Father's Art", line 217)。亚历山大·蒲伯后来继续采用了这一题材,写出了他的讽刺巨著《群愚史诗》 (The Dunciad, 1728)。

《押沙龙与阿齐托菲尔》是德莱顿最重要的讽刺诗,也是"迄今为止毫无争议写得最好、最令人紧张的政治讽刺诗"。② 该诗分为两部分。第一部分为德莱顿自己于 1681 年独立完成,第二部分写于 1682年,主要成于纳忽姆·泰特(Nahum Tate, 1652—1715)之手,德莱顿仅完成其中攻击自己老对头沙德维尔和色托的部分——他把二人分别称作欧格(Og)和多额格(Doeg)。这首诗的写作和发表正处于当时发生在英国的政治事件"天主教阴谋"期间,以沙夫茨伯里伯爵为首的辉格党人,支持议会下院两次通过的法案("The Exclusion Bills", 1679—1681),要求取消查理二世的弟弟约克公爵(Duke of York, James II and VII, 1633—1701)作为王位继承人,而沙夫茨伯里伯爵是希望查理二世的私生子——新教徒蒙茅斯公爵(James Scott, 1st Duke of Monmouth, 1649—1685)能够成为下一任国王。沙夫茨伯里伯爵因此被控叛国罪,并在 1681 年年底接受大陪审团的审判。据说为了影响审判团的结果,让沙夫茨伯里伯爵的叛国罪指控成立,查理二世亲自要求德莱顿写下这首诗去影响舆论。③ 而该诗的发表时间是在 11 月中旬,正好是审判前的一周,"该诗选择面世时间的艺术如

---

① "Like mine thy gentle numbers feebly creep, / Thy Tragick Muse gives smiles, thy Comick sleep" (MacFlecknoe, line 197-198)

② Sir W. Scott, ed. The Works of John Dryden, 2nd edition, Vols. IX, Edinburgh: A. Constable and Co., 1821, p. 197.

③ 1716 年版《押沙龙与阿齐托菲尔》第二部分的前言中有一条说明"在国王查理二世的要求之下",据此我们相信要求德莱顿写作了这首诗。至于是国王要求德莱顿对该诗的如此写法,还是德莱顿本人的选择则不得而知。(I. Jack, Augustan Satire, Intention and Idiom in English Poetry 1660—1750, Oxford: Clarendon Press, 1961, p. 53.)

同诗本身所表现出的天才一般"①，所以这首诗的政治动机意在左右沙夫茨伯里爵士一案的判决，这基本成为时人和后人的共识，而德莱顿在此诗序言里也明确表达了此诗的政治意图，承认自己的这首诗是为党派而写作的诗："The design I am sure is honest: but he who draws his pen for one party, must expect to make enemies of the other. "（我确定该诗的构思是诚实的，但是提笔为一个党派写作的人，必定期待与另一党派为敌。）②

　　这是一首以《圣经·旧约》中的故事来寓言现实政治的讽刺诗。德莱顿选择以《圣经》题材作为此诗的基本框架结构，是在几种源流的影响下进行的。大的源流是在异教史诗影响下的基督教史诗传统，而最直接的源流则是来自弥尔顿的《失乐园》对于德莱顿的影响。这种《圣经》寓言或者所谓的"史诗之喻"（Epic simile）之所以能够成立，则是基于圣经故事同现实政治的相似性。③《旧约》记载大卫王统治时期的犹太历史（《旧约·撒母耳记下》，第13—16章）同1681年前后的英国历史非常相似，都有关于王位继承的问题，都是关于阴谋反叛与平复叛乱和其中父子反目的故事，所以德莱顿能够利用《圣经》里的这节故事来寓言当下的政治事件，在他的这首史诗化的讽刺诗里呈现出来。德莱顿时代的读者无疑比今天的读者更熟悉这些《圣经》故事和当时的社会现实，因此把《圣经》里的人物同英国复辟后的政治人物相类比、把发生在大卫王时期的故事放到当下的语境，能够毫无困难地引起当时人们的共鸣，因此在此诗发表之后，在当时的伦敦读者中间引起了一阵猜谜语的活动，他们纷纷议论此诗里所涉及的《圣经》人物同当时的哪些政治人物是相对应的。而且根据约翰逊博士的记述，找到此诗中的人物同《圣

---

① Sir W. Scott, ed. *The Works of John Dryden*, 2nd edition, Vols. IX, Edinburgh: A. Constable and Co. , 1821, p. 197.

② Louis I. Bredvold, *The Best of Dryden*, New York: The Roanld Press Company, 1933, p. 133.

③ 关于此诗的源流，后文在分析德莱顿的史诗理论和此诗的史诗化特征时，将进一步介绍和说明。

经》里相对应的人物也成为当时人们争相阅读该诗的原因之一。德莱顿的批评家们基本已经确定了此诗里的《圣经》人物同现实中政治人物的意义对应关系：大卫王指代查理二世，押沙龙即是蒙茅斯公爵，阿齐托菲尔指代沙夫茨伯里伯爵，兹姆礼对应白金汉公爵（Duke of Buckingham），柯拉（Corah）隐喻提图斯·欧提斯，史楣（Shimei）同伦敦警长斯凌斯芘·贝瑟尔（Slingsby Bethel, Sheriff of London）相对应，等等。

《押沙龙与阿齐托菲尔》全诗可以分为5个部分，第一部分介绍说明查理二世的王后同大卫王的王后一样没能生育子嗣，因此查理二世像大卫王一样担心王位的继承问题；二人都曾寻找过众多情人，导致他们同情人生育了许多私生子女。押沙龙是大卫王的私生子，而被当作押沙龙的蒙茅斯爵士也是查理二世众多私生子中的一位，他同押沙龙一样不但相貌英俊，而且都作战勇敢，因此都受到了他们人民的欢迎；更重要的是，二人都同样具有野心觊觎自己父王的王位。对于德莱顿而言，为刻意取媚于国王和获得王室的认同，在这一部分更有深一层的安排，他不但为此诗设置了一个恢宏史诗般的开头，同时又意在替查理二世寻找情人的合法性进行辩护，而这种合法性的基础则是来自基督教的《圣经·旧约》，因为在《旧约》时代的国王们，他们都合法地拥有情人。① 第二部分是作为阿齐托菲尔的沙夫茨伯里伯爵唆使蒙茅斯爵士谋反以及蒙茅斯爵士自己的发言，这节中的唆使引诱部分很容易让人联想到弥尔顿《失乐园》里的撒旦对耶稣基督的引诱，以及亚当、夏娃所受到的引诱。第三部分是针对押沙龙（蒙茅斯爵士）的犹豫不定，阿齐托菲尔（沙夫茨伯里伯爵）再次对他发动攻击，使他终于接受了反叛的建议。第四部分分别介绍了坚定追随大卫王（查理二世）的朋友。第五部分国王（查理二世）露面并发表具有神一般威严的演说，然后天空中响起了雷声，表明查理二世重整王国秩序的宣告得到了上帝的应允，

---

① 也有学者认为这其实是间接对查理二世的讽刺和批评。此诗开头的英文原文请见附录三。

于是一度混乱的秩序重新得到确立，由此开始了一个新的时代和王室的绵延更替。①

被控"叛国罪"的沙夫茨伯里伯爵经辉格党人占陪审团多数的裁决，最终被判无罪而从伦敦塔中被释放出来。于是，为庆祝他们党派的胜利，辉格党人特地在波兰为沙夫茨伯里伯爵制作了一枚奖章。奖章正面塑有沙夫茨伯里伯爵的头像，而背面是太阳初升的图案。这枚奖章和它正面的头像设计让人们联想到铜币上的国王头像，因此这种制作和辉格党人的庆祝活动具有明显挑战国王权威的意味。正是在此背景下，据说在查理二世的再次授意下，德莱顿写下了《奖章》这首讽刺诗对辉格党人的行为和其代表沙夫茨伯里伯爵进行了反击。这首诗还特别配有一个副标题，为"反对扰乱治安的讽刺"（"A Satire against Sedition"），这个副标题不但说明这是一首讽刺诗，还表明其意图所在。该诗首先对这枚奖章以嘲讽的语气进行了描绘，对其上的头像和其他图案进行了讽刺。接着对沙夫茨伯里伯爵进行谴责，相比于《押沙龙与阿齐托菲尔》中的讽刺，这次所指责的内容更为详细，语气也更加斩钉截铁、直接而不留情面。该诗还历数了沙夫茨伯里伯爵生涯的各个阶段，这是这首诗的中心部分。同时，该诗还附带严厉批评了普通民众的变化无常、无法无天以及任性刁蛮的缺点——这也表明了保守的德莱顿对于底层人民的不信任。接下来，德莱顿谴责了证人在法庭上所做的伪证以及福音派教士们的反叛。他把宗教上的反叛精神联系到人们在政治上所进行的反叛，但他强调指出，由英明国王治理下的英国处于一个极为平和的环境，这种环境不适合极端分子狂热和极端的行为。紧接着，诗人再次将矛头指向沙夫茨伯里伯爵，谴责他是造成国内社会混乱、引起不满分子反叛的原因。总之，如果合法的王位继承不能正常进行，那么就会导致教会无视法纪的极端行为，并引起整个社会的动荡和祸害人民的内战。该诗最后以奥维德的诗句结束："对你的这些责难如果不能驳斥，就是一种耻辱。"（*Meta-*

---

① 第五部分结尾的英文诗原文，请见附录三。

morphoses I. 758-759)①

三 德莱顿的讽刺诗批评

德莱顿的讽刺诗创作主要集中于 1680 年前后几年。他的第一首讽刺诗，是写于 1678 年的《麦克·弗雷克诺》，但是迟至 1682 年才发表。他于 1681 年写作了他最长的一首讽刺诗《押沙龙与阿齐托菲尔》，并于同年 11 月份发表，据称这是在国王查理二世授意下而写作的一首讽刺诗，目的是影响第二年英国法庭陪审团对沙夫茨伯里伯爵（Earl of Shaftsbury）叛国罪的（High treason）指控。1682 年，沙夫茨伯里伯爵被辉格党人（The Whigs）占多数的陪审团判定无罪，辉格党人为庆祝他们的这一胜利而特地为沙夫茨伯里伯爵制作了一枚奖章，许多辉格党人并因此把它别在胸前，向保王的托利党人（The To-ries）示威。作为回应，德莱顿随即创作了《奖章》（*The Medal*）这首讽刺诗，曾有人记录说是国王查理二世亲自为德莱顿指示了这首诗的写作大意。《押沙龙与阿齐托菲尔》第二部也是写于 1682 年，但是由另一位托利党人纳忽姆·泰特（Nahum Tate，1652—1715）主笔，德莱顿本人只为其贡献了 200 余行的诗句。

德莱顿为他的时代写作了大量的文学批评，由此而开启了一个新的批评时代，并被约翰逊博士称为"英国批评之父"。在德莱顿的批评之中，作为正式批评写作发表的只有《论戏剧诗》（*Of Dramatick Poesie, an Essay*，1666 or 1667），这是他最主要的批评之作，影响也最大，确立了他作为第一位批评家写作历史批评、比较批评、描述性批评和独立英语批评的地位。② 其他的批评文章大部分是他为自己作

---

① "*Pudet haec opprobria, vobis/Et dici potuisse, et non potuisse refelli.*"（Metamorphoses I. 758-759）这两行诗句的英译为："It is a disgrace that these reproaches could be made against you and could not be refuted."（Christopher Yu, *Nothing to Admire: The Politics of Poetic Satire from Dryden to Merrill*, Oxford and New York: Oxford University Press, 2003, p. 34.）

② Afshan Syed, Dr. M. C. Saxena, "Dryden as the Father of English Criticism", *European Journal of English Language andLiterature Studies*, Vol. 2, No. 4（December, 2014），pp. 48-53.

品所写的序言，共计超过 25 篇，还有数篇序言是他为同时代其他人的作品而写，另外他在自己作品中的后记（Postscript）和与他人的通信也构成了他批评写作的一部分。德莱顿关于讽刺诗批评最重要的一篇文章是《关于讽刺诗的起源与发展》，该文写于英国"光荣革命"（Glorious Revolution，1688）之后的 1692 年，时间已是在他写作讽刺诗的十年余后。该文题目中的英语单词"Discourse"是当时被人们广泛写作的一种论述文体，按照 *The Oxford Dictionary of Literary Terms* 这部文学术语词典的解释，"Discourse"所指的是："Any extended use of speech or writing; or a formal exposition or dissertation."（对任何一篇演讲或者写作增加长度的使用，或者一篇正式的说明或论文。）① 德莱顿的许多批评文章均是以"Discourse"为题，同时代的许多其他批评家也都习惯于采用"Discourse"的形式发表自己的批评见解。德莱顿的这篇讽刺诗批评文章是德莱顿作为自己翻译的尤文纳尔诗集的序言而出版，同时该文也是作为他献给多赛特爵士的献辞。本书对该文的参考来源于 W. P. Ker 所编辑的两卷德莱顿散文集 *Essays*（1925）之卷二，经电脑统计，其字符数为 32436（不计空格）个英文字。因此，就其字数而言，该文规模已经远远超出了一篇批评论文的规模，倒是可以成为一本薄薄的图书了，这也难怪许多批评家和读者对该文过大的容量表示不耐烦，就是德莱顿自己在该文中也承认自己是"年老忘事"（"by a slip of an old man's memory"），在《论戏剧诗》中称"今人话多"（"the anicents were more hearty, we more talkative"）。

德莱顿认为文学永远是在发展和变化的，没有一成不变的文学，就是他所推崇的古人，他也认为只能去研究他们，从他们那里获得启发，根据自己所处的时代，根据自己的民族个性，创作出属于此时此地的文学，而不是盲目地去模仿古人。因此，每一位作家都是在为他的时代和该时代的人民而创作，并且作家自己也是这个时代和其人民中的一员。同样在批评上，德莱顿的一个重要批评方法就是他的社会

---

① Christ Baldick, *The Oxford Dictionary of Literary Terms*, Oxford: Oxford University Press, 2009, p. 92.

历史背景批评，他认为任何作品都必须置于其所产生的环境当中，才可能获得最恰当的批评。从时间上看，德莱顿的讽刺诗创作在前，而其关于讽刺诗的批评《关于讽刺诗的起源与发展》却写于约十年后，于是这种批评理论后于创作实践的做法可能会引起一些困惑。即，德莱顿的这些批评理论是对其创作实践的总结和发挥，还是这些理论本身在诗人创作之前就已形成，并实际上指导着他的创作？对于该疑惑，目前普遍的理解是，该文的成因源于"光荣革命"（1688）之后，保守、拥王并改宗天主教的德莱顿丧失了他的"桂冠诗人"等荣誉和相应的王室俸禄。他不满于玛丽女王新政所带来的社会改变，更为自己失去前朝时所据有的地位和因此而享有的优渥待遇感到不平，他为此感到极度不满和愤懑，于是他需要找到合适的渠道来进行表达，于是古老的讽刺诗写作传统给予了他灵感，这就是古典讽刺诗人尤文纳尔等人以讽刺诗作为表达愤怒窗口的做法。因此，他就选择了继续以谈论讽刺诗，通过这些对于讽刺诗的议论来抒发自己的不满，这就让他找到了合适而正当表达意见的渠道，于是就有了这篇批评长文。

德莱顿的讽刺诗批评是他典型的历史批评实践，根据 Afshan Syed 和 Dr. M. C. Saxena 对他批评的分期，该类批评属于他批评的第四个时期，即是他成熟期的批评，《关于讽刺诗的起源与发展》即是出于这一时期。该文晚出《论戏剧诗》之后数十年，所以对于后文，德莱顿对其常有更正和申辩，但他对《关于讽刺诗的起源与发展》中的观点则思考得相当成熟。在该文里，德莱顿考察了"讽刺"的起源；在其他批评家的基础上对古典时期的讽刺诗人进行更深入和多角度的批评，他也对文艺复兴时期以来的讽刺诗诗人进行了批评；他分析并主张寻找理想的讽刺诗方式和与之相应的讽刺对象；他讨论了古今史诗诗人的创作和史诗其他方面的问题，并着重探讨了史诗同讽刺诗之间的关系及对讽刺诗所进行的史诗化批评；许多从史诗和戏剧——悲剧而来的理论原则如"寓教于乐""一律原则""净化"等都被他用于讽刺诗的批评之中，而且对其进行了极大地丰富和某种程度的深化，等等。所以后世批评家们对于德莱顿的这篇批评有"零散""离题"

等指责，他们的确有理由如此来描述该文章。就连德莱顿自己在文章
中也时时提请他的恩主要耐住性子往下读完这篇文章，并不时向他的
恩主道歉请求他原谅自己偏离正题之举。总之，德莱顿这篇批评以长
篇巨幅讨论了讽刺诗的方方面面，以极广阔的视野将古今诗人和理论
家及其作品和理论融入自己批评之中，不但纠正了许多长期存在的误
解和争论，并就许多问题在仔细地分析论证中给出了自己的结论，第
一次正式或者最为重视地提出讽刺诗学中长期被遮盖的诗学命题和问
题，他的这些工作不但有承前总结讽刺诗创作和理论的诗学意义，更
有为后来新的创作和理论提供模范和指导的启发意义。因此，研究德
莱顿的讽刺诗批评诗学，深入研究其《关于讽刺诗的起源与发展》，
无论就理解其个人的诗学，还是理解他所处的富于变化的时代，都有
其重要意义。

第三节　德莱顿的"讽刺"起源观

　　作为本书展开前的必要背景，前文已经对"讽刺（诗）"的起源
进行了梳理，但还只是从宏观上对其进行必要的勾勒和说明，尚未具
体解释和甄别这种种起源说的理据，而这正是德莱顿在《关于讽刺诗
的起源与发展》一文中所特别承担的工作之一。德莱顿通过对这些起
源理据进行种种可能性的探寻和分析，基于他自己的思考和推论，从
中选择一种学说而剔除另一种学说，建立他所认可的起源学说而抛弃
之前流传已久的旧学说。如果要追寻德莱顿如此费力搜罗和进行考据
的最终目的，看完他的全篇文章，结合他所处时代讽刺诗写作和研究
的学术背景，基本可以认定他是要为讽刺诗写作建立起一个体面而高
雅的诗学传统，并赋予讽刺诗写作以敦厚道德、规范人伦的伦理意
义，借此来表明该诗体从来是与肮脏邪恶的事物为敌，而讽刺诗也从
来不是只会以满纸谩骂、一扫斯文对目标进行毫无颜面的点名攻击
（Naming）——这才是亚里士多德所不屑的粗鄙文类所为。相反，依
据德莱顿所肯定的这种讽刺传统而写作的诗歌应该是微笑着批评，针

对对象的小处错误，从此微小目标下手来刺痛目标，而不要以剑拔弩张的架势扑向那些大而无益的目标，虽然费尽力气吆喝怒骂，刀斫斧砍，却最终不如前一种能给人更有效的教益。而且，从小错入手进行讽刺批评，对象既能感受到讽刺的锋芒而脸色赧红，却不会遭受剧烈打击而颜面扫地，对象本身也能从这种批评中获得更多教益。

一 否认粗陋的希腊起源

作为基督徒的德莱顿，他对文学起源的考察首先回溯到人类起源之初，而对人类起源的考察是由基督教的神学所提供，因此不难理解首先从基督教《圣经》所提供的神学角度来考察"讽刺"的活动。在他看来，"讽刺"这种活动最早应该起源于创世的上帝和其所创之物——人类之间所曾进行过的相互抱怨和批评的实践。翻看《旧约·创世记》，相比于"赞美和颂扬"这种褒义的活动，"讽刺"这一消极的活动在时间上则出现得稍晚。因为在上帝完成对人类的创造之后，"赞美和颂扬"由生活在伊甸园里的幸福人类在面对上帝时所衷心发出。当谴责、批评、惩罚等"讽刺"的原型实践发生时，则是人类面临着被驱逐出伊甸园和艰辛生活的开始。根据《创世记》里的记载，亚当和夏娃违反上帝的命令偷吃禁果，上帝为此大发雷霆，所以对他们进行了谴责并将他们驱逐出了伊甸园，惩罚他们作为男女将要在人间遭受的各种苦难，同时对于始作俑者的蛇，上帝诅咒它以肚腹行地、以食土为生。另外，这对犯错的夫妻在面对上帝时竭力为自己的罪行进行开脱，他们互相指责以推诿自己的过失，这是人类之间的第一次争吵和针对彼此的"讽刺"活动。因此，人类结束在美好世界里对最高的美和善进行赞美和颂扬之后，继之就出现了与赞美和颂扬相对的讽刺活动和它的各种表现方式。然而作为信仰的《圣经》系统还很难同后世流行的"讽刺"写作联系起来，所以依靠《旧约》所提供的解释也还不能真正解释清楚"讽刺"的起源和历史。如果从人类的生活实践来看"讽刺"，则人类的经验告诉我们，在所有的国家和民族中都会有指责和批评，因此也不难发现存于其中的"讽刺"。以是之故，无论希腊人还是罗马人，他们都不需要从其他的民族去学

习、借鉴指责和批评的讽刺艺术，因为他们的人民中间天然就存在这
些活动。但是，具体到文学史上所讨论的一种诗的类型，无论是最初
的神学起源还是通行的人类实践，都不能够为"讽刺"文学找到充分
而可证实依据的说明，所以最切实的做法还是从文化的解读转到对文
学实践的考察上来，利用可征于文学史料的方法才有可能梳理出"讽
刺"文学发生和发展的历史。德莱顿正是认识到以上所述的文化考察
对于其努力的疏离和无力，所以他采用了文学史的方法来达到自己为
说明"讽刺"正当起源的目的。

本书第一章在考察"讽刺"起源时，已经对中世纪以来到文艺复
兴时期的许多起源理论进行了讨论。在《关于讽刺诗的起源与发展》
一文中，针对文艺复兴时期以来所产生的对于"讽刺"的误解，德莱
顿在该文中首要的任务就是要对"讽刺"进行说明和解释，其目的就
是要扫除之前"讽刺"写作的粗鄙风气，为改造讽刺诗的性质和抬高
讽刺诗的地位而把"讽刺"建立在一个体面而有根据的起源上。德莱
顿在英国著文开展他的讽刺诗起源考察之前，已有许多古典语文学者
都先于他做过相似的工作，如斯卡利杰（Joseph Justus Scaliger,
1540—1609）、海因西乌斯（Nicholas Heinsius, 1620—1681）、卡索
本（Issac Casaubon, 1559—1614）、里加尔提迩斯（Rigaltius, 1577—
1654）、达希尔（André Dacier, 1651—1722）等。德莱顿在面对他们
所提出的观点时，他一方面也并不是一味反对，另一方面，他对于自
己所认同的观点也是有选择地接受。所以在此文的考察中，德莱顿始
终坚持自己的思考和判断，表现出他在批评上的独立性和对待学术问
题的严谨。即便对于与他观点有较大相似性的卡索本和达希尔，德莱
顿也在很大程度上借用了二人的观点，尤其是达希尔的观点。德莱顿
对于自己在某些方面追随这两位法国古典学者毫不隐讳，他不是毫无
保留地全面赞同或者借鉴他们的观点，他只是在赞同他所赞同的部
分，同时也明确指出自己观点同他们有出入的地方。

By the help of Dacier, I am swimming towards it. Not that I will
promise always to follow him, any more than he follows Casaubon; but

to keep him in my Eye, as my best and truest Guide; and where I think he may possibly mislead me, there to have recourse to my own lights, as I expect that others should do by me. ①

（在达希尔的帮助之下，我在游向这个目标。我并非承诺要始终遵循他，如他并非时时遵循卡索本一样，但是我会始终以他为参照，把他作为我最好和最忠实的向导。如果某个地方我认为他有可能误导我，我将会在那里依赖我自己的判断，我也期望其他人也应该如此来看待我。）

讽刺诗同希腊诗歌的关系在现代批评家中一直备受争论，而德莱顿考察讽刺诗的起源，其根本要解决的问题就是清除讽刺诗同希腊诗歌的各种源流关系，因为这种起源上的关系会影响到讽刺诗本身的性质。自文艺复兴以来，英国诗人一直认为讽刺诗起源于希腊，他们将希腊诗歌中多指责谩骂、充斥淫秽粗鄙内容的诗以为是讽刺诗的前身，所以他们也竭力写作具有相似特征的诗，并以为把这种诗写得愈加粗鄙低俗，对目标的攻击愈加犀利肆意，才愈像讽刺诗本身。德莱顿不认可把这种类型的诗视作讽刺诗，他对当时这种类型的讽刺诗也极为反感，所以他首要的任务就是撇清讽刺诗同这些类型希腊诗歌的起源关系，并对当代批评家的此类观点进行批评。在当代的批评家中，认为罗马讽刺诗从希腊人那里获得起源的有斯卡利杰和海因西乌斯，而反对者有卡索本、里加尔提迩斯和达希尔等人。斯卡利杰认为罗马讽刺诗来源于希腊的农神，即从羊人satyr衍生而来。卡索本则反对这一说法，称"讽刺"是形容词性的实词，它是通过修饰另外一个词"*lanx*（盛食物所用的浅盘）"而获得自己的意义。因此希腊的诗歌是根据"satyr"的行为来进行创作，用于表现羊人的特点，所以这样的诗应该称作羊人诗，而不是讽刺诗，它们是互不相同的两种类型。

---

① John Dryden, "Discourse concerning the origin and progress of satire", *Essays of John Dryden*, Vol. II, ed., W. P. Ker. Oxford: Clarendon Press. 1925, p. 53.

　　为了对之前这些批评家们的争论进行仔细的辨析和说明，德莱顿按照诗歌的发展顺序考察了希腊和罗马的诗歌。按照亚里士多德对于诗的分类，最早的诗因人的自然需要而产生，是人们自己对神的赞美或者祈祷，这种诗还是一种没有任何艺术性的粗野调子。在人们结束了各自对神的赞美和祈祷这一阶段之后，开始了节庆中对神的群体性崇拜。这是因为人们凭借理性而理解到，他们必须为自己的需要而祈求某种最高的神性存在（Superior Being），并为自己的需要得到满足而感谢它。于是希腊人就有了庆祝酒神和谷神等神祇的节日，而罗马人则同样有对灶神（Vesta）等大地神及森林神进行感恩活动。对于希腊人和罗马人而言，他们所庆祝的节日有两种功能，首先是对神进行献祭，其次就是娱乐和狂欢。古希腊人把自己装扮成酒神的随从"satyr"在娱乐的狂欢活动中跳舞、唱歌，他们还加入了合唱；罗马人虽然没有"satyr"这种半神，但是他们的年轻人也随着一种叫做"萨图恩"（Saturnian）的歌谣（Verse）载歌载舞。但是，罗马人的节日混合了虔诚与放荡的特征，他们会在自己即兴唱出的歌谣中对同伴的过错进行逗趣，而对方也会同样以粗野的方式进行回应。卡索本认为希腊人的"satyr"也进行过相似的活动，德莱顿认为在这一点上卡索本误解了贺拉斯诗歌的本意，而把"satyr"的歌舞同罗马人最初的低级娱乐混为一谈：

　　　　But I am afraid he mistakes the matter, and confounds the Singing and Dancing of the Satyrs, with the Rustical Entertainments of the first Romans. ①
　　　　（但是，我觉得他把这件事情弄错了，他把萨梯尔的歌唱和舞蹈同罗马人最初的简单娱乐弄混淆了。）

　　但是德莱顿不否认希腊和罗马的诗歌有着相似的宗教性开始，且在庆祝活动中都有逗乐的活动，只不过希腊人是借由"satyr"来进行，而罗马人是扮作小丑来表演。在卡索本之前，达希尔对于希腊和

---

①　John Dryden, "Discourse concerning the origin and progress of satire", *Essays of John Dryden*, Vol. II, ed. W. P. Ker. Oxford: Clarendon Press. 1925, p. 47.

罗马的诗歌起源也持相同观点，也把希腊旧喜剧的"Invective"同罗马人的"讽刺"混为同一性质，并认为二者都同样遭到被禁的命运。① 德莱顿对此表示：

> A strange likeness, and barely possible：But the Critiques being all of the same Opinion, it becomes me to be silent, and submit to better Judgments than my own. ②
>
> （一种奇怪的相似性，而且几乎不可能：但是批评家们都持相同观点，这只能让我保持沉默，留待比我自己更好的判断。）

所以，尽管达希尔和卡索本区分了"satyr"和"讽刺"之别，但是他们的区分并不彻底，总还以为"讽刺"同希腊的"satyr"戏剧有某种相似性，德莱顿对此则不以为然。对于二人认为罗马"讽刺"同希腊文学构成这种相似性的原因，德莱顿认为是他们没有弄清楚希腊诗歌的起源，误解了贺拉斯对于希腊诗歌起源的看法，以至于连卡索本这样的大家都会产生这种不实的看法。

澄清达希尔和卡索本二人对于罗马"讽刺"与希腊文学之间模棱两可关系的看法只是德莱顿要做的第一步工作，德莱顿更重要的工作是要理清斯卡利杰和海因西乌斯认为罗马讽刺诗是来源于希腊"羊人"戏剧的看法：

> But to return to the Grecians, from whose Satyrick Drama's, the Elder Scaliger and Heinsius, will have the Roman Satire to proceed, I am to take a View of them first, and see if there be any such Descent

---

① 希腊旧喜剧的"Invective"因为过于倾向对他人进行人身攻击，因此遭到禁止；而粗鲁的讽刺也被罗马十人团（Decemviri）通过立法加以惩罚，贺拉斯在其"Epistula ad Augustum"（Line 147-155）一诗中对此有过描述。

② John Dryden, "Discourse concerning the origin and progress of satire", *Essays of John Dryden*, Vol. II, ed. W. P. Ker. Oxford：Clarendon Press. 1925, p. 49.

from them as those Authors have pretended. ①

（回到希腊人那里，在老斯卡利杰和海因西乌斯看来，罗马讽刺正是从他们那里发展而来。我会先看他们一眼，然后再判断是否如这些作家所认定的那样存在这种遗传关系。）

德莱顿考察说，忒斯皮斯（Thespis，生活于公元前 6 世纪的第一位希腊演员）发明了希腊悲剧，并开始在悲剧中混入了"satyr"的歌舞，用于节庆的活动。此后，这些"羊人"角色被保留了下来，德莱顿认为这是为了迎合那些厌倦了理性判断的普通观众的欣赏趣味。从悲剧诞生到奥林匹克运动会上悲剧诗人们对四个悲剧奖项的竞争，"羊人"角色已经从前三个悲剧的合唱部分中被驱逐出来，而单独构成了悲剧竞赛的第四个部分"羊人悲剧"（Satyrique Tragedy）。这类悲剧的特点可以从《库克罗普斯》（"Cyclops"）一剧里可以看出，这是欧里庇得斯众多悲剧中所保留下来的唯一"羊人剧"。在该剧中，"羊人"既是其中的戏剧人物，同时也构成了整个合唱的部分，他们的粗野逗趣是为了娱乐普通观众，而奥德修斯的历险经历则是为了娱乐具有理性判断的观众。正是因为这些悲剧中出现了"羊人"角色和他们的粗犷表演，斯卡利杰和海恩西乌斯二位觉得其与"罗马讽刺诗"之间具有相似性，因而认为"罗马讽刺诗"是从希腊的"羊人剧"演化而来。事实上，德莱顿以为，罗马诗歌雏形中的闹剧部分（Farces）在与希腊人进行交汇之前就已经产生，罗马人也根本对"羊人剧"没有任何了解，所以希腊这种舞台上的田园戏剧同罗马书写于纸上的诗歌之间有什么关系呢?②

---

① John Dryden, "Discourse concerning the origin and progress of satire", *Essays of John Dryden*, Vol. II, ed. W. P. Ker. Oxford: Clarendon Press. 1925, p. 49.

② "For what has a Pastoral Tragedy to do with a Paper of Verses Satirically written?" 德莱顿还特地引用了卡索本对于希腊"羊人诗"（Satyrique Poem）的定义："The Satyrique is a Dramatick Poem, annex'd to a Tragedy; having a chorus, which consists of Satyrs: The Persons Represented in it, are Illustrious Men: The Action of it is great; the Stile is partly Serious, and partly Jouclar; and the Event of the Action most commonly is Happy."

　　德莱顿不但看到人们常常将罗马讽刺诗错误地同希腊的"羊人"悲剧联系起来，他还进一步梳理了罗马讽刺诗同另一类希腊诗歌的关系。这就是希腊人的"嬉理"（Silli）诗，它是"Invective"诗，这类希腊诗歌在性质上同罗马讽刺诗更为相近。卡索本称"嬉理诗"的名称来源于森林神"西勒诺斯"（Silenus），他是酒神巴库斯（Bacchus）的养父；后来，卡索本又提出了一个更好的解释，认为"嬉理诗"是从"σιλαίνειν"（嘲弄、暴躁）一词得名——"ἀπὸ τοῦ σιλαίνειν"。德莱顿考察了古希腊诗人、哲学家泰门（Timon of Phlius, 320BC—230BC）所残留的"嬉理诗"片段，认为它们都不过是泰门对荷马和其他悲剧诗人严肃诗句的挪用，而以讽刺的语调将这些诗句改为具有滑稽可笑的意义。这就是充斥于"嬉理诗"中的仿作（Parody），即连缀名人的诗句成诗，但是完全改变了诗人的原意，而以一己之意出之。罗马讽刺诗却不会使用此类"仿作"，即便罗马诗人有时也会重复前人诗句，但是他们却不会改变前人诗句的本来意义，如帕修斯对于尼禄诗句的引用。① 因此，希腊人的"嬉理诗"也不可能是罗马讽刺诗的源头："the Silli cannot be suppos'd to be the Original of Roman satire"（嬉理诗不能被臆测为罗马讽刺诗的起源）②。不过，德莱顿也承认在罗马诗歌中有专为谴责某一个人的诗，这些诗的特征如同阿基洛库斯为攻击黎堪布斯（Lycambes）所写的"Iambic"（ἴαμβος）诗，贺拉斯在其颂诗（Odes）和长短句集（Epodes）中就有不少此类风格的诗歌，奥维德和其他诗人也都有类似创作，但是这类诗歌毕竟只是枝节，而不是讽刺诗的主干："But these are the Under-wood of Satire, rather than the Timber-Trees."（但是这些只是讽刺诗的灌木，而不是

---

　　① 德莱顿这里所指的是帕修斯在其第一首讽刺诗中对于尼禄四行诗句的直接引用："*Torva mimalloneis inplerunt cornua bombis, / et raptum vitulo caput ablatura superbo / Bassaris et lyncem Maenas flexura corymbis / euhion ingeminate, reparabilis adsonat echo*？"（*Satire* 1, line 99 – 102）

　　② John Dryden, "Discourse concerning the origin and progress of satire", *Essays of John Dryden*, Vol. II, ed. W. P. Ker. Oxford: Clarendon Press. 1925, p. 52.

树干本身。）① 而且当贺拉斯正式创作他的 "the Noble Work of Satires；which wereproperly so call'd"（讽刺诗的高贵之作，这是他们的合适称呼），他已经剔除了他之前诗歌中对他人进行怒气冲冲的攻击。

所以，为了说明罗马讽刺诗不同于希腊诗歌的文雅性质，德莱顿全面而仔细地检查了前人对此二者关系不准确甚至错误的看法，并通过自己的考察和整理，既驳斥了卡索本和达希尔所持的二者近似的看法，也否定了斯卡利杰和海因西乌斯认为罗马讽刺诗源自希腊 "羊人剧" 的看法，还进一步廓清了希腊 "嬉理诗" 同罗马讽刺诗之间的关系。无论是希腊的 "羊人悲剧"，还是他们的 "嬉理诗"，都夹杂有羊人 "satyr" 肮脏粗鲁的特点。这些类型的希腊诗歌风格粗暴直接、鄙俗而令人不快，缺乏文学本身应有的教养和礼貌，完全不具备罗马讽刺诗内含的文雅和精致。所以不管之前这些批评家们是多么知名，德莱顿仍然不肯迁就他们的说法，他坚持认为罗马讽刺诗不会建基于希腊诗歌的粗鄙起源上，而是根植于自己的拉丁良性土壤，他最后总结说：

> Thus, my Lord, I have... prov'd, I hope from the best Critiques, that the Roman Satires was not borrow'd from thence, but of their own Manufacture.
>
> （因此，我的老爷，我已经证明，罗马讽刺诗不是从希腊人那里借来的，而根本是他们自己的创造。）

二　从拉丁土壤发生

亚里士多德基于人类的自然活动把诗歌分为三类： "Aristotle divides all Poetry... into Nature without Art, Art begun, and Art Completed"（亚里士多德把所有的诗歌区分为缺乏艺术的自然诗、艺术诗的

---

① John Dryden, "Discourse concerning the origin and progress of satire", *Essays of John Dryden*, Vol. II, ed. W. P. Ker. Oxford: Clarendon Press. 1925, p. 52.

开始和艺术完成的诗)①，这说明人类的本性就倾向于作诗，德莱顿以此作为他考察讽刺诗起源的理论支点。罗马诗歌从传说中罗马建城（753BC）到讽刺诗正式出现经历了四百余年发展和演进的历史，考察罗马诗歌的这一段进化史，分析其中的讽刺诗萌芽，并确立讽刺诗作为一类诗歌真正出现，是德莱顿在澄清和否定罗马讽刺诗同希腊诗歌之间渊源关系之后所要进行的主要任务。在诗歌的起源上，无论是希腊人还是罗马人，他们都经历了相似的情形，都是始于对神进行敬拜和祈祷的活动中。这种颂神和祭神的活动从最先私人的个体性崇拜，逐渐发展成为群体性的共同礼拜和庆祝，正是从这些群体性祀神敬祖的节庆活动中出现了罗马人最早的诗歌：萨图恩诗（Saturnian）和菲斯奈恩诗（Fescennine）。这些发自本性而自然创作的诗歌都是未经雕饰的即兴之作（ex tempore），是罗马诗歌的最初阶段，无论其内容还是形式都还很原始。

萨图恩诗是从歌颂传说中曾统治意大利的萨图恩神（Saturn）而来，菲斯奈恩诗则是从这类歌唱在意大利所起源和流行的地区而得其名称，它们是同一类型的诗。罗马人的纵酒娱乐和即兴歌唱是其节庆活动的第二个部分，发生在对神祇的祭祀仪式之后。在他们即兴的口头创作中，罗马人的年轻人常常在其吟唱中习惯于互揭其短、相互指责而打趣嬉闹，于是，他们就成了罗马最早的讽刺诗人。随着时代进步，人们变得愈有教养，罗马人开始放弃之前吟唱的粗糙狂野的曲调，转而追求更为精致、雕琢的诗句，这些诗歌一样充满愉快的嘲弄，但是已经不再掺杂淫秽的内容。因为这时的诗歌不再像早期那样是即兴创作，而是人们有意进行的娱乐活动，所以这些诗歌的样式众多，并特别加入了音乐和舞蹈，而粗暴不雅的猥亵动作和语言也从这些娱乐活动中被剔除出去，德莱顿认为这种经过人们加工后的诗歌才是最初的讽刺诗雏形。

罗马人在瘟疫爆发的年份，为了纾解神怒以躲避瘟疫带来的灾

---

① John Dryden, "Discourse concerning the origin and progress of satire", *Essays of John Dryden*, Vol. II, ed. W. P. Ker. Oxford: Clarendon Press. 1925, p. 45.

害，罗马的祭司和元老院常常决定举行祭祀和娱神的活动，其中也包括对新引进神的祭祀和庆祝活动。在这些活动中，罗马人会组织表演戏剧的人员在罗马城内演戏剧，其中有从伊特鲁里亚（Etruria）请来的演员所演出的"笑剧"（Farce）。"笑剧"（Farce）是一种更为文明和纯洁的戏剧，也配有舞蹈和音乐，他们的表演都符合所要求演出的主题。同以前的萨图恩诗和菲斯奈恩诗相比，这种戏剧不再是即兴之作，它们更为成熟和富于技巧。这时有罗马的释放奴李维乌斯·安德罗尼库斯（Livius Andronicus，284BC—204BC）开始创作戏剧，他熟悉雅典剧场和阿里斯托芬的旧喜剧，所以是他能够为罗马的戏剧活动创作更为规范的悲剧和喜剧。阿里斯托芬（Aristophanes，450BC—388BC）的旧喜剧中多讽刺逗乐的元素，他创作了众多的喜剧作品如"Clouds""Wasps""Birds"等，对大哲人苏格拉底和雅典政府的官员们进行讽刺嘲弄。阿里斯托芬喜剧中讽刺风格也因此通过安德罗尼库斯的模仿创作，出现在了罗马的剧场上。德莱顿认为安德罗尼库斯利用希腊旧喜剧改造了最初粗糙的罗马讽刺，虽然旧喜剧不是罗马人本来就有的戏剧，但是更为精巧和完善的旧喜剧中所包含的美却是人类本性所追求的，罗马讽刺诗中对希腊旧喜剧之美的借鉴不过是人之本性使然，这是人类的一种共同追求，不应区分人群、时代和国家，于是，德莱顿认为安德罗尼库斯才是第一位创作罗马讽刺诗的诗人：

> This is that in which I have made bold to differ from *Casaubon*, *Rigaltius*, *Dacier*, and indeed, from all the Modern Critiques, that not *Ennius*, but *Andronicus* was the First; who by the *Archœa Comedia* of the *Greeks*, added many Beauties to the first Rude and Barbarous *Roman* Satire: Which sort of Poem, tho' we had not deriv'd from *Rome*, yet Nature teaches it Mankind, in allAges, and in every Country. ①

（正是在这一点上，我大胆地同卡索本、里加尔提迩斯、达

① John Dryden, "Discourse concerning the origin and progress of satire", *Essays of John Dryden*, Vol. II, ed. W. P. Ker. Oxford: Clarendon Press. 1925, p. 100.

希尔不同，但的确，根据所有现代批评家的看法，安德罗尼库斯而非恩尼乌斯才是第一位讽刺作家。安德罗尼库斯利用希腊人的旧喜剧为最初的粗鲁而野蛮的罗马讽刺诗增加了许多美感，尽管我们不是从罗马推衍出这种诗来，然而自然教会了所有时代、所有国度的人们这一点。）

德莱顿之前极力区分罗马讽刺诗与希腊文学之间的渊源关系，如今他自己通过安德罗尼库斯这一中介，自己却为罗马讽刺诗发现了它与希腊文学之间的渊源，于是人们可能会难以接受德莱顿的这一番结论和辩解，并为其文学态度（可能更包括他的政治态度和宗教信仰的）善变和其文学理论论述零散找到又一重证据。其实，如我在上节的题目中所指出，德莱顿并不是绝对要否定罗马讽刺诗同希腊文学之间的任何关系，他没有必要化身为"昆体良"而为整个罗马文学进行代言，他只是坚持一种他自己认为正确的观点而为罗马讽刺诗进行辩护，即罗马讽刺诗有一个更好的、更为文雅的出身，所以德莱顿所极力辩解的是，罗马讽刺诗同粗暴而鄙俗的希腊"羊人诗"没有任何关系，他所要否定的是罗马讽刺诗的"粗鄙的罗马起源"。而且文学的发展是一个自然进步和成熟的过程，德莱顿早已确立了将亚里士多德的这种观点作为他的理论支点，罗马讽刺诗吸收希腊旧喜剧之"美"只是它发展成熟的自然选择，这也是罗马人基于自身文学进步的自然追求，这种追求是超越人群、时代和国家的出自人类本性的行为，所以，对于罗马讽刺诗而言，吸收外来的更高级的文学因素让自身变得精致和完善，它还是罗马人自己的创造，是他们自己的成绩和骄傲。

对于其他批评家如卡索本、达希尔等人认为恩尼乌斯是写作罗马讽刺诗的第一人，主要是因为恩尼乌斯所写的讽刺诗是脱离舞台的诗，不是由演员在台上表演，而是供读者自行阅读的诗。根据德莱顿的考察，恩尼乌斯出生于安德罗尼库斯所创作戏剧上演之后的第二年，他长大后所进行的讽刺创作依然保留了安德罗尼库斯等人讽刺用以取乐的部分，但不再用于舞台表演来娱乐观众，而是供人阅读自行娱乐。德莱顿认为恩尼乌斯依然学习荷马等古希腊人创作的诗，但是他的创作却不拘于希腊诗歌的限制而是比较自由，比如其诗歌的格律，从残存的片段来看，他往往能在同一首诗中交叉使用不同的诗格，自如地杂用长短短六步格、短长三步格和长短四步格等。恩尼乌斯的讽刺诗对贺拉斯有较大影响，贺拉斯也是使用多种格律来写作诗，但他在同一首诗中坚持只使用一种格律。达希尔（André Dacier，1651—1722）等认为恩尼乌斯是以罗马的"笑剧"为其讽刺诗的源头，是从罗马舞台诗中首先创出了讽刺诗，而德莱顿依然不赞同罗马讽刺诗完全成型于罗马先人粗鄙"笑剧"中的揶揄嘲弄，他更愿意承认恩尼乌斯更有可能模仿精致讲究的希腊讽刺，即经过安德罗尼库斯改造后的罗马戏剧才可能是他模仿的目标。紧随恩尼乌斯创作讽刺诗的诗人是其侄子帕库维乌斯（Pacuvius，220BC—131BC），因为他没有诗作留下，不知道他对讽刺诗有过何种推进。继之是公元前 2 世纪左右的鲁克留斯，然后是贺拉斯、帕修斯到最后一位罗马讽刺诗诗人尤文纳尔。

三　瓦罗式讽刺

"瓦罗式讽刺"即是"梅尼普斯式讽刺"（Menippean satire），因为瓦罗被称为罗马最为博学的人之一，据说他是第一位创作这种类型讽刺的人，所以人们习惯于根据他的名称来称呼"梅尼普斯式讽刺"。梅尼普斯本人是一位生活于公元前 3 世纪从事犬儒派哲学研究的学者，他的诗歌如今都已散佚，仅存其题目，在卢坎（Lucan，39—65）和瓦罗的诗歌中也可以找到他诗歌的一些片段。瓦罗声称自己是模仿希腊人梅尼普斯的风格写作诗，他把自己的讽刺诗叫作"梅尼普斯式讽刺"。但是，瓦罗在模仿梅尼普斯时避免其作品中的淫秽内容和犬儒色彩，只保留了梅尼普斯作品中幽默和逗趣的内容。虽然恩尼乌斯在其诗体讽刺中会同时混用几种不同诗格的诗体，但是在梅尼普斯所残留的讽刺中可以发现他的讽刺不但有诗体，而且还有散体，同时把哲学讨论也融合在其讽刺之中，这一混合的特点被瓦罗所模仿，他不仅在自己的讽刺中掺入散文，还会在自己的拉丁文中掺入一些希腊文。昆体良曾如此介绍瓦罗和他的讽刺："还有另一种更早类型的讽刺，由特伦提乌斯·瓦罗创作，他是一位最为博学的罗马人；他不满足于在讽刺中仅仅融合几种类型的诗。"① 这里所说瓦罗的讽刺比鲁克留斯的"更早"，倒不是说瓦罗生活的年代是在鲁克留斯之前，因为瓦罗是西塞罗的同时代人，所以在时间上，他们是要晚于鲁克留斯所生活的年代。对于昆体良这种看似矛盾的说法，德莱顿解释说，相比于鲁克留斯，瓦罗的讽刺在同一首诗中更为自由地融合几种类型的诗而使其风格更为接近恩尼乌斯的风格，所以昆体良所谓这种"更早"的讽刺实际上是更为接近恩尼乌斯的讽刺，因而比鲁克留斯早。德莱顿这里将"瓦罗式讽刺"联系到恩尼乌斯的作品，依稀可见他对罗马讽刺诗源流和影响力的重视。

今天所见梅尼普斯的作品中，没有讽刺诗而只有对话和书信。从其遗留的作品来看，梅尼普斯喜欢借用前人诗句并在新的语境中改变这些诗句的本来意义，比如他常从荷马和希腊悲剧诗人那里借用诗句，把他们本来很庄严的诗句改变为充满嘲弄语气和令人发笑的内容，这是希腊作家们常常使用的一种"戏仿（Parody）"手段。瓦罗从梅尼普斯那里所学到的一个重要讽刺手法就是"戏仿"，他也倾向于将古代与今天的文本并置在一起，从而产生令人印象深刻的讽刺效果。德莱顿从瓦罗和梅尼普斯那里认识到了"戏仿"所能产生的讽刺效果，所以他在自己的讽刺诗中也借用这种手段，比如在其《押沙龙与阿齐托菲尔》意识里，他把《圣经》故事类比于当时的历史事件，创造出了 17 世纪最好的政治讽刺诗。同瓦罗有选择地借鉴梅尼普斯一样，德莱顿自己对"梅尼普斯式讽刺"的借鉴也是选择性的，他去掉了其淫秽低俗的部分，而更倾向于突出"瓦罗式讽刺"的英雄诗特点："the majestic of the heroic"（英雄诗的庄严之气）。因为在德莱顿看来，这类讽刺诗也是"a variation of heroic poetry"（英雄诗的一种变化）。另外，德莱顿接受了古典诗论的看法，认为诗歌尤其英雄史诗都要给人以榜样的教导，所以在这一方面，他也对瓦罗的诗表示不

① John Dryden, "Discourse concerning the origin and progress of satire", *Essays of John Dryden*, Vol. II, ed. W. P. Ker. Oxford: Clarendon Press. 1925, p. 64.

满，因为瓦罗的诗并没能突出其"诗教"的一面。根据西塞罗在《学园派》(*Academics*，45 BC)中对瓦罗的致辞:①"你自己已经创作了一首十分文雅而完整的诗；在很多地方，你也开始讨论哲学；这些都足够启发我们，但极少给我们以教导。"② 德莱顿认为瓦罗的讽刺诗显示其更像是一位严肃的笑匠 (σπουδογἐλοιοι)，虽然他很博学，可是他不能给予读者娱乐之外的教导，这是他的不足之处。

瓦罗的作品后来被许多罗马作家模仿。卢坎模仿过他的作品，而且还把梅尼普斯作为一个滑稽的角色置入他的作品之中。模仿"瓦罗式讽刺"的作家还有《金驴记》(*The Golden Ass*，or *Metamorphoses*)③的作者阿普列乌斯 (Apuleius，124—170)，以及对罗马皇帝克劳迪亚斯 (Claudius，10BC—54AD) 进行讽刺的塞涅卡 (Seneca the Younger，4BC—65AD)，他的作品是《神圣的克劳狄乌斯变瓜计》(*Apocolocyntosis* (*divi*) *Claudii*)。在当代人中，德莱顿认为还有伊拉斯谟 (Irasmus，1466—1536) 和巴克雷，锡德尼的《嬷嬷胡巴德的故事》(*Mother Hubbard's Tale*，1578—1579) 也是一首"瓦罗式讽刺"。他在《关于讽刺诗的起源与发展》中称自己的《麦克·弗雷克诺》和《押沙龙与阿齐托菲尔》是 "of the Varronian kind"，而批评家们则普遍认为德莱顿的《牝鹿与豹》(*The Hind and the Panther*，1687) 是他作品中最为明显的瓦罗式作品。

四　"发展"观的讽刺诗学

德莱顿持有强烈的文学"进步"观念，这种观念可能部分来自他从早年就开始受到的古典学教育，让他接受了亚里士多德等古人关于

---

① 西塞罗在年轻时就接受了学院派的怀疑主义哲学观，他所写作的 "Academics"（此处译为《学园派》）是西塞罗为捍卫新学园 (New Academy) 的怀疑主义批评。

② John Dryden，"Discourse concerning the origin and progress of satire"，*Essays of John Dryden*，Vol. II，ed. W. P. Ker. Oxford: Clarendon Press，1925，p. 65.

③ 对于该作的创作时间，学界一直没有定论。有人认为它是阿普列乌斯青年时期作品，创作时间早于他的另外一部作品 "Apology" (158，or 159AD)，也有学者认为该作是他文学创作高峰时期的作品，这个时间就是 2 世纪 70 或者 80 年代。

文学的"进步"理论。比如，在谈到亚里士多德对于诗歌的分类时，他说：

Aristotle divides all Poetry, in relation to the Progress of it, into Nature without Art, Art begun, and Art Completed.

（亚里士多德把所有诗歌区分为缺乏艺术的自然诗，艺术诗的开始，和艺术完成的诗。）

所以，德莱顿认为随着时间的推移，社会愈加进步和文明，西欧各国的民族语言和各种文学的形态自然也会得到发展变得成熟。"进步"的文学观念时时见于德莱顿的各种讨论中，而对该理论进行全面阐述的文章则首推他最重要的批评之作《论戏剧诗》。在该文里，他通过其所设置的人物尼安德（Neander）之口表达并在众人面前捍卫了他的这一进步和发展的观念。① 因此，在那场开始于 17 世纪而令众多文人学者参与其中的"古今之争"的大辩论中，德莱顿是坚定不移地站在今人一边而为今天的文学成就进行辩护的。德莱顿在《关于讽刺诗的起源与发展》一文讨论讽刺诗的"起源与发展"，如其题目所示，他认为讽刺诗这一文类从古到今经历着不断"发展"和演变的过程。文学的进步和发展来自时代的推动力，更离不开某个时代里具体的个人对文学本身的改造和更新。所以在德莱顿的时代，他认为多赛特爵士改变了伊丽莎白时期以来讽刺诗的"羊人"特点，而创造了讽刺诗中最好、最精巧的讽刺方式："Of the best and finest manner of Satire. . . your Lordship is the best Master in this Age." （就讽刺诗的最好和最精致的方式而言……爵爷是这个时代最好的讽刺诗家）②。其实，德莱顿本人在其时代更是以个人之力从理论和实践上对讽刺诗的发展进行了推进。他推崇贺拉斯和多赛特爵士的讽刺方式，他欣赏帕修斯、

① 德莱顿在他的《论戏剧诗》一文中设置了四位参与文学讨论的人物：Eugenius, Crites, Lisideius, 和 Neander, 其中 Neander 即代表德莱顿本人。

② John Dryden, "Discourse concerning the origin and progress of satire", *Essays of John Dryden*, Vol. II, ed. W. P. Ker. Oxford：Clarendon Press. 1925, p. 105.

尤文纳尔以及布瓦洛在讽刺诗中所注入的崇高、威严的文体特征，他自己也创作了包括《押沙龙与阿齐托菲尔》等讽刺诗，所以他不但致力于改变讽刺诗的"lampoon"性质，也以前人为借鉴更具目的性地进一步"史诗化"讽刺诗，以抬高讽刺诗到英雄史诗的地位——在文类高下的争论中，德莱顿认为史诗才是最高的文类，而非悲剧。

对于文学的发展，德莱顿一方面强调今人要以前人为师，另一方面，他也强调要在师法前人的基础上，今人应该去改革前人的落后方面并在其他的方面进行相应的创新，所以今人一定能够取得新的成绩并会在某些方面超越前人。史诗的发展就是如此，维吉尔所处社会的文明程度高于荷马的时代，所以维吉尔的成就自然会超过荷马。讽刺诗也同样经历过相似的发展过程，如恩尼乌斯（Quintus Ennius, 239BC—169BC）超越了安德罗尼库斯，同样贺拉斯也超越了他的前辈恩尼乌斯，贺拉斯之后的帕修斯和尤文纳尔虽然都曾向贺拉斯学习，但是他们也并没有亦步亦趋，而是在文体风格上超越了贺拉斯。因此，德莱顿从来不是静止地看待讽刺诗的历史，他坚持认为讽刺诗如同其他文体一样是在多种因素的影响下不断发展和进行更新的，关于讽刺诗的这种进步观念一直是他在《关于讽刺诗的起源与发展》一文中反复申说的内容。正基于这种进步观，德莱顿将自己的讽刺诗定位在一个新的时代，因而他必须为自己的讽刺诗找到新的表现形式，使之能够表达新的时代内容，为该时代的讽刺诗确立新的品性。

德莱顿改造和更新讽刺诗的努力来自之前人们对于讽刺诗起源的误解，而为了达到自己的目的，他必须首先对这种起源进行澄清，从源头上把讽刺诗同古代那种粗糙而低俗的写作区分开，所以他接受了讽刺诗的罗马起源，把它同希腊的喜剧和"Iambic"割裂开。然而，德莱顿所主张的讽刺诗也不完全等同于古典讽刺诗——尽管他毫不讳言他以古典讽刺诗人们为师，同时，他也不受英国自己早期的讽刺诗如歌利亚德诗和塞尔旺诗的影响。对于他之前的讽刺诗人，他仅对多恩和多赛特爵士给予了正面评价，这是因为他们的讽刺诗符合他自己的讽刺诗理想，具备相应的讽刺诗新品性。德莱顿不遗余力地从源头清理讽刺诗的历史，不厌其烦地说明讽刺诗如何在它自己的发展史中一路革故求新，而在不同时期获得新的样态和品质，这是因为到了德莱顿的手中，讽刺诗又会在时代潮流的推动下产生新变。德莱顿所着意的讽刺诗之变，是全面的内容与形式的变动，有主题的改变，有技巧的改变，还有文体特征的变化，等等。其中，讽刺诗文体特征的变化是向史诗和英雄诗靠拢，令其具备严肃而崇高的史诗品质，扫除先前附着于讽刺诗的粗粝、不羁等诸多的庸俗特点，摆脱之前与"低等文类"一直纠缠不休的坏名声。

　　文艺复兴之后的批评家习惯于将当代文学同古代希腊和罗马的文学相比较，并总是不假思索地作出结论，认为当今各民族语言中的文学都不过是古代文学的翻版。德莱顿明显不满于这种一成不变的文学观，在他看来，时代在向前迈进，时势也始终在变化，而处于不同时、地的人们气质也自然会不一样，这些因素都无疑会影响到文学的创作并引起变化，直到 100 余年后，法国文艺理论家泰纳（Hippolyte Adolphe Taine，1828—1893）才提出他的"种族，时代和环境（Race，moment，and milieu）"理论。所以，后来者不能要求古代文学永远为他们今日的文学已经设立了基石，为他们的写作准备好了主题素材、技法修辞，同时也不用担心他们今日的文学从此再也无法摆脱古代文学的施魅，永远笼罩在古人影响的焦虑之中不能自拔。对于文学的嬗变，罗马人早有同样的经历和体会，他们的理论家也对此进行过思考和论述，如昆体良就是其中一位。不过昆体良将带来这种变化的焦点集中于语言，他认为拉丁语言要采取不同的处理方式来获取力量、重量和丰盛，才可以弥补其不如希腊语言之优雅、精妙和得体：

　　　　. . . called for different treatment，by which the Latin might acquire strength，weight，and fullness to compensate for the superior grace，subtlety，and propriety of the Greek. [1]

---

　　① R. A. Scott-James, *The Making of Literature*, New Delhi, Mumbai, Kolkata, Chennai, Nagpur, Ahmedabad, Bangalore, Hyderabad, Lucknow：Allied Publiers PVT, 2009, p. 140.

（……要求不同的处理方式，这样拉丁语言才可能获得其长处、重要性和完整性，用以弥补希腊语言所具有的高度优雅、微妙和得体。）

德莱顿虽然承认今人对古人多有借鉴，但他在四百余年的古今争论中，始终站在今人的一边。他说："It is not enough that Aristotle has said so."（光有亚里士多德如此说还不够。）艺术在他看来，是一种有机发展的力量，是动态的，而不是静止不动的，而且让希腊人欢喜的文学不一定会受到英国人的欢迎："... that what pleased the Greeks would not satisfy an English audience."（让希腊人满意的作品并不一定会让英国的观众喜欢。）

进步的观念是德莱顿重要的诗学思想，Michael Werth Gelber 在其论述德莱顿批评的专著中也肯定了德莱顿的这一诗学思想："He was very much a man of the century in which he lived... he always believed in the idea of progress."（他正是属于他所生活的这个世纪里的人物……他总是相信进步这个概念。）① 而对于讽刺诗的进步和发展观念，德莱顿也毫不迟疑，所以他的讽刺诗批评长文《关于讽刺诗的起源与发展》即是以"发展"为题，而他的创作实践也充分证明了他对讽刺诗进步与发展这一理念的信心与坚持。在罗马讽刺诗的发展过程中，其最古老的融入了讽刺精神的萨图恩诗和菲斯奈恩诗都是即兴之作，是当时人们在酒后欢娱取乐的活动中进行的艺术活动，这也属于罗马文学活动的初始期，所以这类诗歌不但语言不够精美，也更谈不上有特定的格律可以用来增加歌唱的美感，所以德莱顿一直使用"野蛮人的""粗糙的"等词语来描述这时的诗歌。后来恩尼乌斯开始创作讽刺诗时，达希尔认为他是以罗马人在这类活动中所产生的古老笑剧作为模仿的对象，而德莱顿觉得恩尼乌斯更有可能是以更为文雅的希腊文学里的讽刺作为仿效的目标。而且恩尼乌斯所对于讽刺诗所作的一

① Michael Werth Gelber, *The Just and the Lively*: *The Literary Criticism of John Dryden*, Manchester and New York: Manchester University Press, 1999, p.194.

个重大进步就是，他把作为舞台表演的讽刺改为适合室内朗诵的讽刺，这样自然对讽刺诗本身的美感有了更多的要求，因为朗诵的诗歌省去了对观众视觉的依赖，而主要依靠节奏音韵来诉诸听众的听觉感官，因此讽刺诗的这方面的美感逐渐被诗人们所重视和进行研究，所以节奏方面的技巧也经过诗人们的不断尝试而逐渐发展起来。

紧随恩尼乌斯创作讽刺诗的诗人是其侄子帕库维乌斯（Pacuvius，220BC—131BC），恩尼乌斯有可能承担过对帕库维乌斯的教育，但是帕库维乌斯没有诗作留下，不知道他对讽刺诗有过何种推进，估计风格近似于恩尼乌斯。恩尼乌斯和帕库维乌斯之后的罗马讽刺诗人是鲁克留斯，他更青睐于模仿希腊的旧喜剧——而在安德罗尼库斯之前，古老的罗马本土讽刺根本还没有接触过希腊的旧喜剧。贺拉斯和昆体良都把鲁克留斯看作是罗马讽刺诗的第一位作者，在德莱顿看来，这并非说明鲁克留斯又创造了一种新的讽刺，只不过说明他的讽刺诗比他的前辈写得更好，他在恩尼乌斯和帕库维乌斯的基础上使"罗马讽刺诗"变得更为庄重和文雅，为之增加了更多美感，但讽刺诗的主要内容并没有发生改变。另外，鲁克留斯没有像他的前辈那样在同一首诗里同时使用几种类型的诗，虽然他也创造了不同类型的诗，但是每一种类型都仅用于一首诗之中，或是六步格，或是三步格，或是长短短格，或是长短格，或是短长格，他都不会在同一首诗中混用。这一点让他同恩尼乌斯又产生重大区别，所以从形式上看，鲁克留斯让罗马讽刺诗进一步得到了规范，这也是为什么贺拉斯等愿意将其看作第一位罗马讽刺诗诗人的原因。

鲁克留斯使罗马讽刺诗发生进步的情形也同样可以用来说明贺拉斯在讽刺诗上所取得的进步，德莱顿甚至认为贺拉斯在鲁克留斯的基础上使讽刺诗产生进步的程度，丝毫不亚于鲁克留斯在恩尼乌斯的基础上使讽刺诗所产生的进步，因而贺拉斯的讽刺在鲁克留斯诗歌的基础上变得更加典雅和精致。罗马讽刺诗所取得的这些进步的原因，在德莱顿看来，是因为拉丁语言随着时间的推移在不断完善，语言的发展自然带动了文学和诗歌的进步。正是看到了语言在提高讽刺诗中所发生的作用，德莱顿批评同时代的人们对于鲁克留斯的指责太过苛刻，在他看来，鲁克留斯的讽刺诗之所以显得漫不经心、缺乏艺术性，这只是因为拉丁语言还没有完全成熟，没有完全剔除蛮人语言的许多特点，很多重要而音韵响亮的词语尚未出现，所以那时的讽刺就显得笨拙粗犷。拉丁语言的这种不利情况甚至持续到了卢克莱修和西塞罗的时代，因为他们在创作中还会抱怨拉丁语言的不够完善而影响到自己的写作。

第三章

讽刺诗的道德维度与写作原则

第一节 "讽刺"的道德维度

一 "讽刺力量"的来源①

德莱顿在考察罗马讽刺诗历史的时候，提到最早的罗马讽刺诗原来是罗马人在节庆之际而相互之间所进行的即兴"口头决斗"（Verbal dueling）的活动。根据社会学家们的考察，这种肇自宗教仪式相互以言语而争的活动作为一种大众文化广泛存在于许多地区的人群中间，即使在今天，人们也乐于以互相"诋毁"和"揭短"的方式来娱乐观众。这种"口头决斗"是一种由公众围观并给予评判的语言斗争，它挑战参与者的想象力、口头表达能力、记忆力和语言使用的能力，还有原创能力和自我控制的能力。从社会学的角度来看，这

---

① 本节主要参考 George Austin Test 在其著作 "Satire：Spirit and Art" 和 Robert C. Elliott 在 "The Power of Satire：Magic，Ritual，Art" 中分别对不同地区和文化中 "口头决斗（Verbal dueling）" 和宗教祭祀仪式中的讽刺进行考察，来梳理这些不同文化中所产生的讽刺以及由此而产生的神秘力量。Gorge Austin Test 虽然也讨论 Ritual satire 同 Literary satire 之间的关系，但是他主要侧重于分析 Ritual satire 所承担的 "物理替代" 功能，即其将现实中的冲突和武力放在仪式性的讽刺当中表达出来，从而代替它们在现实社会活动中的真实发生："Ritual satire uses the sound of laughter and the glory of humor and verbal energy as forces whereby humans control and channel aggression and criticism in order to re-create and transcend themselves and society." （George Austin Test，*Satire：Spirit and Art*，Florida：The University of Florida Press，1991：66.） 然而本节主要从社会学的角度来解释 "讽刺" 效力的源泉。

种活动今天仍然盛行于尼尔利亚伊博族（the Igbos of Nigeria）和加纳等西非国家的人群当中，他们仍然保留着一种以口头语言进行决斗的形式："dozens"，而在西印度群岛的特立尼达拉岛上（Trinidad in the West Indies），也流行着一种吟唱侮辱对方语言的争斗"Picong"，这些都属于这种"口头决斗"的形式。从世界文学史角度看，在前伊斯兰口传文学时期，也盛行一种临时创作的诅咒之词叫作"Hija"，常为敌对双方在交战之前或敌对部落的诗人之间使用，这是一种相信讽刺之词力量的古老信仰。"Tenzone"作为一种言语之争存在于12世纪普罗旺斯的行吟诗文化中，而在意大利，它被称作"Contrasto"，是常在贵族家庭举行的娱乐方式。各种古老文化里以言语相互咒骂的决斗，有一个更通用的名称"Flyting"，它的最大特点就是表演愤怒，并且获得人类学家 Victor Terner 所说的"Licensed disrespect"。[1] Test 认为这种口头决斗的精神和情感同尤文纳尔的讽刺具有相同的情感来源，并服务于相似的目的；而尤文纳尔所使用的诗体讽刺不过是只有一方参与的口头决斗，是一种加长了的独自咒语。[2]

　　德莱顿在《关于讽刺诗的起源与发展》中提到罗马人在其早期节庆活动中相互之间进行挑逗、揭短的歌唱之争而形成的"菲斯奈恩诗"（Fescennine）——以其起源于特里鲁里亚的一个乡镇而命名。这种菲斯奈恩诗开始于乡间的婚庆活动，并延伸至对收获季节的庆祝。后来这种相互揶揄挖苦的歌唱活动由乡村流行到城市，开始被卡图鲁斯、塞涅卡和李维等人注意并加以记录，"菲斯奈恩诗"也因此而构成西方讽刺文学的一个传统。西方讽刺传统与古希腊文学和文化密切相关，特别是同"生殖""丰产"等崇拜活动相关。在古希腊社会，有一种在庆祝酒神狄奥尼索斯的游行中即兴创作的"法历克歌"（Phallic song），它以内容淫秽和惯于对他人进行口头攻击的特点而闻名，同时它本身所具有的生产性特点也是无疑的。亚里士多德在其《诗学》第三章第三节中曾

---

① Victor Turner, *The Ritual Process: Structure and Anti-Structure*, New York: Cornell University Press, 1966, pp. 78-81.

② George Austin Test, *Satire: Spirit and Art*, Florida: The University of Florida Press, 1991, p. 91.

推论最早的喜剧形式就是脱胎于这种法历克游行（Phallic proces-
sions）——这也成为后世认为喜剧同讽刺产生亲缘关系的依据。古希腊
文学里还有一种"Iambic"诗（ἴαμβος），为公元前 7 世纪希腊 Paros
岛上的讽刺诗人 Archilochus（680BC—645BC）所创作，相传他曾"dipt
a bitter Muse in snake-venom and stained gentle Helicon with blood"（将一
位性情尖刻暴烈的缪斯浸泡在蛇的毒液之中，并以血水污染了温柔的
Helicon 泉水。），所以这种以短长格创作的"Iambic"诗具有伤害他人
甚至致人死命的力量，行人因此在经过他的墓前时得悄悄地，否则会惊
动守候在此的黄蜂。①

　　Archilochus 出身侍奉农神得墨忒耳（Δαμἀτηρ，Demeter，the
goddess of the harvest）的祭司家庭，他自己就曾在丰产女神的祭祀仪式
上诅咒毁掉与自己有婚约的 Lycambes 和 Neoboule 父女二人，而导致他
们自缢身亡（一说其家族更多亲人都遭受此咒语之难）。ἴαμβος 一词又
与欢庆（τερπλἐων）相关，可见于 Archilochus 诗句"καὶ οὐτ'ἀμβων
οὐτε τερπλἐων μἐλει"。② 无论是希腊的"法历克歌"和"Iambic"诗
还是罗马的"菲斯奈恩诗"都不约而同地与丰产神的祭祀相关，都是
在庆祝丰产的仪式活动中进行，Frazer 对这种现象和联系颇感疑惑，在
其编辑的"Pausanias"③ 版本里，他从大量希腊和其他地方的丰产仪式
中，发现它们无一不包含有谴责和辱骂性的语言。④ Cornford 等对其解
释说，因为这类辱骂的语言具有辟邪驱瘟的作用，所以被用来驱赶邪灵
恶魔以保证丰产。⑤ 古代讽刺的神秘力量是否真由此产生难以确知，但

---

　　① Gaetulicus in *The Greek Anthology*, Bk. VII, No. 71; cited in *Elegy and Iambus*, ed. and
trans. J. M. Edmonds（London, 1931）, II, 97.

　　② Martin Litchfield West, *Studies in Greek Elegy and Iambus*, Berlin: Wubben & Co., 1974,
p. 25.

　　③ Pausanias 的希腊名是 Παυσανιαζ，他是 2 世纪时期希腊的旅行家和地理学家，他生活
在哈德良、安东尼·庇护和马克·奥勒留等罗马皇帝时期，曾周游全希腊，著有《希腊志》
（"Description of Greece"）。

　　④ *Pausania's Description of Greece*（London, 1898）, II, 492; III, pp. 266-268.

　　⑤ Robert C. Elliott, *The Power of Satire: Magic, Ritual, Art*, Princeton and New Jersey:
Princeton University Press, 1960, p. 135.

人们在世代沿袭的传统中已经习惯性地将其同丰产神的祭仪相联系，既可以解释讽刺魔力产生的原因，又可以为之给出某种最终的意义。Robert C. Elliott 因此对讽刺同这些古老仪式的关系进行总结说：

> Satire was believed to be magically efficacious because the original ritualistic formula was efficacious; the belief remained attached to the satiric content of the formula long after the rite had been forgotten.
>
> （大家相信讽刺具有神奇的效力，这是因为起初的仪式是灵验的。即便这仪式已经被遗忘了很久，这种信仰仍依附于仪式的讽刺内容，并保留着。）

Elliott 还提醒大家注意在这些成功的讽刺中，其本身还天然地蕴有讽刺正义的含义。[①] 这些发挥了效用的讽刺都是因为其创作者受到了不公正待遇，因而这些讽刺只是为了恢复正义，或曰对非正义行为的报复和反击，所以它们都具有自我正名的理由，因此讽刺同道德正义相关并不是无中生有，而是在其伊始就共生互联。同 Archilochus 一样创作以性和谩骂为其特点的"Iambic"诗的诗人还有 Hipponax（540BC—498BC），他是公元前 6 世纪第一位创作不规则短长格体（Choliambics）的诗人。他所创作的讽刺诗被人们看作是用来维护正义和公平的诗歌，牧歌的创立者忒奥克利特斯（Theocritus，300BC—260BC）曾留下如下对其捍卫正义的讽刺所具有魔力的记录：

> Here lies the bard Hipponax. If you are a rascal, go not nigh his tomb; but if you are a true man of good stock, sit you down and welcome, and if you choose to drop off to sleep you shall. [②]
>
> （这儿躺着诗人 Hipponax。如果你是一个坏蛋，别走近他的

---

① Robert C. Elliott, *The Power of Satire*: *Magic*, *Ritual*, *Art*, Princeton and New Jersey: Princeton University Press, 1960, p. 58.

② Number XIX of the Inscriptions in *The Greek Bucolic Poets*, trans. J. M. Edmonds (London, 1923), p. 377.

坟前；但如果你是一位实诚的真汉子，请你坐下，欢迎你，你要是想歇脚睡一会儿，你请便吧。）

West 通过仔细分析忒奥克利特斯的一行诗："εὖ μοι γένοιτοπαρθὲ νος καλή τε καὶ τέρεινα." 认为他们所创作的 "Iambic" 诗都是极为精炼的优秀希腊诗歌：简单而有力的思想在最为自然、准确和有效的词语中表达出来。① 因此这类诗歌也都是具有高度艺术性的上乘之作，而不仅仅是宗教祭仪中的即兴创造。在忒奥克利特斯之外，Sermonides of Amorgos（Σημωνίδησὸ'Αμοργῖνος，7ᵗʰ BC）和 Callimachus（305BC—240BC）也创作 "Iambic" 诗。② 在古希腊悲剧中也常常出现同 Archilochus 口念谩骂之词有相同功能的诅咒，它们最后也都——应验而产生剧中人物的悲剧结局：梯厄斯忒斯在得知阿特柔斯让自己吃了其儿子的肉之后，即对阿特柔斯家族进行诅咒，从而导致了这个家族内部发生了一系列败坏人伦的互屠惨剧；而在另一著名悲剧中，当俄狄浦斯最终明白真相，得知了自己的乱伦行为后，他为惩罚自己而对自己的儿子们进行诅咒，等等。

　　文字以至诗歌具有神奇的魔力，在中西方的早期文化中都有记录，而反映在各自的文学作品中也不鲜见。Robert Elliott 就说："In the early stage of cultural development, poetry is almost always associated with magic, whether white or black, or both."③（在文化发展的早期阶段，诗歌几乎总是同魔法联系在一起，无论魔法是好是坏，或者两者兼是。）但是古代的祭祀仪式毕竟不同于作为艺术的诗歌，因为祭仪有程式化的系统和结构，而不似艺术所具有的自由发展特性，因此作为艺术的文学形式最终都摆脱祭祀仪式的束缚而逐渐独立发展出来成为特定的艺术类型。Wyndham Lewis 曾说艺术是 "巫术的文明替代形

① Martin Litchfield West, *Studies in Greek Elegy and Iambus*, Berlin: Wubben & Co., 1974, p. 28.

② See Hendrickson, "*Archilochus and the Victims of His Iambics*," pp. 103, 111.

③ Robert C. Elliott, *The Power of Satire: Magic, Ritual, Art*, Princeton and New Jersey: Princeton University Press, 1960, p. 10.

式"，或曰是巫术的崇高化结果①，上文所提到的"Iambic"诗即是这样的例子。悲剧是从庆祝狄奥尼索斯的合唱歌舞发展而来，阿里斯托芬将"诅咒"的语言使用于喜剧目的，讽刺作为艺术形式也不可能长期桎梏于非理性的宗教祭仪范围内，它也通过诗人的创造性行为而突破其原有的巫术形式而发展出适合于自己的艺术形式。讽刺有意识地继承了文字和诗歌所曾有过的效力，并使这种效力成为彰显自身特殊性的文学特征，所以崇尚效力的讽刺必定会与早期社会弥漫奇异色彩的神秘力量及其解释形成一种精神谱系。

比如，在爱尔兰社会的历史和文化中，讽刺作为一种古老的技艺在社会中被传授和学习，行使讽刺的力量是一个长期存在的现象，从业者随着技艺娴熟、效力明显而获得较高等级，他们因而能从其执业中获得更高报酬。中世纪爱尔兰社会盛行着关于讽刺效力的许多传说，这种对讽刺神秘力量的描述见诸许多作家的作品，后来的讽刺诗人在其诗中也不断诉诸传说中爱尔兰讽刺所具有的效力：

Satire was believed to cause facial blemishes and blisters, and in extreme cases, even death. Early annals relate the deaths of notable figures, deaths brought on by particularly potent satirical verse. Literature of the Middle Ages, English and Gaelic, including works by Shakespeare and Spencer, mention Irish satire employed to kill men and animals, mainly rats. ②

（讽刺据信能使人脸上长出污点和水泡，在极端的情形下，还能致人死亡。早期的年鉴记录过一些名人的死亡，特别是由一些具有伤人效力的讽刺诗所导致的死亡。中世纪的文学，英语和盖尔语的作品，包括莎士比亚和斯宾塞的作品，都提到过利用爱尔兰讽刺来杀死人和动物——主要是耗子的事件。）

---

① Robert C. Elliott, *The Power of Satire*: *Magic*, *Ritual*, *Art*, Princeton and New Jersey: Princeton University Press, 1960, p. 97.

② Seán Duffy, *Medieval Ireland*: *An Encyclopedia*, New York: Routledge, 2005, p. 691.

根据约翰逊博士的记述，一位名叫 Rosalinde 的博学女士曾就爱尔兰传说中"驱逐耗子"的讽刺诗谣开了一个善意的玩笑：

I am a rimer of the Irish race,

And have already rimde thee staring made;

But if thou cease not thy bold jests to spread

I'll never leave till I have rimde thee dead. ①

（我是爱尔兰族的吟唱者，

我曾经吟唱让你傻盯前方。

如果你不停止四处散播谣言，

我绝不会离开，一直要唱到你死亡。）

锡德尼在《为诗一辩》中也呼应了爱尔兰的这种传说，对那些不能倾听诗歌音乐的人（Planet-like Musicke of Poetrie）表达不满：

I will not wish unto you. . . to be driven by a Poets verses（as Bubonax was）to hang himelfe, nor to be rimed to death, as is said to be done in Ireland. ②

（我不愿你被诗人的诗歌驱逐而自缢而亡，也不愿你被人吟唱到死亡，如同传说在爱尔兰的土地上所发生的那样。）

虽然他不情愿以爱尔兰式的诅咒惩罚那些对诗桀骜不驯的人，而且他也不一定确信爱尔兰人以诗诅咒能继续发挥效用，但是一个明显的事实就是他了解爱尔兰传说中有关诗之神奇力量的传统，并把这种传统作为表达自己意见的材料。

古代诗歌总是具备多种功能于一身，娱神娱己、预言占卜、劝诱斗嘴等等，如 Johan Huizinga 所说："（All）antique poetry, as at one and the

_____

① Robert C. Elliott, *The Power of Satire*：*Magic*, *Ritual*, *Art*, Princeton and New Jersey：Princeton University Press, 1960, p. 36.

② Ibid. , p. 35.

same time ritual, entertainment, artistry, riddle-making, doctrine, persua-
sion, sorcery, soothsaying, prophecy, and competition. "① （所有古代的
诗歌，同时也是祭祀、娱乐、工艺、猜谜、规章、劝诱、巫术、占
卜、预言和竞争。）讽刺是从古老宗教祭仪里的口头咒语发展出来的，
这种口头咒语表达了一种古老信仰，认为思想和词语都有驱使行动的
力量，它甚至能对人造成伤害以至杀害。古老讽刺能够对其瞄准的对
象产生不可思议的效果。无论其真实与否，今天都已无法考证，但是
把讽刺性的攻击联系到宗教仪式的起源却影响深远。如果这种假设真
的存在，那么讽刺作为宗教仪式的一部分具有其应有的威力自然容易
得到解释；又即使讽刺的力量不一定全在此，其力量的发挥源自倾听
者所经受的某种或多种原因，如 Catherine M. Schlegel 所说："Speaking
is voluntary; hearing is not. "② （说是自发的，听却不是。）但是讽刺力
量的仪式性解释却仍然十分强大并得以流传。所以当后来讽刺已经摆
脱宗教祭仪形式的束缚而成为独立的艺术类型时，它的使用范围也已
经远离了宗教仪式的语境，但是人们还是每每将讽刺能够产生的威力
联系到它最初的宗教源流，无论使用者对其力量的产生抱有何种真实
的看法，但是这些写作者们无一不是诉诸讽刺起初所包含的意味，那
就是讽刺本身就是能够也应该产生某种效力，保持它本来所具备的
"To cut" 或者 "to strike" 的功能，如 Mme de Staël 所曾经说明的那
样："*Le ridicule a acquis tant de force en France, qu'il y est devenu l'arme
la plus terrible qu'on y puisse employer.* "③ （讽刺在法国获得如此多的力
量，它在使用它的人手中已成为一种极为可怕的武器。）"Satire" 本
身就包含有 "讽" 和 "刺" 的力量，否则它就不能称之为讽刺。弥
尔顿对此有非常深刻的理解，他曾嘲笑霍尔使用 "Tooth-lesse Satyrs"

---

① *Homo Ludens*, trans. R. F. C. Hull (London, 1949), p. 120. Cf. N. Kershaw Chadwick, *Poetry and Prophecy* (Cambridge, 1942), p. 14.

② Catherine M. Schlegel, *Satire and the Threat of Speech*: *Horace's Satires*, *Book I*, Wisconsin: The University of Wisconsin Press, 1930: 16.

③ Cited in Larousse, *Grand Dictionnaire Universel du XIXe Siecle*, "Ridicule". Sydney: Hachette Livre, 2013.

（1597）和"Byting Satyres"（1598）作为自己讽刺诗的书名：

> . . . if it bite neither the persons nor the vices, how is it a Satyr, and if it bite either, how is it toothlesse, so that toothlesse Satyrs are as much as if he had said toothless teeth. . . ①

> （如果它既不能咬人，又不能攻击邪恶，它怎能称得上是萨梯尔；如果它两者皆能，它又怎能是无牙，所以说无牙的萨梯尔就像是说无牙的牙齿一般可笑⋯⋯）

弥尔顿的理由很简单，"satire"之为"satire"，就在于它有"tooth"能"咬"人，所以说"Toothlesse Satyrs"无疑就是错误的。锡德尼在自己的诗中吁请了爱尔兰讽刺的力量，本·琼生在其诗歌 *Poetaster* 中则同时诉诸希腊人 Archilochus 和爱尔兰讽刺这两种传统来为自己的讽刺正名并加强对敌人的威胁：

> I could doe worse,
> Arm'd with ARCHILOCHVS fury, write Iambicks,
> Should make the desperate lashers hang themselves.
> Rime'hem to death, as they doe Irish rats
> In drumming tunes. ②
> （我可以给予对方更严厉的打击，
> 如果以 Archilochus 的愤怒来写作 Iambicks，
> 可以让那些不顾一切地施虐者上吊自杀。
> 把他们吟唱到死亡，如同他们对爱尔兰的老鼠
> 以擂鼓的音调致它们死亡一样。）

---

① John Milton, "An Apology for Smectymnuus" ed. H. M. Ayres in *The Works of John Milton*, ed. E. A. Patterson et al. （Columbia Univ. Press, 1931）, 3, Pt. I, p. 329.

② Robert C. Elliott, *The Power of Satire: Magic, Ritual, Art*, Princeton and New Jersey: Princeton University Press, 1960, p. 1.

　　同锡德尼一样，琼生也熟悉历史上的讽刺传统，并希望自己的讽刺能够发挥传说中仪式性讽刺的神奇威力。随着古老宗教祭仪慢慢在人类历史中隐去身影，讽刺也愈来愈承担起社会道德和伦理的教化功能，人们用它对社会生活进行多维度的观察和质询，其中最基本的使用就是对特定的个人弱点进行公开谴责和批评，批评他们的懦弱、无知、固执、吝啬和背叛，而讽刺的手段则多种多样，Seán Duffy 对其进行总结说主要的手段有挖苦、暗讽和冠以诨名等等。① 而讽刺作者们也习惯于让自己扮演一个不健全社会里的"scourger"和"purger"的角色，② 英国文艺复兴时期的讽刺尤其典型，如 John Marston 的讽刺诗 "The Scourge of Villainy"（1598）与 Samuel Rowlans 的讽刺诗 "The Letting of Humour's Blood in the Head-Veine"（1600）是这一时期的代表：

　　　　Infectious blood, yee goutie humos quake
　　　　Whilst my sharp Razor doth incision make.（V，117-18）
　　　　（感染了的血液让人痛风发抖，
　　　　但我的锋利剃刀确能划开治疗的切口）

　　　　O that a Satyre's hand had force to pluck
　　　　Some fludgate up to purge the world from muck.（III，17-18）
　　　　（萨梯尔力大无比，只手就可以扒拉出
　　　　一条鸿沟，把污泥除尽，让世界变净。）

　　Neil Rhodes 对这些诗歌有过这样的分析，认为它们具有一个内在的逻辑原则，就是这些诗歌本身具有可以产生强烈物理净化（Physical catharsis）的作用，即便这些讽刺不能达到同外科手术一样的效果，它至少可以作为对其进行鞭笞的工具。③ 而 18 世纪的蒲伯在其 *Epilogue to the Satires in Two Dialogues* 一诗中则更为自信其讽刺所可

---

　　① Seán Duffy, *Medieval Ireland: An Encyclopedia*, New York: Routledge, 2005, p. 691.
　　② Neil Rhodes, *The Power of Eloquence and English Renaissance Literature*, New York: St. Martin's Press, 1992, p. 138.
　　③ Ibid., p. 139.

充当的角色：

> Yes, I am proud; I must be proud to see
> Men not afraid of God, afraid of me;
> Safe from the Bar, the Pulpit, and the Throne,
> Yet touch'd and shamed by Ridicule alone.
>
> (是的，我感到自豪，我必须自豪地看到
> 不惧上帝的人，却惧怕我；
> 监狱关不了他，教会拿他没办法，王权也鞭长莫及，
> 然而，他惟独被讽刺击中和羞辱。)
>
> (Dialogue II, 378-384)

二　以道德为指向的英国讽刺诗实践

盎格鲁-撒克逊时期，无论在古英语诗歌还是以拉丁文写作的作品中，都没有讽刺。英国的讽刺诗写作是在诺曼征服之后才出现，出现的时间大约是在 12 世纪。讽刺诗之所以没有出现在早期英国文学里，塔克（Samuel Marion Tucker）给出了三个原因：其一，盎格鲁-撒克逊民族的严肃脾性让他们缺乏幽默、轻松的精神；其二，这个民族被他们的英雄传统所束缚，志愿庄重而高远，因此不会去俯就被认为是文类低下的讽刺诗；其三，匀质化的民族和社会使得他们缺乏政治的、文学的和社会的讽刺主题和讽刺精神。① 但自 12 世纪以后，英国讽刺诗的写作一直没有中断，虽然讽刺的形式、主题和精神各有不同。而且自那时以来到 19 世纪，英国文学史上写作讽刺诗的名家辈出，从早期的瓦尔特·迈普（Walter Map, 1140—1208, or 1210）、威廉·郎格兰（William Langland, 1332—1380, 被看作是《耕夫皮尔斯》的作者）、杰弗里·乔叟（Geofrey Chaucer, 1343—1400），中间经约翰·多恩（John Donne, 1572—1361）、约翰·德莱顿，再到亚

---

① S. M. Tucker, *Verse Satire in England before the Renaissance*, New York: The Columbia University Press, 1908, p. 35.

历山大·蒲伯、乔纳森·斯威夫特（Jonathan Swift，1667—1745）、乔治·拜伦（George Gorden Byron，1788—1824）等，绵延七百余年。

在英国讽刺诗发展的头两个世纪，英国讽刺诗的发展分别经历了以拉丁文创作的歌利亚德韵诗（Goliardic Latin rhymes）①，法语创作的西尔旺特诗（Sirventes）②，和盎格鲁-拉丁诗人创作的更加正式的讽刺诗三个阶段。同所有文学中的情形一样，数代之后，本土的英语讽刺诗创作逐渐超过了这些外来语言的创作。而且，由于地位低下，讲

---

① 歌利亚德（Goliard）原指 12、13 世纪流浪在德国、法国和英国的一群青年学生，他们以创作拉丁讽刺诗而闻名，诗歌多以庆祝宴乐和感官之乐为题。（http：//dictionary. reference. com/browse/goliard）"根词 Goliardus（英语词 Goliardic 和 Goliard 从该词演变而来。）或者可能同拉丁词 gula（暴食）有关，或者同 Golias 有关，Golias 即是《旧约·圣经》中的巨人歌利亚（Goliath），在那个有名的故事中，他被大卫以弹弓射杀（《撒母耳记上》第 17 章）。这个词语也可能同德语词 goljan（歌唱），或者法语词 gailliard（快乐的人）有关。还有人将这个词的流行和使用归因于克莱尔福克斯的伯纳德（Bernard of Clairvaux）所写的一封信，在这封有名的信里他谴责了彼得·阿伯拉德（Peter Abelard），将其视为一个"歌利亚"式的人物。"（Roland Greene，Stephen Cushman，ed. *The Princeton Encyclopedia of Poetry and Poetics*，Princeton：Princeton University Press，2012，p. 574.）开始有人（是否是英国人瓦尔特·迈普不得而知）写作这种押韵的拉丁讽刺诗，后以"Goliardic"而得名，而"Goliardic"通常也限于押韵的拉丁诗歌，它比塞尔旺特诗歌数量更多。法国是其诞生地，时间是 12 世纪早期。青年学生将其从巴黎带到英国，于是这种歌利亚德讽刺诗在英国流行于 12 世纪晚期，整个 13 世纪，直到爱德华三世王朝。（S. M. Tucker，*Verse Satire in England before the Renaissance*，New York：The Columbia University Press，1908，pp. 57-58.）

② 西尔旺特诗（Sirventes）是"以中世纪欧西坦语创作、采用分节形式的曲式诗，但不是情诗。它的主题主要包括政治和时事，比如战争和十字军东征，对他人的攻击或者（偶尔）颂扬，社会和文学讽刺，或者对社会和行为标准的堕落进行说教。语气大多是讽刺的，恶劣的谩骂也很常见。在形式上，它被视作仆从情歌、比情歌缺乏原创性。常借用已有情歌的曲调、格律，甚至韵脚来创作一首新的塞尔旺特诗歌。12 世纪末，随着具有形式和主题动力的情歌在衰退，塞尔旺特诗变得更加流行。"（Roland Greene，Stephen Cushman，ed. *The Princeton Encyclopedia of Poetry and Poetics*，Princeton：Princeton University Press，2012，p. 1309）作者多为中世纪时法国南部普罗旺斯的行吟诗人（Troubadours of Provence）。法语词 Sirventes 或 Sirvente 来自旧普罗旺斯语的 sirvent，也就是 servant "仆人"的意思，它指恋人在自己情人面前所扮演的仆人角色。该词又从拉丁语单词 *serviens* 来，它是第三类动词 *servire* 的现在分词形式，再加上后缀 -es，esc，即意大利语的后缀 -esco（-esuqe），用于强调具有此后缀前那个根词的特点，像……样的，http：//www. thefreedictionary. com/Sirventes；http：//www. collinsdictionary. com/dictionary/american/sirventes。

英语的平民阶层拥有更多理由写作讽刺，他们也更容易找到讽刺诗的主题，于是使用英语来进行讽刺诗创作的情形就开始多起来。在乔叟之前，名气较大的讽刺诗人有创作歌利亚德诗歌的瓦尔特·迈普（Walter Map，1140—1208，or 1210），写作西尔旺特诗的特鲁巴度诗人贝尔特兰德（Bertrand de Born）。歌利亚德诗歌是以拉丁文写作，讽刺的目标都瞄准着教会，或者被当时人们认为低一等的女性；而英国的西尔旺特讽刺诗所讽刺的目标都比较具体，如英国国王、苏格兰人都曾成为他们讽刺的目标。郎格兰被认为是《耕夫皮尔斯》的作者，他与乔叟生活在同一个时代，《耕夫皮尔斯》一诗的内涵虽远不止是一首讽刺诗，它有更丰富的内容，但是诗中体现出的讽刺精神和改良道德的热忱让该诗毫无疑问成为一首典型的讽刺诗：“《耕夫皮尔斯》的作者将英国的讽刺诗提高到了一个此前未曾达到过的高度。”[1]因为这首诗的教育意义既具体针对英国 14 世纪的社会，又普遍地针对整个人类社会和人性的不足，所以“这首诗是英语中第一首可以称得上伟大的讽刺诗”[2]。

　　乔叟属于新的时代，他使用五步抑扬格的双行体，使用不同于古英语韵律的重音和尾韵系统，而将英国文学带入到一个新的阶段，他也因此被看作是现代英语文学的第一位作家。乔叟的讽刺写作主要体现在他的《名誉之宫》（*The House of Fame*，1379—1780）和《坎特伯雷故事集》（*The Canterbury Tales*，1386—1389）中。他的《名誉之宫》还带有中世纪的特点，依然采用梦幻和寓言的形式来进行讽刺，他所讽刺的对象是反复无常的“名誉”。乔叟作为讽刺作家的名声主要来自于他的《坎特伯雷故事集》。乔叟的讽刺通常是罩着幽默的外衣，但仅仅只有幽默不能构成讽刺，讽刺要求批评谬误和教育众人，所以乔叟的温和态度常常削弱了他诗歌的讽刺力量。乔叟是一位人文主义者，他的作品表现出浓厚的人性关怀特点，即使对于所要讽刺的对象，他也常常使用理解和同情的笔调进行渲染，使所批评的目标之

---

① Hugh Walker, *English Satire and Satirists.* London：J. M. Dent & Sons Ltd，1925，p. 9.

② Ibid.，p. 10.

丑与恶得到中和和稀释，"他宽恕修女，对女院长（The Prioress）的描写也报以逗趣的微笑，如此温柔，以至于难以称得上是讽刺"①。这就是独特的乔叟式讽刺（Chaucerian Satire）。虽然乔叟的讽刺因为太过温和使得他的讽刺力量减弱，但是乔叟却开始了另一种并非横眉怒目的讽刺传统：讽刺作家放弃了怒气冲冲的严厉态度，不再挥舞利刃对讽刺的对象粗暴挥斫；相反，他们的讽刺更加圆滑节制，更富教养和理解的同情，能让读者在轻松中获得启发，在理解中反思善恶，但是这种讽刺的风格和态度又同贺拉斯的讽刺并不完全相似，但是二者之间在不忍采用"暴力"和"怒汉"的讽刺诗方式上却是有异曲同工之妙，这也成为后来德莱顿为寻求理想讽刺方式的来源。

意大利文艺复兴时期对于古典文学的热忱也激发了讽刺诗在意大利的兴起，意大利讽刺诗人以古典讽刺诗为典范，以现代意大利语进行创作。意大利讽刺诗人的创作极大地影响了英国讽刺诗人，而对英国讽刺诗产生影响的明显标志是英国诗人对于他们使用的"三行诗节"（Terza rima）格律的借用。《愚人船》（*The Ship of Fools*，1494）是亚历山大·巴克雷（Alexander Barclay，1475—1552）根据詹姆斯·罗切尔（James Locher）的同名拉丁文译诗（*Stultifera Navis*）② 写成。此诗只是依据前人诗作而缺乏原创性，堆砌陈列各种谴责对象而无甚新意，但该诗的重要性在于它标志着古典讽刺诗对于英国"诗体形式讽刺"（Formal verse satire）发生影响的开始。③ 约瑟夫·霍尔（Joseph Hall，1574—1656）自称是最早的英语讽刺诗人，④ 并承认是以"古代罗马的前辈"作为自己的榜样。1597 年，他发表讽刺诗集《威尔基德米埃》（*Virgidemiae*）前三卷，1598 年发表后三卷。他称前

① Hugh Walker, *English Satire and Satirists.* London：J. M. Dent & Sons Ltd，1925.，p. 21.

② 罗切尔的拉丁文译诗发表于 1497 年，其翻译所依据的原诗是德国讽刺诗人 Sebastian Brant 发表于 1494 年的同名德文诗"Narrenschiff"。

③ A. J. Wheeler, *English Verse Satire from Donne to Dryden*，Heidelberg：Winter，1992，p. 31.

④ 霍尔在其讽刺诗中说："I First aduenture, with fool-hardie might/ To tread the steps of perilous despight：/ I first aduenture：follow me who list，/ And be the second English Satyrist."

三卷为"无牙"的讽刺（Toothless satires），其主题是"诗学的、学术的和道德的"，主要针对社会愚行；后三卷为"咬人的"讽刺（Biting satires），是以更严重的罪行作为目标。霍尔故意对自己的讽刺诗采用二分法，实则是要把自己的讽刺诗区分为尤文纳尔式讽刺和贺拉斯或帕修斯式讽刺两部分。霍尔之后的讽刺诗人是约翰·马思腾（John Marston，1575？—1634），仍以古典讽刺诗人为模范，重要诗作有《抨击邪恶》（The Scourge of Villainy）一诗。他同尤文纳尔一样，也认为现在的社会让他无法不去写作讽刺诗。① 尤文纳尔在诗中列举了一系列罗马的罪人和他们的恶行，马思腾也在自己的诗里勾画出一长串当代的恶棍，所以他的讽刺诗充满谴责的语言，态度也比任何一位讽刺诗人更为严厉。总之，伊丽莎白时期以模仿古典文学而闻名，而16世纪90年代英国讽刺诗的蓬勃发展正是这一传统的内容之一。早期的人文主义者们注重讽刺诗的内容，而不重视讽刺诗的风格和形式，怀亚特在诗体形式讽刺上迈出了第一步。但是直到多恩的出现，才使得诗体形式讽刺在英国兴起。而随后洛奇、霍尔、马思腾等人相继出现，才标志着讽刺诗作为一种独立的文学类型在英国正式开始。②

约翰·戴维斯（John Davies，1569—1626）是詹姆士一世时期的讽刺诗人，他于1610年发表了他的讽刺诗《鞭笞愚行，包括讽刺警句，及其他……》（The Scourge of Folly，consisting of satyricall Epigramms，and others...），如诗题所显示，其讽刺诗所呈现的是在当时甚为流行的手执皮鞭的讽刺诗人形象。戴维斯在一首警句诗中，也提到霍尔的"鞭笞邪恶"（"scourge of Vice"），并提示"讽刺诗的白牙"（"Satyres' fangs"）。在另一处，他还声称"打油的韵诗/确能咬人"。乔治·维特尔（George Wither，1588—1667）发表于1613年的讽刺诗《被揭露和被鞭挞的恶习：或讽刺小品》（Abuses Stript，and Whipt：Or Satyricall Essayes）带来了一次讽刺诗的复兴，他的讽刺诗集

---

① 马思腾在诗中说："Who is so patient of this impious world，/ That he can checke his spirit or reine his tongue?"（iii. 428）

② A. J. Wheeler，*English Verse Satire from Donne to Dryden*，Heidelberg：Winter，1992，p. 33.

非常受欢迎，并在较短的时间内印刷有多个版本，其作品并为詹姆斯一世时期的讽刺确定了基调。他在诗中强调自己的基督教背景，不是吁求异教的缪斯，而是祈祷他信仰的上帝赐予灵感，他参考的对象是《圣经》而非罗马讽刺诗人，这导致他的诗中丧失了古典讽刺诗里的戏剧因素而充满基督教的抽象说教，但同时代的其他讽刺诗人在这一点上未能同他保持一致，他们的诗中都保留有古典讽刺所产生影响的影子。① 即使他们没有直接接触古典讽刺诗人，但是他们对伊丽莎白时期诗人的借鉴也间接使他们获得影响，认为保持一定程度的严厉语气是符合讽刺诗自身的特点。

本·琼生在颂诗、哀歌、警句诗等方面都有创作，但是没有写作讽刺诗，而且他的作品中一直贯串有浓厚的讽刺精神。他将讽刺的传统融入喜剧、警句诗和书信中，因此他的这种讽刺或许可以称作是散文体讽刺（Prose satire）。琼生熟悉古典讽刺诗人并表达过对于他们的敬仰，他不时在自己的作品中借鉴和引用他们，相对于尤文纳尔的怒不可遏，他更倾向于态度不那么激烈的贺拉斯。琼生在自己的散文作品《发现》（*Discovery*，1640）中批评粗糙的诗法，而更推崇诗歌创作的"平滑"（smoothness）。他把自己的三部喜剧称作"喜剧讽刺"（Comicall Satyres），而讽刺精神也贯串于他大部分的喜剧中：《辛西娅的狂欢》（*Cynthia's Revels*，1600）讽刺宫廷，《巴塞罗缪市场》（*Bartholomew Fair*，1614）讽刺清教徒。琼生重视诗歌的教化功能，因此追求简明而反对晦涩。琼生同文艺复兴时期的作家们一样，把古典文学作为自己写作的货仓，而琼生的长处正在于他能够将他们灵活地变为己用，而非盗用。② 他熟悉伊丽莎白时期的讽刺，但是他不赞成他们讽刺诗里的粗粝、晦涩特点，拒绝"羊人"讽刺的姿态。从讽刺的发展历程来看，他是连接伊丽莎白讽刺同后来讽刺的过渡性人物。

德莱顿之前且同样生活在 17 世纪的讽刺诗人有约翰·克利夫兰德

---

① R. C. 's *The Times Whistle*（1616），Henry Fitsgeffrey's *Certain Elegies*（1619），and Henry Hutton's *Follie's Anatomie*（1619）.

② 德莱顿在《论戏剧诗》中称："He invades authors like a monarch；and what would be theft in other poets，is only victory in him."

（John Cleveland，1613—1658）。克利夫兰德也同样扮起"愤怒的诗人"（Poetae indignati）角色，声称自己的诗歌是"Iambic"（ἴαμβος），意在说明自己是在追随阿基洛库斯（Archilochus，680BC—645BC）和希波纳克斯（Hipponax，540BC—498BC）。① 他的犀利讽刺风格是伊丽莎白传统，攻击苏格兰人的讽刺诗《造反的苏格兰人》最能代表他的风格。他喜欢用玄学派诗的巧智（conceit），德莱顿因此评价他的诗是"磕牙的硬壳"。② 安德鲁·马维尔（Andrew Marvell，1621—1678）是克利夫兰德同时代人，他在这一时期也尝试写作讽刺诗，他的《弗雷克诺，一位英国牧师在罗马》（*Fleckno, an English Priest at Rome*，1681）着意讽刺诗人弗雷克诺，认为他的诗歌无聊而令人生厌。在德莱顿写出《押沙龙与阿齐托菲尔》之前，最好的讽刺诗是萨缪尔·巴特勒所写的《胡迪布拉斯》。巴特勒从 1663 年开始，发表了该诗的不同部分。查理二世极为喜爱此诗，他出行时总带着此书，且常常引用该诗，英国日记作家皮普斯（Samuel Pepys，1633—1703）在其日记里也记录了他对此诗的喜爱。《胡迪布拉斯》通过一位学究式的骑士和其随从的遭遇，去表现一个最重要的时代主题，就是议会与皇室、教会与异教徒的争吵。巴特勒也使用双行韵体，但不是使用传统上的五音步双行韵体，而是鲜见的四音步双行韵体。该诗没有明显表现出受到过古典讽刺诗的影响，倒是中世纪的诗歌特征非常明显，整体缺乏安排，结构不规整，"在精神和效果上，巴特勒完全属于中世纪，他反复无常、怪异而高效的押韵都是中世纪的。"③ 所以批评家们常把他作为中世纪最后一位讽刺作家，而认为德莱顿开启了讽刺诗的新时代。

三 讽刺诗的"乐"与"教"

德莱顿在谈论对于古典讽刺诗的翻译时强调了讽刺诗的一个特别

---

① "Iambic"（Iambic）是古希腊人阿尔基洛库斯开创的一种以讽刺、谩骂攻击他人的诗歌。

② "...he gives us many times a hard nut to break our teeth, without a kernel for our pains." （"An Essay of Dramatic Poesy"）

③ Hugh Walker, *English Satire and Satirists*. London：J. M. Dent & Sons Ltd, 1925, p. 143.

功能，那就是讽刺诗要能给那些虽然不是通晓古典语言的学者，但是具有良好教养的男男女女们带来快乐。而且，德莱顿全面阐述其诗批评理论的长文《关于讽刺诗的起源与发展》本来也是作为出版其英译帕修斯和尤文纳尔诗集而写作的序言。在这个英译诗集出版之前，已出现过多种关于帕修斯和尤文纳尔讽刺诗的英文翻译。在阅读了这些翻译之后，德莱顿认为它们既非逐字翻译（Literal translation），亦非创作式模仿（Imitation），它们大多是紧紧追随拉丁原文的英文释义（Paraphrase）而已，有些翻译或者是介于释义和模仿之间，但都完全失去了诗歌原应带给读者的许多快乐。作为典型，他特别提到了早前巴腾·哈立德和斯塔皮尔腾爵士的翻译，认为他们的翻译只求诗义，而完全失去了诗歌本身的精神。虽然哈立德在其译本中提供了大量的笔记和说明，力图让这些古典讽刺诗中即使非常晦涩的部分变得明晰，但德莱顿认为那也只是显示了他本人的古典学识和为了方便其他学者的研究而从事的工作，这些不厌其烦的考证和评注工作并不能为他带来声名——这或许就是他自己所企图的目标之一，但是他完全忘记了诗歌本身所应该具有的能给读者带来快乐的功能，德莱顿因而大声宣告："We write only for the pleasure and entertainment of those gentle-men and ladies"① （我们写作只是为了给那些绅士和夫人们带去快乐和欢愉。）因为大多数读者虽然具备基本的理解能力和判断力，但是他们都不是专业的学者，都不能熟练阅读古典语言并像批评家一样去鉴赏这些古典讽刺诗人是否名副其实，他们需要从阅读中得到快乐，然而之前哈立德等人的这些翻译则完全偏离了这个目标。与之相对，德莱顿认为他自己的这个英译诗集（其中包括他儿子和其他人的翻译）能够满足读者求乐的需要，虽然他们的翻译同拉丁诗歌之间保持了一定的距离。对此距离，德莱顿解释说，如果译文同原文距离太近、紧随古典诗人脚踵的话，这种翻译会伤害诗歌本身，所以他们的翻译不

---

① John Dryden, "Original and Progress of Satire", *Essays II*, ed. W. P. Ker, Oxford: The Claronden Press, 1926, p. 111.

必完全忠实原文，但是他们的译文保留了其中诗的部分——诗的语言艺术。① 所以同哈立德和斯塔皮尔腾等人的翻译相比，德莱顿认为自己的翻译，其所使用的语言在声音上更加响亮动听（more sounding），其遣词造句也更加优雅（more elegant），所以，自己的这种翻译至少是披上了诗歌的外衣（poetic dress）。他相信英国的读者会喜欢他们的翻译，因为在某种程度上，他们至少努力地让尤文纳尔和帕修斯讲出了英语诗歌所可能讲出的那种语言。他的假设是，如果尤文纳尔和帕修斯生活在他们时代的英国，他们讲出的英语语言也肯定会是自己译本中翻译所使用的英语，而不会再选择其他类型的英语。② 之前的翻译只是抓住了古典诗歌的形体而失去了它的灵魂，究其原因，是因为这些翻译者本人不是诗人，他们缺乏诗人的敏感，更没有诗人的才能（Wit）。

　　"快乐"（pleasure）在成为一个艺术问题之前，亚里士多德就已经在伦理学的意义上对它进行过仔细的分析，并且他对"快乐"的伦理学分析也影响了后来艺术理论上对于"快乐"的理解和接受。在其《尼各马可伦理学》中，亚里士多德认为"快乐"并不等于"善"（good），所以不是每一种"快乐"都值得追求；有的事物并不能带来快乐，可是也值得我们去追求。"快乐"与"活动"（activity）不可分，没有"活动"就不会有"快乐"，"快乐"又完成"活动"。所以正义者去追求正义的事，音乐家去完成音乐的活动，因为这些"活动"能给他们带来"快乐"，这些"快乐"又促使他们去进行他们的相应"活动"。"生活"（life）是最大的"行动"，因此，我们是为追求"快乐"而生活，还是因为追求"生活"而快乐，就不言而喻了。③ 因此在亚里

---

　　① 德莱顿的这个翻译原则虽然主要是出于他对诗歌本身原则的理解，但是似乎也同样受到了贺拉斯的影响。贺拉斯在《诗艺》中曾说："*Nec verbum verbo curabis reddere fidus/Interpres；...*"（*Ars Poetica*, line 133-134）（"作为忠实的翻译者，你不必在意逐字逐句的翻译。"）

　　② John Dryden, "Original and Progress of Satire", *Essays II*, ed. W. P. Ker, Oxford: The Claronden Press, 1926, p. 113.

　　③ Aristotle, *Aristotle: Nicomachean Ethics*, tr. & ed., Roger Crisp, Cambridge: Cambridge University Press, 2000, pp. 186-190.

士多德看来，"快乐"有不同的种类（"Pleasures differ in species"），他认为只有来自高尚源头的"快乐"才是真正的快乐，他有一句名言可以作为这个观点的注脚："如果我们本身的行动不是正义的，那么我们就无法享受作为正义者的快乐。"[1] 因此，亚里士多德的"快乐"不仅包含了精神上的"愉快"而且也包含了道德伦理上的"正义"，因此当贺拉斯正式在其《诗艺》中讨论诗的"教"与"乐"时，实际上都不过是在阐释亚里士多德意义上"快乐"的一体两面。

　　贺拉斯在他的《诗艺》中提出诗歌必须具备"教"与"乐"两重功能的说法："*Aut prodesse volunt, aut delectare poetae*; / *Aut simul et iucunda et idonea dicere vitae.*"（"诗人或者想要进行教导，或者想要带来快乐，或者想要同时给予生活以快乐与教导。"）（*Ars Poetica*, line 333 – 334）因为贺拉斯是谈论具体的文艺活动而不是抽象的哲学思辨，[2] 所以他的这个文艺观更容易被后来的文艺作者和评论家们理解和接受。同时，这个文艺观还可以追溯到更早的古代修辞学理论，古代修辞学规定演讲者的三重目标就是要进行"教导""打动"和"愉悦"（To instruct, to move and to delight）。西塞罗在《论演说术》（"*De Oratore*", 55BC）中说：

> *Ita omnis ratio dicendi tribus ad persuadendum rebus est nixa*：*ut probemus uera esse, quae defendimus*; *ut conciliemus eos nobis, qui audiunt*; *ut animos eorum, ad quemcumque causa postulabit motum, uo-*

---

　　① "Or perhaps pleasures differ in species; those from noble sources are different from those from bad ones, and we cannot experience the pleasure of the just person without being just, nor that of the musical person without being musical, and similarly in the other cases." (Aristotle, *Aristotle*: *Nicomachean Ethics*, tr. & ed., Roger Crisp, Cambridge: Cambridge University Press, 2000, p. 186.)

　　② 因为今天人们所说贺拉斯的《诗艺》其实是贺拉斯应皮索父子的请求而写作的一封关于创作问题的书信"*Epistula ad Pisones*"。该信自中世纪以来一直为人们所熟悉，1535 年 Colce 将它译为意大利文；1541 年 Jacques Peletier du Mans 匿名出版了他的法文译文，1545 年才正式署名；1567 年英国有了该信的英文译文，译者是 Archdeacon Drant；而布瓦洛的 1100 行的《诗艺》（1674）中有 100 多行诗直接从贺拉斯的《诗艺》中直接搬用。所以，贺拉斯在此信中所提到的许多文艺问题在文艺复兴时期和 17 世纪仍然受到人们的热烈讨论。(George Alexander Kennedy, *The Cambridge History of Literary Criticism*: *Volume* 3, *The Renaissance.*)

cemus.（*De oratore*，2.115）

（因此，演说术的全部理论依赖于三种劝说的方式：证明我
们所持的观点是正确的；赢得听众的好感；诉诸我们当下话题所
能唤起的任何情感。）

他以为演说要能打动人，完全依赖于证据、读者的喜爱和他们的
感情。西塞罗的这个说法不过是延续并进一步发展了更早前亚里士多
德在《修辞学》中所总结出的三种劝服方法：逻各斯（Logos）、伊索
斯（Ethos）和帕索斯（Pathos）。逻各斯是诉诸理性的证明，伊索斯
诉诸听众对演讲者的信任，而帕索斯则诉诸听众的情绪。在《演说
家》（*Orator*，46BC）中，西塞罗再次重复了演说的目的是："*Probare
necessitatis est，delectare suaviatis，flectere victoriae.*"①（"证明是必需，
娱乐是魅力，劝服是胜利。"）（*Orator* 69）。贺拉斯作为讽刺诗人，
相比于早年受过修辞训练的尤文纳尔，他并不十分在乎去调动读者或
者观众情绪以获得认同和进行劝服，所以对包括诗歌在内的艺术的目
标有所限制，只是规定在"教"与"乐"两个方面；或者从一个更
笼统的角度来解读，劝服属于诗歌作用于读者的一种功能，因而也可

---

① 注意不要把《演说家》（"*Orator*"，46BC）同西塞罗的另一部作品《论演说术》
（"*De Oratore*"，55BC）相混淆，《演说家》是他另一部谈论修辞学的作品，主要是谈论修
辞学的五个方面"*Inventio，Dispositio，Elocutio，Memoria，and Pronuntiatio*"；而《论演说
术》的写作背景是公元前91年，在争取公民权战争（The Social War）和马略-苏拉内战
（the civil war between Marius an Sulla）之前，西塞罗在该作中主要讨论理想的演说家和他的
道德标杆作用。在《论演说术》中他也提到："*Ita omnis ratio dicendi tribus ad persuadendum
rebus est nixa：ut probemus uera esse，quae defendimus；ut conciliemus eos nobis，qui audiunt；ut an-
imos eorum，ad quemcumque causa postulabit motum，uocemus.*"（*De orat.* 2.115）（"Thus, for
purposes of persuasion the art of speaking relies wholly upon three things：the proof of our allegations,
the winning of our hearers' favour, and the rousing of their feelings to whatever impulse our case may
require."）后来昆体良也说："*Tria sunt item quae praestare debeat orator，ut doceat moveat de-
lectet.*"（"*Institutio Oratoria* v.1-3"）（"演说家必须努力满足三个目标，他要教导，打动
和娱乐听众。"）中世纪教父奥古斯丁在其《上帝之城》第12章重复西塞罗的箴言说：
"The Aim of the Orator, According to Cicero, is to Teach, to Delight, and to Move. Of These,
Teaching is the Most Essential."

以将其置于同样是作用于读者一侧之"乐"的方面。

　　德莱顿认为一切诗歌均有两个功能，除令人愉悦之外，还具有另外一个"与人有利"或曰"与人教益"的功能，他的这个观念无疑是受到了贺拉斯文艺观的影响。古代的学问在文艺复兴时期重新获得生机和动力，贺拉斯在《诗艺》中所阐发的文艺观因此随之开始在这一时期发散开，引发了作家、艺术家和评论家们的各种讨论。而关于诗歌具有两重目的的观点，更是引起了人们的极大争议：有人或者接受贺拉斯的观点，认为诗歌要有益或者能取悦大家；有人或者自认是西塞罗的徒弟，以为诗歌应该具备修辞的功能，同时给予教导、快乐，并能动人感情。敏图尔诺主教（Bishop Antonio Minturno，1500—1574）在他的《论诗》中宣称所有诗歌的目的就是"进行指导，使人愉快和动人感情"（"to instruct，delight，and move"）① 斯卡利杰的一篇拉丁文论文 *Poetices libri septem*（1561）声称："诗人的确进行教导，他不仅仅只是使人愉悦。"② 锡德尼在《为诗辩护》中写道："Poesy therefore is an art of imitation... with this end，to teach and delight."（诗歌因此是模仿的艺术……其目的，是教导和快乐。）③ 莫里哀说："喜剧的责任是在娱乐众人时也纠正众人的错误。"④ 而拉封丹甚至将贺拉斯的这个观念写入了他的一则寓言当中。⑤

　　但是在诗的"教"与"乐"二者中，人们对于它们的重要性和地位却有不同看法，在主流上，批评家们都认为"教"才是诗歌的目的，而"乐"不过是达于"教"的手段，如法国的布瓦洛和拉潘

---

① Antonio Minturno，*De poeta*，179，quoted and trans. In Weinberg，"The Poetic Theories of Minturno，" in *Studies in Honor of Dean Shipley*，Washington University Studies，N. S. 14 （St. Louis，1942），105. Antonio Minturno 认为所有诗歌的目的是 "to instruct，delight，and move"，他还强调了悲剧又一层 "净化" 的功能，以净化那些听众心灵中的激情。

② Quoted by Rene Bray，*La formation de la doctrine classique en France*（Paris：Hachette，1927），p. 64.

③ Sir Philip Sidney，*An apology for poetry*，ed. G. Shepherd，Manchester：Manchester University Press，1973，p. 101.

④ *Tartuffe*，'Premier placet'（1664）.

⑤ La Fontaine，Fables，VI，2，'Le Lion et le chasseur'.

（René Rapin，1621—1687）就认为"诗歌仅仅是出于有用的目的而应该令人愉快；愉快只是诗歌使之达于有用目的的手段。"① 锡德尼在二者中就更为强调诗歌教化的作用。在 17 世纪的英国，诗歌之愉快的目的同样不受人们重视，德莱顿就说："有人可能不同意我的观点——快乐是诗的目的之一，而是把愉快看作是实现诗歌教化目的的一个手段。"② 即使到了 18 世纪，这个观念仍然居于主流地位，约翰逊博士就把愉快看作是完成教化功能的手段，而教化才是诗歌的目的："The end of writing is to instruct; the end of poetry is to instruct by pleasing."③（写作的目的是教导；诗歌的目的是通过取乐进行教导。）

　　德莱顿显然不同意把诗歌的"教"与"乐"割裂开来，或者完全把"教化"作为诗歌的全部目的而干脆去掉"愉快"这个因素。事实上，如果将"教"与"乐"二者割裂开，会导致公众在欣赏诗歌时发生趣味和判断力的分裂，因为诗歌的教化（Prodesse）诉诸人们的理性判断，而愉快（Delectare）则来自诗歌虚构的真实。"教"与"乐"分别对应着诗歌的内容与形式，真实与虚构，而它们又分别对不同的人产生吸引作用，如果分离二者，就会破坏它们之间本来的内在一致性。④ 因此，德莱顿解释说，即便将愉快作为诗歌中达到教化目的的手段，这个手段也是非常必要的，因为"如果没有愉快这个手段，教化不过是空洞而干瘪的哲学。"⑤ 这是德莱顿在为诗歌中的"愉悦"辩护而做出的一种折中意见。事实上，德莱顿在诗歌的"教导"与"愉快"二者之间的比较中，他更倾向于认为"乐"比"教"

---

① I. A. Richards, *Principles of Literary Criticism*, London and New York: Routledge, 1924, p. 61.

② John Dryden, "Original and Progress of Satire", *Essays II*, ed. W. P. Ker, Oxford: The Claronden Press, 1926, p. 112.

③ Quoted from "Preface to Shakespeare", Samuel Johnson, *Samuel Johnson: Selected Poetry and Prose*, ed. Frank Brady, W. K. Wimsatt, Berkeley, Los Angeles, London: University of California Press, 1977, p. 304.

④ Martin Banham, *The Cambridge Guide to Theatre*, Cambridge: Cambridge University Press, 1995, p. 303.

⑤ John Dryden, "Original and Progress of Satire", *Essays II*, ed. W. P. Ker, Oxford: The Claronden Press, 1926, p. 112.

重要。这个观点他早在其《论戏剧诗》中就表达过：

> I am satisfied if it caused delight: for delight is the chief, if not the only end of poesy; instruction can be admitted but in the second place, for poesy only instructs as it delights. ①

（如果它能带来快乐，我就感到满意。因为快乐是诗歌的主要的目的，如果不算作是唯一目的的话。教导可以看作是第二位的，因为诗歌只有在给予快乐的时候才能进行教导。）

因为诗歌首先要能给予读者快乐，然后才可以对其施加教导。正因为"快乐"成为"教导"能够发生的条件，所以"快乐"才是第一位的，这是德莱顿的看法。而作为一位专业诗人为诗歌创作而写的一部技术手册，加斯科伊涅在德莱顿之前就已经在其"Certayne notes of Instruction concerning the making of verse or ryme in English"（1575）中提出，诗歌的主要目的是"making of a delectable peome"（"创作愉快的诗"），即他已经将"愉悦"作为高于"教导"的诗歌目的。② 同样在 16 世纪的文艺理论中，意大利的戏剧理论家 Lodovico Castelvetro（1505—1571）也完全拒绝诗歌的教化功能，而坚持认为"诗歌的发明仅仅为了给予快乐和娱乐众人"③，他的这个观点在当时可算是极少数的例外。在艺术领域，也还有呼应者，如法国画家尼古拉·普桑（Nicholas Poussin，1594—1665）虽然也熟悉古典艺术理论的传统，可是他仍然去掉了艺术用以"教导"与"动人"这两个目

---

① John Dryden, "A Defence of an Essay of Dramatic Poesy", *Essays, I*, ed. W. P. Ker, Oxford: The Claronden Press, 1926, p. 113.

② Michael Mack, *Sidney's Poetics: Imitating Creation*, Washington: The Catholic University of America Press, 2005, p. 36.

③ Martin Banham, *The Cambridge Guide to Theatre*, Cambridge: Cambridge University Press, 1995, p. 303. Lodovico Castelvetro 是推动欧洲新古典主义发展的重要理论家，"*Poetica d'Aristotele vulgarizzata e sposita*"是文艺复兴时期对亚里士多德《诗艺》进行评述的重要文章，正是他对亚里士多德诗学理论的解读而导致了戏剧中"三一律"在欧洲戏剧理论和创作中被广泛接受。

的，而仅保留了绘画给人快乐的目的："*sa fin est la delectation*"[1]
（"她的目的就是快乐"）。

德莱顿之前这些理论家们的观点虽然不是主流，但是至少可以看
到在艺术理论中，开始有人把对艺术的关注从"教导"的一极向"愉
快"的一极倾斜。不能肯定说德莱顿强调诗歌"快乐"目的是直接受
到了他之前这些理论家们的影响，但是至少可以了解他对诗歌"乐"
这一极的强调，这种观点在当时并不是孤立现象。如果仔细分析他为
诗歌之"乐"所作的辩护，可以发现他的论述逻辑和真正意图与之前
一些只以诗歌有"乐"的理论家们其实是有不同的，因为德莱顿认为
"诗教"只能在给读者以"乐"的前提下才可能发生，而不是独要诗
之"乐"而去掉诗之"教"："... for poesy only instructs as it delights."
（因为诗歌只有在给予快乐的时候才教化他人。）对于德莱顿认为
"教"之于"乐"是处于第二位，但这也只是在条件达成结果的意义
上而言，而不是在二者的重要性上而论。纵观他的文艺理论和从其自
身社会和学术地位来看，"诗教"的作用在他那里仍是具有极重要的
地位，尤其对于具有道德鉴赏和伦理判断之内在属性的讽刺诗而言。
实际上，德莱顿一直强调讽刺诗要能对错误和弊端进行"Correcting"
或者"Amending"："... to correct the vices and the follies of his time"
（纠正发生在他的时代里的种种邪恶和错误），所以他实际上仍然是一
位坚持"诗教"传统的新古典主义作家和理论家。他对诗歌之"乐"
的强调，更多是为了纠正当时不重视诗"乐"或者根本要去掉诗
"乐"的偏激观点，而不是要改变他对"诗教"重要性的一贯坚持，
其实，他从没有否定和放弃诗歌要能"to give the rules of a happy and
virtuous life"（为幸福而又具有德性的生活提供原则）。

德莱顿是一位坚持传统批评的诗论家，他同时重视诗之"教"和
"乐"的共同作用，反对将二者割裂开；同时，他还区分了不同类型
的诗所带来的不同快乐，即类型较高的诗所带来的快乐也是积极和值

---

① Moshe Barasch, *Theories of Art 1: From Plato to Winchelmann*, New York & London: Routledge, 2000, p. 324.

得拥有的。如作为高等类型的英雄诗和史诗（经过完善的英雄诗），自古典诗学以来，一直被认为具备最为高尚的教育功能，因而它们所带来的快乐才应该特别值得重视和追求，德莱顿在其诗论中对此曾反复申说，塔索（Torquato Tasso，1544—1595）也曾做过类似的断言：

> A heroic poem（that is，an epic）is an imitation of noble action, great and perfect, narrated in the loftiest verse, with the aim of giving profit through delight.
>
> （英雄诗——即史诗，是对高贵、伟大而完美行动的模仿，在最为崇高的诗行中叙述出来，其目的是通过快乐而与人有益。）

英雄诗和史诗是对高尚行动的模仿，其目的就是要通过"快乐"而达到"有利"和"教育"的目的。在为其出版的《埃涅阿斯纪》翻译所作的序言中，德莱顿认为史诗的快乐能够提高心灵，锤炼心智，使其通往德行之路，所以史诗的快乐不但同其德行教化密切关联，而且它还是一种更为积极和可欲的快乐。为了说明不同性质的诗类会带来不同性质的快乐，也为了说明哪种快乐才是可欲的，进而为他史诗化讽刺诗进行张目，他还区别了另一种与史诗快乐相对的低等快乐，它是由插入史诗中的新奇之物带来的，这种快乐会减弱人的德性，让人走向邪恶之途。①

其实不同类型的诗带来不同的快乐已经在亚里士多德那里被区分，也正是基于此快乐效果的区分，亚氏才得以对诗进行高下的排序。德莱顿承继古典诗论无疑，但是他重提这一区分的目的，以对快乐的区分而区分诗之类型，其目的不过是要为讽刺诗的英雄性质和史

---

① 德莱顿翻译了《埃涅阿斯纪》并把这个翻译献给约翰（the Earl of Mulgrave），他为之所写的献辞在出版时就作为该翻译的序言。在序言里，他谈到了史诗的快乐，并如此说："... the reader is misled into another sort of pleasure, opposite to that which is design'd in an epic poem. One raises the soul, and hardens it to virtue; the other softens it again, and unbends it into vice."（*Virgil's Aeneid*，Vol. 13，tr. John Dryden，New York：P. F. Collier & Son Company，1909，p. 5）

诗化进行申辩,即他所认为的讽刺诗也是一种类型的英雄诗和史诗。作为为其时代的讽刺诗开启了一条崭新途径的诗人,德莱顿坚持讽刺诗就是一种充满阳刚之气的英雄诗,是史诗的一个亚类。① 所以,讽刺诗自然也具有史诗的这两重重要功能,给予快乐并塑造德行。更进一步说,讽刺诗既有英雄史诗的高贵,还混合着讽刺诗的批评,史诗的崇高表达可以增加阅读的快感,而其批评更是作为一种反向的教导予人以利益。

四 讽刺诗的"净化"

讽刺诗在以上"教"与"乐"二重功能之外,德莱顿还接受了海因西乌斯博士关于讽刺诗所具备的"净化"(Purgation)功能②,并视其为讽刺诗的第三重目的:"The end and scope of satire is to purge the passions, so far it is common to the satires of Juvenal and Persius."③(讽刺诗的目的即是净化激情,这常见于尤文纳尔和帕修斯的讽刺诗。)亚里士多德在《诗学》中提到了悲剧通过激起"怜悯"和"恐惧"而产生的"净化"(Catharsis)作用,同时他又提到史诗和悲剧之间在结构上的相似性,因此似乎也可以推断史诗同样也可以产生"净

---

① 德莱顿企图抬高讽刺诗的地位,视其为一种英雄史诗,并且在自己的讽刺诗创作实践里融入史诗的诸多特征,已经为许多批评家所认识和接受,Rose A. Zimbardo 在其著作里就分析说:"Dryden's exaltation of Juvenal as the greater poet is part of his plan to elevate the genre, satire, to make it a heroic mode, a subspecies of epic...."(Rose A. Zimbardo, *At Zero Point*: *Discourse*, *Culture*, *and Satire in Restoration England*, Kentucky: The University Press of Kentucky, 1998, p. 149.)发表于 1730 年的"An Essay on Satire"是 Walter Harte 为《群愚史诗》(The Dunciad, 1728)所作的颂诗(Panegyric),在该诗里,他就已经开始讨论了讽刺诗同史诗的关系,并明确提出了"讽刺史诗"的概念:"As Cynthia's orb excels the gems of night, / So epic satire shines, distinctly bright."(Line 9-10)

② 海因西乌斯在他关于贺拉斯的博士论文中对"讽刺"进行定义时曾说:"Satire is a kind of poetry, without a series of action, invented for the purging of our minds; in which human vices, ignorance, and errors, and all things besides, which are produced from them, in ever man, are severely reprehended..."(Essays, II, p. 100.)

③ John Dryden, "Original and Progress of Satire", *Essays II*, ed. W. P. Ker, Oxford: The Claronden Press, 1926, p. 101.

化"作用。海因西乌斯博士虽尚未像德莱顿那样明言讽刺诗同史诗和悲剧的一致关系，但是他的定义已经隐隐将它们进行类比，而承认讽刺诗同史诗和悲剧一样也具有"净化"的功能。"讽刺净化"（Satiric catharsis）的作用主要在两个维度上发生，即分别对于创作者和读者的"净化"，但是二者又时常交织在一起。① 亚里士多德最早在其《诗学》中讨论"悲剧"和在其《政治学》中谈论"音乐"时提到了这两种艺术所具有的可以使人健康的净化效果，即，通过进行艺术活动以释放某些极端情绪（Emotions），这样可以避免那些危险的情绪影响公民履行他们在社会中的日常责任。因此，这种美学上的"净化"效果如同一种休闲式治疗，可以保证公民处于健康的心理状态。弗莱抱怨亚里士多德没有在悲剧之外的虚构艺术中仔细讨论"净化"的原则问题：

> The principles of catharsis in other fictional forms than tragedy, such as comedy or satire, were not worked out by Aristotle, and have therefore never worked out since.
>
> （净化的原则除见于悲剧外，还见于其他文类形式中，但亚里士多德没有论及这些，自此也从没人论及它。）②

亚里士多德重视悲剧，将其视为诸艺术之首，他没有在其他艺术中讨论"净化"可以理解。在亚氏之后，如弗莱所言，也罕有艺术理论家去对"净化"进行条分缕析的讨论，但是这并不说明后来的其他艺术门类的艺术家们对此没有认识，他们只是没有如亚里士多德那样在理论上进行如此详尽的分析，但是却把这种艺术"净化"的理念表现在自己的实际创作中，如弗莱所特别提到的讽刺诗，如在古典讽刺诗人帕修斯和尤文纳尔的讽刺诗里就非常清楚地传达出了这种"讽刺

---

① Alice Lotvin Birney, *Satiric Catharsis in Shakespeare*：*A Theory of Dramatic Structure*, Berkeley, Los Angeles, London：University of California Press, p. 2.

② Northrop Frye, *Anatomy of Criticism*：*Four Essays*, Princeton：Princeton University Press, 1957, p. 66.

净化"的观念。海恩西乌斯在他的博士论文里对"讽刺"进行定义时强调了讽刺诗的净化作用，德莱顿也非常清楚古典讽刺诗中的这个"净化"传统，他肯定了并重申了海恩西乌斯的这个说法，他因而也在自己的讽刺诗论中明确指出这种"净化"作用在帕修斯和尤文纳尔的讽刺诗中最为常见。德莱顿认为在帕修斯和尤文纳尔的讽刺诗中常见"净化"的情形，似乎唯独撇开了古典讽刺诗人中的贺拉斯，那么是否说明贺拉斯不认为讽刺诗可以进行"净化"呢？可事实上，德莱顿是在接力和强调海因西乌斯对于讽刺诗的"净化"作用，而海因西乌斯主要研究的对象正是贺拉斯——德莱顿当然非常清楚海因西乌斯的研究对象，而海因西斯的结论也是从他的研究目标中得来，可见贺拉斯也并非不熟悉诗歌中的这个"净化"传统。

实际上，德莱顿并非是否定贺拉斯，他只是就他们各自实际创作讽刺诗的整体风格而言，因为帕修斯和尤文纳尔的讽刺诗表现出"愤怒"等明显的激烈情绪，而贺拉斯的风格却显得灵巧和轻松，在情绪的强度上没有前二位激烈。但是对于"讽刺净化"这一理念的坚持，却是这几位古典讽刺诗人所共同主张和实践的原则。贺拉斯在他的《颂歌》和《长短句集》里写了不少进行激烈谴责和怨恨咒骂的诗歌，德莱顿在论及讽刺诗的发展史时，也强调指出他的这些诗作还不能算作是真正的罗马讽刺诗，而只有当这些愤怒经过净化以后，他才算进入了可以称为罗马讽刺诗的写作：

But Horace had purged himself of this choler before he entered on those discourses which are more properly called the Roman satire. ①

（贺拉斯只有在除净他作品中的愤怒之后，他才进入那些类型的写作——即现在更合适地被称为罗马讽刺诗的写作。）

按照亚里士多德所确立的"净化"理论传统，"净化"的发生过

---

① John Dryden, "Original and Progress of Satire", *Essays II*, ed. W. P. Ker, Oxford: The Claronden Press, 1926, p. 79.

程就是对于强烈情感的释放，其中包含有"净化"和"释放"所具有的医疗意义，亚氏之后的古希腊医学家盖伦曾对这种"释放"的医学过程进行过讨论，而后世的文艺理论家在探讨亚氏这一"净化"理论时，也往往借助于盖伦的医理。所以在德莱顿看来，贺拉斯早期在《颂歌》和《长短句集》里所淤积的肝怒是不能算作讽刺诗的，而只有经过"净化"（Purge）或曰"释放"（Release）之后，他的诗歌才可成为讽刺诗。同时，就诗歌写作本身而言，它的目的也是对于郁积于胸的强烈情感进行释放，才能保证这种激烈的情感不会对所有者产生伤害。几位古典讽刺诗人在他们各自为讽刺诗所作的申辩（Apologiae）中，无一不提到了一种促使他们进行讽刺诗写作的"冲动"，① 即是要写出事态的原貌和形成于胸中的愤懑，即便是写作更为平和的讽刺诗，贺拉斯也同样要求它要写出世态的原貌：

> Seu me tranquilla senectus
> Expectat seu mors atris circumvolat alis,
> Dives, inops, Romae, seu fors ita iusserit, exsul,
> Quisquis erit vitae scribam color. （Satire 2, line 57-60）②
> （无论是和平时期在等待我，
> 还是死亡之神扇着黑翅悬在我的头顶，
> 无论富有还是贫穷，在罗马，或者在流放中，如果给予召唤，
> 不论我生命是何颜色，我必须写作。）

严谨深刻者如帕修斯，当他看到罗马的腐败，同样表示他要开口说话："Nolo: quid faciam? Sed sum petulanti splene cachinno"（我不想

---

① Alice Lotvin Birney, *Satiric Catharsis in Shakespeare: A Theory of Dramatic Structure*, Berkeley, Los Angeles, London: University of California Press, p. 3.

② *Horace: Satires, Epistles and Ars Poetica*, trans. H. Rushton Fairclough (1961), p. 131. （"whether peaceful age awaits me, or Death hovers round with sable wings, rich or poor, in Rome, or if chance so bid, in exile, whatever the color of my life, write I must."）

说，可是我该怎么做？但是我的异常愤怒，要以笑声把它表现出来。)① 而对于穿梭于眼前的罪恶，尤文纳尔的写作欲望则更为强烈："difficile est saturam non scribere"（很难不去写作讽刺诗）（*Satire* 1，30），"Quid referam quanta siccum iecur ardeat ira"（为什么不一吐我心中的怒火呢？)② 可见讽刺诗中的"净化"说很早就被这些古典讽刺诗人们确立起来。古典时期的这种"净化"理论建构起了一种心理医学基础上的创作动机说，这种学说在文艺复兴时期引起了热烈的讨论并获得肯定，因此以写作"讽刺"进行"净化"或者"释放"个人强烈情感的理论在这一时期和继起的新古典主义时期成为当时文人们广泛认同的观念。比如普滕南姆就认识到古代诗人们不得不"utter their splenes"（表达出他的怒火），否则"their bowels would burst"（否则他们的胸腔会爆炸)③，而琼生在他的《蹩脚诗人》（*Poetaster*，V. i）中甚至嘲笑要给糟糕的讽刺诗人吃下"泻剂"以让他吐出自己的"tumultuous heats"（狂躁的怒火）——因为他们的诗歌非是出于自己的真实感情，德莱顿也把"purge the passions"（净化激情）看作是讽刺诗目的之一，他的"憎恶"和"怨怒"在其讽刺诗《麦克·弗雷克诺》和《奖章》中也获得淋漓尽致的"释放"（Personal release）。

"净化"作用同时在作者和读者两个方向上发生。德莱顿对于讽刺诗"释放"或者"净化"情感还表现在其作用于读者的方面，他特别提到贺拉斯讽刺诗在这方面的效果，他说：

    ... 'tis the business of Horace to instruct us how to combat our

---

① "I would rather not say it/but what else can I do? I have a wayward wit and must have my laugh out." *Juvenal and Persius*, trans. G. G. Ramsay, (1957), p. 317；德莱顿的翻译更清楚地表达了这种"冲动"的情绪："I must speak out or burst... I cannot rule my spleen; My scorn rebels and tickles me within."

② Ramsay 的翻译是："Why tell how my heart burns dry with rage."德莱顿的翻译是："What indignation boils within my viens."

③ George Puttenham, *The Arte of English Poesie*, ed. Edward Arber (1895), p. 68.

vices, to regulate our passions, to follow nature, to give bounds to our desires... ①

（贺拉斯教会我们如何去同我们的错误斗争，如何去规范我们的激情，去依从我们的本性，去限制我们的欲望……）

柏拉图在《理想国》中曾经批评诗人模仿短暂的事物（Transient objects）而不是永恒的理念，批评他们挑动读者的激情而不是爱真理、爱正义和爱邦国之情。亚里士多德对其师的观点进行了修正，认为悲剧所激起的"怜悯"和"恐惧"可以对此类感情进行净化："incidents arousing pity and fear wherewith to accomplish its catharsis of such emotions."（激起我们怜悯和恐惧，从而完成对于这些情感的净化。）② 德莱顿也认识到并不是读者身上所有被激起的感情都是可取的，所以诗歌有必要"regulate our passions"。

德莱顿继承了柏拉图、亚里士多德以来艺术是模仿的概念："'tis true, that to imitate well is a poet's work..."（诗人的任务就是进行好的模仿。）但是他认为仅仅靠模仿并不能完成诗歌本身的任务："...a bare imitation will not serve."（光靠模仿并不能完成任务）诗歌必须要能够影响心灵，动人之情："but to affect the soul, and excite the passions"（而是要打动心灵，激起强烈的感情）。这里仍然让我们看到了德莱顿所受到的古代修辞理论的影响：要打动听众的演说方法之一就是要诉诸他们的"Pathos"，也就是西塞罗、昆体良等所说的"To move"。锡德尼在《为诗辩护》中说"诗高于哲学"就在于诗这种想象性的艺术在打动听众方面更为灵活，而且要让"诗教"有效，就必须挑动读者"求知"和"行其所知"的欲望。③ 德莱顿也特别区分了诗歌所能激起的可以接受的感情，在这些可接受的感情中居于首位的

---

① John Dryden, "Original and Progress of Satire", *Essays II*, ed. W. P. Ker, Oxford: The Claronden Press, 1926, p 97.

② *Poetics*, trans. Ingram Bywater (1954), ch. vi, p. 230.

③ C. O. Brink, *Horace on Poetry: The 'Ars Poetica'*, Cambridge: Cambridge University Press, 1971, p. 504.

应该是"敬仰"之情："and, above all, to move admiration (which is the delight of serious plays)."（首先，要激起羡慕之情——这是严肃戏剧所能带来的快乐。）① 他的这个观点不但呼应了从古代到锡德尼关于诗歌之"情"的文艺理论，而且还把它同诗歌的另一极——其所能给予读者的"快乐"方面联系起来，从而让这位站在世纪末尾的文艺理论家在纵览前人已有论述的基础上，完成了他自己关于（讽刺）诗歌三重目的综合以及在某种程度上的推进和发展，而其主要还是集中于对讽刺诗批评理论的强调和推进方面。

第二节　批评的道德维度

一　客观批评与比较批评

作为批评家，德莱顿深知批评家容易犯下主观批评的毛病，在对三位古典讽刺诗人的批评中，评论家们批评的主观性尤为明显。法国古典学者里加尔提迩斯在其评注的尤文纳尔诗歌一书序里也提到了之前批评的不客观，他说贺拉斯等三位诗人都拥有喜爱自己的评论家和支持者，这些支持者们通常是抬高其所喜欢三位中的一位，而对另外两位表示憎恶。于是，他们都是设法找出其他两位诗人的不足并予以抨击，目的不过是为了支持自己所喜欢的诗人。德莱顿认为赞其所好是人类的通病，批评家也不能免于自己在批评中的好恶。有些批评家同时又兼有作家身份，虽然进入20世纪罗兰·巴特对于作家与作品的关系宣称说"读者的诞生应该以作者的死亡为代价"，但是敝帚自珍，作家们都倾向于高度认同自己的作品，都认为自己的作品最佳，因此既不能客观地看待自己的作品，也不能去客观地评价他人，即使是比自己更好的作品。德莱顿对于这种现象进行分析说，批评家因为对某位作家产生好感，他因此会选定这位作家作为批评对象，他因为喜爱自己的批评，所以更加认同自己所批评的作家，这种认同

---

① 以上对于德莱顿所述原文的摘引都来自 Essays, II, p. 113。

会导致其产生盲目的喜爱，因而不但不会正视作家的不足，而且还会为之
进行辩护而极力抬高他。对作家的这种抬高与其说是为了抬高作家，不如
说是为了肯定自己的批评努力。德莱顿举例说，就像罗马观众对待在圆形
广场上进行比赛的双方一样，一旦他们决定支持海蓝色服装（Veneti）的
一方，或者支持葱绿颜色服装（Prasini）的一方，他们就会为之呐喊助
威，甚至还会因之而不惜与另外一方发生冲突。就其事实而言，观众对不
同颜色一方的支持实际上是在珍惜自己的劳动——呼喊而已，这种自利性
让他们即使面临大敌也不会停下他们为胜负的争执。

　　德莱顿曾花了许多时间去翻译尤文纳尔和帕修斯的讽刺诗，因为
理解批评家天然的主观批评倾向，所以他说自己在批评这些古典讽刺
诗人时也身处产生偏好的危险境地，为此他提醒自己不要无根据地对
这两位诗人给予批评的偏好，而对没有打过交道的贺拉斯产生出偏见
来。他特别举例来说明这种想当然的判断，一些不能秉公执法的法官
在涉及穷人和富人的官司中，不经听证就认定富人是压迫的一方而支
持穷人。所以，德莱顿既要自己要防范这种错误，也要求现代的批评
家们在为自己偏爱的作家而发生争执时，应该实事求是地给予作家以
应有的评价，不要主观地贬低对方而抬高己方，或者通过彰显对方不
足来扩大自己的优长。德莱顿认为他之前的批评家们在评价三位古典
讽刺诗人时，就犯下了这样厚此薄彼、扬己方而抑对方的错误，致使
他们的批评不能公正、客观地全面认识每一位诗人，即便是自己所中
意的诗人。海因西乌斯和达希尔就是片面地认为贺拉斯胜过尤文纳尔
和帕修斯；斯卡利杰和加尔提逖斯则极力贬低贺拉斯而抬高尤文纳
尔[1]；卡索本因为对帕修斯的研究更为独到，所以他全心全意支持帕
修斯而中伤其他两位诗人；卡索本的观点甚至影响到意大利学者斯特
卢提（Francesco Stelluti，1577—1652），斯特卢提对帕修斯等的批评

---

① 需要注意的是，这位斯卡利杰不同于另一位斯卡利杰（Julius Caesar Scaliger，
1484—1558），后一位著有"Poetics"（1561），这是第一篇系统诠释亚里士多德《诗学》
的文章，是最有影响的评注之一。

则紧紧追随卡索本的观点。① 立意要秉持客观公正的态度来进行他的批评实践，德莱顿认为卡索本的偏见最为严重，因为在他看来，帕修斯虽然在某些方面值得称道，但在整体上，他却是不及贺拉斯和尤文纳尔，虽然德莱顿称自己曾完整翻译过帕修斯的作品，而且所花的时间和精力要超过翻译尤文纳尔，但他不让这些活动干扰到自己对帕修斯的客观评价。

Gorge Watson 认为德莱顿为英国批评提供了首个比较批评（Comparative criticism）的范例，即使在所有现代语言中，他也是最早进行这种比较批评的人之一：

> The chief triumph of the examen lies in its attempt at comparative criticism, in its balancing of the qualities of the Enlgish drama against those of the French. It is undeniably the first example of such criticism in English, and among the very earliest in any modern language. ②

（其主要成就在于进行比较批评的尝试，对英法戏剧各自特点的比较。不可否认，这是在英语中进行这种批评的首例，而且在所有现代语言中他是最早进行比较批评的人。）

R. A. Scott-James 也称德莱顿是首开比较批评这一批评领域的人："Dryden thus opens a new field of comparative criticism."（德莱顿开创了比较批评的新领域）③ 的确，纵观德莱顿的比较批评活动，他比较过莎士比亚同本·琼生，乔叟同奥维德，乔叟同薄伽丘，以及本书所要讨论他对古典讽刺诗人的比较；此外，他还对古典和当代的戏剧，当代的英法戏剧，伊丽莎白时期同复辟时期诗句，有韵诗同无韵诗等进

---

① John Dryden, "Discourse concerning the origin and progress of satire", *Essays of John Dryden*, Vol. II, ed. W. P. Ker. Oxford: Clarendon Press. 1925, p. 69.

② Gorge Watson, *The Literary Critics: A Study of English Descriptive Criticism*, New York: Barnes & Noble, 1964, p. 44.

③ R. A. Scott-James, *The Making of Literature*, New Delhi, Mumbai, Kolkata, Chennai, Nagpur, Ahmedabad, Bangalore, Hyderabad, Lucknow: Allied Publiers PVT, 2009, p. 140.

行过比较。他的比较视野不受限制，其比较批评尽其兴之所至而在时空中穿越，而且比较的角度也是方方面面，似无不可入其比较视野的问题。德莱顿对贺拉斯、帕修斯和尤文纳尔的讽刺诗进行比较批评一直是许多批评家们一展自己学术雄心和表现自己批评见识所在。德莱顿的古典学术素养非常深厚，他翻译了包括古典讽刺诗在内的许多古典作品，而且也热衷于对文学各方面问题发表自己的见解——这从他的诸多献辞和作品的前言、后记以及其书信等作品中可以了解。德莱顿对贺拉斯古典讽刺诗人的批评完全出于他对自己学术判断力的自信，他在其批评中所透露的批评口吻和表现出的非凡识断都说明了这一点，这也许同他在当时文坛上所处的高位也有关。阅读德莱顿的批评作品，几乎无处不见其对批评对象使用比较的方法来展开批评的：他往往同时批评几个对象，让他们互相参照、互相说明，或者他在其所批评的目标之外纳入一个相似或相近的对象，让那个从外纳入的对象为比较的尺度，从而发现目标对象的优长或不足，而从中获得新的发现，达到批评的目的。

在《关于讽刺诗的起源与发展》一文中，德莱顿对三位古典讽刺诗人的批评就是在不同的层面上让他们互为尺度、互相参照，去发现他们中某人在某一方面的优长或不足，并以此优长或不足去反观其他人的不足或长处，这种方法直接而形象，能够在诗人们相似的创作中迅速了解和觉察到他们之间的差异和不同，并见出三人诗歌在某方面的高下表现，而且对于经比较而得出的结果进行分析，还可因此提出合适和理想的讽刺诗批评理论。在谈到讽刺诗的批评原则时，还应注意的一点是，因为讽刺诗也是诗歌之一种，也是从诗歌史的长河中所歧出之一支，所以讽刺诗类也应遵循诗歌的一般理论原则，从古典时代以来的诗歌理论也自然能对讽刺诗产生同样的批评效果。故德莱顿的讽刺诗批评理论既是基于诗歌的一般批评原则，同时，也有以此作为基础而在讽刺诗范围内的讨论。因此，德莱顿对三位古典诗人的比较批评，既坚持一般诗歌理论原则作为观照的维度，也有在专属于讽刺诗理论范围内所进行的诗之亚类中的讨论。

比较批评就是要廓清所注视对象的优长与不足，并通过扬长避短的原则，来确立起或者加强其中被证明为成功的优长部分为可遵循的原则，并警惕其中不足而列其为应该避免的方面。对象之间的比较并不总是如物之长短、宽狭那样一目了然而能简单判断的工作，因为将不同对象置于目前时，它们之间的长短、高下虽可依着一方作为参照，但这种比较之于观察者并不总是显得那么直接和直观，这是因为除了与对象形器本身有关之外，还与对象形器之后、之上的理质相关。在文学的比较中，这种难以立下定论的情形更为常见，因为文学本是以诉诸人的精神层次为指归，在形上的领域展开；文学问题的争论是在文理和智力等多层次、多维度的范围中交锋，这些都不是可以仓促以尺测、以衡量的形下之物。所以，对于德莱顿而言，对于这些古典讽刺诗及其诗人之间的比较工作可不像其表面上那么轻松，对象之间的各种关系也并非可以目击即获得显现。"现在来到了我任务（undertaking）中最困难的部分，这就是，对贺拉斯同尤文纳尔和帕修斯之间的比较"，[①] 德莱顿对其所要从事的比较问题此般坦白说。而且，从这句话里德莱顿对具有严肃、宏大含义词语"undertaking"（任务）的选用，还可明白德莱顿是把这比较的工作作为一项非常严肃的任务或使命，而并非是要从不费力的泛泛比较中获取浅浅的结论，他的直接任务可能是要理清古典讽刺诗人各自讽刺诗特点及其间的优长和不足，而他更真实的目的是能够从这些古典诗人那里获得他所认同的理想讽刺的一切特点，通过比较来确立起作为理想讽刺诗批评理论的各项原则，这些从古人那里经比较后而得来的结论既是为了作为驳斥人们在讽刺诗创作中的误解，更要为讽刺诗在新时代的创作有改造后、更新过的创作原则提供指导，正是有这番为时代文学规划处的宏大企图，所以德莱顿才承认这项工作是他关于讽刺诗讨论中的"最困难的部分"。总之，德莱顿对讽刺诗起源和发展的考察与讨论，不但是为了撇清讽刺诗同希腊"satyr"之间的关系，改变此前人们对于讽刺诗粗鲁不洁的印象，更要为讽刺诗树立起英雄史诗的高尚和宏大特征，确立或曰恢复讽刺诗本来就是一类更为优雅和高尚的诗歌

---

① John Dryden, "Discourse concerning the origin and progress of satire", *Essays of John Dryden*, Vol. II, ed. W. P. Ker. Oxford: Clarendon Press. 1925, pp. 67-68.

类型。

二　帕修斯的道德

帕修斯的优点就在于他诗中所表现出来的高尚道德。帕修斯接受
的是斯多葛派哲学教育，他的老师克努图斯是当时罗马有名的斯多葛
派哲学家和诗人，克努图斯是一位严格按照斯多葛派教义过着圣洁生
活的斯多葛派领袖。作为他的学生，帕修斯无时不深刻地受到他老师
学说和行为的影响，因此他本人在道德修养和生活实践中也表现出同
样令人赞叹的高贵品质。帕修斯的讽刺诗处处体现出斯多葛派哲学的
伦理精神：要求人们追求高尚的生活，胸怀大度并能有益于他人；要
养成一颗有严格德性的心灵，要具备勇气对抗财富和名誉的攻击；对
于自身不能控制的外部事物能泰然处之，因为自身之外的一切事物都
受命运控制，如财富、美貌、荣誉、名声等，我们不要主动追求，要
能够平静和无动于衷地接受他们的发生和变化；强调每个人要为自己
的行为负责，人们要严格地进行自我检查和自我规范，等等。斯多葛
主义者认为人生的快乐来自自身的德行，而非身外加之，因此对待外
物需要平静。这些由斯多葛主义者爱比克提图斯和芝诺等人创立的教
义，要求人们具备良知，永远快乐，不受罪行奴役，让自己的言行永
远符合理智的原则，就是帕修斯所受到的德育。所以，帕修斯不但真
诚地学习了这些斯多葛教义，以之成为自己生活的方式，并坚定不移
地去践行它，他还在自己的诗中阐述和传达了这些教义，把它们作为
自己"诗教"的内容。正因为如此，卡索本在为帕修斯欠缺作诗技巧
的方面进行辩护的同时，特别突出他身上所具备的斯多葛主义者知行
一体的德行情操。对于帕修斯的德行生活和致力于斯多葛主义者完善
人类的伟大目标，德莱顿毫不讳言他赞同卡索本对帕修斯的看法，他
也毫不犹豫地承认帕修斯在此节上远胜贺拉斯和尤文纳尔。①

德莱顿详细讨论和高度赞扬帕修斯诗歌中的道德性，其目的是强

---

① 　John Dryden，"Discourse concerning the origin and progress of satire"，*Essays of John Dryden*，Vol. II，ed. W. P. Ker. Oxford：Clarendon Press. 1925，p. 76.

调在诗歌中，尤其在讽刺诗中——因为帕修斯是被看作讽刺诗人，道德方面的要求历来是对于诗歌"诗教"方面的要求，对于讽刺诗而言，对非道德和不道德的批判常常是讽刺诗的主题。卡索本就认为罗马讽刺诗由两个部分组成：首要部分是它在道德方面的要求，其次是它要求有文雅的机智（wit），既能逗人乐而又不失分寸。[①] 很明显，帕修斯的讽刺诗完全满足道德方面的要求，只是他所处时代的拉丁语言不够完善，他自己对于语言的运用也弱于技巧方面的表现，缺乏贺拉斯和尤文纳尔的手段，加之出于未知的原因，又人为地让其诗意变得晦涩而难以捉摸，所以他的讽刺诗在卡索本所说的第二层意义上，不能给读者带来充分的快乐。惜乎帕修斯德莱顿关于讽刺的理论，强调讽刺中谴责和教导的平衡，罪行反思和德性讨论的平衡，所以德莱顿完全赞同卡索本对于讽刺诗在道德方面的意见。而且，道德问题同讽刺诗另外一个重要的方面——"教导"（instruction）十分相关，因此他也认为道德方面的要求对于讽刺诗而言是最为核心的，它是使讽刺诗具有活力的灵魂。

　　德莱顿是一位保守的文论家，他接受了古典诗论里的"诗教"，因此他强调诗中要有道德，这对讽刺诗而言，尤其重要。讽刺诗里的道德是异行邪端的参照，是讽刺行为展开的尺度，以它可以凸显所要批驳的糟糕言行，也是对其进行鞭挞的支点和倚靠。讽刺错误言行可以达到警示和教育世人的目的，而所赖以评判的道德原则，则为世人提供了学习的内容，用以指导他们的现实行为和充实他们的精神修养，这就是德莱顿为什么说讽刺的本质就是道德哲学。[②] 贺拉斯的诗里也充满了道德哲学的义理，达希尔就高度评价贺拉斯，认为如果剥去他诗歌非严肃性的这个表层，我们会看到他所提示的道德教化的丰富内容。[③] 对于贺拉斯两卷讽刺诗的整体评价，达希尔这样说："贺拉斯的任务就是指导我们如何同我们的缺点做斗争，规范我们的激情，

---

　　① John Dryden, "Discourse concerning the origin and progress of satire", *Essays of John Dryden*, Vol. II, ed. W. P. Ker. Oxford: Clarendon Press. 1925, p. 75.

　　② Ibid. .

　　③ Ibid. , p. 97.

追随我们的天性，限制我们的愿望，区别真理与谬误，以及事物的概念和事物本身，抛弃我们的偏见，精确理解我们所有行为的原则和动机。"① 在达希尔眼里，贺拉斯讽刺诗的突出优点则主要是在其道德教化的方面。但是，帕修斯所坚持的道德是斯多葛哲学的道德，德莱顿认为这种道德是各种道德中最高尚、最大度、最有益的道德，因此对人们所发挥的作用也最大，既能塑造有德性的心灵，也能培养人们行动的勇气，所以他能在三位诗人中以其道德取胜。

帕修斯道德的真诚还表现在他能在其诗中自始至终不离自己的斯多葛哲学，在每一首诗中以不厌其烦的耐心传达斯多葛派的诗教。相反，德莱顿认为贺拉斯的诗教道德有其不足之处，因为他总是根据自己一时的兴致而时常改变，或是依从伊壁鸠鲁哲学，或是附会斯多葛哲学，有时又变成一位折中主义者，可从来没有一个始终如一的伦理原则可以坚持到底。对于尤文纳尔，德莱顿则认为他缺乏哲学家的条理和深度，他对于罪行的谴责与其说像一位道德家，不如说他更像一位演说家。他早年的修辞训练让他能够充分运用裴索思（Pathos）的演说技巧，来撩动听众和读者的情绪，尤其是要引起愤怒的情绪，这更多是演说的技巧，而同诚实而虔诚的道德家有所区别。德莱顿认为就写作的真诚而言，帕修斯同尤文纳尔不相上下，但是其真诚度要高于贺拉斯。② 也许德莱顿此处的说辞是为了抬高尤文纳尔，因为就道德的热忱和真诚而言，帕修斯远高于另外两位，这也是他所承认的。诗教还因其对象、方式不同而效果有别，贺拉斯的诗更倾向于面向底层的民众，显得更加轻松和触及普通人们的日常生活，因此他教导的范围比尤文纳尔更广，能给人们提供更为丰富多样的有益内容，在生活中更为适用。而且，德莱顿说贺拉斯的每一行诗都具备道德的教义，它们都含而不露地同整首诗亲密无间地融为一体，所以他能够从其阅读中获得最多的快乐，故也觉得自己受益于贺拉斯的教导最多。而尤文纳尔除了他的第一首讽刺诗之外，其他的诗都是限于对某一种特定错误或者罪行进行

---

① John Dryden, "Discourse concerning the origin and progress of satire", *Essays of John Dryden*, Vol. II, ed. W. P. Ker. Oxford: Clarendon Press. 1925, p. 97.

② Ibid., p. 77.

揭露和抨击，虽然诗中的批判一语中的，所给予的意见也很有见地并有指导意义，但是其不足在于它们散落在诗中各处，显得凌乱而不系统，因而减弱了其讽刺诗的教导力量。

第三节　讽刺的方式与"一律"原则

在《关于讽刺诗的起源与发展》一文中，德莱顿花了大量篇幅来梳理讽刺诗的历史，从恩尼乌斯一直到他们时代最伟大的讽刺诗人多赛特爵士。德莱顿勾勒这个悠长历史的内在逻辑是他对讽刺诗所持有的不断进步和发展的观念，讽刺诗是从最初在节庆上互相数落的即兴歌唱演进到如今时代技巧完善和内容文明的讽刺诗："... from its first rudiments of barbarity to its last polishing and perfection"（从最初的野蛮状态发展到最后的优雅和完善状态。）① 正是基于对讽刺诗不断完善和进步的看法，德莱顿甚至把第一位为罗马讽刺诗做出贡献的诗人从恩尼乌斯前推五十年而至安德罗尼库斯，认为他是第一位利用希腊旧喜剧来改造罗马讽刺诗的人，因为前者既具讽刺精神又更为精致和文雅，而后者只是从人类本性产生而尚未变得文明开化，所以把早期粗鄙落后的讽刺改造成为后来罗马讽刺诗所从发展进步的文雅雏形是以安德罗尼库斯开始，而正是在这一点上，德莱顿承认他的看法不同于其他古典语文学家如卡索本、加尔提迄斯和达希尔等人。由此可以看出，德莱顿要偏离众人而为讽刺诗重新建立起一个新的起源学说，目的就是强调讽刺诗不断进步和愈加文雅的发展过程，从而趋向他所谓的"理想的讽刺"（Ideal satire）。讽刺本身的进步，当然也表现在讽刺方式的变化上；讽刺从最初野蛮、未开化的面目而变得雅致起来，其讽刺方式自然也会从最初粗暴而直白的相互数落谩骂过渡到如今更为文明而巧妙的方式，这也正是德莱顿所赞成的："最好、最微妙的

① John Dryden, "A Discourse Concerning the Original and Progress of Satire" (1692), *Essays II*, ed. W. P. Ker, Oxford: The Clarenden Press, 1926, p. 99.

讽刺是寓于灵巧的逗趣之中" （yet still the nicest and most delicate touches of satire consist in fine raillery）①，以及以"犀利而文雅的方式笑着让人们放弃他们的错误行为" （'tis that sharp, well-mannered way of laughing a folly out of countenance. ）② 能够进行这种灵巧讽刺而受到德莱顿推崇的诗人就是多赛特爵士，他甚至认为这是多赛特爵士的特殊才能，就连尤文纳尔在这点上也不如他。为了强调这种灵巧的讽刺能力，德莱顿不惜把它说成是一种天赋的能力，非能通过学习和模仿而得来：

> it must be inborn; it must proceed from a genius, and particular way of thinking, which is not to be taught; and therefore not to be imitated by him who has it not from nature. ③
>
> （它一定是先天的能力；它必定出自于一种天赋，尤其是思考的方式，因此它是不能教会的。所以，如果不是从天性得来，他是没有能力进行模仿的。）

德莱顿常常在他的献辞中对其恩主极尽奉承恭维之词，如此处对讽刺方式极富才情和想象力的描述，并以此来对他的恩主多赛特爵士进行奉迎，因此可不必全信他所说的一切。因为按照此逻辑，幽默轻松讽刺方式的获得是先天禀赋而不能后天习得，那么他极为推崇的古典讽刺诗人因为讽刺方式不如多赛特爵士，是否说明贺拉斯、尤文纳尔之辈必定就是缺乏天赋的碌碌之才了，这显然不是德莱顿的本意。撇开献媚不实之词不论，德莱顿对讽刺方式的强调和对理想讽刺方式的提倡和追求则是其讽刺诗理论中重要的一节。人们相信语言具有神奇的力量，可以用来实现特定的目的，Catherine M. Schlegel 分析说：

---

① John Dryden, "A Discourse Concerning the Original and Progress of Satire" (1692), *Essays II*, ed. W. P. Ker, Oxford: The Claronden Press, 1926, p. 92.

② Ibid. , p. 105.

③ Ibid. , p. 92.

Speech has a powerful life in the exercise of magic, since magic attributes to words a material force. The potency of incantation relies on a profound human belief in the power of words as actual instruments that can achieve certain ends, ends determined by the speaker, against which the listener is helpless. ①

（在实施魔法的活动中，语言具有强大的生命力，因为魔法就是诉诸语言而获得实际发生的力量。咒语的力量依赖于人们的一种深刻信仰，即认为语言具有的力量可以使之成为一种现实的工具而实现某些目的，而这些目的则由说话者决定，而倾听者对此则无能为力。）

作为讽刺的语言正是基于一种相信语言魔力的古老信仰，不同文化和不同群体中的讽刺起初都具有某种宗教信仰上的仪式特征，讽刺本身所具有的特殊力量据信都是从这些仪式中产生。即便后来这些仪式性的特征逐渐淡化而增加了世俗化的娱乐内容，但是通过讽刺来攻击敌方和对手而强化自己地位这个内在的要素却被一直保留下来。研究者们从社会学角度对讽刺的形式进行过广泛的考察，考察它们的仪式特征和仪式性力量，为解释这种力量来源提供了一个广泛的社会学说明。

一 理想的讽刺方式

德莱顿着意要为"讽刺"找到一种合适的表达方式，他在《关于讽刺诗的起源与发展》一文中所要解决的一个重要问题正在于此。他之所以要继卡索本和达希尔在法国的工作之后，不厌其烦从多种可能的源头来梳理"讽刺"一词的起源，他是要在英国同样澄清自文艺复兴时期以来人们对"讽刺"同"satyr"二者之间晦暗不明的关系，纠正英国讽刺诗人因为混淆"讽刺"与"satyr"的关系而导致他们不正

---

① Catherine M. Schlegel, *Satire and the Threat of Speech*: *Horace's Satires*, Book I, Wisconsin: The University of Wisconsin Press, 1930, p. 16.

确的讽刺方式。意大利、法国和英国评论家们一直到 16 世纪文艺复兴时期，都还把"讽刺"同希腊的"satyr"联系起来，认为二者之间存在互构关系，比如意大利学者认为但丁的《神曲》中没有羊人"satyr"，所以不属于"讽刺"；法国学者认为"讽刺"是起源于"satyr"的故事；英国的巴克雷和普滕南姆把"讽刺"看作是"羊人""那种混合的动物"。① 到了 1605 年，即卡索本辨析"讽刺"一词起源文章 *De Satyrica Graecorum Poesi et Romanorum Satira* 所发表的那一年，英国的语义传统都还在或肯定，或猜测，或暗示"讽刺"与"satyr"是同一个词。② 伊丽莎白时期以来的讽刺作家基本都是将"讽刺"同"satyr"联系起来加以理解，都在讽刺诗中去表现"羊人"身上所具有的淫秽好色、肮脏残酷等特点，都以其讽刺"有牙"能"咬"为能事。斯宾塞在他的长诗《仙后》中对"羊人"形象的描述，进一步加深了人们此一时期对"羊人"的印象："a rude, misshapen, monstrous rabblement."（粗鲁、丑陋、怪异的暴民）③ 同意大利人的看法一样，有些英国诗人甚至认为"讽刺"中必须要有"satyr"，于是他们干脆让半人半羊的混合动物"羊人"成为其诗中"人物（Persona）"，如 William Rankins 在他的"Seven Satyres"（1598）引言部分所描述的样子：

My shaggy Satyres doe forsake the woods,

Theyr beds of mosse, their unfrequented floodes.

Their Marble cels, their quiet forrest life,

To view the manner of this humane strife.

（line 3-6）

（我的萨梯尔毛发蓬乱离开森林，

---

① R. M. Alden, *Rise of Formal Satire in England*, Philadelphia, 1899, p. 38.

② William Frost, "Dryden and 'Satire'", *Studies in English Literature*, 1500—1900: Summer 1971; 11, 3, p. 408.

③ Stanza 8. Edmund Spencer, *The Works of Edmund Spenser*, *A Variorum Edition*, ed. Greenlaw, Osgood, and Padeford, Baltimore, Johns Hopkins Press, 1932.

他们以青苔为床，常常涉足洪水。

他们穴居大理石洞，在安静的森林中生活，

旁观人类争斗。）

虽然像以上这种直接的解释相对较少，但在某种程度也说明了当时人们对于讽刺的流行看法。大部分英国诗人对于"satyr"的理解和处理都还是倾向于在比喻和间接的意义上去处理它，虽然在他们著作的扉页上都配上一幅"羊人"的图像，但他们还只是让他们的讽刺诗表现出"satyr"的一些个性特点：粗野、淫乱、凶残、病态、无理性等，而没有把他们作为实际的"人物"用于诗中。George Wither 的理解或许代表了这一时期大多数讽刺作家的看法："Though in shape I seeme a Man，/ Yet a Satyr wilde I am."（虽然形体上我看似人类/然而我却是一直野性的萨梯尔。）① 像 Wither 一样，大多数英国诗人对于"satyr"身体特点的引用或暗示都是在比喻的意义上来进行的，暗示诗歌所包含的是"羊人"的特点而非真正混合型的羊人。正因为普遍接受讽刺要表现出"羊人"特点的写作要求，因此伊丽莎白时期以来讽刺诗的写作特点一般可以总结为：

The virtues and failings of uncivilized man，reckless courage，cruelty，delight in combat，lustfulness，lack of discipline，strength，hardihood. ②

（未开化之人的优点和缺点，不计后果的莽撞，性情残忍，以战斗为乐，好色淫欲，没有原则，尚力斗狠，胆大厚颜。）

不但如此，讽刺作家们也戴上"羊人"的面具，把自己看作"羊人"，Mulgrave 就在自己的 *Essay upon Satire*（1680）中称他们这一群人就是"satyr"，他自己就是其中的一只，因此哪怕自己面对的是教

---

① K. W. Gransden, ed. Tudor Verse Satire, London and New York：Bloomsbury Academic, 2013, p. 19.

② Alvin Kernan, *The Cankered Muse*, New Haven, 1959, p. 92.

会自己写作"讽刺"的老师，他也毫无顾忌地去找他的错、挑他的毛病：

> That we may angels seem, we paint them〔other people〕elves,
> And are but Satyrs to set up ourselves.
> I, who have all this while been finding fault,
> Even with my masters who first satire taught ... ①
> （我们看似天使，我们把他人描绘为小鬼，
> 却不过把自己塑造成萨梯尔。
> 我四处挑毛病找错，
> 即使是我的老师们——最初是他们教会我讽刺……）

这种"satyr——讽刺诗人"因此被研究者们看作是忧郁的反抗者，充满愤怒而又十分邪恶，② 他们是对世界充满病态仇恨的人。③

从以上可以看出，伊丽莎白时期讽刺对于"讽刺"的理解：

> a poem in which the author playing the part of the satyr attacks vice in the crude, elliptic, harsh language which befits his assumed charac-ter and his low subject matter. ④
> （讽刺诗就是作者充当萨梯尔，以粗鲁、简洁而严厉的语言去攻击邪恶，这种语言符合他假定的角色和他选择的低俗主题。）

他们将讽刺作家等同于"羊人"，这种概念决定了写作讽刺的语气和方式，因而也决定了这一时期讽刺诗之"低等"（low）的诗体风格。德莱顿继法国学者在法国所进行的工作，同样在英国致力于从形式特征到诗歌内容各方面来改造英国的讽刺诗，同他一贯的诗歌创作

---

① In Noyes, *Poems of Dryden*, Boston, 1950, p. 916.

② Alvin Kernan, *The Cankered Muse*, New Haven, 1959, p. 112.

③ Supra, p. 53.

④ Supra, p. 62.

实践和诗学理论主张相应，他就是通过赋予其史诗化特征来革新讽刺诗，并将其提高到严肃高雅的艺术地位。"羊人"讽刺的又一个特点就是它所包含的淫秽色彩，同时古典讽刺诗中的淫秽描写片段也强化了英国讽刺诗人认可淫秽因素在讽刺诗中的存在。斯宾塞在《仙后》中就把"σατυρος"看作是荒淫下流的动物，多恩和马思腾等都毫不避讳对淫秽因素的描写，T. M. 承认他在攻击他曾去过的妓院……伊丽莎白时期还有一个普遍认识，以为严厉的语气才适合于讽刺，他们接受了激烈的（*Ardens*，Juv. 1. 165）鲁克留斯和愤怒的（*Vir indignatus*）尤文纳尔两位古典诗人的语气和风格，而完全忘记了贺拉斯曾一度宣称的观点——以为幽默比尖刻更为有效。斯卡利杰（Joseph Justus Scaliger）曾区分过三位古典讽刺诗人的风格："*Iuvenalis ardet，instat aperte，iugulat. Persius insultat. Horatius irridet.*"[1] 并完全支持尤文纳尔的激烈态度而不是贺拉斯温和容忍的语气。所以在斯卡利杰之后，大多数英国诗人认为讽刺诗的合度（decorum）就是尤文纳尔式的严厉语调，就连普滕南姆在其 *The Arte of English Poesie* 中也同样将贺拉斯从"严厉"的传统中排除出去。所以，伊丽莎白时期的讽刺作家都成了"愤怒的诗人"（Raging satirist），而这种语气严厉的伊丽莎白讽刺在风格上则更像是"lampoon"或者"invective"。

"Lampoon"是一种恶意的讽刺，对特定个人的蓄意攻击，它的目的是进行羞辱和使人恼怒，因此它常常是不公正的，因此也不具有教育的功能。虽然这个词起源于 17 世纪的法国祝酒歌，但是公元前 3 世纪就已经出现了"lampoon"的写作，比如阿里斯托芬在《蛙》中对欧里庇得斯和《云》中对苏格拉底的"lampoon"描写。[2]"Invective"一词的拉丁语词源是"*invehi*"（抨击、痛骂），它是一种更古老的文体，通过点名道姓（Naming）来公开诋毁中伤一位具体的个人，诋毁的对象可以是一切有关于此人各个方面的缺陷和不足，比

---

① 三人的讽刺风格按照字面意义翻译为："尤文纳尔勃然大怒，公开穷追不舍，欲以利刃割喉；帕修斯嘲讽羞辱；贺拉斯咧嘴嘲弄。"

② Kathleen Kuiper, ed., *Prose：Literary Terms and Concepts*, New York：Britannica Educational Publishing, 2012, p. 177.

如身体残疾、出身低微、教养恶劣、道德低下、着装怪异等方面。它的目的是通过劝诱让听众相信所说的一切，同时通过这样的辱骂让听众获得快感，因此它所包含的人身攻击近似于希腊的"旧喜剧"、罗马人的"菲斯奈恩诗"、政治"Lampoon"和"Iambic"诗等类型。这种文体可见于早期的"弗伦希克演说"（Forensic speech）、Iambic 诗、政治宣传册、诅咒诗、警句诗等，最为著名的例子是德摩斯梯尼（Demonsthenes）的"On the Crown"和西塞罗的"In Pisonem"以及"The Second Philippic"①。伊丽莎白时期讽刺诗人信奉皮鞭可以治愈罪人，他们的"羊人"讽刺都具有"粗粝"（Harshness）和"咬人"（Biting）的特点，如多恩承认"I sing not, Siren-like to tempt; for I/Am harsh"（我不像海妖塞壬一样以歌唱引诱，因为我/是严厉的［羊人］）；霍尔的"Byting Satyres"完全是尤文纳尔式的严厉惩罚，而对其"Tooth-lesse Satyrs"，弥尔顿则给予了批评；马思腾的讽刺代表作有"Hungry fangs""Scourage of Villanie"；洛奇尤为推崇尤文纳尔，他对异教徒和人性贪婪的抨击程度不亚于尤文纳尔本人，等等。总之，伊丽莎白时期的讽刺诗人都俨然变成了"外科医生"（Surgeon-satirist）的形象，他们的讽刺诗也都在尽力表现"羊人"的特点，Alvin Kernan 对这一时期的讽刺和讽刺诗人进行总结说：

> Instability, incoherence, wildness, uncertainty, contradiction, these are the very essentials of the satyr character and are part, . . . of all the satirists of Elizabethan formal satire. ②
>
> （不稳定，不连贯，也行，不确定，前后矛盾，这些都是羊人个性中最基本的特点，也构成了伊丽莎白时期讽刺作家们的部分特点。）

詹姆士一世时期讽刺仍然没有摆脱对人进行激烈而毒辣攻击的特

---

① Simon Hornblower, Antony Spawforth, Esther Eidinow, *The Oxford Classical Dictionary*, p. 740.

② Supra, p. 116.

征，Richard Middleton 的诗体讽刺 *Epigrams and Satyres*（1608）中有五十余首"Epigrams"，这是一种对人进行辛辣讽刺的传统文体，Goerge Wither 的讽刺诗 *Abuses Stript，and Whipt：Or Satyricall Essayes*（1613）基本上奠定了这一时期讽刺诗的语调和风格，Wither 承认："... many may dislike the harshnesse of the Verse，but you know，although it be not stately，yet it well enough befits the matter."（许多人可能不喜欢这首诗的严厉特征，尽管它本身并不庄严，然而，它非常适合所谈论的事件。）他是承认讽刺的文体特征就是"粗粝"，而不是如史诗那样"辉煌"。Hutton 对于讽刺诗的风格基本是表达了同样的观点："Muse，shew the rigour of a satyres art，/ In harsh sarcasms，dissonant and smart."（缪斯，炫耀萨梯尔生动的艺术，/以严厉、刺耳且机智的挖苦讽刺。）Fitzgeffrey 要求他的诗神缪斯"Bite with sharpe censure"（用尖锐的批评去刺痛），Brathwaite 也是根本否定讽刺这种类型的诗应该具有"崇高"的特征："I write not to thee in a sublime stile."（我不是以崇高的风格为你写作）所以总体上看，这一时期的讽刺基本上同前一时期的讽刺一样，既扬鞭笞责，又张牙痛咬。琼生虽然主张以笔作为武器，但是他反对伊丽莎白时期以来讽刺的粗粝风格，他在阐明自己文学主张的散文作品"*Discoveries*"中表达了诗歌的教化目的，因此也更期待"滑易（smooth）"诗歌的出现：

Our style should be like a skeine of silke，to be carried，and found by the right shred，not revel'd，and perplex'd；then all is a knot，a heap.

（我们的风格应该像丝绸光滑的表面，携带着，通过一小片就可找到，不致狂喜，也不会迷惑，所有的就如一个结头，一堆物什。）

他在自己的讽刺诗"Epigrammes"中排除了淫秽的描写，也去掉了它的利牙或者医疗的形象。琼生对伊丽莎白时期以来"羊人"讽刺诗的反动，已经预兆了德莱顿从实践和理论对讽刺诗进行更为系统和彻底改造的到来。可是随着政治形势的变化，到了清教掌权的共和政体时期，讽刺因为参与了政治争论，所以这一时期的讽刺又回到了伊丽莎白时期的特点。John Cleveland 披上了"*poetae indignati*"的外衣，将自己的讽刺同古代的"Iambic"诗人 Archilochus 和 Hipponax 联系起来：

> Come keen Iambicks, with your Badgers feet,
>
> And Bagdger-like, bite till your teeth do meet.
>
> Help ye tart Satyrists, to imp my rage,
>
> With all the Scorpions that should whip this age.
>
> （这即是犀利的 imbicks，迈着獾一样毛茸茸的脚，
>
> 如同一只獾，叩起牙齿紧咬。
>
> 尖刻的讽刺家们，激起我的愤怒吧，
>
> 像蝎子一样，来鞭笞这个时代。）

　　查理二世的归来鼓励了英国在清教统治之后重新激起了对于古典作品的兴趣，而法国文学也同时对英国文学产生积极影响，其中以布瓦洛等人的影响为著。复辟之后的英国开始以新的意识对待古典学术的鉴赏和研究，在讽刺诗上也是如此，英国讽刺开始在摸索、借鉴和创新中去开创一个新的时代，但是一直到德莱顿改造英国讽刺之前，复辟时期的讽刺诗还是一方面继承着伊丽莎白时期以来的传统，另一方面，当时的讽刺诗人们又在古典讽刺诗人当中选择追随尤文纳尔和帕修斯讽刺辛辣攻击的风格。罗切斯特的讽刺在很大程度上还是受到伊丽莎白时期"羊人"讽刺的影响，仍然倾向于讽刺诗对淫秽和粗野内容的描写，他对女性的谴责一承尤文纳尔的激烈风格，为此他还严厉批评 Scroope 的讽刺，因为他的讽刺"soe softly bite"（咬人如此软弱）；德莱顿也熟悉当时流行的讽刺观念，因此在《麦克·弗雷克诺》中也曾同样嘲弄沙德维尔的讽刺柔弱无力："inoffensive Satyrs never bite"（没有攻击能力的萨梯尔从不会去咬人）。事实上，Scroope 并非如罗切斯特所形容的那样不懂得"讽刺"须具备"咬人"的能力，

他非常熟悉讽刺的这种犀利传统：

Take heed（theycry）younder Mad Dog will bite,

He cares not whom he falls on in his fit;

Come but in's way, and straight a new Lampoone

Shall spread your mangled Fame about the Town.

（请注意，那只疯狗会咬人，

他可不论谁会落入他的利口；

来吧，走到大道中间，一首新的 Lampoon

会在镇上传播你被损的声名。）

欧尔达姆是罗切斯特的追随者，他的讽刺诗 *Satyrs Upon The Jesuits* 让他成为当代尤文纳尔式的批评者（Juvenalian railer）。Tom Brown 在其 *A Short Essay on English Satire* 中对作为讽刺诗人的欧尔达姆评价是：

Satire is design'd to expose vice and encourage virtue; he obeyed but half of that solid maxim... Instead of correcting the manners of the age, he fermented the passions of the vicious, and render'd their minds only capable of such sentiments as revenge and fury suggested. Juvenal himself taught Mr. Oldham the way. [1]

（讽刺诗是用于揭露错误，鼓励美德；他仅部分地遵循了那条可靠原则。他不是去纠正这个时代的错误，相反却在他们的思想中培育起了恶性的激情，使之仅能适应复仇、暴怒等引起的情绪，正是尤文纳尔本人教会了欧尔达姆先生这一方式。）

因此，伊丽莎白时期的讽刺理论依然在复辟时代流行，而尤文纳尔那种"愤怒（诗）人"（*Vir iratus*）的形象也成为复辟时期讽

---

[1] Rochester, *The Critical Heritage*, ed. D. Farley-Hills, London, 1972, p. 175.

刺诗人的肖像。伊丽莎白和詹姆士一世时期讽刺还通常使用类型人物和一般情况或者虚构姓名等手段来避免对具体个人和事件的直接攻击，而这一时期的一部分讽刺如罗切斯特和他的追随者欧尔达姆等却抛弃了使用类型化和虚构性的传统，他们拾起了尤文纳尔这位"愤怒（诗）人"的形象，并学会了尤文纳尔和帕修斯犀利批评和攻击的风格，从而让他们的讽刺完全成为对个人进行攻击的"Lampoon"和"Personal invective"。德莱顿的古典素养让他一直服膺于古典讽刺诗人，但是他对于讽刺诗的创作和研究却不是一成不变，他在思考如何创作现代讽刺（A modern satire）的过程中，承认在新的时代应该有新的讽刺——这同他文学进步观念一致，但是他也坚持古典讽刺诗人应该是今人最好的老师，要以他们为榜样，不能离开他们已确立的原则，因此要不懈地研究他们的讽刺诗，找到今日讽刺可以进行革新的启示。正是在这个前提下，德莱顿也谈论写作"Invective"的合法性问题。复辟时代的文雅风气让德莱顿在总体态度上反对写作"Lampoon"，也许是因为尤文纳尔和帕修斯那里有过"Lampoon"的先例，所以他为写作"Lampoon"找到了两个前提条件，一个是当受到了同样性质的攻击，作为报复，可以写作"Lampoon"；另一个是如果对象是一位与公众为敌、令人感到讨厌的人，也可以写作"Lampoon"以其为目标进行攻击。他还强调在第二种情况下写作"Lampoon"是诗人的职责，因为诗人要通过谴责品行不端甚至邪恶的人去纠正他们的错误，还要提醒他人不要犯同样的错误。德莱顿一直所追求的理想的讽刺诗，是要既显得端庄而威严，又要显得文雅而有礼貌，甚至要具备古代诗歌那种高贵的英雄气质，所以他极为反对伊丽莎白讽刺以来没有任何技巧、仅有赤裸而粗鲁谩骂的讽刺，于是他力图将当时讽刺作家们的注意力转到那些古典讽刺诗人所确立的讽刺传统：

Whatever Dryden's agenda, he is the most aggressive proponent of redefining satire as a respectable literary form, and the Discourse is important insofar as it helps us appreciate the push toward gentrification of a disreputable mode of writing. ①

（不论德莱顿如何计划，他是最激进的推动者，去重新定义讽刺诗为一种受人尊敬的文学形式，《关于讽刺诗的起源与发展》一文之所以重要，在于它帮助我们去理解他将一种不名誉的写作方式向体面写作的推进。）

要重新将讽刺定义为一种为人们所敬重的文学形式，就是他所谓的"现代讽刺"（A modern satire），他认为要以古典讽刺诗人作为今天讽刺作家的榜样，不能离开古典讽刺诗所已经确立的原则；古典讽刺诗人应该永远是今人最好的老师，要永远研究他们的讽刺诗，从而能给今人的模仿以启示。② 德莱顿尤其欣赏贺拉斯写作讽刺诗的技巧（"savoir faire"），因为他是"按照奥古斯都·恺撒治下的罗马的彬彬有礼的方式"。③ 贺拉斯的讽刺方式无疑影响了德莱顿对于讽刺方式的思考，德莱顿为英国讽刺找到了他所认为的最好讽刺方式，即其所谓的"Fine-raillery"，他声称："Yet still the nicest and most delicate touches of satire consist in fine raillery."（*Essay* II，137）（然而，最精彩、最微妙的讽刺包含在精巧的逗趣之中。）

"Raillery"是一个意义非常广泛的术语，西塞罗、昆体良和卡斯替利沃讷（Castiglione，1478—1529）等描述过这个术语的各种可能性。但是复辟时期对于该词的使用，却是有选择性地在相对限定的范围内使用，这就是尽量避免内在于这个术语中的危险因素，而尽量使它适用于一个更为文雅的社会。④ 德莱顿在其早期对该词的使用也是极具贬抑色彩，但是随着时间的推移，他逐渐抛弃了该术语意义区域中粗俗、消极的部分。而到此处，他是在"轻微、文雅的责骂"（light，refined abuse）这个意义上使用该术语，这个选择是基于德莱顿所处的复辟时

---

① Ashley Marshall，*The Practice of Satire in England*，1658—1770，p. 41.

② Essays of John Dryden II，p. 104.

③ *Essay II*，p. 93.

④ John Hayman，"Raillery in Restoration Satire"，*Huntington Library Quarterly*，Vol. 31，No. 2（Feb. 1968），pp. 108-109.

代，这是一个礼貌而文雅、并带有犬儒色彩的社会。① 德莱顿还将此词的意义源头联系到法语，也许是因为他的讽刺理论本来就受到了法国文艺理论家们如布瓦洛的影响——他对此并不讳言，比如他屡屡陈说布瓦洛的贡献和对他的启发等等。

　　其实意大利的卡斯替利沃讷早在其 *The Art of Complaisance* 中就说过要在稍微辛辣的讽刺中加入一些笑料，从而避免对他人伤害过深。② 在古典讽刺诗人中，他最为欣赏贺拉斯的讽刺方式。虽然贺拉斯在创作讽刺诗之前，其在《颂歌》和《长短句集》中也写了许多严厉的讽刺作品攻击对手，但是这些讽刺近似于希腊人的"嬉理"（Silli）诗，是一种对特定的他人或群体进行恶语攻击的诗歌。对于这种"Lampoon"式的讽刺，德莱顿并不赞成，因为它是一种锋利而危险的武器，它会损害别人的名誉，而这种损害一旦造成，就难以恢复，所以这种"Lampoon"式讽刺在很大程度上是不合法的（"for the most part unlawful"）。因此贺拉斯的这些讽刺写作还未能算作罗马讽刺诗，等到他放弃先前的犀利语气，开始纯洁自己的诗歌，以纠正人们的错误为目的，帮助确立幸福和德性生活的原则，这时的讽刺诗才可以被恰当地称作罗马讽刺诗。

　　德莱顿反对不体面的谩骂和缺乏"机智"（Wit）的"Lampoon"，但是他对于自己时代的讽刺却较少提及，似乎是有意压低它们作为讽刺诗的重要性。作为一位文学史家，他喜欢以自己的逻辑建立起文学的谱系并对其进行溯源的工作，找到这个谱系的源头并理清它持续至今的发展脉络，对罗马讽刺诗的考察就是他从事这种工作的一个明显的例子。然而稍微奇怪的是，对于英国讽刺诗，他却没有做同样的工作。复辟时期的讽刺诗，他只是以欣赏的口吻提到了巴特勒的《胡迪布拉斯》，但是认为它缺乏"讽刺诗的阳刚之气"（Manly satire），不具备庄严的风格，其他人如罗切斯特只是一言带过，而马维尔和欧德汉姆他则根本没

---

　　① H. James Jensen, *A Glossary of John Dryden's Critical Terms*, Minneapolis: University of Minnesota Press, 1969, p. 97.

　　② George Austin Test, *Satire: Spirit and Art*, Florida: The University of Florida Press, 1991, p. 94.

有提到。前辈讽刺诗人中，他简短地提到了斯宾塞和多恩，可也没有把他们视为可以效仿的老师或者模范。对于多恩，他承认他是伊丽莎白讽刺诗人中的佼佼者，因为他的讽刺中充满了"Brilliant ideas and images"，可是他诗中的思想晦涩，而且阅读起来不易上口。事实上，1684 年之后，这时巴特勒、马维尔、罗切斯特和欧尔达姆都已经去世，英国已经没有写作讽刺诗的大家，剩下的只是一些名不见经传的"Lampoon"作者。德莱顿在《关于讽刺诗的起源与发展》一文中，在当代讽刺诗人里所找到的唯一模范就是多赛特爵士——即他的这篇长文所题献的人，认为他是"the first of the Age"，甚至认为他超越了古人，尤其是因为他善于贺拉斯式的"Fineraillery"。

复辟时代的人们认为自己的时代比起之前的时代更为文明，法国的许多风尚在这一时期的英国得到广泛传播，这就是发生在英国的新古典主义文学潮流，因此这一时期的英国文人也都纷纷使用更为文雅的方式创作。对于讽刺诗的认识方面，也同样在发生变化，不少作家开始逐渐抛弃尤文纳尔激烈攻击的一面，转而对贺拉斯的讽刺方式表示支持，除了德莱顿正式提出"Fine-raillery"之前，Thomas Wood 已在尤文纳尔和贺拉斯的比较中开始倾向于贺拉斯：

I have purposely sometimes abstrain'd from his scolding and illlanguage; being certainly assur'd, that a sporting and merriment of Wit doth render vice more ridiculous, than the strongest reasons, or most sententious discourse.

（我有时存心避免使用他所使用的指责和恶意语言。我非常自信，娱乐而嬉戏式地利用才智，可以让错误显得更加可笑，这比使用严密的推理或者说教式的语言要更有效果。）

Henry Higden 显然认同 Wood 的看法，他在 *A Modern Essay On the Thirteenth Satyr of Juvenal*（1686）进一步呼应对于贺拉斯讽刺的认同，他把"保持微笑"（*Ridendo Monet*）作为该文的铭言，并在"致读者"中这样说：

Whereas a jocular and facetious jeer and reproof, laughs vice of of countenance, and often works a perfect cure and conversion. . . I have aimed to abate something of his serious rigour, and expressed his sense in a sort of verse more apt for raillery, without debasing the dignity of the author. . .

（相反，嬉戏而诙谐的嘲弄和责备，去嘲笑错误令它难堪，通常可以达到极佳的治疗效果和转变……我曾着意去降低事情的严肃性质，而以近于打趣式的诗歌来表现他的意思，而不必减少作者所创造的庄严性质……）

很显然，随着时代的发展，贺拉斯轻松而风雅的讽刺风格愈来愈受到英国讽刺诗人的欢迎，而那种只是 "taxe the common abuses and vices of the people in rough and bitter speaches"① （使用粗野而激烈的言辞去谴责一些人身上常见的恶习和错误）的讽刺诗开始被复辟时期的诗人所抛弃，而站在世纪末的德莱顿当然非常清楚这股潮流的转向，作为这个时代最有权威的文人，他主张讽刺的手段和方式应该具有高度艺术性，认为那种直接的谴责和谩骂式的攻击都不再适合于讽刺这种类型，灵活而精巧的手段才是讽刺的可贵品质，而促成这些转变的直接动力则是来自法国的布瓦洛和古典诗人贺拉斯。所以对于如何写作讽刺诗，德莱顿已经形成了他新的看法，那种关于讽刺粗俗、严厉的旧有观念已经从如今的时代消失，就像他在写给欧德汉姆的哀歌中所表达的："But Satire needs not those, and wit will shine/ Through the harsh cadence of a rugged line."② （但是讽刺诗所需的不是这些，而才智将会发光/通过他那不圆滑诗行的刺耳节奏。）

德莱顿认为巧妙的讽刺是一种高尚的职业，而像 "satyr" 那样肮脏而充满暴力的讽刺只能适合写在那些极其混乱而粗暴的时代，如图密善和尼禄的时代，这种讽刺诗不能在一个已经变得文明和文

---

① Puttenham, *The Arte of English Poesie*, Cambridge: Cambridge University Press, 1936, p. 31.

② Louis I. Bredvold, *The Best of Dryden*, New York: The Roanld Press Company, 1933, p. 212.

雅的时代里继续使用。公开严厉谴责某人是恶棍、无赖很容易，然而不使用粗鲁的词语而能让某人显得像傻瓜、笨蛋，却不是件容易的事——幽默而轻松的讽刺才是最灵巧的讽刺（Fine-raillery）。这种灵巧而轻松讽刺的秘密如同画画一般，在平面上画出对象的圆脸，突出他的鼻子和脸颊，避免使用阴影。① 虽然老师可以为此给出一些规则，但是无法把这个技巧教给学生，它需要本人亲自去创作实践。德莱顿认为这种讽刺诗技巧可以在对方不知觉中对他造成伤害，或者对方明知受到了伤害，可是也无法声张这种加于自己的痛苦。为了更明白地对这种技巧进行说明，德莱顿使用了一个行刑手的例子。当时英国有一位有名的行刑手杰克·苛奇（Jack Ketch，died in November 1686），据说他处决犯人很有技巧，可以让犯人在不受到过多痛苦的情况下砍下他的头颅，因此当时有许多死刑犯都会事先去贿赂他。苛奇妻子曾经说犯人如果想死得容易、没有痛苦，那还必须依靠她丈夫的手艺；可是如果不依靠她丈夫的刀技，不想身首异处而是保持尸体完整，那么不如以上吊的痛苦方式来结束自己的生命。②

　　德莱顿的这番征引，其本意是在说明：讽刺的技巧就如同苛奇行刑的手艺，而无技巧的讽刺就如同上吊的刑罚一般。德莱顿因此感叹："我希望我自己能有这样的手艺。"③ 由此可见他对灵巧而轻松讽刺方式的推崇，他认为以这种方式写作的讽刺才算是理想的讽刺。而在当代，只有多赛特爵士才能够创作这样的讽刺，在这一点上，他甚至认为就连尤文纳尔都不如多赛特爵士。为了进一步说明这种讽刺的困难之处，他称虽然老师可以为这种讽刺确立一些写作的规则，却不能够将它传授给自己的学生。也就是说，这是一种与生俱来的能力，不能通过模仿某位作者就可以获得。它是一种天赋，只能依靠这种天

---

① John Dryden, "Original and Progress of Satire", *Essays II*, ed. W. P. Ker, Oxford: The Claronden Press, 1926, p. 93.

② Ibid. .

③ Ibid. .

赋才可以给予人们特殊的思考方式，因此它是不可教的。① 德莱顿或许认为他自己就获得了这种天赋，因为他很自豪地声称在《押沙龙与阿齐托菲尔》中对 Zimri 的讽刺就是这样的例子。② 他认为这里的讽刺甚至可以抵得上整首诗，虽然它不是怒气冲冲地大声责骂，但是其中所包含的讽刺却十分充分。

　　另外，要想这种灵巧的讽刺方式发挥作用，还有一个必要条件，那就是被讽刺的对象要足够聪明，他既可以明白其中的讽刺，又能理解这种讽刺的方式。因此这种讽刺所达到的效果就是，他能够在微笑中为自己愚蠢的行为感到羞愧，他在被伤害的同时还被逗乐，而不会因此恼怒讽刺自己的人，不会将这段讽刺当作伤害而加以怨恨，傻瓜则根本就感受不到其中的讽刺。③

　　德莱顿说："如果我要是以咒骂的方式，我可能也会遭受相应的痛苦；但是我很高兴地写出了我的讽刺，我的方式也很灵巧。"④ 德莱顿强调这种巧妙的讽刺技巧，它主要还是利用修辞上出其不意的微妙之处（subtlety）来达到。乔治·加斯科伊涅在其 *Certayne notes of Instruction concerning the making of verse or ryme in English*（1575）中特别分析了一种巧妙的"颂扬修辞"（Epideictic rhetoric），而德莱顿对讽刺技巧的强调像是对加斯科伊涅所说的这种巧妙修辞的反向使用。加斯科伊涅认为在颂扬一个人时不要使用老套的伎俩（*Trita et obvia*），而应该使用让人意想不到的、不同寻常的方式来实现自己的目的，比如使用超自然的原因来解释妇人的自然之美，或者将她的不足之处转换成她的完美之处。这种通过自己的精心设计而实现表扬或者谴责的方法经过加斯科伊涅的推广而成为一种传统的修辞手段。⑤ 德莱顿对讽刺技巧的追求是否受到

---

① John Dryden, "Original and Progress of Satire", *Essays II*, ed. W. P. Ker, Oxford: The Claronden Press, 1926, p. 92.

② 诗中对于以白金汉公爵为讽刺对象的 Zimri 的描述，请见附录四。

③ John Dryden, "Of Poetry and Painting"（1695），*Essays II*, ed. W. P. Ker, Oxford: The Claronden Press, 1926, p. 137.

④ Ibid., p. 93.

⑤ Michael Mack, *Sidney's Poetics: Imitating Creation*, Washington: CUA Press, 2005, pp. 35-36.

了加斯科伊涅追求 "Good and fine device" 的影响不得而知，但是德莱
顿熟悉加斯科伊涅的著作则是毫无疑问的。总而言之，德莱顿的这种讽
刺方式得到了许多人的认可和欣赏，18 世纪许多作家如艾迪森和斯蒂
尔等就接受了德莱顿的这种写作方式，他们是这种风格的继承人。

德莱顿的《关于讽刺诗的起源与发展》企图纠正文艺复兴时期以
来一直到复辟时期讽刺的粗俗、任性等 "羊人" 特点，并试图为之规
定新的写作原则，从而达到革新讽刺并将之提高到 "高等文类" 的范
畴。① 在这个意义上，他所进行的工作和努力如同布瓦洛在法国对法
国讽刺所从事的工作具有同样性质——布瓦洛在其《诗艺》（*L'art po-
etique*，1674）中也是要纯洁法国粗俗的斯加隆式讽刺传统（Scarronic
burlesque tradition）。② 对于古典讽刺的鉴赏和学习，让他在讽刺的方
式上更倾向于贺拉斯轻松的讽刺而非尤文纳尔严厉的谴责，他欣赏贺
拉斯的讽刺所达到的讽刺效果。对于巴腾·哈立德批评贺拉斯讽刺总
是一副讪笑的模样——这是 "低等文类" 的特征，他为之辩护说：

I cannot give him up the manner of Horace in low satire so easi-
ly. Let the chastisement of Juvenal be never so necessary and sharply as
he pleases; yet still the nicest and most delicate touches of satire consist
in fine raillery.

（我不会轻易放弃贺拉斯在低等讽刺中所使用的方式。不要
让尤文纳尔所乐意使用的严惩方式变得如此必要和突出；然而最
好、最微妙的讽刺包含在精巧的打趣之中。）③

---

① "高等文类" "高等艺术" 等是形成于亚里士多德时代的诗学术语，随着学术观念
和各门类艺术研究的不断进步和发展，这种诗学观在今天已经显得充满偏见而成为一个过
时的概念。然而，这种观念直至德莱顿的时代仍然十分强烈地被认同，因此本书在讨论德
莱顿的讽刺诗学过程中，依然会根据这一概念在当时的本意继续使用它，但这不代表笔者
认同这种诗学观。

② Dustin Griffin, *Satire: A Critical Reintroduction*, Lexington: The University Press of Ken-
tucky, 1995, p. 17.

③ John Dryden, "Original and Progress of Satire", *Essays II*, ed. W. P. Ker, Oxford: The
Claronden Press, 1926, p. 92.

虽然尤文纳尔能进行更为聪明的谴责，他所曾受到的修辞训练也让他的表现方式胜过贺拉斯，但是讽刺的巧妙之处就在于它的"Fine raillery"，而贺拉斯正是善于这样巧妙的讽刺，他可以通过轻松温和的戏谑和嘲弄让读者发笑，这是尤文纳尔所不具备的技巧，所以贺拉斯的讽刺方式才是最好的方式。在这两位古典讽刺诗人的各自所擅长的地方，德莱顿从中总结出要达到贺拉斯式"灵巧讽刺"的方法，除了之前所提到的要使用杰克·苟奇那样的技巧来进行设计之外，还应该避免去拣取巨大而严厉的罪行进行谴责，并且应该选择从侧面出其不意地对对象进行攻击，去讽刺那些不那么严重的奢侈挥霍之类的事情：

> I avoided the mention of great crimes, and applied myself to the representing of blindsides, and little extravagancies...①
>
> （我避免去提及大的罪行，而是瞄准那些不易关注的侧面，以及那些稍稍过分的方面……）

德莱顿是一位观察仔细而理解力深邃的文学理论家，他看到了贺拉斯的讽刺方式同他的讽刺目标之间的一致性，因为他也深刻地理解到讽刺方式的选择同讽刺目标的密切关系，二者是互相影响、相互决定的；小的缺陷和不那么严重的罪行才可以使用轻松谑趣的讽刺方式，而大的罪行和严重的缺陷则需要严厉地谴责。

然而，从德莱顿的理论逻辑和实际创作来看，他的目的并不是为了他所倡导的这种讽刺方式而忽视对更大问题的关注，选择忽略对社会中更大的罪恶和不公现象的关注，这从他所写的讽刺诗即可以证明这一点，他非常关注时代的大事件，他对事件的走向和重要人物对大事件的参与都非常关切，只是他选择在写作中从小的方面入手，以轻松的方式来说明一个更大的问题，以引起读者的兴趣而对大的方面和问题的思考，这是德莱顿作为文论家和作家所采取的一种写作修辞策

---

① John Dryden, "Original and Progress of Satire", *Essays II*, ed. W. P. Ker, Oxford: The Claronden Press, 1926, p. 93.

略——由小到大、由近及远的劝诱说服方式原本就根植于希腊、罗马以降的修辞传统。再来看德莱顿所崇尚的古典讽刺诗人贺拉斯如何运用这种写作的修辞策略，纵览贺拉斯所写的两部讽刺诗，的确，贺拉斯选择抨击的目标都不是大的罪行，而只是一些常见的愚蠢行为。贺拉斯的观察非常仔细，他对于人性中的任何一点不足都有细致入微的理解，即使对于那些号称有智慧或者有德行的人，他都能在他们身上看到他们人性中的不足和愚蠢之处，正是对于这些小的缺陷和不足，贺拉斯才可以游刃有余地运用他那轻松而欢愉的讽刺方式。而对于尤文纳尔，他每一次所针对的都是渗透于罗马城每个角落的丑恶社会现象和给人民造成更大伤害的个人，所以他才要不遗余力地进行猛烈攻击，态度严厉和果断，非如此不能表达他的愤怒并将其传递给他的读者。同贺拉斯以微笑的方式让犯错的人为自己愚蠢的行为感到羞愧，尤文纳尔是绷紧了面孔大声疾呼，似乎为这些猖獗的罪行而感到痛心疾首。还有一点不同的是，表情轻松的贺拉斯常常以暗示的方式告诉人们何种德行才是人们应该去遵循和追求的，而尤文纳尔除了一身散发出来的怒气，似乎是不能平静下来为社会的沉疴急症提供一个祛病的良方，这是因为只有"平静才能言"吧。贺拉斯轻松优雅的讽刺风格除了源自其本人的修养和秉性之外，根据法国文艺理论家泰纳（Hippolyte Adolphe Taine，1828—1893）的看法，还有其所处的历史时期及其社会环境等因素。因此，从这一角度来看，德莱顿所主张的写作"Fine-raillery"的方法，在三位古典讽刺诗人当中，也只能适用于贺拉斯一人，因为这是由他所处的宽松社会环境所决定的，而其他两位讽刺诗人，却不幸处于一个相对恶劣的时代和更为紧张的社会环境。

对于尤文纳尔而言，图密善治下的罗马充斥了各种各样的罪恶，诗人只需要站在街角冷眼旁观，就能随时看见形形色色的罪人和恶行在眼前发生，所以他身处这样一个彻底腐败的社会里，对于眼前公开发生的这一切令人发指的罪行，无法压抑自己而去拣取其中小的罪恶进行抨击，无法不对充斥于眼前的严重罪行表示愤怒，所以他所写作的讽刺诗符合他的时代，正如他的时代也在召唤他的诗歌一样，他因此无法可以像贺拉斯一样以轻松的态度去戏谑眼前的罪恶。同样，帕修斯生活在皇帝尼禄统治的时期，尼禄本人性格多疑残暴，其宫廷生活淫乱不堪；政治上倾轧残害事件不绝，间谍告密之风盛行，整个社会充斥着各种阴谋算计，各阶层的社会关系紧张，所以当帕修斯把尼禄的宫廷作为讽刺目标时，他也不可能对目前严峻的社会环境抱以轻巧幽默的态度，他的诗显得十分严肃而凝重。

贺拉斯同这两位后起的诗人不一样，他生活在初定的奥古斯都皇帝治下的罗马城中，帝国现在既无外敌惊扰之忧，年轻的皇帝又已经消弭了内患。此时的皇帝需要营造一个显得开明和充满文雅风气的社会，他的文化大臣米西纳斯（Gaius Mecaenas，70BC—78BC）也已经为他网罗到当时的文化精英，他们正为迎合皇帝的意愿，为他的家族和这个帝国建立起神的谱系，并为之歌功颂德，而贺拉斯正是其中的一员。作为一位宫廷文人，贺拉斯要同他恩主的利益保持一致，因此除了他在《颂歌》和《长短句》中有几处对自己的私敌进行过猛烈攻击之外，他尽量避免鞭挞更大的罪行，而只是把自己的讽刺限制在较小的错误和一般的蠢行方面。所以贺拉斯这位御用的讽刺作家，他更像是一位温和的劝诫者，面带笑容、舒适而轻松的讽刺完全符合他所生活的奥古斯都时代的文雅氛围。

在德莱顿看来，贺拉斯的讽刺方式是最好的方式，是最能够改正人们错误、矫正风俗的方式，如同一种快乐的治疗，是可以保全四肢、不损一毫的写作讽刺诗的方法。尤文纳尔的讽刺如同"砍出的刀剑"（*Ense rescindendum*），锋利又急切，如同在进行一个令人痛苦不堪的大手术，① 但是他具有极富修辞技巧的呈现方式，能够适时调动

---

① 德莱顿在《押沙龙与阿齐托菲尔》的序言里说一位作家之于对象的忠实写作，正如医生为病人的重症开出猛药，因为医生，目的都是不至于要让外科医生对病人施加截肢（*Ense rescindendum*）的手术，所以 Ense rescindendum 指的就是截肢手术。此语出自奥维德《变形记》第一部 190—191 行："*cuncta prius temptanda, sed inmedicabile curae / ense rescindendum, ne pars sincera trahatur.*"（所有的方法都应首先实验一次，但是对不见疗效的部分，就应该用刀割去，防止未感染的部分也被感染。）根据 Paul Hammond 和 David Hopkins 所编辑的德莱顿诗选中的解释，在 17 世纪和现代的版本中，一般是写作 *recindentum*，因此写成 *rescindentum* 应该是德莱顿依据记忆写出，因为这两个词在意思上也大致相近。

读者的愤怒，让他的讽刺方式始终对读者发挥作用。帕修斯则像一位深沉而严厉的哲人，他的告诫和抨击藏有无限的智慧和动力，让读者在不厌其烦的解读中去体会他进行劝诫的炽热和苛责的真诚。

二　风格的比较

普滕南姆对风格曾作过如此定义：

Stile is a constant & continual phrase or tenour of speaking and writing, extending to the whole tale or processe of the poeme or historie, and not properly to any peece or member of a tale, but is, of words, speeches, and sentences together, a certaine contriued forme and qualitie, many times natural to the writer, many times his peculiar by election and arte, and such as either he keepeth by skill, or holdeth on by ignorance, and will not or peraduenture cannot easily alter into any other. ①

（风格是说话和写作中常见而频繁使用的词语，或是如同声音的调色。它贯串于整个故事，或者诗歌或历史叙述的过程之中。它不是指故事的某一片段或部分，而是关于组合成整体的词语、语段和句子。它被构思为具有特定的形式和性质，许多时候是作者自然为之，许多时候经过了他的特殊选择和艺术加工。他或是以技巧持之以恒，或是因为无知而从不变动，风格不会轻易被变换为另一种形式。）

普滕南姆对于风格定义最紧要的部分，简洁地说，就是它的形式和性质无论是有意为之还是自然而成，都在作品中长期保持而不会轻易改变。贺拉斯的风格之于德莱顿是他侃侃而谈的轻松而浅近，贺拉斯以这种亲近的口吻对他的父亲娓娓道来，德莱顿被他这种对自己父

---

① George Puttenham, "The Arte of English Poesie" (1589), *Elizabethan Critical Essays*, ed. G. Gregory Smith, London: Oxford University Press, 1904, pp. 153-154.

亲的描述所打动，让德莱顿觉得贺拉斯就像一位机智的朋友，在一种亲近的气氛中同他交谈，还让他希望能有像贺拉斯父亲一样的父亲。①

　　风格是在作者出身背景、成长过程、教育经历、生活阅历以及社会关系等因素的综合和碰撞中形成的，此外还有一个重要的决定因素就是所处时代的大背景，所以贺拉斯成熟而亲和的诗风与他本人的社会地位——罗马是一个等级区分非常严格的社会，他所受的教育和他在希腊世界的游历以及同罗马权贵的交往是分不开的，同时他所处的奥古斯都时代更决定了对于文学风格的选择。德莱顿在他的时代看到了多少关于贺拉斯生平的材料不能确知，但他能够对贺拉斯的生平勾勒出一个大概面貌，其意也许是企图从中可以对贺拉斯文风的形成进行一个追溯和说明，毕竟在德莱顿的时代，作者的意图还没有成为批评的谬误，传记批评和社会历史批评是文学批评中最主流、最重要、最有效的批评方法。贺拉斯的父亲是罗马的释放奴，曾做过为罗马政府征税的工作，家庭应该较为富裕，因此幼年的贺拉斯得以被送到当时的世界中心罗马接受最好的教育，与其交往的当然是罗马城中优秀的贵族子弟。长大后，他又到希腊世界游历学习，与著名学者交流进一步增长学问，渐渐成长为一名学识广博的学者。布鲁图斯（Decimus Junius Brutus Albinus，85BC—43BC）在雅典遇见了他并极为赏识地任命他为自己部队的军官（*Tribunus militum*），不久他又获得著名的文艺庇护人米西纳斯的青睐而被招纳进入他的文人集团，贺拉斯因此能够进入奥古斯都皇帝的宫廷，可以推想他曾接触到这位伟大的皇帝。

　　良好的教育和广泛的交往，让贺拉斯在人群中的举止和谈吐轻松自如；同时他作为释放奴儿子的身份而能活跃在权贵中间，自然意识到他所依仗的是能够以写作为他们提供轻松而愉快的娱乐和谈资，因为在这刚刚结束分裂而安定下来的帝国初期，作为统治者的奥古斯都皇帝需要文学家们为其建立起作为神之后裔的家谱，以说明其政权的

---

　　① John Dryden, *Essays of John Dryden*, Vol. II, ed. W. P. Ker. Oxford： Clarendon Press. 1925，pp. 77-78.

合法性——奥古斯都为他的继父恺撒建立了神庙，他自己也被奉为神，在帝国境内接受崇拜①；而罗马城里动荡不安的人民，他们需要轻松有趣、令人愉快的文学来安顿他们饱受暴政和内战创伤的心灵，米西纳斯的文人集团正好满足了当时这些不同的文学需要。受到皇帝礼遇的维吉尔写下了埃涅阿斯纪带领特洛伊人建立罗马城以及预言他的后裔将世代统治罗马的故事，奥维德的写作也参与并加强了对于神之谱系的构建，而贺拉斯则更着意于以写作来娱乐朝臣和罗马人民，他提供的轻松愉快的文学风格正是这些从内战和混乱中走过来的人们所愿意欣赏和乐于接受的，所以他的诗歌多以俚俗谑趣的特点打动读者，偏重于罗马人民生活中较为日常粗俗的方面，这就构成了他诗歌的主体风格。

在贺拉斯的早期讽刺诗中，虽然也有对其敌人进行严厉攻击的部分，但是到了他所写的两卷讽刺诗里，则完全摆脱了那种严厉而怒气冲冲的面孔，而表现出轻松的嘲弄和无关痛痒的抓挠。以研究贺拉斯讽刺诗而知名的海因西乌斯高度评价贺拉斯的讽刺诗，因为贺拉斯的讽刺充满谑趣和笑声，而不是严厉的面孔和愤怒的谴责；并且根据这种讽刺的艺术总结说，讽刺相比于悲剧的严肃和古板，它更接近喜剧的轻松和逗趣，因此讽刺不是要去抗拒邪恶，而仅需要对邪恶加以嘲笑就可以了。德莱顿赞赏贺拉斯讽刺轻松而逗趣的面目，但是他却不愿意把讽刺同喜剧搅和在一起，也反对讽刺不可以具有严肃的面貌。诗人的教育经历、成长过程和他所处的时代会影响到他的诗歌风格。帕修斯同贺拉斯一样接受了很好的教育，他的老师是当时罗马最有学问的斯多葛派哲学领袖克努图斯，他自己也成长为一位博学的斯多葛派学者，他的良好教养和文学表现力本来不会逊于贺拉斯，但是他所处的尼禄时代让他因其恐怖统治或其他某种原因而最终导致了他诗风的晦涩，其表现就是他的修辞生硬，比喻牵强，很难从他的诗歌中找到一种意义，这构成了他的风格的主要方面。在学问上，帕修斯所接受的是斯多葛派哲学；在现实生

---

① 公元 42 年，恺撒被奉为神，奥古斯都也因此被称为"神之子"（divi filius）。

活中，他同自己的老师一样践行斯多葛派教义，义无反顾地按照斯多葛派严谨而有条理并对自身要求苛刻的方式来生活，要在现实生活中以实践有德性的生活作为自己的目标，他这种学行如一的态度反映在他的诗中就是其诗歌风格的恒一，以及他诗歌中对严肃而庄重诗歌主题的选择，故而表现出帕修斯诗歌风格中严肃崇高的一面，而同贺拉斯刻意媚人以俗的风格相区别。

就风格而论，无论贺拉斯还是帕修斯都无法同受过修辞学训练的尤文纳尔相提并论。尤文纳尔在创作时似乎总是想象着面对一群听众而发表演说，所以他创作的虽然是供读者阅读的诗而非演说辞，但是他充分运用演说技巧去打动他的读者（听众），充分利用各种演说手段去调动他们的感情，高亢激昂、激荡读者感情是他诗歌的主要特点。又因为尤文纳尔所处的时代是在另一个糟糕的罗马皇帝图密善的统治之下，罗马社会中充斥了各种腐败和罪恶，对于这些在街头巷尾触目可及的败象，尤文纳尔感到义愤填膺，因此他在诗中所瞄准的就是他那个时代的罪恶。德莱顿说尤文纳尔的讽刺诗语句洪亮，语言表达宏伟，故而这些词义严厉而音节响亮的词语适合于去描述严肃的主题和表现崇高的思想。巴腾·哈立德（Barten Holyday，1593—1661）翻译过尤文纳尔和帕修斯，他对二人特点的区分是：从帕修斯诗中很难找到一种意义，而在尤文纳尔诗中，你需要选择一种意义。德莱顿也认为相对于帕修斯的意义难明，尤文纳尔则显得更为明白流畅。但在主题的选择上，贺拉斯则不如尤文纳尔和帕修斯，因为贺拉斯所选择主题的性质较为粗浅，没有帕修斯的缜密严肃，也缺乏尤文纳尔的明晰畅达。德莱顿指出帕修斯和尤文纳尔虽然都研究过贺拉斯，都明白贺拉斯的风格，但是很明显他们没有接受贺拉斯的诗歌风格，相反，他们的风格更为接近鲁克留斯。他们的这种风格选择显然有时代的原因，也有诗人自己独特的方面。因为帕修斯和尤文纳尔分别生活在罗马历史上极为糟糕的皇帝尼禄和图密善所统治的社会气氛极为严苛的时代，所以帕修斯谨慎隐晦、欲言又止，让人逡巡不前；换了尤文纳尔，他则是义愤填膺、怒不可遏，他的节奏迅疾，不在乎条分缕析的枝节，只是立意要将读者的情感推升到波峰，整体风格显得凌厉。而贺拉斯则生活在社会安定和写作气氛相对宽松的时代，他明确自己的任务是要娱乐读者，所以他的诗歌节奏和缓，条理清晰，如同闲庭信步。

在表现力上，德莱顿说贺拉斯总是希望能引起读者的笑声，可是他没有尤文纳尔的自信，他不知道他是否能够成功。德莱顿是看到了贺拉斯诗歌过于趋附于时代的特点，所以他评价说，贺拉斯的讽刺到了他的时代，读者阅读他的讽刺诗不再会发出笑声，因为随着时代的改变，贺拉斯讽刺不再有他那个时代语境下所具有的表现力。但是对于尤文纳尔，他的修辞训练让他的谴责诉诸人的一般个性，因为这是人性的普遍方面，所以他的这些技巧能够穿越时空，他总能调动起读者的愤怒，即便到了德莱顿的时代，仍能对读者发挥同样的作用。帕修斯和尤文纳尔面对前辈诗人贺拉斯，他们没有选择轻松幽默的贺拉斯作为效仿的对象，而是选择了更为接近鲁克留斯的讽刺风格，德莱顿认为这是因为鲁克留斯的风格符合他们写作的目标，他们不是要通过轻松的批评娱乐读者，他们的任务是要去纠正他们社会无处不在的更大罪行，所以贺拉斯的温和劝诫就代之以他们的严厉谴责和严肃批评。海因西乌斯曾对讽刺诗作过一个定义，但是德莱顿认为这位贺拉斯专家的定义仅仅适合于描述贺拉斯本人的讽刺诗。尤其当他说到讽刺诗以浅俗而熟悉的语言写成，德莱顿认为这完全是贺拉斯讽刺诗的风格，因为帕修斯的"睿智"和尤文纳尔的"崇高"同贺拉斯的低俗而粗鲁的表达相距甚远。① 而且贺拉斯的诗歌不讲格律，所用比喻也非高尚，这是帕修斯和尤文纳尔不会追随他们这位前辈的原因。哈立德对贺拉斯的讽刺诗也作过类似的评价，他认为贺拉斯从写作颂诗到写作讽刺诗是一种堕落（Such a fall），因为他的讽刺诗根本不成曲调（Untuned his harp）。

---

①　德莱顿所使用的两个描述性词语分别是 "the *grande sophos* of Persius" 和 "the sublimity of Juvenal"，尤文纳尔的崇高特点比较容易理解，而用来描述帕修斯的 "*grande*" 原是一个感叹词（exclamation word），是以前罗马听众用来对诗人或者演讲者的最高称赞，如警句诗人马歇尔有诗：Quod tam grande Sophos clamat tibi turba togata, / Non tu, Pomponi, cana diserta tua est. （*Martial*, vi. 48.）

　　在贺拉斯之后，帕修斯和尤文纳尔则开创了一种庄严而高贵、严肃而宏伟的风格（Majestic），用德莱顿的话说，他们的讽刺诗就是"lofty and sublime""more elevated... and more noble"，斯卡利杰此前也对尤文纳尔进行称赞，说他是一位高贵的"君王"（the prince of Satyrists），而贺拉斯不过是一位优孟（a Jeerer）而已，德莱顿则说他庸俗风格显得"奴颜婢膝"（Generally grovelling）。尤文纳尔讽刺诗的崇高风格，让与德莱顿同时期的一位诗人甚至以品达的颂诗诗节对其进行改写（尤文纳尔的第十首讽刺诗）。哈立德在对三人的讽刺诗进行比较之后总结说，帕修斯和尤文纳尔在贺拉斯之后对讽刺的传统又进行了一次革新："他们改变了讽刺，但是却是向更好的方向进行改变。"在这三位古典诗人中，又因为尤文纳尔诗中激情充沛、行文一无所碍的风格，既有悲剧的严肃紧凑，又近乎史诗风格的崇高，所以对于以史诗风格来改造讽刺诗的德莱顿而言，尤文纳尔自然就成了他最为认可的目标，尤文纳尔也因此在他的英雄榜上位列第一。对于三位诗人的总体评价，德莱顿认为他们每一位后来者都在前人的基础上为讽刺诗进行了增益，他们是首先到达目的地的人，他们都应该受到现代人的喜爱，他们都是胜利者，都应该带上属于讽刺诗的王冠。尤文纳尔是最后一位讽刺作家，他给讽刺诗带来了最后的完善，讽刺诗从粗糙的雏形发展到了最后的完善和精美。如果说贺拉斯所写的是喜剧讽刺诗，那么尤文纳尔所写的则是悲剧讽刺诗。综合论之，贺拉斯给予了更多的教导，尤文纳尔带来了更多的快乐，帕修斯则以自身为典范竖起了道德的标杆。如果一定要对他们进行一较高下的话，德莱顿认为这三位古典讽刺诗人的位置应该是尤文纳尔一马当先，贺拉斯其次，帕修斯殿后。

三　帕修斯的不足

　　卡索本非常偏爱帕修斯，虽然他对帕修斯的种种不足也有清醒的认识，但还是愿意处处为他进行辩护，对于一些事实或者根本进行否认，这就是为什么德莱顿认为卡索本在一干批评家中，其主观性批评最为严重。相反，斯卡利杰则非常不满于帕修斯的诗，称他是愚蠢的作者，是一位黑暗的诗人（*A dark writer*）。① 卡索本所持的高度认同批评对象并人为对其进行拔高和为其不足进行辩护，以及斯卡利杰不分青红皂白而径直武断决定批评意见，都是德莱顿要求批评家们所应避免的两种极端的批评态度。正是如德莱顿所分析的那样，他们罔顾事实的批评实质上都是因为珍惜自己的批评劳动，名义上是为批评对象进行辩护，而实质上是在为自己做功。总之，无论是肯定还是否定一位诗人，如果掺杂了对于自身的考虑，那么他们的批评就很难以对象本身的是非曲直作为评判的标准，而他们的批评也因此难以公正。总结了前人的批评之弊，对自利的批评态度持有戒心，力求批评的客观公正，德莱顿对三位古典讽刺诗人展开了基于事实的全面批评，不因为自己对某位诗人下力最多而有倾向性。

因为在三位古典讽刺诗人当中，帕修斯是公认最为晦涩和难以理解的诗人，加之前对他的批评如此悬殊，因此德莱顿把他对三位讽刺诗人的整体批评集中到对帕修斯的批评上，通过围绕对他的批评而对三位诗人进行立体而综合的相互验证和彼此说明。同卡索本或者斯卡利杰对帕修斯的极端主观批评不同，德莱顿坚持在事实的基础上对帕修斯进行整体批评，他一方面指出帕修斯的不足；另一方面，他也注意到帕修斯诗中可贵的部分。同时，他也将另外两位讽刺诗人贺拉斯和尤文纳尔纳入其批评之中，这是以帕修斯为批评之纲，而编织其他的整体批评之网。有人批评德莱顿批评的随意，其实，他们是没有注意到德莱顿在其看似随意批评之后的独具匠心。

德莱顿对于帕修斯的不足总结为三个方面。② 第一个不足，就诗歌本身而言，帕修斯所使用的拉丁文不够纯洁，他的诗歌在节奏和韵律方面明显不如贺拉斯和尤文纳尔。卡索本辩称是帕修斯诗歌这方面的内容已经遗失，所以现在无法为他的格律和用词进行说明。德莱顿一贯重视语言发展同文学进步之间的关系，他认为是希腊语言的成熟和精巧助长了希腊文学的繁荣，同样拉丁文也经由罗马文人们长期实践运用和有意

---

① John Dryden, "Discourse concerning the origin and progress of satire", *Essays of John Dryden*, Vol. II, ed. W. P. Ker. Oxford: Clarendon Press. 1925, p. 72.

② Ibid., p. 70.

识推进而变得成熟，拉丁文学由是才由初期的粗疏而变得愈发精致，终于出现了罗马文学的黄金时代，涌现了维吉尔、奥维德、贺拉斯等许多奥古斯都时代的伟大诗人。所以以此来反观帕修斯的拉丁讽刺诗，他的第二个不足就是其诗歌粗糙拖沓，没有很好地遣词造句，其意象过于粗放，比喻非常牵强。而且他所处时代的拉丁文既不如其后尤文纳尔的时代，更落后于拉丁文的顶峰时期——贺拉斯的时代。奥古斯都时代作家们对于拉丁文的推进，以及贺拉斯本人在早期写作中锤炼了他的拉丁文，所以他在其诗中对于拉丁语言的运用更为纯熟，德莱顿认为他的拉丁语言纯洁，选词精练，转换灵巧，所以在这一点上，帕修斯不如贺拉斯。刚才已经谈过德莱顿目的是借帕修斯来做整体批评，而不是把其触角仅仅限于帕修斯，以上对于贺拉斯拉丁语言的分析就是一个证明。德莱顿还进一步指出，贺拉斯在这三位讽刺诗人中，其拉丁语言最为精纯，即使维吉尔于此也要服膺于贺拉斯。贺拉斯曾说品达是不可模仿的，德莱顿认为贺拉斯的《颂歌》也是同样不可模仿的。

　　帕修斯诗歌第三方面的不足是太过晦涩难懂。对帕修斯的这种批评在德莱顿之前和他之后的时代一直都存在，今天的学者仍然保持这种看法。德莱顿一直强调诗歌的目的是要给人愉快，同时还能给予必要的教导，因此相对于轻松愉快的贺拉斯和淋漓畅快的尤文纳尔，帕修斯这种猜哑谜式的诗歌当然不是德莱顿最愿意肯定的类型。斯卡利杰也非常不满于帕修斯在诗歌中玩弄捉迷藏的游戏，认为他是故意卖弄，以至于其诗风晦涩，同贺拉斯和尤文纳尔不可以相提并论。[①] 但是帕修斯的忠实捍卫者卡索本却不遗余力地为之进行辩护，虽然他也承认帕修斯的晦涩特点，但他辩称说古典作家们都很晦涩，即使如柏拉图和修昔底德，希腊人诗人如品达、忒奥克利特斯（Theocritus, 300-260 BC）和阿里斯托芬等也都不容易读懂。再者，帕修斯生活在暴君尼禄的时代，因为害怕自己对尼禄的批评过于公开，所以他听从他的老师克努图斯（Lucius Annaeus Cornutus, flourished between 54-

---

① John Dryden，"Discourse concerning the origin and progress of satire"，*Essays of John Dryden*，Vol. II，ed. W. P. Ker. Oxford：Clarendon Press. 1925，p. 72.

68 CE）的意见，故意创作难以理解的诗。卡索本还安抚读者说，如果他们觉得帕修斯很难理解，那么现在则不用担心这个问题了，因为他对帕修斯的评注和解释可以让人们明白诗人说了什么。如果这些理由都不能说服大家，卡索本则干脆强辩称，要是帕修斯的诗不晦涩，那像他那样的诗歌阐释者们还有什么必要存在呢？如此等等。但无论怎样，这些辩解都不能改变帕修斯讽刺诗本来的难解性质。

　　在德莱顿看来，造成帕修斯诗歌晦暗难明的原因，无论是他故意要让读者花费精力去理解，还是因为惧怕尼禄的报复而故意把自己的意图掩盖起来，或是出于他一贯哲学气质的精深思考和凝练风格，抑或是因为随着时间的推移，他的时代所通行的词语、风俗和故事已经发生了改变，总之，已经没有哪位评论家能够肯定他们对帕修斯诗歌的揣测和理解是正确的。① 德莱顿深知帕修斯的不足，所以在他对三位讽刺诗人进行综合评价时，帕修斯是处于末位，把他排在尤文纳尔和贺拉斯之后。对于帕修斯的这些不足，德莱顿没有像其他批评家那样因此对他进行贬抑和批评，相反，他从常识的角度表达了同情的理解。他认为诗人写诗的时候年纪尚轻，去世时还不足三十岁，因此他还未具备一位成熟诗人所拥有的判断力，出于年轻人的自然天性，他的失误也都是在所难免的。德莱顿在为纪念早逝的年轻诗人欧尔达姆（John Oldham，1653—83）所做的挽诗中也表达了同样的看法：

> . . . to thy abundant store
> What could advancing age have added more?
> It might（what nature never gives the young）
> Have taught the numbers of thy native tongue.
> —To the Memory of Mr. Oldham
> （……在你丰裕的诗库里，
> 增长的年纪可以添加什么

---

① John Dryden, "Discourse concerning the origin and progress of satire", *Essays of John Dryden*, Vol. II, ed. W. P. Ker. Oxford: Clarendon Press. 1925, p. 70.

可能是造物永远给不了年轻人的东西
教会你有关自己语言的节奏和韵律。)

所以对于年轻诗人所犯下的错误，我们不应当去严厉指责他，而更应该对诗人表示钦佩。因为以他较小的年纪而言，他拥有深厚的学识，思考如此深刻，诗歌也写得非常出色，这些都是非常难能可贵的。因此，从对帕修斯不足方面的评价来看，德莱顿这种不偏不倚的客观态度同卡索本和斯卡利杰形成鲜明的对比。

四 讽刺诗的"一律"原则

1508 年亚里士多德希腊文本的《诗学》重新面世，1536 年该文本被翻译成拉丁文，这部诗学著作在 16 世纪的文学批评中引起了极大轰动并继而产生了热烈讨论。① 此时，贺拉斯的《诗艺》又以多个版本（尤其是 1500 年在巴黎出版的版本）在流通而被广泛阅读，而诗学讨论同修辞学问题也开始急剧地重合起来。② 因此 16 世纪成为文学批评史上一个极为罕见的繁盛期，古今的各种文学问题在这一世纪激烈地进行交流碰撞并引发新的思考，而其中亚里士多德的影响尤其深远，他几乎成为所有诗学问题的出发点。16 世纪的理论家们原本是在讨论有关文类——悲剧、喜剧和史诗这个更大的问题，逐渐地，"一律"原则（Unities）开始成为他们所讨论问题的焦点③，但学者们

---

① 在整个文艺复兴时期，人们围绕着亚里士多德在《诗学》中所提出的许多问题进行了持续争论："Aristotle's postulates are challenged, altered, or supported by the Renaissance theorists." （Masaki Mori, *Epic Grandeur*; *Toward a Comparative Poetics of the Epic*, Albany: State University of New York Press, 1997, p. 25. ）

② M. A. R. Habib, *A History of Literary Criticism and Theory*: *From Plato to the Present*, Malden, Oxford, Carlton: Blackwell Publishing, 2005, p. 240.

③ 在 16 世纪，"规则"问题本来只是同具体的文类相关，尤其只适用于悲剧，但是此时的许多理论家如 Castelvetro 等开始极力将这些"规则"运用到其他的文类中，正是这些努力引发了对于"一律"原则的广泛讨论。（Ellen Rosand, *Opera in Seventeenth-Century Venice*: *The Creation of a Genre*, Berkeley, Los Angeles, Oxford: University of California Press, 2007, p. 46. ）

对此问题的讨论始终悬而未决，以至于持续到 17 世纪，让德莱顿等文学理论家们得以接续。在古典诗学理论中，对于"一律"（Unity）原则的最早讨论见于亚里士多德的《诗学》。而"三一律"原则的提出，则是 16 世纪意大利的批评家①从亚氏《诗学》中抽绎而出："Italian critics of the sixteenth century deduced from Aristotle's Poetics their famous doctrine of the Three Unities."（16 世纪的意大利批评家从亚里士多德的《诗学》中演绎出他们著名的"三一律"原则。）② 亚氏在《诗学》第五章中讨论史诗和悲剧的相似与不同，他指出相似之处是史诗同悲剧一样以诗的形式模仿有道德价值的对象，不同之处是除了史诗只能使用一种诗格并采用叙述的形式之外，二者在长度上还有不同：

They also differ in length, for tragedy tries to confine itself, as much as possible, within one revolution of the sun or a little more, whereas the time of an epic is unlimited. ③

（它们还在长度上相异，因为悲剧尽力把自己限制在太阳转动一周或稍微长点的时间里，然而史诗的时间则是没有限制的。）

在这里，我们第一次注意到后世所谓的"时间一律"（Unity of

---

① Lodovico Castelvetro（1505—1571）所著 "Poetica d'Aristotele vulgarizzata et sposta"（1570）是对亚里士多德《诗学》的评注，其中他第一次将"地点一律"演绎为一个创作原则，并提出了戏剧中后来被新古典主义者们所广泛接受的"三一律"原则，但是他并没有接受史诗中的"三一律"原则，他鲜明地反对在史诗中坚持"行动一律"和"地点一律"，以为史诗只要达到了一定的长度，并形成了一个完整的行动，其中就可以包括许多时间长的行动，地点也不一定要限定在一个国家："an epic poem may contain a number of very long actions and need not limit itself to one country"。（Masaki Mori, *Epic Grandeur*; *Toward a Comparative Poetics of the Epic*, Albany: State University of New York Press, 1997, p. 25. ）

② W. Hamilton Fyfe, *Aristotle's Art of Poetry*: *A Greek View of Poetry and Drama*, Oxford: The Clarendon Press, 1948, p. xxi.

③ Aristotle, *On Poetry and Style*, tr. G. M. A. Grube, Indianapolis: Hackett Publishing Company, 1989, p. 11.

time）原则。① 该处是说，悲剧尽力将自己限定在一日之内，而史诗则没有此限。关于亚氏的这一论述，今天的文学理论者们已基本达成一致认识，即亚氏此处所述仅仅是在描述当时所见的悲剧和史诗的现实材料而已，并非如后世批评家们所认为的那样，以为他有意将此定为一条衡量文类高下和判断戏剧是否工整的"一律"原则：② "a far less rigorous restriction, and moreover not a rule but merely a statement of observed fact."（一条实在没有什么活力的限制，而且根本算不上是一条规则，只是对一个观察到的事实进行的陈述。）③ 当然，在前文的讨论中，我们也已得知德莱顿对此"时间一律"的原则并不认同，所以，睿智的理论家总能断除时人迷惑而见到他们所不能见的地方。关于后世所谓的"地点一律"（Unity of place），则不见于现存《诗学》文本的任何章节里，这个原则是人们后来根据"时间一律"的原则推导而来。④ 法国的戏剧家高乃依在创作中谨遵这一原则，但他也承认亚里士多德《诗学》中并没有提过这个内容。⑤

---

　　① 意大利戏剧家 Giambattista Giraldi （1504—1573）同但丁一样，是民族语言（Vernacular）的拥护者，他推崇阿里奥斯托（Ludovico Ariosto，1474—1533）所创作的传奇"Orlando Furioso"，一种新出现的篇幅较长的叙事诗类型。在"古今之争"中，他倾向于今人。其戏剧和理论均明确反对亚里士多德为悲剧所规定的"行动一律"和"时间一律"原则。

　　② 亚里士多德认为史诗不如悲剧，一个重要的原因是因为史诗较之悲剧缺少"一律"原则的约束："Aristotle's privileging of unity inevitably relegates epic to second place behind tragedy because epic imitation of action is more episodic than in tragedy."（Paul Innes，*Epic*，London and New York：Routledge，2013，p. 10.）

　　③ W. Hamilton Fyfe，*Aristotle's Art of Poetry：A Greek View of Poetry and Drama*，Oxford：The Clarendon Press，1948，p. xxi.

　　④ 伏尔泰则从"行动一律"中推导出"地点一律"原则，但是他的推理似乎并不严密："no one action can go on in several places at once"，因为一个行动当然可以在不同的地点连续地展开。

　　⑤ 有趣的是，在文学批评史上，也有许多批评家并没有仔细阅读亚氏文本，而匆匆以为"三一律"原则本就是亚氏所言之要义，并以此为理由而苛责他人，如 Frederick the Great 责备莎士比亚违反了舞台的规则，其理由即是："For thes rules are not arbitrary; you will find them in the Poetics of Aristotle, where Unity of Place, Unity of Time, and Unity of Interest are prescribed as the only means of making tragedy interesting."（Aristotle，*Aristotle's Poetics*，4th edition，translated and with critical notes by Samuel Henry Butcher，Mineola：Dover Publications，Inc.，1951，p. 297.）

德莱顿对于"三一律"原则的接受尤其侧重于其中的"行动一律"，该原则本是亚里士多德将其作为悲剧的原则，只因《诗学》里关于史诗的理论非常有限且论述零散，所以文艺复兴时期的理论家们对《诗学》文本中关于史诗的理论部分进行了诠释性扩充①，其中就有将悲剧的许多内容经过诠释而过渡到史诗中，"行动一律"就是在这种系统化史诗理论的冲动下而被确立起来的②，即规定史诗的情节必须只能由一个行动构成，但是这个行动的发展可以由许多插曲（Episodes）来推动，前提是这些插曲不会破坏该史诗情节的整体性（Integrity）。比如，Trissino 因为考虑到史诗的叙述盛大而广阔，因此认为"行动一律"对于这种文类尤为关键③；敏图尔诺认为艺术都有其特定的自然法则，而"行动一律"则是史诗最基本的法则而应该得到遵守。④ "三一律"是新古典主义者们所尊奉的金科玉律，对于史诗中的"行动一律"，布瓦洛的理解是：

Do not offer us a subject too full of incident. The wrath of Achilles

---

① 这些针对史诗的理论扩充，其内容并非全都源出于亚里士多德本人，而只是当时这些理论家们根据自己的批评性想象和转换（Critical imagination and tergiversation）进行的补充，是他们期以系统化史诗理论的努力，而这些增加的理论部分或是从悲剧移植而来，或是借鉴了贺拉斯和基督教的一些思想。这些新亚里士多德主义的理论家包括 Giovanni Giorgio Trissino, Antonio Sebastian Minturno, Torquato Tasso, Camilo Peregrino, Giaso Denores 等。

② 悲剧的许多规则（Norms）都是经过类似的诠释方法而被挪移到史诗之中，包括"行动一律"在内的"三一律"原则。虽然这些新亚里士多德主义的理论家们没能在每一项原则上都达成一致，但是对于"行动一律"大家却几乎众口一词、没有异议，这是因为当时他们对另外一种长篇叙事诗——传奇形成了基本一致的认识，即这种叙事诗可以不限于一个行动，而是由许多个行动来构成的叙事诗："There were those who argued for generic differences between classical epic and Renaissance romance, the first favoring unity, the second multiplicity." 但是塔索认为传奇同古典史诗一样，也应该坚持"unity"。（John Dryden, *The Works of John Dryden*, Vol. XI, Berkeley, Los Angeles, London: University of California Press, 1978, p. 419.）

③ Raúl Marrero-Fente, *Epic, Empire, and Community in the Atlantic World*, Lewisburg; Bucknell University Press, 2008, p. 20.

④ Irene T. Myers, *A Study in Epic Development*, New York: Henry Holt and Company, 1901, p. 18.

alone, skillfully managed, abundantly satisfies what is required for an entire Iliad. Abundance in excess of need is likely to impoverish the whole. ①

（不要给我们一个满是事件的题目。仅是阿喀琉斯的愤怒，只需有技巧的处理，就可以极大地满足整部《伊利亚特》的内容需要。超过了所需的丰裕有可能损害整部作品。）

理论家们对于"行动一律"的突出强调，甚至让他们认为只要遵守了"行动一律"，其他的"一律"规则自然就会得到遵守。② 而"行动一律"也是德莱顿用来质疑英国诗人斯宾塞的理由之一：

For there is no uniformity in the design of Spencer: he aims at the accomplishment of no one action... without subordination or preference. ③

（因为在斯宾塞那里没有构思的一致性：他目的不在于某一个行动的完成……没有从属，或说没有重点偏向。）

斯宾塞与弥尔顿是当时英国人引以为自豪的两位诗人，但是德莱顿对他们二人都有批评，只是其批评的理由各有不同。④ 在德莱顿看来，没有遵守"行动一律"是斯宾塞最大的毛病，其他不足与之相比还是第二位的："For the rest... are faults but of the second magnitude."

---

① Masaki Mori, *Epic Grandeur*; *Toward a Comparative Poetics of the Epic*, Albany: State University of New York Press, 1997, p. 25.

② Aristotle, *Aristotle's Poetics*, 4th edition, translated and with critical notes by Samuel Henry Butcher, Mineola: Dover Publications, Inc. , 1951, p. 299. 但是也有一些理论家并不接受亚里士多德的"行动一律"原则，如 Castelvetro 就对此表示反对，因为他认为史诗是想象性的历史（Imaginative history），因此史诗理应由许多的行动组成。

③ John Dryden, "Original and Progress of Satire", *Essays II*, ed. W. P. Ker, Oxford: The Clarondon Press, 1926, p. 28.

④ 德莱顿对于弥尔顿不足的批评可见本章第一节有关德莱顿史诗理论的部分。

（因为其他的不足，还只是第二位的。）① 而尚能对此不足进行开脱之
处是他设置了亚瑟王子这个集勇武与宽宏于一身的角色，因此斯宾塞
如果当初能够完成全诗，那么这首诗就必定能形成完整一气的整体而
避免这一大不足了："Had he lived to finish his poem, in the six
remaining legends, it had certainly been more of a piece." （要是他还能
活着完成他的诗，剩下的六个传奇故事，这首诗无疑能更像一个整
体。）遗憾的是，他的恩主锡德尼爵士不幸因战伤去世，让他无法也
无力最终完成这位王子与仙后 Gloriana 的圆满结合，从而给予这首诗
一个完整的构思。德莱顿也以此原则指责过其他一些名声稍逊的
诗人。

　　讽刺诗是一类英雄诗，是近于史诗的一类诗，因此德莱顿也将史
诗的"一律"原则移用到他的讽刺诗批评理论和实际创作中。而且，
这个"一律"原则的拈出对于德莱顿如此重要，以至于让他认为要构
思一首完善的讽刺诗（"a perfect saire"），其重要的原则就是要在讽
刺诗中遵守"一律"的规则。他说这是古人遗留下来的规则，是古人
之诗获得美感的潜在原因，而发现这个重要秘密的人是罗马讽刺诗人
帕修斯——德莱顿承认是卡索本先于自己发现帕修斯在其讽刺诗中始
终限定在一个主要的论题上。具体而言，讽刺诗的"一律"表现在
"题目/话题"（Subject）和"主题/中心"（Theme）的"一律"上，
即一首讽刺诗只能处理一个主要的问题："it ought only to treat of one
subject; to be confined to one particular theme; or, at least, to one princi-
pally." （它只能处理一个题目，把它限制在一个特定的主题之内。或
者，至少，限制在一个主要的问题之内。）②

　　揭示出帕修斯在讽刺诗构思里所应用的"一律"原则对于德莱顿
有重要意义，它能够为德莱顿改造讽刺诗并在其中引入史诗化特征提
供理论上的说明，因为该理论原则可以颠覆文艺复兴时期以来对于讽
刺诗的错误认识，解构此前所建立起来的讽刺诗理论和纠正其创作实

---

① John Dryden, "Original and Progress of Satire", *Essays II*, ed. W. P. Ker, Oxford: The
Claronden Press, 1926, p. 28.

② Ibid. , p. 104.

践，并重新建构起新型讽刺诗的性质和其相应的创作方法。在关于讽刺诗的源流和性质方面，要让讽刺诗遵守"一律"原则，即要使它保持诗歌本身的完整一体（Oneness）之"一"，那么它就绝不能是由人面马身所组成的"satyr"之"二"，也不会是杂乱无序的"盘中杂果"之"多"；而在改造讽刺诗以创作史诗化讽刺诗方面，其创作需遵守文艺复兴时期以来诗论家们赋予史诗的"一律"原则，即诗歌只能有一个主要的方面而不能凌乱杂沓，从而将其同其他类型的叙事诗区别开来。《押沙龙与阿齐托菲尔》是德莱顿的一首史诗化讽刺，①这首诗以维护大卫王的合法统治（即查理二世的所谓"天赋王权"）作为主要构思，体现出德莱顿"构思一律"的原则；而该诗对于继承人问题的最后解决，也表明德莱顿对现实政权之神性秩序的强调②，这也是文学中"一律"原则得以重新引起反响并扩大的现实基础。

　　实际上，经过德莱顿的努力，讽刺诗已经史诗化并且遵循"一律原则"在 18 世纪已经变成了公认的规则，如 Walter Harte （1709—1774） 在他的 "An Essay on Satire, Particularly on *The Dunciad*" （1730） 里一方面承认讽刺诗的史诗化事实："As Cynthia's Orb excels the gems of night; / So Epic Satire shines distinctly bright."③（既然 Cynthia 的月球超过了夜晚的群星/因此史诗式的讽刺诗极其明亮地闪耀。）另一方面又认为史诗化讽刺的主要特征就是它的"Unities"：

　　　　As Unities in Epick works appear

---

　　①　"This poem, which rightly called is not a mock-epic but an epic satire..."（Rose A. Zimbardo, *At Zero Point: Discourse, Culture, and Satire in Restoration England*, Kentucky: The University Press of Kentucky, 1998, p. 150.）

　　②　"The regularity of the main design of Absalom and Achitophel, then, is not only an expression of the new conception of unity and order in satire, but it also functions metaphorically as an emblem of the Providential order in monarchic succession."（Rose A. Zimbardo, *At Zero Point: Discourse, Culture, and Satire in Restoration England*, Kentucky: The University Press of Kentucky, 1998, p. 151.）

　　③　John Barnard, ed., *Alexander Pope: The Critical Heritage*, London and New York: Routledge, 1973, p. 1731.

So must they shine in full distinction here. . .

One Harmony must first with last unite;

As all true Paintings have their Place and Light. ①

(既然史诗作品有一律的原则

所以它们必须突出地表现在这儿……

和谐要求第一个必须同最后一个相联系,

如同在所有真正的绘画中,地点要同光线配合。)

出版于 18 世纪的另一部著作 *Four Satires* (1737) 中也同样提到了写作讽刺诗所应该坚持的"一律"原则:

in the conduct of my Satires, I have observ'd Unity of Design, and confin'd my self to a single Subject in every one. ②

(在我自己的讽刺写作中,我遵守了构思一律原则,把我自己限定在任意题目的一个主题中。)

德莱顿虽然非常熟悉其他论家关于"一律"原则的提法,然而他在为理想讽刺诗的创作而规定的"一律"原则,却不是从"时间""地点""行动"三个方面来说明——尽管他也不时使用它们,或许他觉得仅仅这三个方面还不足以保证写出完美的讽刺诗,因此他常常使用自己创造的术语如"构思一律"(Unity of design)、"主题"或"论题"一律等,来概括说明讽刺诗中的"一律"原则。从德莱顿本人的批评理论来看,他关于讽刺诗的这些"一律"理论,基本上是从美学(Aesthetic)和道德(Moral)两个维度来阐发他的"一律"原则。美学上的"一律"指包含"三一律"在内的诗歌形式层面,即讽刺诗要保证一首讽刺诗在诗体形式上的完整一气(Wholeness);同时作为

---

① John Barnard, ed., *Alexander Pope: The Critical Heritage*, London and New York: Routledge, 1973, p. 1732.

② *Four Satires Viz. I. On national vices. II. On writers. III. On quacks. IV. On religious disputes*, London: T. Cooper, 1737, p. 50.

一位重视伦理批评的传统理论家和诗人，他认为诗歌中还应该在形式之外的道德层面也贯彻该原则，才能够保证一首完美讽刺诗的"一体"（Oneness）。

对于讽刺诗道德方面的强调，是因为讽刺诗同其他类型诗歌稍有不同，它既要纠正时弊和错误（"to correct the vices and follies of his time"）更要为读者确立起相应道德原则的任务。在诗歌鞭笞时代邪恶时，要确定恶行的主要方面，而其他的恶行只能从属于这主要的恶行，对它们的斥责是为反对这个主要的罪行服务。因此在写作实践中，对于那些次要邪恶行为的批评只能一笔带过，而不能花费笔墨长时间地以它们为批评的目标。对于德莱顿而言，"一律"原则更像是求"一"的原则，讽刺诗中的主题、论题、行动、恶行等都不能是平分秋色的"二"，而只能是一枝独秀的"一"，违反此"一"律原则的情形都被德莱顿看成是"双构思"（Double design），德莱顿把它称作"双头怪兽"（"a monster with two heads"）。17 世纪是一个科学研究活动和讨论十分活跃以及新的科学知识传播迅速而广泛的时代，德莱顿为了说明讽刺诗写作中这个"一律"问题，他甚至使用了哥白尼的学说来对自己的主张加以解释：

> Thus, the Copernican system of the planets makes the moon to be moved by the motion of the earth, and carried about her orb, as a dependent of hers. [1]
>
> （在哥白尼关于行星的理论系统中，月亮被地球的运行所驱动，作为它的依附物，被它牵引而绕着它的轨道运动。）

德莱顿在帕修斯的讽刺诗里发现了这个"一律"规则之后，德莱顿便开始使用这个原则来作为品评讽刺诗的一个标准，并跃跃欲试对贺拉斯以降的讽刺诗进行检查以论其高下。虽然贺拉斯具有"灵启之

---

[1] John Dryden, "Original and Progress of Satire," *Essays II*, ed. W. P. Ker, Oxford: The Claronden Press, 1926, p. 103.

智"（A divine wit），也明了在戏剧中必须遵循一个行动的规则，因为他自己曾给出过这样的训诫："*sit quodvis simplex duntaxat et unum*"（不管你选择什么题目，注意要保持构思的简洁和一致。）。然而，他在其讽刺诗中却忽视了去遵守这个规则，以至于他的讽刺诗都出现了不止一个论题，而且互相之间彼此独立、各不相属，是真正的"*lanx satura*"（盛满各种水果的盘子），卡索本因此评价贺拉斯的讽刺诗时说："whatever matter he took up he soon deserted"（不管他选取一个什么题目，他很快又会把它扔掉。），[1] 同帕修斯的集中完全相对。

也许有人对此"一律"原则不以为然，因为很长时间以来，从词源上看，人们认为"讽刺"就是"*Satura*"，是盘中盛满的丰盛果实和谷物，而且尤文纳尔也曾把自己的讽刺诗称作是"*Farrago*"——同"*Satura*"的意义相近，也是指一堆堆砌的杂物，而文艺复兴时期以来，更多的人以为"讽刺"就是"satyr"。"satyr"这种动物在新古典主义看来是"无序"的代表，而盛满杂果和谷物的盘子则是"混乱"的代表，因此这两种用于解释和规定"一律"的含义到了新古典主义时期一直就遭到质疑和反对，从法国的卡索本到英国的德莱顿等等，无不是致力于在一个新的历史时期要改正和归化讽刺，如 Dustin Griffin 所分析的那样：

Theorists have long sought to repress or domesticate the shaggy, obscene, and transgressive satyr that ranges through satire's long history, lurking in dark corners, and to make it into the model of a moral citizen. Or they have resisted satire's traditionally farraginous nature and insisted that every satire must display thematic unity and formal clarity. [2]

（理论家们曾长期努力去压制或者归化那浑身毛茸茸的、猥亵的、违反道德的萨梯尔，因为他长期肆虐在讽刺诗的漫长历史

---

[1] "Casaubon's *Prolegomenon to Persius*," trans. P. Medine, ELR 6（1976）p. 291.

[2] Dustin Griffin, *Satire: A Critical Reintroduction*, Lexington: The University Press of Kentucky, 1995, p. 6.

中，潜伏在黑暗的角落里，并使之成为品行端正市民的模范。或者，他们曾抵制了传统上讽刺诗的杂多本性，并坚持认为每一首讽刺诗都应该表现出主题上的一致性和形式上的明晰。）

德莱顿早已将"satyr"的特征从讽刺诗里剔除干净，而对坚持此"杂多之物"（Variety）的论者则耐心解释说，在同一首讽刺诗里不可以出现这些"杂多之物"；如果非得如此，那也只能是从同一个问题中生出，虽然可能对这些杂多的问题各自的处理方式不一，但是它们都必须从属于诗中的主要问题，并同这个主要的问题相关联，这样写出来的诗也可以算作是一首讽刺诗。德莱顿又从"构思一律""主题一律"或者"论题一律"等美学原则上又推导出另一个"道德一律"的原则——德莱顿认为这是完善一首真正讽刺诗（True satire）构思不可缺少的一条原则。在前面讨论"诗教"的一节中，已经了解到德莱顿认为诗歌必须对人要有德行方面的教导，德莱顿认为诗人这么做，是其自身的职责所在（Ex officio）。一首诗里，包括讽刺诗，只能为读者提出一条德行的原则，更多的德行原则可以作为这条主要原则的从属部分；讽刺诗要提醒读者警惕诗中所批评的过错，但是这种过错也只能以一个主要的方面为主，当然也可以斥责其他的过失，但是不能喧宾夺主。比如尤文纳尔，除了他的第一首总序性的讽刺诗之外，其他的讽刺诗都只提供一个主要的德行教导，或者只痛责一个损害德行的罪恶。即使对于近似史诗长度的第六首讽刺诗，全诗似乎是在痛斥整个女性，但是该诗其实也只有一个主要的方面——他把妇女的"欲望"（lust）看作是这个"主要的方面"（main body of the tree），而罗马妇女其他方面的邪恶"只是旁逸的枝节"（but digression），其目的在于说明德行良善的女性稀少，从而潜在地向读者表明，应该回避那些淫邪的妇女。① 所以从构思上看，该诗似乎并没有违反"主题一律"的原则，但是因为它也没有提出一种主要的德行教导，德莱顿

---

① John Dryden, "Original and Progress of Satire", *Essays II*, ed. W. P. Ker, Oxford: The Claronden Press, 1926, p. 104.

还是对此诗颇有微词。[1]

　　帕修斯是斯多葛主义者，他的每一首讽刺诗都是对一条斯多葛教义的阐释，所以帕修斯不但是第一位在讽刺诗中坚持"构思一律"原则的诗人，而且在诗教方面，他也是能给予读者最好教导的杰出诗人。所以，在"道德一律"方面，帕修斯和尤文纳尔也都没有跟随他们的前辈贺拉斯，因为在同辈罗马诗人中，贺拉斯根本就不是一位能够始终坚持道德教诲的诗人，比起帕修斯在任何时候都是一位宣扬斯多葛教义的导师，尤文纳尔能在每一首诗中传达出一种道德的观念，贺拉斯则一会儿是斯多葛主义者，一会儿是伊壁鸠鲁主义者，还可以是享乐主义者亚里斯提卜斯（Aristippus，435BC—356BC）的信徒，难怪卡索本曾就他变幻不定的道德观说他"did［not］act as a sure teacher of virtue"（没有表现出一位道德教师的坚定性）。[2] 德莱顿把讽刺诗看作是一篇坚持一律原则的道德论述（A unified moral discourse），所以德莱顿要把贺拉斯的讽刺诗撇在"真正的讽刺"（True satire）之外。

---

　　① 该诗虽然在构思上保持了"一律"的原则，而且德莱顿也认为这首诗是尤文纳尔所有讽刺诗中最"灵巧的"的一首，但是他发现这首诗缺少给予读者以真理和教导，因为诗人尤文纳尔在这首诗里完全沉浸于一个演说家的角色，而忘记了他应该是提供道德教导的诗人。由此来看，"诗教"在德莱顿的诗学批评中，又是另一个重要的维度。

　　② "Casaubon's *Prolegomenon to Persius*," trans. P. Medine，ELR 6（1976）p. 289.

第四章

讽刺诗的格律与诗韵

第一节　讽刺诗的格律

一　关注诗的韵律问题

韵律学（Prosody）是对"诗律（Versification）的研究，即关于诗的格律、节奏、押韵和诗节的形式和声音等各方面"①。诗的韵律是一个传统而又重要的问题，西方诗歌一般有四种主要的韵律系统，第一种是量化韵律（Quantitative meter），主要使用于希腊和拉丁语诗歌中，由音步中一系列固定数目的长短音节组成；第二种是音节韵律（Syllabic meter），见于法语诗和日语诗，这种韵律结构是由确定数目的音节组成；第三种是重音韵律（Accentual meter），见于古英语诗及稍晚的英语歌谣中，这种韵律不计非重读的音节；第四种是音节—重音韵律（Syllabic-accentual meter），它的重读音节数目整齐，一行之内总的音节数目确定，重读和非重读的音节都被计入考察。乔叟以来的大多数英语诗歌都使用音节—重音韵律系统。②

古代的批评家们如亚里士多德和贺拉斯等都讨论过诗的韵律，他们认为韵律是诗歌根据其不同类型而相应地会对不同的诗律形式产生特定的选择。亚里士多德在《诗学》中说："自然本身，如我们曾说

① P. Auger, *The Anthem Dictionary of Literary Terms and Theory.* New York：Anthem Press, 2010, p. 244.

② C. Baldick, *The Oxford Dictionary of Literary Terms*, Oxford：Oxford UP, 2015, p. 224.

过的，会教导对合适格律的选择。"① 所以，对于某一特定类型的诗歌，就会选择相应的格律。比如，亚里士多德就认为长短格适合于表现戏剧的动作和舞蹈，而当对话加入戏剧之后，合唱的歌队地位减弱，而短长格因为符合说话的习惯，所以就自然成为最佳的选择。长短短格相比短长格和长短格没有那么急促，可以轻松平稳地叙事，是最符合叙事的要求，所以史诗会采用此格律。相反，如果在同一首诗中混用多种诗格，该诗的类型就显得混乱，这种混用就会被认为是不恰当的，所以亚里士多德在讨论了长短格、短长格和史诗格三种韵律后说②："如果像开瑞蒙那样混用各种格律，那就更荒唐。"③

　　罗马古典讽刺诗的诗律是逐步形成的。最早的讽刺因为是在祭祀等节庆活动中的即兴创作，故鲜有格律可言；到了恩纽斯的时代，他在同一首诗中混用包括六音步长短短格在内的几种不同格律，这种混杂的格律不能够确定讽刺诗的格律，因而也不能说明讽刺诗的特点；鲁克留斯虽然没有在同一首诗中混用几种不同的格律，但是他的讽刺诗同时使用了几种不同的格律，虽然较恩纽斯有所改善，但是仍然没有明确该诗体的特点和规定其相应的格律。直到贺拉斯手中，他在自己的两卷《闲谈集》（*Sermones*，35BCE，or 33BCE）即他的讽刺诗中，坚持使用六音步长短短格作为讽刺诗的格律，讽刺诗从此获得此种诗体的格律特征以及与之相应的特点。此后的帕修斯和尤文纳尔都是坚持使用这一格律创作讽刺诗。

---

　　① 《诗学》第 24 章："Nature herself, as we have said, teaches the choice of the proper measure." 关于这句话的理解，笔者参看过罗念生和王士仪的翻译，他们都把这句话同前面的语境相联系，分别将 nature（φνσις）理解为叙事诗的性质和本质，然而联系到亚里士多德是在谈论诗的一般情况，而不是仅仅限于讽刺诗，所以觉得这里将"nature"理解为"自然"更好，因为它同"技巧"（τεχναι）相对，而同"模仿（μιμησις）"等术语一样，都是指先天的情况，具有普遍的意义，这也比较符合亚里士多德一贯的观点，认为是本性和自然决定着诗歌的发展。

　　② 亚里士多德的韵文只包括三种格律：六音步长短短格，六音步短长格和八音步长短格。

　　③ ［古希腊］亚里士多德、［古罗马］贺拉斯：《诗学 诗艺》，罗念生、杨周翰译，人民文学出版社 2008 年版，第 84 页。

德莱顿对于英国讽刺诗研究的一个很重要方面，就是对于英语讽刺诗的韵律学问题所展开的讨论。德莱顿对"奥古斯都时代讽刺"（Augustan satire）的贡献之一就是丰富和完善了英雄双行体作为诗体讽刺的固定格律，他不但自己运用起来得心应手，并为 18 世纪诗体讽刺的蓬勃发展做好了技术上的准备，为讽刺诗人蒲伯等人的出现在某种程度上提供了可能。德莱顿之前的英国讽刺使用过多种韵律形式，早期以拉丁文创作的讽刺，有的仍然使用罗马讽刺诗长短短六音步的格律，也有使用中世纪流行的其他诗歌格律，如流行于法国塞尔旺地区"坎索"（Canso）情歌的格律形式。乔叟开始使用英雄双行体在其《坎特伯雷故事集》中写作讽刺，他是目前可见最早使用英雄双行体的诗人。然而，同时期朗格兰在《耕夫皮尔斯》中的讽刺却仍然沿用古英语的头韵（Alliteration）。伊丽莎白时期的讽刺诗人从意大利诗人那里借用了他们的三行诗节押韵（Terza rima）形式，并且使之在很长时间内成为通用的讽刺诗格。乔叟五步抑扬的双行体在他之后很长时间内未见有人使用，直到斯宾塞重新续其这个传统。德莱顿对它进行了完善并确定了它作为英语诗体讽刺的通用格律，等到蒲伯也使用该格律来创作《夺发记》（*The Rape of the Lock*，1712）等讽刺诗，该格律终于释放出最大的能量，以至于有人认为蒲伯穷尽了这种诗体格律的全部能量，后来再无人能使用它达到新的高度。总之，双行韵体的英雄诗格在近两百年间保持了它的活力，直到新世纪的到来，它才渐渐消退。

"数目"（Number）一词是讨论英文诗格律的关键，德莱顿在讽刺诗的韵律中常常用到它，普滕南姆、锡德尼等批评家也都认为"Number"是英国诗歌的关键[①]，弥尔顿甚至在赞扬莎士比亚时径直说他"Thy easie numbers flow..."[②] 由此可以认识到，这个词之于英文诗韵律和英文诗的重要性，因此首先需要对该词进行必要的认识，并以此作为接下来了解德莱顿讨论讽刺诗韵律的入口。"Number"所

---

① *Elizabethan Critical Essays*, Vol. II, ed. G. Gregory Smith, Oxford: Oxford University Press, 1904, p. 70.

② 出自弥尔顿诗歌 "*On Shakespeare*"（1630）第十行。

确指的是什么？为什么它同韵律会产生关联呢？它的意义又如何逐渐扩大？从字面意义上看，"Number"就是"a unit that forms part of the system of counting and calculating"（组成计数和计算系统之部分的单位），① 也就是汉语里用于计数和计算的"数目"。但是"数目"同诗歌为什么会产生联系，或者具体而言，讨论英语诗歌的韵律为什么要讨论"数目"问题？进一步追问，就是何物的"数目"，于是要确定"数目"之前先得确定 此物。此物就是"音节"（syllable），它是解答这一连串问题的关键所在。一个音节是一个不受阻碍的发音单位（a single segment of uninterrupted sound, or a unit of spoken language consisting of a single uninterrupted sound），它通常由一个元音或者一个元音同其他辅音的组合来构成。诗歌的"韵律（prosody）"是指

The science and systematic study of versification, which covers such topics as metre, rhythm, rhyme and stanza forms. ②

（关于诗律的科学和系统研究，其研究的问题包括音步、节奏、押韵和诗节形式。）

"韵律"一词来源于古希腊词"προσιδια"，该词的本意是指"配乐的歌"（song sung to music）或"声音的抑扬"（modulation of voice）。所以既然"韵律"同阅读诗所发出的声音相关，那么对于"韵律"的分析自然离不开音节这个基本的概念。古希腊语和拉丁语都是以音节计时的语言（syllable-timed language），即按照每一组音节的发音所花的时间都相等，而后来西欧所兴起的民族语言（vernacularlanguages），尤其英语，是按照重音计时（stress-timed）的语言，即重读音节之间发音的时间是相等的。这样，无论是古典语言的音节计时还是现代语言的重音计时，都离不开对音节的计数，于是就有了韵律学中的"数目"一词的广泛使用。要分析一首诗的韵律，就需要确

① 参见 http://dictionary.cambridge.org/dictionary/english/number? q＝NUMBER。

② Amrita Sharma, *The Sterling Dictionary of Literary Terms*, New Delhi: Sterling Publishers Pvt. Ltd, 1998, p.116.

定它的音节（元音）数目，通过对音节（元音）数目的分析，可以了解这首诗的韵律构成，进而可以更深刻地理解这首诗。

从以上的分析得知，诗歌的"韵律"或者"格律"不是一个抽象的概念，它的构成取决于由元音构成的音节本身或者需要重读的音节，一定数量的音节或者重读音节按照一定的原则组合起来而构成具有特定形式的诗行和诗节，于是就构成了这首诗的格律。普滕南姆曾这样定义格律：

> Meeter and measure is all one, for what the Greekes called $\mu\grave{\varepsilon}$ $\tau\rho o\nu$, the Latines call *Mensura*, and is but the quantitie of a verse, either long or short. This quantitie with them consisteth in the number of their feete：& with vs in the number of sillables, which are comprehended in euery verse...　①

> （格律和计量是一回事，希腊人称之为 $\mu\grave{\varepsilon}\tau\rho o\nu$，而拉丁人称之为 *Mensura*，它指诗或长或短的量级。诗的量级包含在诗的音步数中，于我们而言，则是音节的数量，而音节数量在每一首诗中都是可以理解计量的……）

他认为不论诗歌的长短，它们的格律其实就是指诗的数量，这个数量对于古希腊和拉丁诗歌而言就是它们音步的数量，而对于英语诗歌本身，则是指音节的数量。普滕南姆看到了诗的格律同"数目"的关系，并试图对这两类诗歌的"数目"进行区分，但是他的区分却并不十分准确。因为无论是希腊诗歌还是英语诗歌的格律都离不开对音节的分析，而音节都要构成某种形式的音步（feet），只是希腊诗歌的音步是根据音节长短而构成，而英语诗歌是根据音节轻重来构成。在普滕南姆之前，锡德尼在讨论古典和现代两种类型的诗法（versifying）时说：

---

① George Puttenham, "The Arte of English Poesie" (1575), in *Elizabethan Critical Essays*, Vol. II, ed. G. Gregory Smith, Oxford：Clarendon Press, 1904, p. 70.

the Auncient marked the quantitie of each silable, and according to that framed his verse; the Moderne obseruing onely number...①

（古人标记每一个音节的量级，并据此构思其诗；而现在的人仅根据数目……）

锡德尼的意思是，古典诗歌要求计量每一个音节的数量，而现代诗歌只计数目。他这里的说法有些含糊，大概他的意思所指也不外是古代诗歌计音步的数量，而现代诗歌仅计音节的数目，后来的普滕南姆把这个意思说得更明白，所以他们二人的说法其实是一致的，因此他们的错误也一样。总之，"Number"是用来计量诗歌的音节数目，因为音节有元音构成，所以也就是计量元音的数目，而正是根据这些音节的数目而形成某种形式的诗歌韵律，故"Number"是诗歌"格律"存在的基础，它们之间存在天然的逻辑关系。不计音节的"数目"，就没有诗歌的格律；不谈格律，就无法讨论诗歌形式和声音等方面的特点。如果诗歌缺少形式和音韵，只剩下孤立无依的内容，那么诗歌就不能区别于其他的散文文类，并因此失去其作为诗的许多美感。同时，人们之所以欣赏诗歌时，要分析诗歌本身的韵律节奏（Scansion），这也恰是由语言本身天然具有节奏感决定的，因为诗歌不同于表演的视觉艺术，它更多是一种诉诸听觉的艺术，所以它对语言有长短、抑扬等韵律方面的要求。所以要求诗歌具备"和谐"（Harmony），一个重要的"和谐"维度就是对诗歌的韵律提出要求，而诗歌的韵律就不离音节的"数目"，所以就要求诗人在诗之"Number"的处理上要具艺术性："I mean for versification, and the art of numbers."（我所指的诗律，就是关于数目的艺术。）②

清楚了音节数目是构成诗歌格律的关键，因此音节根据其音时的长短（Duration）和重读与否（Stressed or unstressed）按照一定的原则

① Philip Sidney, "An Apologie for Poetrie" (1583), in *Elizabethan Critical Essays*, Vol. I, ed. G. Gregory Smith, Oxford: Clarendon Press, 1904, p. 204.

② John Dryden, "Dedication to Examen Poeticum", *Essays II*, ed. W. P. Ker, Oxford: The Claronden Press, 1926, p. 14.

构成一个格律单位——音步。音步根据其自然属性具有相应的职能，
普滕南姆认为音步在诗歌中服务于三个目的：

> that is to say, to go, to runne, & to stand still; so as he must be
> sometimes swift, sometimes slow, sometime vnegally marching or pera-
> duenture steddy. ①
>
> （也就是说，或行，或跑，或立，这样他必须有时快，有时
> 慢，有时前进步伐不一或者极为一致。）

也就是说，格律就是诗歌中的节奏，而这节奏不外乎或徐，或
急，或顿三种情况。在西方诗歌的发展过程中，逐渐形成了一些固定
的格律，主要格律形式有六种：长短短格（Dactyl），短短长格（Ana-
pest），长长格（Spondee），短短格（Pyrrhic），长短格（Trochee）和
短长格（Iamb）等。格律又会在诗行中形成音步（Foot），音步数目
是根据一个诗行内相同格律（或其变化形式）出现的频率来计数的，
音步数目相对稳定并在诗行中重复出现而具有预期性。在西方诗歌
中，从单音步（Monometer）到八音步（Octameter）都会在具体的诗
歌中出现。明确了诗歌的格律构成，再观察诗歌的用韵情况，结合这
两个方面，就可以判断该诗的韵律。古希腊的文学高度发达，也因此
发展出许多种诗歌的韵律，不同类型的诗歌所使用的韵律不同，同一
类型的诗歌一般使用相同的韵律，亚里士多德曾在他的《诗学》中对
此做过总结，尤其是其中的第四、二十二、二十六章里对这个问题的
讨论较为仔细。罗马诗歌的韵律多是因循古希腊诗歌的格律而来，少
有创新，以《荷马史诗》和维吉尔史诗所使用的长短短六步史诗格
（Dactylic hexameter）为例，它的格律构成都是：-uu/-uu/- ‖ ‖ uu/-
uu/-uu/-x，即每一诗行由六个音步（Hexameter）组成，每一个音步
是一个长短短格（Dactyl），因为最后一个音节难以确定是长还是短，

---

① George Puttenham, "The Arte of English Poesie" (1575), in *Elizabethan Critical Essays*, Vol. II, ed. G. Gregory Smith, Oxford: The Claronden Press, 1904, p. 70.

所以以"x"表示；两个短元音构成一个长元音，所以一个长短短格可以用一个长长格（Spondee）来替代。这样，音节的"Number"同格律构成的关系就非常清楚。于是很自然地，"Number"因此顺理成章地被人们用来指代诗歌的"格律"，比如蒲伯在《批评论》中有：

But most by numbers judge a poets's song,
And smooth or rough with them is right or wrong.

而德莱顿也有类似的用法，他在《关于讽刺诗的起源与发展》中说诗歌的快乐来自诗法和格律："versification and numbers are the greatest pleasures of poetry."并且承认维吉尔深谙此道。由此意义出发，"Number"还被用来指代对节奏感有稍高要求的韵文，如华兹华斯在《孤独的割禾者》一诗中说：

Will no one tell me what she sings?
Perhaps the plaintive numbers flow
For old, unhappy, far-off things

诗歌当然对语言的节奏有着最高的要求，因此诗歌中也发展出许多格律形式。于是，该词的意义进一步扩大，人们也使用"Number"用来指代"诗"的意义。莎士比亚使用过这种用法，他在第十七首十四行诗中就如此使用"Number"：

If I could write the beauty of your eyes
And in fresh numbers number all your graces

上文提到弥尔顿赞扬莎士比亚的诗句流畅："Thy easie numbers flow..."，此处的"Numbers"亦是这种用法。德莱顿论诗最多，故他对"Number"一词的使用中也包括这种指代"诗"之本身的用法，如在他最负盛名的批评作品《论戏剧诗》中可常见到他此般的运用：

"Spencer and Fairfax. . . saw much further into the beauties of our numbers"
（斯宾塞和 Fairfax……更深入地看到了我们的诗歌之美）"our famous
Waller. . . derived the harmony of his numbers from *Godfrey of Bulloign*"
（我们大名鼎鼎的 Waller 从 *Godfrey of Bulloign* 中获得他诗歌的和谐）①
而 18 世纪大诗人蒲伯的名句"I lisp'd in numbers, for the numbers
came."（诗句出现了，我就在诗句中嘟哝。）（*An Epistle to Arbuthnot*,
Line 128）可谓是这些用法中对"Number"一词作"verses, poetry"
之意义最灵巧的表达。

二　追求诗格所创造的表达空间

德莱顿致力于为英语诗歌找到一种适合表现英雄叙事诗的格律，
而无论是他前期所创作的英雄戏剧还是后来创作史诗化讽刺诗的尝
试，他都视为英雄史诗之一种，因此他对于英雄诗格律的努力尝试其
实也是为他的英雄戏剧和史诗化讽刺诗创作找到一种合适的媒介。英
雄诗的诗格既要能体现出英雄诗的严肃、高尚、宏大等特征，同时作
为叙事诗，该诗格应该为诗行创造出尽可能大的空间容量。德莱顿要
创作《格拉纳达的征服》等英雄戏剧时，自然需要能满足以上这两个
要求的诗格；而对于讽刺诗，他一直认为讽刺诗是英雄诗的一个亚
类，他也在自己的诗论中努力去抬高这种史诗化的讽刺诗，而他创作
的几首讽刺诗也都具有明显的史诗特征，所以他所追求的这种英雄诗
格律也是适用于他的讽刺诗，不但要有英雄气质，还要利于在诗行里
容纳更多含量。古希腊和古罗马的英雄诗都是使用长短短六步格，它
的音节数目可以达到十七个。亚里士多德认为六音步长短短格相比于
六音步短长格和八音步长短格，这种诗格能创造出更大的容量空间，
从而使它的叙述语气和缓，避免了悲剧叙事空间因狭小而带来的紧
张，所以六步长短短格是最适合叙事的史诗。普滕南姆曾注意到古典
诗歌中希腊语和拉丁语言音节众多的特点，所以他认为这些语言适合

---

① John Dryden, "Of Dramatic Poesy", *Essays of John Dryden*, Vol. II, ed.
W. P. Ker. Oxford: Clarendon Press, 1925, pp. 270-271.

去表达持续时间更长和不同种类的行动：

> The Greekes & Latines, because their words hapned to be of many sillables, and very few of one sillable, it fell out right with them to conceiue and also to perceiue a notable diuersitie of motion and times in the pronunciation of their words①

　　（希腊人和罗马人，因为他们的词语都包含许多音节，很少有单音节的词，因此在这些词语的发音中，正好可利用它们来构思和理解行动和节奏的多样性）

但是英语语言作为一种新兴起的欧洲民族语言（Vernacular），它是以单音节占多数的古英语作为主体，融合外来的法语和教会的拉丁语而逐渐发展起来的，所以英语语言中多单音节词，英语词语的音节数总体上要远远少于古典语言。对于英语语言音节数的不足，德莱顿曾在 *Troilus and Cressida*（1679）的序言中抱怨说：

> We are full of Monosyllables, and those clog'd with consonants, and our pronumciaiton is effeminate; all wihich are enemies to a sounding language. ②

　　（我们的词语中有太多单音节词，而且辅音连缀在一起，所以我们的发音显得女人气，这些特征都构成了让语言响亮的阻碍。）

这种特征也影响了英语是以重音定节奏（Accentual）的语言，是重音—音节式的韵律（accentual meter），而有别于富含音节的古典语言的"量化韵律"（quantitative meter）。因此要创作出古典史诗那样

---

　　① George Puttenham, "The Arte of English Poesie" (1575), in *Elizabethan Critical Essays*, Vol. II, ed. G. Gregory Smith, Oxford: Clarendon Press, 1904, p. 70.

　　② John Dryden, *The Works of John Dryden: Plays: All for Love*, *Oedipus*, *Troilus and Cressida*, Vol. XIII, Berkeley, Los Angeles, London: University of California Press, 1984, p. 223.

的诗，因为语言的差异，这就给许多英语诗家提出了挑战，德莱顿就是其中著名的一位，他尝试以自己的努力来解决选择和创造何种诗格来写作英雄诗这一问题，而且对有志于创作的诗人德莱顿而言，比起主要作为诗论家的普滕南姆，他对于寻找和创造这种诗格有更直接和迫切的体会和要求。

《贝奥武甫》开始的英语史诗传统随着该诗在中世纪的湮没无闻而未能对后世产生任何影响。诺曼征服以后，英语的史诗文学在外来文化的影响下，并结合自身语言的特点，重新找到和形成新的发展能量和路径。在不断的创作实践和理论探索中，英语语言的抑扬格逐渐成为一种主要的诗歌格律单位。锡德尼说： "the modern obseruing onely number（with some regarde of the accent）..."① （现代人仅关注音节数目——有些语言关注重音……）他已观察到英语词语的重音特点。普滕南姆则进一步注意到英语语言格律特点是两个音节可以形成一个格律单位： "two sillables to make one short portion（suppose it a foote）in euery verse."② （在每首诗中，两个音节就构成一个短的组合——假定它为一个音步）而早在这两人之前，加斯科伊涅则更早明确了英文诗中最基本的格律：

we vse none other order but a foote of two sillables, wherof the first is depressed or made short, and the second is eleuate or made long; and that sound or scanning continueth throughout the verse. ③

（除了两个音节的音步，我们不用其他形式，第一个音节低沉或者短促，而第二音节高昂或者较长，这种音响一直持续于全诗之中。）

总结起来，他们所说的符合英语语言的基本格律就是抑扬格，也

---

① Philip Sidney, "An Apologie for Poetrie" （1583）, in *Elizabethan Critical Essays*, Vol. II, ed. G. Gregory Smith, Oxford: Clarendon Press, 1904, p. 204.

② Ibid., p. 70.

③ Ibid., p. 50.

就是 Roger Ascham 所说的 *carmen Iambicum*。Roger Ascham 很早就断言这种格律是英语语言的自然格律：

> yet I am sure our English tong will receiue *carmen Iambicum* as naturallie as either Greke or Latin. ①
>
> （我肯定我们英语语言将会接受这种抑扬的声调，它如同希腊语或拉丁语那样自然。）

Thomas Campion 在比较了英诗格律同拉丁英雄诗的格律后，认为只用抑扬格（Iamb）才可以匹配于拉丁诗的长短短格（Dactyl），而且他也发现："And first for the Iambicks, they fall out so naturally in our toong..."②（首先对于抑扬声调，它在我们的语言中显得如此自然。）正是在这些对于英语语言特点和寻找英文诗格律的讨论中，英语诗人们最终了解到抑扬格或曰短长格是英语语言本身的一个显著特点，并在创作实践中选择它作为英语诗歌最自然和最基本的格律。

英语诗歌确立了抑扬格作为基本格律单位音步的格律形式，同时还确立了同这种格律形式相匹配的五音步诗行，而抑扬格五音步诗行实际上就是一种十音节诗行（decasyllabic poem）。十音节诗行的历史很早，11 世纪中期就出现在了法语诗歌中，如在《圣人阿历克西的生平》（*La Vie de St. Alexis*）一诗中，这是一首标志着中世纪法国文学开始的古法语诗歌。③ 12 世纪初的法国史诗《罗兰之歌》（*Chanson de Roland*，1040—1115）使用该格律，十音节诗行开始成为法语史诗和

---

① Roger Ascham, "From the Schoolmaster" (1570), in *Elizabethan Critical Essays*, Vol. I, ed. G. Gregory Smith, Oxford: Clarendon Press, 1904, p. 204.

② Thomas Campion, "Observations in the Art of English Poesie" (1602), in *Elizabethan Critical Essays*, Vol. I, ed. G. Gregory Smith, Oxford: Clarendon Press, 1904, p. 333.

③ 《圣阿尔班修院诗篇》（*The St. Albans Psalter*, 1123）中收有《圣人阿历克西的生平》一诗，而 Gaston Paris（1839—1903）在 1872 年所出的该诗版本中，称该诗是一首 11 世纪的诗（"poème du XIe siècle"），而认为圣阿尔班修院的文本是 12 世纪由一位盎格鲁—诺曼底抄写僧抄写，这位抄写僧所依据的是一份已经遗失的 11 世纪原本，原本则是于 1040 年左右在诺曼底写成。

叙事诗的通行格律,"七星社"诗人 Joachim du Bellay(1522—1560, leader of La Pléiade)甚至把使用十音节诗行的诗称作是"英雄诗"(Vers héroïque)。"亚历山大诗行"(Alexdrian)在法国出现后,它开始逐渐取代十音节诗行成为严肃诗歌的通行格律,但是十音节诗行继续在17、18世纪扮演重要角色。意大利在12世纪早期出现了以阴性韵结尾的十一音节诗行(Endecasillabo),但丁、彼特拉克、薄伽丘等都使用过该格律。英国诗人乔叟有可能接触过它,转而在自己的诗行内使用十音节,这是因为意大利以阴性韵结尾的十一音节,其最后一个音节在英语发音中被省掉;但是也有人认为乔叟可能是接触到法国的十音节诗而受其影响,不管乔叟所受影响的源头在哪,总之英诗中开始出现了十音节诗行,而且乔叟还把这十个音节安排在交替出现的五个重音之间——这就是后来所称的抑扬格形式。这样,在英国诗歌的历史中第一次出现了十音节诗行同抑扬格的结合,但也有学者认为,一种有意识的结合应该首见于《托特尔杂集》(Tottel's Miscellany,1557),而且这种十音节(Decasyllable)在好古气氛浓厚的文艺复兴时期被人们使用了一个拉丁词语来指代:pentameter。加斯科伊涅在1575年前后使用抑扬格的十音节诗行创作了他的讽刺诗《钢镜》(The Steele Glas,1576),他称该诗是"一首以无韵创作的讽刺诗",并声称自己效仿的对象就是罗马讽刺诗人鲁克留斯。① 在1585—1590年间,抑扬五音步被广泛用于英诗的创作。② 抑扬五音步(iambic pentameter)的诗格于是成为英语诗歌中最主要的格律形式,据估计,有70%的英国诗歌是以该格律写成:

> it has been estimated that some 70 percent of English poetry of the
> high art-verse tradition has been written in the iambic pentameter

---

① *The Steele Glas*, ed. Edward Arber(London, 1869), pp. 45-55.

② Piper, William Bowman,"The Inception of the Closed Heroic Couplet", *Modern Philology*, Vol. 66, No. 4(May, 1969), p. 308.

line.①

（据估计，在高等艺术的诗歌传统中，约有70%的英语诗歌是以抑扬五音步的诗行写成的。）

无论是"诗歌之父"乔叟所使用的英雄双行体，还是文艺复兴早期的萨里爵士（Henry Howard, the Earl of Surrey, 1517—1547）所使用的无韵体（blank verse），都是由五步抑扬格所组成，而这种五步抑扬的双行韵体或者无韵体都分别为后来英语史诗所使用的格律提供了启发和典范。就无韵体而言，经萨里爵士用于翻译古典史诗之后，不押韵的五步抑扬格——无韵体逐渐为文艺复兴以来的诗人们所了解，并被他们在其创作中尝试使用，尤其是在诗剧创作中。作为"大学才子"之一的剧作家马洛，他使用该格律创作悲剧取得成功，从而推动了伊丽莎白时期无韵体诗剧的繁荣，他自己的悲剧诗甚至被琼生赞为"雄伟的诗行"（mighty line）。等到莎士比亚开始使用这种格律进行创作时，无韵体经过之前戏剧诗人的实践和锤炼已经变得非常成熟，他因此能够更加自如地使用这一媒介创作出英国文学史中最伟大的戏剧作品。弥尔顿重新认识了无韵体，并将其运用到了戏剧之外的史诗写作中，虽然他不一定熟悉萨里爵士曾经同样使用过这种格律翻译了维吉尔的史诗。弥尔顿甚至在思想中把无韵体同"自由"等政治理想结合起来，而使用该格律创作了《失乐园》（*Paradise Lost*, 1667）、《力士参孙》等表达其政治态度的不朽巨著，计1758行的《力士参孙》中有1200行是抑扬五音步格，占到了总数的68.2%。② 总之，经过英国诗人的不断实践探索和理论总结，五步抑扬格终于被确定为最适合于英诗的格律，尤其是作为英雄史诗的格律，而其他诗格如十四音节等不再成为英文诗的主流而逐渐消失或者退居次要地位。

德莱顿认为古典诗歌的诗格为诗行创造了大的表达空间，所以他

---

① Roland Greene, Stephen Cushman, ed. *The Princeton Encyclopedia of Poetry and Poetics*, Princeton: Princeton University Press, 2012, p. 340.

② Christophe Tournu, ed. *Milton in France*, Bern, Berlin, Bruxelles, Frankfurt am Main, New York, Oxford, Wien: Peter Lang, 2005, p. 279.

同样非常关注英文诗的格律所能造成的诗行容量。一方面，到了德莱顿的时代，抑扬五音步的十音节诗行已经成为普遍接受的英雄诗行，所以他可以毫不犹豫地选择这种诗格作为其英雄剧诗和讽刺诗的媒介。但是另一方面，他看到希腊诗和拉丁诗的六步长短短格使每一行诗达到了十七个音节，要比英文诗的五步抑扬格还要多出七个音节。因为英文诗一般是 "two sillables to make one short portion"（两个音节构成一个短小的部分），而希腊语和拉丁词语则是 "their words hapned to be of many sillables"（他们的词语恰是由许多音节组成）。虽然如 Campion 所说："our English verses of fiue feete hold pace with the Latines of sixe"（我们英语诗歌中的五音步同拉丁诗歌的六音步是步调一致的。）① 可是他还只是着眼于阅读这两种诗格的英文诗和拉丁诗所需要的送气时间是吻合的，但是德莱顿所关注的却是这两种格律所造成的诗行表达容量的多寡。出于对英雄叙事诗容量的追求，弥补单行容量不及古典诗的不足，因此选择已经流行的双行对德莱顿而言是一种容易的、现实而合理的选择。② 同时我们知道德莱顿一直对用韵有一种偏好，虽然他没有明确表述用韵是英雄诗的必然选择，但是用韵在他看来却是完美格律的一个属性："But rhyme was an attribute of the perfect type."③（但是押韵是这种完美类型的一个属性。）而且双行用韵可以利用一个相同的韵将两个诗行结合为一个整体的表达单位，这样让表达空间容量由单行的十音节增加到双行的二十个音节。

此外，因为十音节诗行在行中还有停顿，通常落在第四个音节后——当然也有其他停顿形式，这个停顿可以在诗行内区分出更多空间，因此德莱顿无疑看到了可以灵活利用双行体行末和行中的停顿

---

① Thomas Campion, "Observations in the Art of English Poesie"（1602）, in *Elizabethan Critical Essays*, Vol. I, ed. G. Gregory Smith, Oxford：Clarendon Press, 1904, p. 335.

② 德莱顿使用的是封闭型双行体（Closed couplet），所以此处仅对这种双行体进行讨论，而不讨论开放型双行体（Open-couplet）。所谓封闭型双行体是指每一个双行完成一个表达单位，意义不会溢出而跨行到下一个双行；而开放型双行体则是该双行所表达的意义溢出该双行而跨入下一个双行。

③ David Nichol Smith, *John Dryden*. Cambridge：Cambridge University Press, 1950, p. 28.

（pauses）①，进行扩大英语诗表达空间的可能性。德莱顿在自己的创作实践中，他甚至在感情过于强烈而冲破双行时，而不吝使用三行押韵的诗格（Triple Rhime）②，在他的讽刺诗中不乏这样的例子，比如在《押沙龙与阿齐托菲尔》中：

> A fiery soul，which，working out its way，241
> Fretted the pigmy body to decay：
> And o'er-inform'd the tenement of clay. 243

而《奖章》开始部分就出现了三行押韵：

> The Polish Medal bears the prize alone：3
> A monster，more the favorite of the town
> Than either fairs or theaters have shown. 5

《麦克·弗雷克诺》中也不乏这种诗格：

> That，Pale with envy，Singleton forswore57
> The lute and sword，which he in triumph bore，
> And vow'd he ne'er would act Villerius more. 59

---

①　就格律构成而论，双行之内有着精细的构造，每一个双行可以有多种结构变化。一般说来，双行中第一行后的停顿是一个小的停顿，第二行末尾是一个大的停顿；同时，每一行内还有一个更小的停顿，从而又将每一行分成前后两部分，这样一个双行就被细分为四个更小的意义单位。这样，每一个双行内的停顿就构成一个梯状的等级，它们把一个整体意义划分成层层推进的各个小的部分，直至最后的意义顶点而结束。18 世纪的批评家丹尼斯（John Dennis）曾对双行体内构成等级的停顿做过这番评论："诗行末尾（第一行末尾）的停顿应该比同一行内它之前的任何停顿（行中的停顿）更强烈，而双行末尾的停顿应该比第一行末尾的停顿更重要。"（*The Critical Worksof John Dennis*, Vol. II, ed. E. N. Hooker, Baltimore: Johns Hopkins University Press，1943，p. 328. ）

②　德莱顿的这种三行押韵的诗格，第三行常常是亚历山大诗行（Alexandrine line）。

　　蒲伯注意到了德莱顿的这种表现，甚至还觉察到德莱顿在其晚期的诗歌中使用三行押韵的频率更高。康拉德·巴黎特则对德莱顿的三行诗格观察更为仔细，他称："在德莱顿晚期的诗歌中，每15行或20行他的诗里就有一个押韵的三行。"①

　　讽刺诗人巴特勒创作了文学史被认为是德莱顿之前最好的讽刺诗《胡迪布拉斯》，该诗是在韵文中糅进散文的"瓦罗式讽刺"，它使用的是四步八音节的格律。德莱顿承认巴特勒的这首诗极为精妙，也符合诗人的意图，但在他看来，其不足是诗行太短，韵的重复过于频繁，从而减弱了诗的严肃风格，而且使用滑稽体常用的阴性韵（feminine rhyme）②，也不适合于具有阳刚之气的讽刺。③ 仔细分析德莱顿的这番评语，实际上是责备巴特勒的讽刺诗缺少了讽刺诗自身的史诗化特征，不够严肃宏大。他的批评估计是基于两方面的原因，一是巴特勒选择了八音节诗行的格律，这令他的讽刺诗诗行容量狭小，不利于史诗化叙事的展开，而且阴性韵音节的语义特征不明显，这就更令其整个诗行的内容受到局限。

　　另外，德莱顿高度赞扬古典语言，是因为它们的音韵响亮，这也令古典讽刺诗更有庄严和高尚的特征；德莱顿表扬莎士比亚善于使用音韵响亮的词语，这让他近于古代诗人埃斯库罗斯，所以巴特勒所使用的阴性韵自然是不合于德莱顿的史诗化讽刺诗的特征。而且巴特勒在诗中用韵过于频繁，这种高度一致性的用韵让表达倾向于直线发展

----

　　①　Conrad A. Balliet, "The History and Rhetoric of the Triplet." *PMLA* 80. 5（1965），p. 531.

　　②　Feminine rhyme, also called double rhyme, in poetry, a rhyme involving two syllables（as in motion and ocean or willow and billow）. The term feminine rhyme is also sometimes applied to triple rhymes, or rhymes involving three syllables（such as exciting and inviting）.（http：// www. britannica. com/art/feminine-rhyme）阴性韵无论是落在两个音节还是多个音节上（一般是两个音节，所以阴性韵也被叫作"Double rhyme"），除了第一个音节重读外，它之后的音节都不重读。英文诗中阴性韵不常见，多为制造戏剧效果，如此处的《胡迪布拉斯》，18世纪爱尔兰讽刺诗人斯威夫特多使用阴性韵。

　　③　John Dryden, "Original and Progress of Satire", *Essays of John Dryden*, Vol. II, ed. W. P. Ker. Oxford：Clarendon Press. 1925, p. 105.

而少变化，诗人的思维和诗歌的叙述因此过于集中，诗人没能充分发挥想象力的空间而诗歌也过于压缩不开阔，诗歌也因此失去了许多美感。但是双行韵体因其音节数目相对较多，因而使其诗行空间展开更大，诗人也因此能够在一个更大的范围内更为灵活地发挥他的想象力，这种格律是适合于叙事史诗的格律。在给多赛特爵士的献辞中，德莱顿说：

that I would prefer the verse of ten syllables, which we call the English heroic, to that of eight. This is truly my opinion. This sort of number is more roomy; the thought can turn itself with greater ease in a larger compass. ①

（相较于八个音节，我宁愿选择十个音节的诗行，我们把这种诗行视作英国的英雄诗行，这正是我的观点。这种数目的音节可以创造更大的表达空间，这样，思想可以在更大空间里有更多的自由进行自如的发挥。）

第二节　讽刺诗的韵律

一　无韵体的流行与德莱顿坚持用韵

英雄双行体是英语诗歌中最常见的韵律形式之一②，"它曾一致被看作复辟时期和奥古斯都时期的特殊财产。封闭的双行，平衡而形成

---

①　John Dryden, "Original and Progress of Satire", *Essays of John Dryden*, Vol. II, e-d. W. P. Ker. Oxford: Clarendon Press. 1925, p. 106.

②　因为德莱顿使用的是封闭型双行体（Closed couplet），所以此处仅对这种双行体进行讨论，而不讨论开放型双行体（Open-couplet）。所谓封闭型双行体是指每一个双行完成一个表达单位，意义不会溢出而跨行到下一个双行；而开放型双行体则是该双行所表达的意义溢出该双行而跨入下一个双行。

对照的表达已被接受为合适的表达。"① 但是在 17 世纪，英雄双行体成为写作英雄史诗的媒介之前，无韵体（Blank verse）才是诗人们的首选，无韵体是一种不押韵的抑扬五音步的诗格。弥尔顿使用无韵体创作了他的史诗《失乐园》（*Paradise Lost*，1667），并声称他是第一个（在史诗中）使用无韵体的例子。② 事实上，亨利·霍华德（Henry Howard，Earl of Surrey）在 1540 年左右使用无韵体翻译了荷马的《伊利亚特》第二、四卷，他可能是以一种不押韵的意大利诗歌 "*versi sciolti*" 作为模仿的对象，因此他才是第一位将该诗律用于英雄诗的人，是无韵体诗的发明者。③ 此后，还有克里斯托弗·马洛（Christopher Marlowe，1564—1593）使用无韵体翻译了卢坎（Lucan，39—65）的史诗《内战记》（*Pharsalia*，or *Bellum Civile*，61—65）。首先使用无韵体创作的戏剧是 Thomas Norton 和 Thomas Sackville 共同合作的《高布达克》（*Gorboduc*，1562），但是真正使无韵体成为英语诗剧主要诗体形式则仍然还要归功于马洛的创作努力，他的《帖木儿大帝》（*Tamburlaine*，1587）让无韵体成为伊丽莎白时期戏剧诗人们普遍接受的诗剧创作的媒介。在《失乐园》出版之前，弥尔顿也承认无韵体还只是戏剧诗的格律，因为除了萨里爵士，在戏剧诗之外使用无韵体的情形还不多：

> Non-dramatic poems had before this been written in blank verse, notably by Surrey, but they were very few in number and treated as curiosities, aberrations; poetic in manner yet not in the strictest sense poems. ④

---

① Elbert N. S. Thompson, "The Octosyllabic Couplet", *Philological Quarterly*; (Jan., 1939); 18, 1, p. 257.

② *The Student's Milton*, ed. Frank Patterson (New York, 1947), p. 159.

③ Hardison, O. B. "Blank Verse before Milton", *Studies in Philology*, (Summer, 1984); 81, 3, p. 253.

④ Richard Bradford, *Poetry: The Ultimate Guide*, New York: Palgrave Macmillan, 2010, p. 65.

（非戏剧诗在此之前使用无韵体，尤以萨里爵士为代表，但是这些诗的数目很少，而且它们被视作新奇而偏离正途的诗体。只是在方式上具有诗意，并不是严格意义上的诗歌。）

但是，弥尔顿也强调戏剧的无韵体同自己的史诗无韵体有所不同。弥尔顿的看法的确不错，后世批评家的研究同样呼应他的观点，如斯马特特别提醒说：

for dramatic blank verse is quite different from nondramatic, and the two ought not to be considered as one form.[1]

（无韵体的戏剧诗同非戏剧诗极为不同，它们不能被视作同一种形式。）

另外，弥尔顿如此自信自己才是使用无韵体创作史诗的第一人，是因为 16、17 世纪的英雄诗都是使用无韵体之外的其他格律，如查普曼翻译《伊利亚特》使用的是抑扬七音步的十四音节诗行（Fourteener），[2] 考珀使用十音节双行（Decasyllabic couplet）创作了《大卫记》（*Davideis*，1638-1656），而斯宾塞的名作《仙后》（*The Faerie Queene*，1590，1596）和达夫南特的史诗《贡第博特》（*Gondibert*，1651）使用的都是诗节（Stanza）形式。

英国诗歌韵律专家皮泼称：

By the end of the sixteenth century English poets had established the nature of the English heroic line and demonstrated its central importance to their poetic needs.

（到 16 世纪末，英国诗人已经确立起英语英雄诗行的性质，

---

[1]　George K. Smart, "English Non-dramatic Blank Verse in the Sixteenth Century," *Anglia*, LXI (1937), p. 397.

[2]　Fourteener 也常常以双行押韵的形式出现。

并在他们的作诗活动中展示了它的中心地位。)①

皮泼所指这种已经建立起来的英雄诗行性质，其中之一就是英文诗的十音节诗行，即使用十音节诗行作为英雄诗的格律已逐渐成为大多数诗人和批评家们在实践中和理论上所达成的共识。无韵体之所以能够最终获得诗人认同而成为史诗的媒介，是因为它本身的格律构成就是抑扬五音步的十音节诗行。乔治·加斯科伊涅在其《某些教导的说明》中说："Rythme royall is a verse of tenne sillables, ... seruing best for graue discourses."（十音节的诗行是一种高贵的节奏……极为适合严肃的写作。)②

这里所提到的"Rythme royall"是一种由十音节诗行组成的七行诗节，它适合于史诗或者悲剧等严肃类型的表达。普滕南姆在他之后则说得更为明确：

The meter of ten sillables is very stately and Heroical, and must haue his Cesure fall vpon the fourth sillable, and leaue sixe behind him. ③

（十音节的音步非常庄严和具有英雄气质，而且必定要让它的行间停顿落在第四个音节上，后边余下六个音节。）

普滕南姆的这番话谈到了两个问题，一个是关于十音节诗行所具有的英雄和恢宏的性质，另一个是说明这种十音节诗行应该如何在行间停顿，他还举了一个十音节诗行的例子进行说明："I serue at ease,

① William Bowman Piper, "The Inception of the Closed Heroic Couplet", *Modern Philology*, Vol. 66, No. 4 (May, 1969), p. 306.

② George Gascoigne, "Certayne Notes of Instruction" (1575), in *Elizabethan Critical Essays*, Vo. I, ed. G. Gregory Smith, Oxford: Clarendon Press, 1904, p. 54.

③ Piper, William Bowman, "The Inception of the Closed Heroic Couplet", *Modern Philology*, Vol. 66, No. 4 (May, 1969), p. 306.

and gouerne all with woe."（服务他人我悠游自在，管理所有则很忧愁。）① 普滕南姆的这两层意思非常具有代表性，因为它们都是当时诗人和批评家们在受到古典史诗格律（Dactylic hexameter）影响下而对英文诗格律作出的总结和要求，他们希望能够把古典诗歌包括史诗在内的格律特点同样可以转换到英语诗歌中，这种格律转换（Metrical tranference）主要发生在对古典诗歌的翻译和他们自己的创作中，如 Thomas Campion 在创作中就极力使用 "old accustomed measure of five feet"（旧的惯常使用的五步格）作为古典史诗诗格（Dactylic hexameter）的对应诗格；而 George Sandys（1577—1644）使用双行韵体翻译了奥维德的《变形记》，德莱顿称赞他是：

the best versifier of the former age, if I may venture to call it by that name, which wasthe former part of this concluding century. ②

（前一个时代最好的诗体家，如果我可以斗胆如此称呼他的话。对于这个即将结束的世纪，他构成了该世纪的前一部分。）

对于十音节之外的格律形式则逐渐被排除在严肃诗歌写作之外，巴特勒使用八音节创作讽刺诗《胡迪布拉斯》遭到德莱顿的批评，因为讽刺诗在他看来是性质严肃而崇高（Sublime）的诗歌，不宜使用十音节诗行之外的其他形式，而且他在诗中还使用了阴性韵：

but in any other hand, the shortness of his verse, and the quick returns of rhyme, had debased the dignity of style. And besides, the double rhyme,（a necessary companion of burlesque writing,）is not

---

① George Puttenham, "The Arte of English Poesie"（1859）, in *Elizabethan Critical Essays*, Vol. II, ed. G. Gregory Smith, Oxford: Clarendon Press, 1904, p. 75.

② John Dryden, "Preface to the Fables", *Essays of John Dryden*, Vol. II, ed. W. P. Ker. Oxford: Clarendon Press. 1925, p. 247.

so proper for manly satire①

（无论在谁的手中，短的诗行，韵的过快重复，都降低了其风格的高贵气质。而且，阴性韵——滑稽写作所需的用韵，并不适合于阳刚之气的讽刺诗）

那么，既然无韵体和双行韵体都是抑扬格的十音节诗行，都可以用于对史诗中庄严和英雄式的行动进行描述，那么为什么弥尔顿倾向于使用无韵体，而德莱顿却没有追随弥尔顿接受他在诗中使用无韵的抑扬五音步格律呢？况且，德莱顿曾经对弥尔顿的史诗极为欣赏，他自己在诗歌创作上也都主动接受过弥尔顿的影响，他一度还将弥尔顿的《失乐园》以双行韵体的形式改写为歌剧《天真之邦》（*The State of Innocence*，1677）。② 原因除了前述德莱顿希望能够以双行体来扩大表达的空间外，另一个答案就是他坚持用韵，而不赞成弥尔顿对用韵的敌对态度。众所周知，弥尔顿对用韵不屑一顾。为了回应德莱顿在《论戏剧诗》中对用韵的强调，弥尔顿特地在 1668 年版的《失乐园》序言部分加入了一段专门讨论韵律结构的序言："Introduction：Metrical Structure"③ 在此序言中，他称荷马和维吉尔都没有在诗中用韵，而他自己在诗中不用韵也正是效仿他们的做法：

The measure is English heroic verse without rhyme, as that of Homer in Greek, and of Virgil in Latin; rhyme being no necessary adjunct or true ornament of poem or good verse, in longer works espe-

① John Dryden, "Original and Progress of Satire", *Essays of John Dryden*, Vol. II, ed. W. P. Ker. Oxford：Clarendon Press. 1925, p. 105.

② 他的这番改编既可以看作是对弥尔顿所取得成就的致敬（Tribute），也许还出于他对该诗没有使用双行韵体而做出的某种弥补尝试。虽然他最终也承认自己的改写远不及原诗的伟大："the original being undoubtedly one of the greatest, most noble, and most sublime poems which either this age or nation has produced."（*The Works of John Dryden*, ed. Sir Walter Scott and Saintsbury,（Edinburgh, 1883）, pp. 111-112.）

③ John Milton, *Paradise Lost*, ed. Alastair Fowler, 2nd edition, London and New York：Routledge, 2007, p. 54.

cially, but the invention of a barbarous age①

（所使用的格律是无韵的英语英雄诗，如荷马的希腊语史诗
和维吉尔的拉丁诗一样。押韵并不是诗歌或者好的打油诗必需的
附属物或者不可或缺的修饰物，尤其在比较长的作品中，它不过
是野蛮时代的发明）

弥尔顿称诗中用韵是蒙昧时代的发明，这是在以德莱顿自己的说
法来反驳他对用韵的推崇，因为德莱顿在谈到诗中用韵的历史时，曾
说过用韵是蛮人的发明：

new languages were brought in, and barbarously mingled with the
Latin... a new way of poesy was practiced... This new way consisted in
measure or number of feet, and rhyme.②

（创造了新的语言，以其野蛮的特点同拉丁语言混合……开
始有了新的方式创作诗……这种新的方式体现在格律或音步的数
目以及押韵上。）

不过客观来看，一方面，德莱顿谈到韵的起源是为了理清韵的产
生历史，而其要旨是为诗中用韵进行辩护，而并不是弥尔顿所意味的
韵本身是诗歌中野蛮不文雅的特征；另一方面，文体家们注意到
"Barbarous"也是弥尔顿极喜欢使用的一个形容词（Epithet），该词是
否真如其本意所指，还是更多掺杂弥尔顿本人的表达习惯，这也是值
得商榷的一个问题。但是弥尔顿对用韵的另一番指责却的确说明他看
到了诗韵所带来的某些局限：他认为用韵会造成表达的"阻碍"
（Hindrance）和"限制"（Constraint）。弥尔顿在诗学层面所提出的这
个指责在一般的诗学经验中似乎是成立的，而且也没有见到德莱顿在

① John Milton, *Paradise Lost*, ed. Alastair Fowler, 2nd edition, London and New York: Routledge, 2007, p. 54.

② John Dryden, "Original and Progress of Satire", *Essays of John Dryden*, Vol. II, ed. W. P. Ker. Oxford: Clarendon Press. 1925, pp. 96-97.

任何文章中对此有直接回应，但是如果仍然回溯他先前的《论戏剧诗》，或许可以从在该文中代表德莱顿本人的 Neander 的观点中找到答案：那就是诗人只要选择了恰当的词语和将词语放在合适的位置上，不必刻意追求用韵而诗歌之韵就会自然而至，而不会造成诗歌中人为的"阻碍"（Hindrance）和"限制"（Constraint）。

除了在诗学层面指责用韵之外，弥尔顿还进一步指出了用韵这个文学手段（Literar device）背后在政治思想层面所包含的消极意义，而如果能够摆脱用韵这个令人厌烦的现代枷锁，他认为能够在史诗中恢复古代的自由（"Of ancient liberty recovered to heroic poem from the troublesome and modern bondage of rhyming"）。[①] 这是弥尔顿把文学领域中对诗韵的讨论同政治哲学里对"自由"的思考联系起来，这也符合弥尔顿的本意是要借文学这个孔径来为他的政治思想张目。在更大的语境下，则可以看到弥尔顿的这个讨论其实是内在应和于 17 世纪英国在政治哲学领域热烈兴起的关于国家和人之权利的各种讨论，也反映了清教革命失败后弥尔顿本人意在借助文学手段传达自己宗教和政治意见的态度。韦恩菲尔德对弥尔顿选择使用无韵体诗所进行的神学思想角度的分析，或许可以对弥尔顿的选择做出某些说明：

What is a weakness from the standpoint of theology or metaphysics is converted to a strength as far as poetry is concerned because it means that Milton is able to confront and give voice to his own questions without filtering them beforehand through the systematic channels of theological thought. In short, through the agency of the devils, Milton is able to adopt an open-ended, freethinking perspective on reality that he is not free to adopt in his theological writings. [②]

（从神学或者形而上学的角度看所构成的弱点，以诗歌而论

---

① John Dryden, *Paradise Lost*, ed. Alastair Fowler, 2nd edition, London and New York: Routledge, 2007, p. 55.

② Henry Weinfield, *The Blank-Verse Tradition from Milton to Stevens: Freethinking and the Crisis of Modernity*, Cambridge: Cambridge University Press, 2012, p. 27.

时，则转化为一种力量，因为它意味着弥尔顿能够面对自己的问题并就这些问题发出自己的声音，而不必通过神学思想的系统管道首先就过滤掉它们。简而言之，通过以群魔作为代理，弥尔顿能够采取开放式的、自由思考的视角来关注现实，而这是他在其神学写作中不能够自由做到的。）

德莱顿探本穷源承认用韵是从最初欧洲民族语言兴起时开始，但用韵在他看来最直接的文学功能是可以给观众带来听觉上的愉悦（"the sweetness of rhyme"）。英国的斯图亚特王朝复辟之后，在王室的支持下，伦敦城内重新开张了两座剧院①，剧院所搬演的戏剧因此受到了流亡归来的国王和贵族们欣赏戏剧的趣味影响。流亡的国王和他的大臣们曾长时间生活在法国，他们自然受到了法国戏剧影响——查理二世本人则着迷于高乃依和莫里哀的戏剧，所以英国复辟时期的戏剧同法国戏剧在许多方面保持一致，其中就有在戏剧诗中用韵，因为这正是法国戏剧的一个重要特点。法国新古典主义时期的诗人和文学理论家布瓦洛就坚持用韵，Robert Lloyd 在其诗《论用韵》（*On Rhyme*，1764）中如此评论他对用韵的影响：

From Boileau down to his translators，/ Dull paraphrasts and imitators，/ All rail at metres at the time / They write and owe their sense to rhyme.

（同布瓦洛到他的翻译者们/一群无聊的释义者和模仿者/所有人此时都在指责格律/他们都依照韵来写出他们的意思。）

对于用韵，他同弥尔顿一样也认为用韵有其局限，他在一首写给

---

① 1660 年英国王室复辟之后，从法国返回的国王查理二世成为英国戏剧的主要支持者。威廉·达夫南特（William Davenant，1606—1668）和托马斯·吉利格鲁（Thomas Killigrew，1612—1683）分别获得了剧院许可证，前者的剧院是"The Duke's Men"，一些年轻的戏剧演员在此表演；后者的剧院是"The King's Company"，由更有经验的老演员在此登台。

莫里哀的韵体诗中，曾表达了这个观念：

> *Maudit soit le premier dont la verve insensée,*
>
> *Dans les bornes d'un vers renferma sa pensée,*
>
> *Et donnant à ses mots une etroite prison,*
>
> *Voulut avec la rime enchaîner la raison.*

虽然英国的德莱顿在用韵上也受到了布瓦洛的影响，如有学者称：

> Boileau, like all other French writers, was much indebted to rhyme. Our Dryden, more ingenuous, not only continually employed rhyme but faithfully praised the use of it on all occasions. [1]
>
> （布瓦洛像所有其他法国作家一样，对用韵极为热衷。我们的德莱顿先生，则更为率真，不但继续用韵，而且在各种场合忠诚地推广其用法。）

但是德莱顿在布瓦洛的基础上却有了更深入的诗学思考，这是他同弥尔顿和布瓦洛不同的地方。德莱顿的第一部戏剧《不羁的公子哥》（*The Wild Gallant*，1663）使用散文体创作，上演后观众反应平淡。这次不成功的创作经历让他深信用韵的作用，所以他在其接下来的戏剧《针锋相对的贵妇》（*The Rival Ladies*，1664）中开始小部分用韵，到了《印第安女王》（*The Indian Queen*，1664）和《印第安皇帝》（*The Indian Emperor*，1665）则是全剧用韵，而这些剧作在舞台上先后取得了成功。伦敦城在 1665—1666 年间爆发大瘟疫，离城索居的德莱顿开始能够安静下来思考诗学的问题，也就是在此时，他完成了他最负盛名的批评之作《论戏剧诗》，其中就包含有他对用韵进

---

[1]   Jacques D. Du Perron, *The French Anas* (Volume 2); *Charpentier, Santeuil, Colomies, Scaliger, Menage, Boileau.* London: R. Phillips, 1805, p. 296.

行的思考和辩护。所以，德莱顿坚持在诗中用韵有其外部原因，包括迎合当时观众的审美趣味和受到来自法国的影响，他也从文学内部对诗歌用韵的机制进行研究，从学理上为用韵找到了其内在的成立依据。

谈到德莱顿对用韵的偏爱，不能不提到他与其妻兄罗伯特·霍华德爵士（Sir Robert Howard，1626—1698）之间就用韵问题所进行的争论，上文中提到弥尔顿在其新版《失乐园》的序言里增加了对于用韵的批评，就是他对此二人关于该争论所做的反应。德莱顿与其妻兄所争论的焦点，就是戏剧呈现同现实本身之间的关系问题。霍华德认为戏剧是要让观众投身于一个虚构的现实，可是用韵让他们打破了这种虚幻，因为现实中的人们说话从来不用韵，这样就让观众不会相信剧中人物是在真实地说话；而德莱顿则认为戏剧不是对人们生活的如实反映，它只是对现实的一种拔高的映像（"Heightened image"）。德莱顿认为用韵的目的是引导观众的注意力并使台词更为紧凑，而且用韵决不会让观众相信他们所面对的场景就是现实，因为讲出这些台词的不是剧中人物，其实只是作者而已。关于这个真实性的争论，在《论戏剧诗》中代言罗伯特·霍华德爵士的 Crites 最后也承认戏剧的真实性能够欺骗观众，是因为观众愿意被欺骗，而且他们一直就知道自己是在被欺骗——这就是 19 世纪诗论中所谓的 "Willing suspension of disbelief"（"甘愿悬置'不信'"）。

Crites 和德莱顿的代言人 Neander 还就用韵的其他许多方面展开过辩论，如 Crites 认为古人在作品中所使用的无韵体才是更自然的表达，他还通过引证古人如亚里士多德和奥维德来加以说明，而 Neander 则回答不能简单地征引古人，因为语言已经发生了变化，古人的模范作用不再，现代诗歌有自己的特点，其中一个重要特点就是现代的诗歌使用韵脚而不是靠古代诗歌的音节来区分诗行。Neander 还指出，今天的诗歌要超越的不是古人，而是琼生、弗莱彻和莎士比亚等前代诗人；他就反对者指责用韵不过是用作修饰的轻薄之举进行反驳，称用韵是没有先例的一种革新，它有更大的作用，是现代诗歌的材料而不仅仅只是修饰。总之，德莱顿认为押韵正是英国诗歌获得成功的关键，无韵体虽然接近于双行韵体，但是它不能获得同韵体一样的历史效果，而且之前锡德尼就曾宣称当代诗歌的主要生命力就在于用韵。[1]对于用韵在英诗创作中愈趋流行和重要的事实，弥尔顿最终也不得不承认，说因为一些现代著名诗人对诗韵的使用[2]，诗韵已经变得更加优雅："grac't indeed since by the use of some famous modern Poets."[3]（经一些现代著名诗人使用后，的确变得优雅。）Gosse 看到了诗歌中诗法的变化，注意到双行韵体逐渐取代无韵体的现象，他说：

> The most obvious phenomenon connected with the change of poetry was the gradual substitution, in non-dramatic verse, ... of a single normal instrument of versification, namely, the neatly balanced and unbroken heroic couplet. [4]

（诗歌上的变化，一个最明显的现象就是在非戏剧诗中，对于单独一种常用的诗法工具所进行的逐步取代，这就是，极为整洁平衡并连贯的英雄双行体。）

二　为用韵辩护：韵的作用

捍卫无韵体的人认为无韵体是自然的语言，或者按照弥尔顿的说法，是"自由"思想的表达方式，但是德莱顿认为无韵体也是不自然的，他不赞成在诗歌中使用无韵体，虽然他也承认莎士比亚等人使用的是无韵体——尽管他也不免犯有错误，并且使用无韵体的莎士比亚

---

[1]　John Dryden, "Preface to Troilus and Cressida", *Essays of John Dryden*, Vol. I, ed. W. P. Ker. Oxford: Clarendon Press. 1925, p. 204.

[2]　弥尔顿对阿里奥斯托和斯宾塞等人都持有敬意，甚至对于德莱顿，他也不否认他是一位有名声的诗人。（见 "Dryden's 'Memorable Visit' to Milton," Huntington Library Quarterly, XVIII (1955), pp. 99-108。）

[3]　John Milton, *John Milton: The Critical Heritage*, Volume 1, 1628—1732, London and New York: Routledge, 1999, p. 73.

[4]　Edmund Gosse, *A History of Eighteenth Century Literature*, London and New York, 1889, p. 2.

还成为了他们时代的伟大诗人（"undoubtedly a larger soul of poesy"）。在《论戏剧诗》中，德莱顿认为无韵体是一种混合的形式（A hybrid form），他称之为散文的格式（*prose mesurée*），这种格式适用于戏剧写作，因为戏剧中所使用的比喻性语言对于语言的格式要求散漫而不严谨，而且德莱顿认为英语语言天然容易流入无韵体形式——其言外之意可能是无韵体就如英语这种野蛮出身的民族语言本身一样缺乏古典文学语言的精致，所以写作同日常表达相近的散文时不可避免地会使用到无韵体：

> blank verse... into which the English tongue so naturally slides, that, in writing prose, it is hard to be avoided. ①
>
> （无韵体，是英语语言非常自然采用的格律。在散文写作中，尤其难以避免使用它。）

在德莱顿看来，无韵体的这种天然散体性质决定了它不能用于戏剧之外的诗歌中，因为它也会容易让诗变成散文。反之，如果在诗歌中用韵，则可以避免诗歌产生散文化的倾向，而且押韵还能增强诗歌的听觉效果。同散体形式不同，押韵有时需要人为的艺术加工，比如通过倒装的方式来产生韵脚，并因此让该诗行产生停顿，德莱顿对此曾有过这样的说明："inverting the order of their words, constantly close their lines with verbs."②（颠倒它们词语的顺序，常常以动词来结束诗行。）德莱顿的这句话不但说明了用韵的性质——即要通过主动的艺术手段来产生韵脚，而且他还提示了诗歌韵脚的一个特点，就是韵脚一般使用动词等实词作为韵词。这其实也是古典诗歌传统给予他的启示，因为在拉丁诗歌中也是常常以动词来结束诗行，拉丁语言本身就是倾向于让动词置后的倒装形式，在弥尔顿的诗歌中，这种拉丁化的句法也非常明显。拉丁诗歌具有语言本身的动词自然置后特点，把这

---

① John Dryden, "Epistle Dedicatory of the Rival Ladies", *Essays of John Dryden*, Vol. I, ed. W. P. Ker. Oxford: Clarendon Press. 1925, p. 6.

② Ibid. .

种特点移植到英语诗歌里就产生了修辞性的倒装句法，德莱顿认为这种因用韵而进行倒装的修辞让诗歌更具诗的特性。对此，他举例说，无韵体中使用"Sir, I ask your pardon."合乎英语正常的口语表达而显得更为自然，然而在诗歌中为用韵则可能会使用"Sir, I your pardon ask."这种倒装句法。虽然这种句法不合乎日常习惯，但正是这种人为制造的"陌生化"句法让诗歌语言同日常语言拉开距离，而凸显诗歌的诗性特征，所以对于后一种写法的人，德莱顿认为他才算是对于语言（诗歌的语言）有所掌握。① 也许有人担心使用这样的修辞手段来达到用韵的目的，可能让韵体诗行的语言显得不够自然，但是德莱顿认为诗行语言是否自然不在于是否使用了这样的手段，而在于是否选择了恰当的词语和是否将词语放在了合适的位置上，一旦合适的词语放在恰当的位置，用韵就会自然而至：

but when'tis so judiciously ordered, that the first word in the verse seems to beget the second, and that the next, till that becomes the last word in the line, which, in the negligence of prose, would be so. ②

（当审慎地排列好顺序后，诗行中的首个词语似乎派生出第二个词语，接着又生出下一个，直到一行的最后一个词语。不算散体写作的话，诗行中的词语都是如此。）

所以诗歌语言是否自然不在于使用了修辞手段——它只是表明了诗人对于语言的掌握，而在于他对词语的选择和选择它所在的位置：

For the due choice of your words expresses your sence naturally, and the due placing them adapts the rhyme to it. ③

（因为你对词语的恰当选择表达了你自然的思想，而对词语

① John Dryden, "Epistle Dedicatory of the Rival Ladies", *Essays of John Dryden*, Vol. I, ed. W. P. Ker. Oxford: Clarendon Press. 1925, p. 7.

② Ibid. .

③ Ibid. , p. 6.

的恰当安排又让节奏符合思想的表达。)

他坚持认为诗人的意图同用韵是相关联的,如果诗意是自然的,声音就会自然而至,只有懒惰的诗人才会看法相反。德莱顿总结说,韵体除了自身特点之外,它相比于散文有更多的优长:"it must then be granted, rhyme has all the advantages of prose, besides its own."① (必须要承认,用韵具有相对于散体的所有优点,包括它自身在内。) 韵体相对于散体有更多优长,它相对于无韵体(blank verse),依然有其许多优点。德莱顿在谈到韵体的优点时,重申了锡德尼在《为诗辩护》中关于用韵的传统看法,锡德尼曾经说过:

> the words (besides their delight, which hath a great affinity to memory)[are] so set as one word cannot be lost but the whole work fails; which accuseth itself, calleth the remembrance back to itself, and so most strongly confirmeth it. ②
>
> (利用韵脚组织在一起的词语——除了它们自身带来的快乐,它们同记忆还有极大亲缘关系,它们如同一个词语而不会被遗失,除非整部作品都失败了。它们归咎于自身,召唤记忆回归自身,又极强地重申自身。)

德莱顿也认为读者可以利用诗歌用韵来增强对诗行的记忆,因为韵可以将读者的记忆联结到一起;通过声音的相似,记住了第一行的尾韵词,就同时能够回忆起整个两行诗句。针对无韵体一无边际的叙述缺点:

> The great easiness of blank verse renders the poet too luxuriant; he

---

① John Dryden, "Epistle Dedicatory of the Rival Ladies", *Essays of John Dryden*, Vol. I, ed. W. P. Ker. Oxford: Clarendon Press. 1925, p. 7.

② Philip Sidney, "An Apology for Poetry," in *The Norton Anthology of Theory and Criticism*, ed. Vincent B. Leitch, New York: Norton, 2001, p. 347.

is tempted to say many things, which might better be omitted, or at least shut up in fewer words. . . ①

（使用无韵体的极大容易度让诗人过于奢侈，他因此可以谈论许多话题，而这些话题最好被省去，或者至少用更少的词语来表达……）

德莱顿认为用韵可以将诗人的表达限制在双行之内，这样诗人要在双行的范围内进行构思，就要努力把自己的意思通过特定的词语来表达，这时用韵就会自然发生，而不是相反。诗人的想象力在德莱顿看来具有野性而不遵循法则（Wild and lawless），因此往往需要对其进行限制，而用韵却可以节制诗人想象力的无限发挥："that it bounds and circumscribes the fancy."（它对想象力进行规范和限制。）② 想象力的自主性被限制，它不得不接受判断力（Judgement）的参与，判断力就会根据用韵的需要而去掉那些毫无用处的词语。还有对于韵体的认识仅限于它是对意义的一种修饰，仅可以 "make that which is ordinary in itself pass for excellent with less examination"（用韵使本身平淡无奇的诗歌可以少经审查而加入优秀诗歌的行列）德莱顿的解释更为自信，既然用韵可以限制漫无边际的想象，能让诗人的判断力充分发挥作用，那么它一定也可以 "bring forth the richest and clearest thoughts"③（生发出最丰裕和最清晰的思想来）。

德莱顿为诗歌的用韵进行辩护，而他认为写作史诗更需要用韵。弥尔顿在《失乐园》序言中认为在长篇的作品中不能用韵，他的意思很明显，就是说在史诗一类叙事长诗中用韵是不合法的，而德莱顿正是要坚决捍卫在史诗一类严肃的诗歌中可以用韵，甚至他让他的妻兄也不得不承认："... that rhyme, which you acknowledge to be proper to

① John Dryden, "Epistle Dedicatory of the Rival Ladies", *Essays of John Dryden*, Vol. I, ed. W. P. Ker. Oxford: Clarendon Press. 1925, p. 8.

② Ibid. .

③ Ibid. .

epic posey..."① 德莱顿一直希望可以使用双行韵体写出一部史诗，虽然他最后没能实现这个愿望，但是他诗歌中最接近史诗的讽刺诗《押沙龙与阿齐托菲尔》使用的正是双行韵体。弥尔顿使用无韵体写作了《失乐园》，出于对韵体的自信，德莱顿甚至还使用了双行韵体对该诗进行了改编。② 他坚持认为韵体是写作严肃诗歌——史诗和悲剧的最恰当文体形式，在 "A Defense of an Essay of Dramatic Poesy" 中他自豪地说：

> I still shall think I have gained my point, if I can prove that rhyme is best, or most natural for a serious subject. ③
>
> （我仍然认为我的观点有理，如果我能证明用韵是最佳的，或者说，对于一个严肃的题目而言，是最为自然的。）

不但如此，他也早已看到西班牙和意大利的诗人们在严肃的悲剧诗中成功地使用过韵："All the Spanish and Italian tragedies I have yet seen, are writ in rhyme."④（我所见到的所有西班牙和意大利的悲剧都是以韵体的形式写成。）既然悲剧和史诗之间所具有的近缘关系，适合于悲剧的韵体，自然也适合于史诗。⑤ 德莱顿声称韵体在他们的时代已经获得完善："'Our age is arrived to a perfection in it...'"⑥（我们的时代在韵的使用上已经臻于完善……）并多次强调韵体是最接近自然的英雄诗体："heroic rhyme is nearest Nature, as being the noblest

---

① John Dryden, "Of Dramatic Poesy", *Essays of John Dryden*, Vol.I, ed.W.P.Ker.Oxford: Clarendon Press.1925, p.100.

② 虽然德莱顿在另外一处承认弥尔顿的《失乐园》是一部了不起的诗歌，自己的改编不如原诗伟大，但是他也没有承认使用韵体导致了自己改编的失败。

③ John Dryden, "Of Dramatic Poesy", *Essays of John Dryden*, Vol.I, ed.W.P.Ker.Oxford: Clarendon Press.1925, p.113.

④ Ibid., p.6.

⑤ "... that if rhyme be proper for one, it must be for the other."（"Of Dramatic Poesy", *Essays of John Dryden*, Vol.I, p.102.）

⑥ John Dryden, "Of Dramatic Poesy", *Essays of John Dryden*, Vol.I, ed.W.P.Ker.Oxford: Clarendon Press.1925, p.99.

kind of modern verse. . . "① （具有英雄性质的韵最为接近自然，因为它是现代诗歌中最高贵的类型……）

德莱顿为诗歌用韵进行辩护，对于诗韵他也提出过许多有益而有说服力的观点，这些都散见于他的各类批评作品中。总之，德莱顿在诗歌中用韵有其外部原因——时代和观众的趣味影响了他使用诗韵的观点，他更在学理上、从诗歌本身以及创作实践分析了用韵的优点和所带来的好处，而德莱顿自己更以其丰富的诗歌创作为用韵进行了实际的展示和有力的辩护。②

三　双行韵体与"英雄"的双行体

这里讨论德莱顿在诗中用韵和使用双行体实际上是同一个问题的两个方面，对于德莱顿本人而言，无论为用韵进行辩护还是坚持使用双行体也都是为了实现"英雄的"双行体成为他心目中的史诗诗格，所以这二者是紧密联系共同服务于一个整体的问题。十音节诗行的双行韵体或曰英雄双行体在德莱顿之前并不陌生，因为从 14 世纪开始就出现了乔叟的最早使用，在其一度沉寂之后又经文艺复兴时期斯宾塞的推动和发明，到德莱顿的时代都已经有了两百多年的历史。英雄双行体在这期间的使用和发展，还仅仅是作为写作诗歌的一种格律而

---

① John Dryden, "Of Dramatic Poesy", *Essays of John Dryden*, Vol.I, ed.W.P.Ker.Oxford: Clarendon Press.1925, pp. 101, 115.

② 当然必须承认，后期的德莱顿对于用韵开始变得没有那么热衷，他也承认自己对用韵态度的变化并把用韵比作令人生厌的情人，他在他写作的最后一部悲剧（"Aurungzebe", 或称 "The Great Mogul", 使用无韵体写成）的序言里说：

"Not that it's worse than what before he writ,
But he has now another taste of wit;
And, to confess a truth, though out of time,
Grows weary of his long-loved mistress, Rhyme."

虽然如此，德莱顿永远没有否定为用韵所作的辩护理论，如他在 *Preface to All for Love* （1678）中说："Not that I condemn my former way, but that this is more proper to my present purpose." 但是这种改变，对于德莱顿的对手来说，无疑又成为他们攻击其 "inconsistent" 的又一个证据。

已，并没有带上某种明显的诗体性质，也就是说，它还没有固定成为某一类诗歌的特殊格律，就英雄双行体而言，它还没有正式声明同"英雄的"诗歌联姻，英雄双行体的诗格同英雄史诗的联姻经过德莱顿的撮合才正式宣告成功。接下来我们就具体来了解德莱顿的双行体和他对双行体所进行的改造，从而使双行体真正具有"英雄的"色彩，因此可以名正言顺地称呼他的诗剧为英雄诗剧，他的讽刺诗是英雄讽刺诗。于是，这就需要我们首先要对德莱顿之前的双行体作出一个简单的说明：先前的诗人们是如何使用双行体的？他们的双行体有何特点？这些双行体最终如何逐渐在德莱顿的手中被"史诗化"？虽然之前已经谈到过德莱顿因为追求适合英语语言的诗韵，期望能与古典诗相媲美的诗格空间，又要求在诗中用韵，如此等等因素，让他最终选择了双行韵体。但是我们尚未对双行韵体勾画出一个清晰的外貌，即还没有给予双行体一个规定自身的定义。这主要是因为对英雄双行体进行定义是一件非常困难的事情，事实上，要给予它一个能包含其所有可能性的定义几乎是不可能的，因此在前文对双行韵体作出了许多特征说明之后，此处紧承前文，从其形式上及与形式相关的特点方面对双行韵体作出一个概括性的说明，以此让双行韵体的面目变得更清晰一些。这里采用 James L. Skinner 在他的博士学位论文里对双行韵体从形式上所作的一个定义性的说明：

> the "norm" for the couplet as two end-stopped lines of rhymed iambic pentameter that contain a complete thought. The lines of a "normal" heroic couplet have a marked tendency toward balance, antithesis, and an epigrammatic effect. They contain a strong medial caesura, monosyllabic rhyme-words, and emphatic words at line-endings; and they contain little or no trisyllabic substitution or intermingling of feet, as well as little syllabic equivalence. [1]

---

[1] L. James Skinner, *William Cowper's Use of the Heroic Couplet*, Michigan: University of Arkansas, 1965.

（惯常的双行体是一个于结尾停顿的两行，为押韵的抑扬五音步格，且包含着一个完整的思想。标准的英雄双行体有明显的倾向，即侧重于结构平衡、内容对照并追求警句式的效果。行中有强烈的停顿，押韵使用单音节词，行末的词语都具有强调性质。双行体少用或不用三音节的替代词或者混用音步，以及极少使用对称的音节。）

　　使用双行韵体作为诗歌介质的诗人们，因为他们的诗歌风格不同，这就造成了难以从总体上对它作出一个标准的定义，但是从双行体开始出现到诗人们持续使用这一媒介创作以至于今天，它的诗体形式则得到了广泛而深入的研究，人们对双行韵体的形式已有了比较充分的了解，所以从形式上对双行体进行描述因此成为可能。Skinner 在前人研究的基础上所作的这个总结比较全面，当然他是以封闭双行韵体（Closed Heroic Couplet）作为对象进行描述和定义的：抑扬五音步的诗行格律，平衡、对照的双行作为一个意义单位整体，行末和行中的停顿构成一个三级的意义等级结构（Tripartite hierarchy of pauses），用韵的词语多为单音节的动词或名词等实词，这些形式特征都在这个定义里得到了说明。①

　　英语的英雄双行体完全是其民族文学的产物，是通过慢慢地演变而成形的。② 在德莱顿之前，英诗的双行韵体经历了一个很长的发展过程。学界一般认为中世纪最末或曰文艺复兴之初的英国诗人乔叟是使用这种诗体格律的第一人，到了文艺复兴时期则被当时的诗人们广泛地使用于叙事诗、警句诗、哀歌体和讽刺诗当中，其中以斯宾塞对该诗体的使用最为突出，再到德莱顿的 17 世纪，英雄双行体已经有了两百余年的历史。然而从乔叟的双行体到德莱顿的双行体，其间已

---

　　① 更详细、具体的说明，可以参见 Willam Bowman Piper 所著 The Heroic Couplet（Cleveland & London：The Press of Case Western Reserve University，1969）第二章 "The Nature of the Closed Heroic Couplet"。

　　② Wood, Henry, "Beginnings of the 'Classical' Heroic Couplet in England", The American Journal of Philology, Vol. 11, No. 1（1890），p. 73.

经发生了极大的变化，以至于很难从形式上简单地把他们的双行韵体看作是完全相同的诗体。比如对于双行韵体中的用韵，加斯科伊涅在他的文章 *Certayne Notes of Instruction*（1575）中区分乔叟的韵为"riding rime"（骑韵），他并指出乔叟的这种"riding rime"其性质是：

> as this riding rime serueth most aptly to wryte a merie tale, so Rythme royall is fittest for a graue discourse. ①
>
> （骑韵极为适合用于写作快乐的故事，而庄重的韵则最适合进行严肃的表达。）

即"Riding rhyme"不同于"Rythme royall"，前者宜于讲述欢快的故事，后者则是用来描述严肃的题目。因此显而易见，对于德莱顿的英雄戏剧和他的讽刺诗，他都无意使用这种欢快的"Riding rhyme"，所以虽然同是使用双行韵体，但是乔叟所使用的双行体同德莱顿所中意的英雄双行体当然不会相似。普滕南姆在谈论诗行的行间停顿时也呼应加斯科伊涅对乔叟用韵的说法：

> But our auncient rymers, as Chaucer, Lydgate, & others, vsed these Cesures either very seldome, or not at all, or else very licentiously, and many times made their meetres（they called them riding ryme）...②
>
> （但是我们古代的用韵诗人们，如乔叟、Lydgate 及其他人，要么很少使用停顿，要么根本不使用，或者使用起来毫无节制……）

由此看出，乔叟的双行体在加斯科伊涅看来具有不严肃的轻佻性

---

① "Certayne Notes of Instruction"（1575）, in *Elizabethan Critical Essays*, ed. G. Gregory Smith（Oxford, 1904）, I, p. 56.

② "The Arte of English Poesie"（1859）, in *Elizabethan Critical Essays*, ed. G. Gregory Smith（Oxford, 1904）, II, p. 79.

质，而他在这种双行体内所使用的停顿（Caesura）在普滕南姆看来更具消极的性质，所以他使用了"放荡、放肆"（licentiously）一词，从而把乔叟的双行体属性定位得更为低下。再来看文艺复兴时期斯宾塞等人发展起来的双行韵体，这一时期的诗人们所使用的双行体多是模仿拉丁语哀歌体的对句，在罗马诗人中，警句诗人马歇尔尤其钟爱这种对句的哀歌体。这种哀歌体的对句虽然也是一种封闭型的双行形式，但是它的构成是第一行的六音步长短短格再接下一行的短长五步格，因此这种格律不同的双行也同之前和之后的双行都有区别。所以当 William Brown Piper 不加区分地笼统说明文学史上的十音节诗行的双行韵体，认为它们都源自英语诗歌的英雄诗传统，所有的双行都是英雄的双行：

Since the decasyllabic line is the traditional heroic line of English poetry, every English decasyllabic couplet is heroic couplet. ①

（既然十音节诗行是英文诗中传统的英雄诗行，因此每一个十音节的双行都是英雄的双行。）

Thomas Kaminski 对此表达了强烈反对，他认为 Piper 的说法太过宽泛，因此没有任何意义，因为他混淆了不同诗人诗歌的不同风格，他们所使用的双行韵体各自除了尾韵相似之外，它们之间没有其他任何相似之处。②

上文刚刚提到，16 世纪英国诗人的双行韵体受罗马哀歌体的影响，他们既追求双行体的修辞形式，倾向于使用封闭型双行，也力求原创作品在语言上的流动（verbal dynamics）。多恩使用双行体创作哀歌，马洛首先在叙事诗中使用双行韵体，紧随马洛的 Michael Drayton 和 William Browne 为了满足叙事需要而进一步增加跨行，使双行的结

---

① Piper, William Bowman (1969), *The Heroic Couplet*, Cleveland: The Press of Case Western Reserve University, p. 3.

② Thomas Kaminski, "Edmund Waller's 'Easy' Style and the Heroic Couplet", *SEL Studies in English Literature* 1500—1900, Vol. 55, No. 1, Winter 2015, p. 116.

构变得松散；只有霍尔对其结构加以控制，注意在双行尾部对诗意进行停断（Endstopped）。到了 17 世纪，琼生在拉丁六步格的影响下发展出双行体的新风格，他重视行中停顿，反对跨行，他的双行呈现出格律严明而有阳刚之气的特征。琼生之后，所谓 "Sons of Ben" 们也都有双行体创作，但是如 Robert Herrick 和 Thomas Carew 等人的双行体缺乏力度。到了 17 世纪 30 年代，英国诗人们已经创作了许多种风格的双行体，他们都为双行韵体注入了新的技巧，确定了新的规则，把双行韵体引入了一个新的时代。然而，对于之前出现的多种封闭型双行体诗歌，德莱顿唯独对 George Sandys（1577—1644）和 Edmund Waller（1606—1687）二人所使用的双行体表现出特别的欣赏。Sandys 是 Waller 的前辈，当之无愧是这一时期最重要的双行体诗人，他的双行体已完全不同于此前乔叟的双行韵体："Sandys' couplets are simply and easily distinguishable from those of Pope."[1]（Sandys 同蒲伯的双行体之间的差别比较简单而容易地加以区别。）Sandys 曾在法国游历，熟悉法国文学经典，受到法国文学权威 Francois de Malherbe（1555—1628）的影响，也了解他在法国语文界所进行的"古典语文"改革。[2] 此时法国知识界又高居欧洲翘楚的地位（"...stood at the intellectual head of Europe."），英国的古典主义也主要是从法国输入：

that the change to classicism in England was originally started by direct influence from France any more than from Germany, or from Holland, or from Spain. [3]

（英国开始转向古典主义，最初为来自法国的直接影响，它

---

[1] Wood, Henry, "Beginnings of the 'Classical' Heroic Couplet in England", *The American Journal of Philology*, Vol. 11, No. 1 (1890), p. 58.

[2] Malherbe 是法国文学界公认的权威，又因为同宫廷关系密切，他一直在影响着法国文学趣味的偏向。他在法国文学里进行了古典语文的改革，反对在诗中使用跨行（enjambement）。Sandys 游历过法国，当然也了解 Malherbe 的改革和他的主张。

[3] Edmund Gosse, *A History of Eighteenth Century Literature*, London and New York, 1889, p. 17.

比来自于德国、荷兰或者西班牙的影响要更为深刻。)

所以 Sandys 无疑受到了法国古典学精神的影响，他使用英雄双行体翻译了奥维德的《变形记》，反对在双行体中使用跨行，追求结构准确——琼生也曾说过跨行是"危险的玩意儿"（a dangerous plaything），进而以此确立起文艺复兴时期英国诗歌中双行韵体的形式和规则。Sandys 的双行体诗受法国古典诗学精神影响明显，他严格追求和谐的诗法，Henry Wood 因此声称 Sandys 给了英国双行韵体以整饬的形式①，所以毫不意外地，Sandys 的诗受到了后来英国古典派的欢迎。德莱顿在《古今故事集》的序言中就高度评价 Sandys，称他是

the best versifier of the former age, if I may venture to call it by that name, which was the former part of this concluding century.

（前一个时代里最好的诗体家，如果我斗胆可以如此称呼他的话。他是这个即将结束世纪里，影响过该世纪前一部分的人。）

Edmund Waller 在非常年轻时就开始写作双行韵体，至少不迟于 1623 年。但是 Waller 无意去恢复乔叟所遗留的双行体传统，也没有从法国人那里去接受哪怕丁点儿建议，他以自己的努力修正和强化了双行体的形式，并让这种特点在英国保持了至少一百五十年。② 他在英国的作用和地位被看作是等同于 Francois de Malherbe 在法国的影响。虽然 Waller 对双行体的改进没有朝向"英雄体"的方向，但是他对双行体的推进是革命性的。到了 1664 年，他就已经作为新诗派的创立者而为人所知，德莱顿的双行体无疑受到了他的极大影响，并在他的基础上把双行体推向了更为"崇高的"英雄诗歌地位，也是在同一年，德莱顿高度评价他的双行体：

---

① Wood, Henry, "Beginnings of the 'Classical' Heroic Couplet in England", *The American Journal of Philology*, Vol. 11, No. 1 (1890), p. 73.

② Edmund Gosse, *A History of Eighteenth Century Literature*, London and New York, 1889, p. 3.

the excellence and dignity of［rhyme］were never fully known till Mr. Waller taught it; he first made writing easily an art; first showed us to conclude the sense most commonly in distichs, which, in the verse of those before him, runs on for so many lines together, that the reader is out of breath to overtake it. ①

（用韵的本质和带来的庄严风格从未被完全了解，直到 Waller 先生教会大家。他首先让写作变得容易而成为一门艺术；他第一个向我们展示最常见的在对句内完成诗意——在他之前的诗中，诗意往往需要连续多行来完成，这让读者读完它们变得上气不接下气。）

德莱顿在这里承认了 Waller 至少在两个方面第一次给双行体带来了风格和形式上的变化，首先是他将写作变成了一种艺术，这可能是延续之前巴特勒的说法，他曾使用"Easiness"来描述 Waller 的诗歌风格；另一个他认为 Waller 第一次在诗歌节奏和双行体结构的张力中间找到了一种灵活的平衡，能在双行体的结构之内驾驭诗歌的内容。在德莱顿之前，Waller 的双行体不但非常严谨，而且鲜明地带有自己的独特风格。他的双行体温文尔雅，诗行轻松自然，没有尤文纳尔的凌厉和品达的粗犷，但是又不乏尊严的风度，这同琼生的双行体构成鲜明对比——琼生的双行体则显得人为因素太浓重，诗行太过严肃，所以琼生的双行体常常在诗意和节奏上发生紧张，而 Waller 却在意义

---

① "Epistle Dedicatory of the Rival Ladies"（1664），*Essays*，Vol. I，p. 7. 必须指出的是，Waller 的风格受到了法国才子诗人们（the French précieux poets）的影响，尤其是 Vincent Voiture。Dominique Bouhours 曾说 Voiture 教给了大家"aisée et délicate"的写作风格："On peut dire que Voiture nous a appris cette manière d'écrire aisée et délicate qui règne présentement"。（P. J. Yarrow, *A Literary History of France*, Vol. 2, *The Seventeenth Century*, 1600—1715, 5 Vols.［London: Ernest Benn, 1967］, p. 160）蒲伯对 Voiture 也有过相同的评价："His easie Art may happy Nature sem，/ Trifles themselves are Elegant in him. "（*Poems of Alexander Pope*, ed. John Butt［New Haven: Yale University Press, 1963］, p. 169, line 3-4.）而对 Waller 本人所受到的法国影响，格雷（Thomas Gray）曾把他看作是法国学派（"School of France"）的领袖。

和格律间能轻松而自然地达到和谐。对于 Waller 的这种特点，Kaminski 认为他对英国诗歌的贡献就在于他将绅士之间侃侃而谈的风格带入了英文诗之中：

> This, then, was Waller's true achievement: he had adapted the rhythms of gentlemanly conversation to English verse. ①
>
> （Waller 真正的成就在于：他将一种绅士式的聊天节奏用于了英文诗。）

德莱顿强调 Waller 诗体所具有的 "Sweetness" 特征也是其诗行在声音效果上的表现，Kaminskin 认为这是 Waller 在有意或者无意之间将英文诗语言推向欧洲大陆音乐性的概念。②

Sandys 和 Waller 二人都从法国诗歌那里学到了平滑（Smoothness）和简易（Easiness）的诗风，复辟之后，这种诗风也在某种程度正好迎合了从法国回来的英王和他的大臣们的文学趣味，因此自然也会对许多保王派（Royalist）的诗人和作家产生影响，德莱顿也从前代的这些双行体诗人那里获得许多诗歌格律上的启示，他尤其强调 Waller 对于英国诗歌的贡献，把他称作 "the father of our English numbers"（我们的英语诗歌之父），并对他进行极度褒扬："unless he had written, none of us could write."（他如果不创作诗，我们没有人敢称自己是在创作。）虽然德莱顿承认 Waller 等人对于英诗的贡献，但是这种平易轻松而具绅士风度的诗歌风格并不适合所有的主题和类型，而德莱顿一直是要寻找一种比 Waller 诗风更为宏大和崇高的史诗风格。Waller 的这种诗歌形式（vers de société）自然适合他所写作满足贵族情调和智力的风雅主题，但是缺乏深度，所以要把双行体用于更严肃和宏大的史诗主题，自然得使用新的诗法对 Waller 的双行体进行转换，使他的甜美风格（Sweetness）转变成具有英雄气的（Heroic）史诗风格。

---

① Thomas Kaminski, "Edmund Waller's 'Easy' Style and the Heroic Couplet", *SEL Studies in English Literature* 1500—1900, Vol. 55, No. 1, （Winter, 2015）, p. 104.

② Ibid., p. 111.

开始这种风格转换的人，德莱顿认为是 Sir John Denham（1615—1669），Denham 为双行体加入了崇高和威严的特征：

> This sweetness of Mr. Waller's lyric poesy was afterwards followed in the epic by Sir John Denham, in his *Cooper's Hill*, a poem which... for the majesty of the style, is, and ever will be, the exact standard of good writing. ①

（Waller 先生抒情诗的甜美，随后有 John Denham 爵士的史诗"Cooper's Hill"……这首诗的庄严风格，现在是，也将永远是好作品的精确标准。）

Denham 也是一位保王派，他在 *Cooper's Hill*（1642）这首诗中对社会、历史和政治问题都有直接或者间接的反思，意在教导人们去认识世间事物的自然秩序，去绥靖当时民众中普遍存在的躁动和不安情绪。所以诗歌主题和写作目标的不同，让 Denham 的双行体有更切实的内容和更直接的诉求，因而同 Waller 追求智性复杂和雅趣的双行体不一样。蒲伯在他的《论批评》一诗中揭示出了 Denham 和 Waller 二人各自的特点："And praise the easy vigor of a line/ Where Denham's strength and Waller's sweetness join."②（赞美诗行从容的活力/Denham 诗行的力量同 Waller 的甜美在此汇合。）而对于双行体本身，Denham 也不遗余力地在其结构内部寻找平衡和对照，既要保持语言的自然节奏，又要在这些平衡的句组中增加内部重力。③ 然而，真正建立起这种双行体内英雄诗法的诗人还是德莱顿自己。德莱顿从之前的双行体

---

① John Dryden, "Epistle Dedicatory of the Rival Ladies"（1664）, *Essays I*, ed. W. P. Ker, Oxford: The Claronden Press, 1926, p. 7.

② Alexander Pope, "Essay on Criticism", *The Norton Anthology of English Literature*, 7th edition, ed. M. H. Abrams, Stephen Greenblatt, New York and London: W. W. Norton & Company, line 360-361, p. 1131.

③ Thomas Kaminski, "Edmund Waller's 'Easy' Style and the Heroic Couplet", *SEL Studies in English Literature* 1500—1900, Vol. 55, No. 1,（Winter, 2015）, p. 112.

诗人尤其是 Waller 那里理解了双行体结构内的停顿，可以容纳多样的节奏变化，也可以创造出词语多种自然的重读层级。① 然而他比他的前辈 Waller 以及 Denham，对节奏和停顿的把握和运用更为自然巧妙，更富艺术表现力。他从主题和语气上已完全去掉了 Waller 诗中绵柔的贵族气，而在自己的双行体中树立起了一种强健而刚毅的气质，这从他的几首讽刺诗中可以明显地注意到这些英雄诗体的特点。下面是他的讽刺诗《麦克·弗雷克诺》开头的几句诗：

All human things are ｜ subject to decay
And, ｜ when Fate summons, ｜｜ monarchs must obey.
This Flecknoe found, ｜｜ who, ｜ like Augustus, ｜ young
Was called to empire ｜｜ and had governed long,
In prose and verse ｜｜ was owned ｜ without dispute
Through all the realms ｜｜ of Nonsense absolute.
—John Dryden, *MacFlecknoe*, line 1–6②

阅读这开头的六行诗，可以发现德莱顿对行间节奏停顿（pauses）、句组的运动（phrasal movement）进行了复杂而巧妙的设计，对词语重音层次（natural emphases）按其轻重缓急进行了恰如其分的安排，从口中诵出这几行诗，感觉其出语自然而字句铿锵，音韵和谐而流畅，声音的流动和诗意的推进配合整饬，读者不会有丝毫阻塞和别扭之感。诗意流动被稳稳地控制在双行空间内，充溢而没有狂野不羁不受制约。虽然第二个双行的意义跨入了第三个双行，但也是在其语意充分的基础上，利用第三个双行进行进一步的补充和说明，没有显得句意的人为拉断而给读者以突兀之感。反而当读者读到第三个双行时，随着更多信息的补充，读者获得饶有兴趣的释然。而且高

① Thomas Kaminski, "Edmund Waller's 'Easy' Style and the Heroic Couplet", *SEL Studies in English Literature* 1500—1900, Vol. 55, No. 1, (Winter, 2015), p. 113.

② John Dryden, *The Poetical Works of John Dryden*. Edited by W. D. Christie. London：Macmillan and Co., 1886, p. 141.

明的读者也能觉察出来，即使第二个双行的意义滑入第三个双行，诗人还是在稳当而轻便地把诗意的运动控制在自己的掌握之内，他对此的驾驭游刃有余而不会让自己的意图无端溢出，不会让意图同结构产生悬而不决的冲突，以致无法调和而失去配合，他绝不会让诗意在多个双行间延宕不止。

对于双行体诗法的精雕细琢，追求诗行的自然平易，灵活运用停顿和句组，经过 Waller 之手，尚显得有些做作，但是到了德莱顿手中，被他运用得更加精妙恰当而自然无碍。对于他的所长，德莱顿甚为自信，同时他也看到了许多诗人运用双行体所表现出的笨拙和不成熟。他曾疼惜 Oldham 的早逝，写诗进行哀悼。虽然他对这位小友认同处甚多，但是仍然指出他的不足是 "the harsh cadence of a rugged line"（磕磕绊绊诗行里令人不快的节奏），并以为要是天假其年，一定会让他的诗法更为圆熟："It might（what nature never gives the young）/ Have taught the numbers of thy native tongue."① （它可能早已教会——这种才能老天从不给予年轻人/利用本土语言作诗）除了结构和形式上的这些精当处理，诗人对主题和用词的配合立即让读者联想到基督教和古典史诗传统下的宏大主题，如人类的创生与归于尘土、少年的英雄气概、王室的宏大与久长等等。读者如果尚未阅读到第 6 行末尾，一定以为到这是诗人所写的一部史诗。把蒲伯对德莱顿的评价放在这里，更能说明问题：

> Waller was smooth; but Dryden taught to join
> The varying verse, the full resounding line,
> The long majestic march, and energy divine.
> —Alexander Pope, *Epistles I*, Book II. Line 267–269
> （Waller 的诗流畅，但德莱顿在诗中
> 增加了变化，使诗行音韵变得响亮，

---

① John Dryden, "To the Memory of Mr. Oldham"（1684）, *The Norton Anthology of English Literature*, 7th edition, ed. M. H. Abrams, Stephen Greenblatt, New York and London: W. W. Norton & Company, line 16, 13–14, pp. 909–910.

长而宏伟的诗行推进，还有诗行的神圣能量。)

　　德莱顿在双行体的使用上终于成功地创造了自己的诗法，把
Waller 的平易风格转化成为可以表达更严肃主题的英雄诗体。德莱顿
的成功离不开 Waller 之前在双行体内部进行的探索和尝试，也离不开
Denham 的创作去证明双行体在轻松欢快的主题外，还可以向正式和
严肃的题材靠拢。最后到了德莱顿那里，他给这种新的双行体注入了
更为 "weightier" 的内容，将其用到了政治讽刺诗和教诲诗的写作之
中，并以这种双行体来翻译古典的英雄格诗歌，这时的双行体才正式
成为 "英雄式的"，并不是所有的封闭双行体都是 "英雄的" 双行
体，如 Kaminski 所说的那样： "for the heroic couplet is not just any
closed couplet..." ①（英雄的双行不等于所有的封闭双行……）因此，
英文诗中的双行体只有经过德莱顿之手才正式可以称为英雄双行体，
他使用 "英雄的" 双行体创作了史诗化的讽刺诗，给讽刺诗带来了焕
然一新的史诗面貌，为讽刺诗的发展指引了一个新的方向。正因为德
莱顿对讽刺诗诗法的探索和对讽刺诗的改造，给讽刺诗带来了新的变
化，而他以自己的英雄讽刺诗的创作实践，为 18 世纪蒲伯和约翰逊
等人讽刺诗创作提供了动力和典范，从而影响了一代讽刺诗的风格和
特点，并因此造成了奥古斯都时期讽刺诗的发展和繁荣。

---

① Thomas Kaminski, "Edmund Waller's 'Easy' Style and the Heroic Couplet", *SEL Studies in English Literature* 1500—1900, Vol. 55, No. 1, (Winter, 2015), p. 115.

第五章

讽刺诗与英雄史诗

第一节　古典讽刺诗与史诗

一　英雄诗、史诗和讽刺诗

德莱顿对英雄诗和史诗情有独钟，在《关于讽刺诗的起源与发展》一文中，他时时着眼于讽刺诗同英雄诗和史诗之间的关系，他甚至以为讽刺诗就是一类英雄诗，在该文中他说："...as in heroic poetry itself, of which the satire is undoubtedly a species."① （在英雄诗中，讽刺诗毫无疑问是其中一类。）在把讽刺诗进行英雄诗化的过程中，布瓦洛无疑是他的导师，而布瓦洛又从意大利人 Alessandro Tassoni （1565—1635） 那里获得灵感。Tassoni 的 *La Secchia Rapita* 是一首"瓦罗式讽刺"，使用的是八行英雄诗节，其诗节的前六行通常遣词庄重堂皇，而后两行就转入嘲弄和讽刺。布瓦洛以该诗为模范并使用法国的英雄诗体对其进行了创造性模仿而创作了讽刺诗 *Le Lutrin*，布瓦洛把自己的讽刺诗称作是英雄诗。德莱顿认为该诗虽然主题并不重大，但是他的诗却是宏伟的。② 他称该诗是

the most beautiful and most noble kind of satire. Here is the majesty

---

① John Dryden, "Original and Progress of Satire", *Essays II*, ed. W. P. Ker, Oxford: The Claronden Press, 1926, p. 108.

② Ibid., p. 190.

of the heroic, finely mixed with the venom of the other; and raising the delight which otherwise would be flat and vulgar, by the sublimity of the expression. ①

（最优美、最高贵的讽刺诗。英雄诗的庄严同讽刺诗的狠毒优雅地结合在一起，通过崇高的表达而带来快乐，否则它只会显得平淡而粗野。）

　　讽刺诗之所以在布瓦洛手中成为英雄诗，德莱顿在这里揭示出一个重要的理由，就是该诗使用了崇高的表达。此前，德莱顿也说过布瓦洛使用了法国的英雄诗格。可见崇高的表达不单单指遣词，还包括诗歌所使用的诗格形式。在德莱顿的诗论中，不难发现他极为推崇英雄诗，也极力赋予自己创作的诗歌以英雄诗的特征。即使在古典诗论中被认为是低下的讽刺诗——亚里士多德的诗论，德莱顿也不遗余力发掘和改造其成为英雄诗的可能性。他把法国的布瓦洛看作是将讽刺诗纳入英雄诗范围内的一个成功典型，而他自己的讽刺诗如《押沙龙与阿齐托菲尔》和《麦克·弗雷克诺》等都不言而喻属于英雄诗的范围。虽然在《关于讽刺诗的起源与发展》一文中他并没有如此明白表述，但他在该文中却明白指出他的这些讽刺诗是属于"瓦罗式讽刺"——从 Alessandro Tassoni 到布瓦洛，他们都已成功地将"瓦罗式讽刺"改造成为了英雄诗的一种类型。

　　一提起英雄诗，人们马上就会想到文学史上许多歌颂英雄的具体诗作，但是要对英雄诗进行定义却不是一件容易的事情，因为英雄诗有许多特征，很难仅给出一个特征就足以对它们进行完整说明。塔索曾如此定义英雄诗：

A heroic poem (that is, an epic) is an imitation of noble action, great and perfect, narrated in the loftiest verse, with the aim of giving

---

① John Dryden, "Original and Progress of Satire", *Essays II*, ed. W. P. Ker, Oxford: The Claronden Press, 1926, p. 108.

profit through delight. ①

（英雄诗——即史诗，是对高贵行动的模仿，伟岸而完美，在风格崇高的诗中叙述出来，目的是要通过快乐而与人有益。）

在这个定义里，塔索将英雄诗等同于史诗，认为英雄诗是对高尚行动的模仿，该行动巨大而完美，以崇高的诗体对其进行讲述，目的在于通过快乐而与人有益。这个定义很容易让人联想起古典诗论里亚里士多德关于史诗所作的说明，因为它里面包含着古典诗论里对于史诗所规定的一些基本原则，如模仿崇高的行动，寓教于乐等。到了德莱顿所在的 17 世纪，在意、法和英国，对于英雄诗和史诗已经有了许多讨论。英国的一位文学理论家 Sir Richard Blackmore（1653—1729）曾追随法国的理论，主要是 Le Bossu（1631—1680），对史诗做过一个定义：

An epic poem is a feigned or devised story of an illustrious action, related in verse, in an allegorical, probable, delightful and admirable manner to cultivate the mind with instrucitons of virtue. ②

（史诗是对一个杰出行动进行想象或者精心设计而得到的故事，以寓言式的、可能的、快乐的和令人艳羡的方式在诗中讲述出来，而给予道德的教导并培养心灵。）

这个定义与塔索的相比，增加了进行"诗教"的方式。在 *English Literature in Context* 一书中，Paul Poplawski 对英雄诗下了一个不太严格的定义，认为它是

a long, narrative celebration of a military ethos, and of courageous

---

① Torquato Tasso, *Discourses on the Heroic Poem* (1594), book 1, trans. M. Cavalchini and I. Samuel, Oxford: Oxford University Press, 1973, p. 14.

② A. F. B. Clark, *Boileau and the French Classical Critics in England*, 1660—1830, Paris: Champion, 1925, p. 244.

individuals who risk life and limb to protect both their own honour and that of their people. ①

（对于战争和勇武的个人进行庆祝式的长叙事，英雄个人冒着生命和伤害之险，去保护他的人民和自己的荣誉。）

这个定义较之以前的讨论，明确指出英雄诗是叙事诗，突出了英雄诗和史诗的叙事性质，并指出英雄诗所叙述的是英雄个人为获取荣誉和造就人民福祉而勇于自我牺牲的事迹。塔索和 Blackmore 的定义更侧重于史诗所使用的诗体特点——须用崇高的诗体形式，同时强调史诗的伦理维度——史诗的教化作用。而愈到后来以至现代的理论，英雄诗和史诗的这个特点则开始逐渐被淡化。不过，这些定义虽然各有自己的侧重，但不难发现它们都还是对古典诗论的进一步阐述和具体化而已，"Noble/great action" "In verse" "Profit/instruction" "Delight" "Honor/sacrifice" 等都是这些定义中常见而通用的词语，因此也都可以从亚里士多德对于英雄诗和诗的论述中找到理论源头。

德莱顿在其给 Mulgrave 爵士的献辞 "Dedication of the Aeneis" 中对英雄诗做了一个长长的、周密的定义，或者毋宁说是对英雄诗特点进行总结的详细说明：

A heroic poem, truly such, is undoubtedly the greatest work which the soul of man is capable to perform. The design of it is to form the mind to heroic virtue by example; 'tis conveyed in verse, that it may delight, while it instructs. The action of it is always one, entire, and great...

（真正的英雄诗毫无疑问是最伟大的作品，这种作品是人类的心灵有能力完成任务。它的构思是通过模范的力量而塑造心灵，使之获得英雄的德性。它在诗中进行表达，它带给人们快

① Paul Poplawski, ed., *English Literature in Context*, Cambridge: Cambridge University Press, 2008, p. 40.

乐，同时，它也给予教导。它的行动永远是单一而完整的，并且
是伟大的……)

　　这里仍然可以注意到德莱顿与之前英雄诗或史诗诗论之间的连贯
性，但他这个总结中却有一处明显不同或曰推进，这就是德莱顿对英
雄诗的特别推崇以至于他把英雄诗联系到人的心灵和本性，所以相比
塔索的定义，德莱顿的说明所具有的道德伦理色彩更为浓厚。德莱顿
认为英雄诗是"人类的最伟大作品"（the greatest work of man），是
"人之本性的最伟大作品"（the greatest work of human nature），也是
"人之心灵所能进行的最伟大工作"（the greatest work which the soul of
man is capable to perform），德莱顿在这里其实已经把英雄诗等同于史
诗，二者之间并无区别。因为英雄诗是来自心灵的作品，所以它也必
然能在他人身上塑造出具有英雄品性的心灵——这在伦理维度上不遗
余力的推崇已经超越了一般"诗教"的范围，而具有某种宗教的性
质，所以在这一点上，几乎可以将其视作德莱顿在前代诗论上所进行
的特别推进。正因为英雄诗和史诗具有高度道德性的特点，所以在德
莱顿的眼中，英雄诗和史诗诗人几乎可以被看作是时代的道德家、伦
理家。在他繁杂的理论体系中，不时可见他对此的相关论述，比如他
认为英雄诗要体现出英雄的德性："A heroic poem is a venerable and a-
miable image of heroic virtue"（英雄诗是对英雄德行进行庄严而可亲的
描述。）而其中最应激发他人德性的方面就是"勇敢""美"和"爱"
三种具体的德行（"The work of an heroic poem is to raise admiration,
principally for the three virtues, valor, beauty and love"）。对于英雄诗
和史诗特点的其他部分，如它所能给予的教与乐，以及史诗行动本身
的高贵性和写作上应该表现其连贯性等等，则还是同之前的诗论一脉
相承。
　　荷马史诗及其所确立的史诗传统一直被认为是史诗的正统，史诗
也因此成为各体诗中的高贵者。史诗 epic 的希腊文词根是επος，该词
的拉丁文是希腊文的转写 epos，其本来意义指"言词"，或"伴乐的
歌"，或"誓言、神谕"等，都没有"英雄"或者"英勇"等今天我

们所理解史诗应包含的意义。① 这可能是因为作为英雄诗而开始的史诗由行吟诗人四方游走吟唱以娱众人，而他们所歌唱的内容又都是关于本民族中的英雄人物和他们的英勇事迹，于是这种有音乐伴奏关于英雄的歌唱就演化为后来的史诗。荷马以及后来罗马人维吉尔所创作的这类史诗εɛποs，都是以壮丽、庄严的语言来叙述英雄人物的英雄行动，着重表现英雄个人、家族和王国的无上荣誉感。在古典诗论里，史诗又常被认为是史诗诗人受到神的感召产生灵感而进行的创作，因此史诗诗人常在诗歌创作甫始就要在诗中吁请诗神缪斯降临，给予自己灵感，以其完成恢宏的史诗，故史诗自始就是有神相助、替神代言的诗歌。C. M. Bowra 曾对史诗作过如下定义：

> An epic poem is by common consent a narrative of some length and deals with events which have a certain grandeur and importance and come from a life of action, especially violent action such as war. It gives a special pleasure because its events and person enhance our belief in the worth of human achievement and in the dignity and nobility of man. ②

> （一般都同意，史诗是具有一定长度的叙事，所叙述的事件具有某种程度的庄严性和重要性；且事件来自某个行动，尤其是如战争一样的猛烈行动。它能够带来特别的快乐，因为它的事件和人物可以增加我们的信仰——对人们所取得成就的价值和对人的尊严和高贵的信仰。）

这个定义跟前面所提到的塔索、德莱顿和 Poplawski 对于英雄诗所作的定义一样，都还主要侧重于诗歌的模仿对象和其内容，没有对史诗本身的形式特点进行说明，因此很难见出英雄诗同史诗的差别。正

---

① 根据 A Greek-English Lexicon 的对ɛπos 解释：其一般意义是 "word"，其特别的意义包括 "song or lay accompanied by music" 和 "word of a deity，oracle" 等。Henry George Liddell，Robert Scott，ed.，（1996）A Greek-English Lexicon，Oxford：Clarendon Press，p. 676。

② C. M. Bowra，*From Virgil to Milton*，London：Macmillan，1945，p. 1.

因为在对象和内容方面，英雄诗和史诗几乎没有差别，所以许多批评家倾向于对英雄诗和史诗不必进行那么严格的区分，他们在提到英雄诗时常常将其等同于史诗。

从上文的讨论中，我们也发现，德莱顿在他丰富繁杂的批评中有时就是使用不太严格的用法而把英雄诗和史诗等同起来，比如他把弥尔顿的史诗《失乐园》称作是一首英雄诗（an heroic poem）。但如果暂时撇开英雄诗和史诗之间的密切关系，考虑到二者出现的时间先后和在形式方面整饬与否，英雄诗与史诗之间却还是一为母体，一为所从之出的关系。具体来说，早期的英雄诗都是颂诗，而史诗正是从这些颂诗（eulogy, or panegyric）发端而来，亚里士多德在《诗学》中曾对此有明确表述①，因此不难理解英雄诗作为史诗的母体在时间上无疑要先于史诗。同时，后出的史诗是艺术进步的结果，史诗因此在诗歌形式和结构上有了更多创新和更高的要求，这些创新和要求既要满足诗歌对于英雄事迹的生动叙述，还要在音乐性上满足游吟诗人们的朗诵需要。所以，史诗固然是从英雄诗脱胎而来，但是它却是经过完善之后的英雄诗。法国的 Fadrique 曾对史诗在形式上的进步做过一些细致的说明：

> . . . it is a great perfection of heroic poetry to begin with a proposition and an invocation, which are generally lacking in heroic poems which are not in meter; such poems begin with a dissimulated prologue and the narration. ②

---

① 许多现代的理论家也都认同亚里士多德关于史诗源于颂诗（Eulogy, or panegyric）的说法，如 Gregory Nagy 就持此种看法，但是另外一些理论家则更为谨慎和仔细，他们认为颂诗（Eulogy）的结构还不够灵活到可以发展出叙事诗，因此还不足以成为叙事诗的源头，Chadwicks 就认为叙事诗应该是从英雄颂诗而来："the chief source of narrative poetry must be sought in the heroic panegyric." Bowra 则肯定颂诗（Panegyric）和英雄诗（Heroic poetry）之间必定存在联系，但在时间上颂诗（Panegyric）要早于英雄诗（Heroic poetry），不仅因为 Panegyric 更为简单和主观，更因为在一些社会里只存在 Panegyric 而没有 Heroic poetry。（J. B. Hainsworth, Arthur Thomas Hatto, *Traditions of Heroic and Epic Poetry*, Vol. 1, p. 121）

② Alban K. Forcione, *Cervantes, Aristotle, and the "Persiles"*, p. 73.

（史诗是对英雄诗的最大完善，它从一个主题和吁神之助开
始，而这在英雄诗中是没有的，因为英雄诗是以一个假称的序言
和叙述开始。）

在这段话里，Fadrique 首先呼应了古典诗论里以为史诗出自英雄
诗的结论，同时也指出了史诗是对英雄诗的极大完善，这表现在结构
上，史诗已经发展出"proposition"和"invocation"的部分；在诗体
形式和音响效果上，史诗已经形成了自己特定的格律（Meter）——古
代史诗使用长短短六步格；民族国家形成以后，各国都根据自己的语
言特点发展出了各自的史诗格律。因为德莱顿写作关于诗歌的批评同
他的创作一样前后持续了几十年，因此丰富而又驳杂，有时对一些概
念他也未进行仔细区分，他对史诗和英雄诗概念的使用也体现了他的
这一特点。虽然在无需特别区别二者的时候，他随意将二者混同起来
不加澄清地进行使用，但是当二者关系成为所要讨论的问题时，作为
一位成熟的理论家和影响当时文坛的重要任务，他还是会很认真地指
出二者之间所存在的源流关系。因此在他的文论中，可以发现他承认
英雄诗（Heroic poetry）既包括史诗这一最高的诗歌类型，也包括史
诗之外其他的诗——这些史诗之外的英雄诗也必须要具备英雄的
（Heroic）特点：

The genre which includes the epic（the highest genre）. It can
also be poetry（from an epic）which is elevated and dignified in style,
subject, and content, sublime in its conception and execution...①
（此类型包括史诗这个最高的类型，它也包括史诗之外的其
他诗歌，这些诗在风格、主题、内容上是庄严而高贵的，在构思
和呈现上显得崇高。）

---

① H. James Jensen, *A Glossary of John Dryden's Critical Terms*, Minneapolis: University of
Minnesota Press, 1969, p. 60.

塔索也曾区别出一类含义相对狭窄而时间上晚出的基督教英雄诗，这类英雄诗在情节设置、故事时间、最后目标等方面不同于史诗，而法国的高乃依对英雄诗里完美英雄形象的塑造也远离了亚里士多德对于人物"不全好也不全坏"的原则①，这类英雄诗近似于德莱顿所提出的历史诗（Historic poem）概念——他把自己的《奇异之年》（*Annus Mirabilus*，1667）看作是这一类型的诗。

在早期关于部落英雄的萨迦叙事之后，经过文艺复兴的洗礼，西欧的人们开始对古典文化重新燃起兴趣；同时，西欧各个民族国家的陆续兴起、各国人民民族意识和民族认同感逐渐凝结、升华，因此西欧各国的诗人们纷纷开始创作出讲述自己民族历史和表现自己民族精神的史诗、悲剧诗等英雄诗作。作为讲述各自民族故事题材的宏大叙事，为了提高自己民族语言的文学性，也为了证明自己民族语言具有可以进行文学表达的丰富性和灵活性，他们都有意识地采用各自的民族语言和相应的英雄诗形式来进行。因此，到了 17 世纪，这一时期涌现出一大批有志于创作史诗的诗人，西欧文学史上也因此收获了许多影响深远的宏伟民族史诗，或者虽然利用古典题材但创作出新的社会历史背景下的时代史诗，如英国弥尔顿的《失乐园》和法国高乃依的《熙德》、让·拉辛的《安德罗玛克》等。上文已经讨论过德莱顿对英雄诗和史诗的推崇，把它看作是人类心灵所能从事的最伟大工作，他对法国新古典主义理论家和作家布瓦洛推崇备至，因为他的创作完全体现了古典史诗的原则，他的诗作已经成为当代诗歌中最高贵、最完美的典范，所以德莱顿坦承，虽然布瓦洛是敌国——法国的诗人，可是就他的诗作而论，他仍对布瓦洛持有十分的敬意。因此，他也同样强调史诗应叙述高贵的行动和应保持史诗行动的整一，强调诗歌的语言要工整严肃而高尚典雅，而对于不符合这些要求的史诗或者戏剧诗，他都会不留情面地直言指责。虽然他高度评价莎士比亚，但是因为莎士比亚的语言有时过于俚俗，所以他为此而愤愤不平道：

---

① 高乃依是以敏图尔诺的原则作为自己塑造完美英雄人物的理论依据，不是依据亚里士多德所确立的原则塑造人物。

"他剧作中常有平凡乏味之处；他的喜剧的隽语有时退化为戏谑打诨，而严肃的隽语又常臃结为荒诞浮夸。"①

讽刺诗在亚里士多德那里是低卜的诗类，但是德莱顿却有意使用英雄诗和史诗的要求来改造讽刺诗，从而将讽刺诗也提高到英雄诗的地位。为此，他以自己的创作来实践他的这一理想，通过将英雄诗和史诗的诸特征——尤其是把他所谓英雄式的"表达"（Expression）运用到讽刺诗中，从而让讽刺诗迈步到英雄诗和史诗的行列，他的讽刺诗《押沙龙与阿齐托菲尔》和《麦克·弗雷克诺》都是讽刺诗英雄化或史诗化的代表。而其中最为接近史诗体例的还要算是他的《押沙龙与阿齐托菲尔》，该诗不但符合史诗人物出身高贵和所叙述事件宏大等要求，而且篇制也多达一千余行。德莱顿同弥尔顿一样都曾在其早年表达过要写作史诗的志愿，弥尔顿失明之后写出了《失乐园》等史诗著作，而德莱顿最终通过参与党派之争的写作而间接达成了他的这一夙愿——这就是他的《押沙龙与阿齐托菲尔》。② 在《关于讽刺诗的起源与发展》一文中，德莱顿声称《麦克·弗雷克诺》和《押沙龙与阿齐托菲尔》是他的两首讽刺诗，是"瓦罗式讽刺"。"瓦罗式讽刺"就是"梅尼普讽刺"，一般认为这种讽刺诗是杂糅诗体和散体的诗歌，但是德莱顿这里称自己的这两首讽刺诗属于"瓦罗式讽刺"，似乎意在强调他的讽刺诗是叙事诗（Narrative），属于英雄诗和史诗的范围。

自亚里士多德写作《诗学》以来，在文学史上一直对各文类持有高下等级之分。悲剧和史诗一直处于文类阶梯的最上游，因为二者都具有特别的严肃性并表现神和伟大英雄的事迹——这是亚里士多德以来人们普遍持有的对诗歌进行分类的一个重要标准。而那些不严肃和进行插科打诨以逗人乐的文类如喜剧等，它们理应处于文类的下流，亚里士多德在《诗学》中就认为讽刺等是属于这种性质的"低等文

---

① 王佐良、李赋宁等编：《英国文学名篇选注》，商务印书馆1983年版，第302页。

② 德莱顿仅仅以"一首诗"来作为《押沙龙与阿齐托菲尔》的题目，而没有在题目中特别说明这是一首讽刺诗"Satire"，这同他给另外几首诗在题目中鲜明地冠以"讽刺诗"之名不同，似乎也说明这是一首更为特别的诗。

类"。一直以来因为对讽刺诗起源的模棱两可，也导致了文艺复兴时期人们对讽刺诗地位的判断。如果认定讽刺诗是从肮脏、淫秽的"羊人萨梯尔"起源而来，那么它注定是不严肃的文体而应被列入文体的下游；如果讽刺诗同"旧喜剧"有关，喜剧的戏谑、调侃等不严肃性以及它通常以低下的人群作为表现对象，那么它的文类地位也仍然是低下的。卡索本开始纠正认为"讽刺"就是"satyr"的观点，并接受将"讽刺"看作各种物品的混杂，即如尤文纳尔所称的"*farrago*"。德莱顿在《关于讽刺诗的起源与发展》中接受并坚持卡索本的这种观念而批评和抛弃文艺复兴以来羊人"satyr"的错误理解，虽然如此，但是这种被纠正过来的看法也不能提高讽刺诗的地位，因为它定义中内在含有零碎和杂乱等意义，而不是史诗和悲剧所强调的整一和宏大，因此被纠正过来的起源说还是不能改变它被置于诗歌文类末端的看法，德莱顿自己长文题目中的"起源与发展"似乎也说明了"讽刺"起初的卑微发端。也正因为如此，所以德莱顿才要不遗余力地抬高讽刺诗的文类地位。

对于德莱顿而言，提高讽刺诗到高等诗类——以庄严和崇高等为其主要特征的史诗之地位，布瓦洛仍然是他所师法的对象。而布瓦洛又始终是以维吉尔作为他的目标，他自己在许多方面对维吉尔的诗法进行了富有灵感的模仿和仿作。维吉尔在他描写蜜蜂的第四首《农事诗》中，曾用宏伟的词语来拔高俗气的主题，通过采用适于帝国和君王的表达来使诗歌显得庄严和崇高。布瓦洛就是以同样的方式来写作自己的讽刺诗，用史诗的宏伟表达来抬高讽刺诗普通而平凡的主题，而且对他的这位老师没有表现出丝毫怯意。布瓦洛的这种讽刺诗被德莱顿认为是最美、最高贵的讽刺诗——它既有英雄诗和史诗的高贵，又混合着讽刺诗的锋利批评。崇高的表达为读者增加了阅读的快感，而批评的目的不在于责骂本身，而是在于教导和纠正——寓教于乐，这符合传统上对于一切诗歌的批评原则，也是德莱顿对于讽刺诗所坚持的原则。

二　罗马讽刺诗与史诗

"史诗解释这个世界的秩序如何形成，而讽刺诗则特别地说明其中的一个片段，那就是此地此刻。"① 罗马史诗同罗马讽刺诗有着天然的联系，它们有着共同的诗律结构，都使用长短短六步格（Dactylic hexametcr），因此讽刺诗几乎能够容纳史诗的所有诗体要素，而且罗马讽刺诗人也都无一不是自觉以自己的创作参与到罗马宏大历史的叙述当中，虽然这种历史叙述多是以批判的视角关于其历史进程中消极的方面；并且就创作本身而言，他们喜用的技巧就是摘取自己感兴趣的史诗话题纳入自己的讽刺诗写作中，有意识地利用史诗的传统来完成自己的讽刺诗所要达到的效果。科诺尔兹甚至还认为不能把讽刺诗中对史诗特点的借用仅仅看作是一种修饰，诗人其实是要利用它们来完成自己的诗学设计。②

德莱顿在其《关于讽刺诗的起源与发展》里把恩纽斯（Quintus Ennius，239BC—169BC）看作是最早的罗马讽刺诗作者③，但是因其讽刺诗并未为后来的罗马讽刺诗确立起规范而形成其传统，因而现在一般认为是稍晚于他的鲁克留斯（Gaius Lucilius，180BC—103BC，or 102BC）才是罗马讽刺诗的真正发明者。鲁克留斯本人也是在创作的尝试中，才逐渐完善罗马讽刺诗并为其建立起各项规范，比如他曾尝试过使用其他格律来创作讽刺诗，但是逐渐确定以史诗的六音步长短短格（Dactylic hexameter）来作为讽刺诗的唯一格律。又如，在讽刺诗的批评维度，鲁克留斯的大胆、直接和矛头所向等也成为后来诗人们所肯定并加以效法，当然这是因为鲁克留斯是罗马公民，出身较好，受过良好教育，并获得罗马将军西庇阿的支持，所以他出言直接，批评大胆，对当时诸多政治名人的讽刺不留情面。虽然如今所能见到鲁克留斯的讽刺诗都不完整，但从其残留的部分还是可以窥见其

---

① Catherine Connors, "Epic allusion in Roman satire", *The Cambridge Companion to Roman Satire*, ed. Kirk Freudenburg, Cambridge: Cambridge University Press, 2005, p. 144.

② Ibid., p. 123.

③ 恩纽斯除了他的讽刺诗人身份之外，其更为著名的是他创作的史诗《编年史》，该诗的光芒直到维吉尔创作《埃涅阿斯纪》才被掩盖。恩纽斯称自己是荷马再世，他也吁请诗神缪斯给予灵感，采用荷马的诗歌格律——长短短六步格，该诗有600余行存世。他同时也是悲剧作家，其悲剧多是对希腊悲剧的改编。他有讽刺诗四卷，多以寓言故事开始而以实践智慧的总结结束，主题庞杂而格律不一。

讽刺诗的风格特点并能体会到他为讽刺诗所确立的这些原则规范。因而不难发现，无论恩纽斯还是鲁克留斯，他们都受到史诗影响，尤其是鲁克留斯主动使用史诗格律创作并将其定型为此后罗马讽刺诗创作所使用的唯一格律。因此，虽然现在不能确定二人所创作的讽刺诗在当时被认可的具体情况，但是可以发现二人的创作都会有意无意地对史诗有所依赖和凭借。

恩纽斯本人同时也是史诗诗人和悲剧作家，他的史诗创作自然会影响到他的讽刺诗创作。今可见恩纽斯的讽刺诗片段，虽然所使用的格律不一，不同于他在史诗中一贯使用的荷马式六步格（Homeric hexameter）的格律，但从这些残留的讽刺诗片段可以发现，其中所设置的场景、构思的事件和想要表达的主题对他的史诗《编年史》多有重构，比如在他的《编年史》第一卷中有诸神召开会议（Council）以决定罗慕洛斯（Romulus）死后去处的情节，在他的讽刺诗片段中也发现了同样的桥段。而类似这样的议会情节不断被后来的鲁克留斯和尤文纳尔所模仿，并且在他们手中被使用得愈加具备讽刺的张力。鲁克留斯对恩纽斯多有效仿并确定六音步长短短格的史诗格作为讽刺诗固定的诗体格律，这更加说明他是要以史诗的相关特征作为自己创作的标准。

鲁克留斯的讽刺风格一往无前、大胆豪放，他对自己讽刺的目标卢普斯（*Lucius Cornelius Lentulus Lupus*）笔锋所指、不留情面，正因为他讽刺的严厉风格而使得后人形容其为运笔如挥动史诗英雄的刀剑。[①] 贺拉斯甚至将鲁克留斯比作一泻而下、汹涌流淌且翻滚着泥沙的河流（Muddy river），这个意象实际上是让人联想到希腊诗人卡里马库斯（Callimachus，305BC—240BC）的一个有名比喻，他将大型史诗描绘成翻滚泥沙的河流（*Callimachus，Hymn to Apollo* 108-109）。而在尤文纳尔的笔下，鲁克留斯这种史诗英雄的形象被再次重申和放大，他在自己的第一首讽刺诗里这样描述鲁克留斯："每当怒火升起，

---

① Catherine Connors, "Epic allusion in Roman satire", *The Cambridge Companion to Roman Satire*, ed. Kirk Freudenburg, Cambridge：Cambridge University Press, 2005, p. 129.

鲁克留斯咆哮不止，似乎拔剑在手/听众们则因良心受到罪行的压迫，通体冰凉，脸色涨红/因意识到自己秘密的罪行而大汗淋漓。"① 而在同一首诗较早的另一处，鲁克留斯被描述成一副振臂疾呼的姿态："有谁我不敢谴责？/就算穆基乌斯是否原谅我又能把我怎样？"② 这时的诗人，已经俨然是愤怒的阿基里斯在无畏地挑战对手。因此，这两位讽刺诗的先行者，他们在自己的讽刺诗中利用史诗的笔法融入了史诗的许多特征，从而使其讽刺诗中的情感更加丰沛而讽刺也愈加有力度。因为材料缺乏，我们虽尚不能确定讽刺诗在他们手中是否被定位为一种较史诗为低下而粗俗的文类。至少，这种诗体从可见的片段和后人的论述中，已大略可以了解到它们同史诗之间有着亲缘关系。

贺拉斯是继鲁克留斯之后最著名的讽刺诗人，他创作有"颂诗""田园诗""农事诗"和大量书信，其给皮索父子讨论创作的回信后来成为经典的诗学著作《诗艺》。《诗艺》对亚里士多德的《诗学》多有承继，比如他所谆谆告诫的一些创作原则，如保持诗歌之和谐、整一等原则，只是在重复亚里士多德在《诗学》里所确立的对史诗和悲剧创作的一些基本要求，所以可以看出，贺拉斯的创作受到了希腊文艺理论的影响。贺拉斯追随鲁克留斯创作了两卷讽刺诗，但是一开始他并没有给自己的创作冠以讽刺诗之名，而是使用了"谈话"或者"闲谈"的拉丁词 sermones，可见贺拉斯在追随鲁克留斯创作讽刺诗作伊始，尚不清楚该如何归类这种类型的讽刺诗，而且也表明他没有特别期望自己的这些诗作能与史诗比肩。他当然了解古希腊的史诗传统，而且也熟悉罗马的诗歌创作，尤其他与当时罗马史诗诗人维吉尔关系亲密，并因此被其引荐到米西纳斯的文人集团，所以贺拉斯自己虽然没有创作史诗，但是他所熟悉的希腊文学和他的创作环境自然会令其受到史诗影响，因而让他可能在自己的诗歌写作中对史诗有所借重。从他的创作来看，史诗的影响非常明显，而且他对史诗的借鉴也反映在他的讽刺诗创作中。略举几个例子来说明他的讽刺诗所受到的

---

① 尤文纳尔第一首讽刺诗 165—167 行，为符合表达习惯，在不影响整体意义的情况下，采用意译，有词语增减。

② 尤文纳尔第一首讽刺诗 153—154 行。

史诗影响，比如在他的《城市老鼠与乡村老鼠》这首诗里，他对两只老鼠进城之夜所作的描述就完全是一派史诗的宏大和庄严，这种史诗化的描写为这首诗的讽刺意味平添了无限谐趣；而其在第一卷第九首讽刺诗讲到他最终逃脱一位行人的纠缠时说："于是，阿波罗神就这样救了我。"（*sic me servavit Apollo*，I. 9. 78）这句让人忍俊不禁的话让人立即联想到《伊利亚特》里阿波罗从阿喀琉斯手里救下赫克托尔的一幕，史诗中所使用的就是相似的表达："这样阿波罗神就救了他"（τὸν δ' ἐξήρπαξεν 'Απόλλων）（Iliad 20. 443）。显然，贺拉斯是模仿并化用了荷马的句法。

　　帕修斯的讽刺诗以简短而隐晦著称，他所写作的讽刺诗数量相比其他诗人则少得多，批评家们确定其讽刺诗数目仅为六首。正因为其诗作数量少，所以后来在出版罗马讽刺诗时通行把他的六首诗同尤文纳尔的讽刺诗合在一起，共同编辑成一本集子。帕修斯生活在暴君尼禄治下的时代，政治气氛的严酷和社会生活的紧张让自由写作变得困难和危险，但是延续罗马文学发展的惯性，这一时期的文学同政治的关系依然密切。① 虽然皇帝本人喜欢史诗式的大型马拉车战，他自己也常登台演戏，但是这也只是其追求个人乐趣的活动，而并非是他要推动文艺繁荣的举动。整体上，当时的文艺活动变得更加危险②，其文艺风气也因此显得非常沉闷压抑，自然难以比肩前代活跃的文艺气氛，而那种史诗式的开阔和豪放也难以在文艺上表现出来。所处时代的恶劣环境自然会对帕修斯本人产生影响，他在其讽刺诗中抱怨罗马社会的道德腐化，罗马人民毫无美学趣味以至他自己的作品将会无人

----

① "This view of Persius, largely discarded today, confirms the close relationship of literature and politics in this period. "（Cynthia S. Dessen，"An Eighteenth-Century Imitation of Persius，Satire I"，Texas Studies in Literature and Language，Vol. 20，No. 3，An issue devoted to the Renaissance and Enlightenment in England，Fall，1978，pp. 433-456. ）

② Kenneth J. Reckford 在其《Recognizing Persius》一书中曾如此描述尼禄时代写作所面临的危险："In Nero's world, any reference to Midas's story, however indirect, was quit sufficient to get one exiled or killed（and there was no shortage of informers ready and willing to serve as amateur literary critics）."（Kenneth J. Reckford，*Recognizing Persius*，Pinceton：Princeton University Press，2009，p. 20. ）

阅读、无人欣赏：" ' *quis leget haec*? ' ' *min tu istud ais*? *Nemo her-cule* ' "（"谁会读它呢？" "你是在跟我说话吗？没人吧，天晓得！"）（*Satire* 1，line 2），因为他的时代不再有鲁克留斯和贺拉斯时代那般具备良好教养的读者和听众了。

　　而且，帕修斯本人信奉斯多葛主义，他的讽刺诗中多所体现出的也是浓重的斯多葛思想，其凝重的道德感同史诗的昂扬精神趣味相异；另外，帕修斯一度被认为是一位以写作涉入政治的讽刺诗诗人（Political satirist），比如 18 世纪的 Loveling 就持如此观点，同政治过于贴近的现实性（Realistic）也自然同史诗的虚构性（Fictional）相违背。帕修斯的诗中缺乏鲁克留斯和尤文纳尔式的恣意挥洒和直上云霄的怒火，倒是时时可见其在诗中对斯多葛思想的精细阐释和耐心疏导。这种琐碎细致的娓娓言说使得他的诗歌更接近于贺拉斯的"言谈"风格，而不是史诗的宏大和高扬。虽然他也有在诗中对史诗主题的影射，但是终归被掩于其平淡甚至俚俗而嫌晦涩的语言中，比如在他总序性的诗里，最能体现诗人愤怒情绪的诗句是："*auriculas asini quis non habet*?"（谁没有驴子的耳朵呢？）① 这行诗句所隐喻的故事完全可以同荷马史诗作比，但是各自所导向的结果却大不相同，一者产生了波澜壮阔的史诗，一者却是欲扬还抑的讽刺诗。同样作为写作诗歌的起因，荷马史诗起因于诸位女神相互嫉妒、为争面目之美而求断于帕里斯王子，并因此而引发了此后的宏大史诗叙事；帕修斯以米达斯（Midas）自喻，也是作为神祗的裁判，其结果没能导致史诗般宏大叙述的发生，诗人却只能如被羞辱的麦德斯一般伏地低吟，向无人处诉说人间的堕落及其内心的愤懑。所以，尽管帕修斯十分熟悉史诗

―――――――――――――

　　① "Who〔at Rome, maybe in the whole world〕hasn't asses' ears?" The reference is to the Midas story. Asked to judge a musical contest between Apollo and Pan（or, in some versions, the satyr Marsyas）, Midas chose Pan and was given asses' ears for his bad taste. He hid them under a cap, His barber learned the secret, could not speak out, but desperately wanted to tell it, so he dug a hole in the ground and whispered the truth into that hole, which he covered up; but reeds grew up, and when a breeze blew, you could hear the reeds saying, "King Midas has asses' ears." （Kenneth J. Reckford, *Recognizing Persius*, Pinceton：Princeton University Press, 2009, p. 20. ）

的传统，并在其讽刺诗中多有影射和喻指，但是他的写作却是有意坚持一种极为压抑而婉曲的书写方式，从而在风格上同史诗划清界限、拉开距离。

正因为诗体有了高下之判，所以从早期一直到希腊化时期，作家们都被期望去创作传统上属于体例高贵的文体如史诗、悲剧、历史等。作家们没有满足人们的预期，不去创作那些有公共性关涉的文体，于是在文学批评中逐渐地有一个通行的术语对这种倾向进行指称——"recusatio"（拒绝）①，即注重个体性表达而拒绝公共性主题，而这些公共性主题即是大家所共知的，并能引起大家关切的话题，如古希腊诗人品达就有过对大家熟悉的古代主题的离弃："In Pindar's hands the implicit *praeteritio* of *h. Apoll.* 19－27 and 207－216 becomes an explicit *recusatio* of ancient themes."② 其实，选择写作更贴近自身、范围更为狭窄的问题成为越来越多作家的选择，所以他们的"recusatio"的形式也就更加多样。③ 这种"recusatio"的传统，包括它的术语，被西塞罗以来的罗马诗人们所继承，所以越来越多的罗马诗人拒绝创作

---

① "Recusatio"是一个有丰富内容和众多面向的文学现象，比如 G. Davies 在其"*Polyhymnia*"（Berkeley, 1991, pp. 11-77）和 G. B. Conte 在他的文章"A Humorous Recusatio: On Propertius 3. 5"（*The Classical Quarterly*, Vol. 50, No. 1, 2000, pp. 307-310.）里把其泛泛地理解为"the recusatio offers also a taste of that which it says it is unable to do"，而 Kirk Greudenburg 则把其看作是一种文学创作上的政治表演（"Recusatio as Political Theatre: Horace's Letter to Augustus", *Journal of Roman Studies*, Vol. 104, November 2014, pp. 105-132.），William H. Race 对"Recusatio"做了一个较仔细的定义："In broadest terms, a *recusatio* dramatizes a writer's choice of his theme or his manner of treating it. He poses the options available to him and then "rejects" some as inappropriate. Frequently the writer will give a justification for his choice in order to prove that what he has excluded is either inappropriate or impossible in the present circumstances... In other words, he must console the reader for what he has excluded: hence the apologietic tone of all recusationes."（William H. Race, "Odes 1. 20: An Horatian Recusatio." *California Studies in Classical Antiquity*, Vol. 11, No. 1, Jan., 1979, pp. 179-196.）本书只从文学创作的角度对"Recusatio"取较为单纯的理解。

② Elroy L. Bundy, "The Quarrel between Kallimachos and Apollonios Part I: The Epilogue of Kallimachos's Hymn to Apollo", *California Studies in Classical Antiquity*, Vol. 5 (1972), p. 66.

③ Elroy L. Bundy 认为"recusatio"只是"praeteritio"的一种形式："Many (perhaps all) forms of *praeteritio*, including *recusatio*."（Elroy L. Bundy, p. 47.）

史诗、品达式抒情诗、悲剧和历史等正统诗体，转而选择更为平实而个体化的诗体如抒情诗、田园诗、讽刺诗、喜剧和书信等。这些所谓较为低微的文体更强调写作显得简易而实在，同那些更为宏大文类的夸张和炫耀之词相对。[①]

如前所言，公众对诗人们的创作有期待，即只有当诗人们谈论宏大、严肃的公共性问题，才可能得到人们的认可，否则他们要对自己庸常性的个体化创作进行解释和说明，即要为自己的"平庸"选择进行"辩护"（"apologia"），这是因为"惟独诗人若只能达到平庸，无论天、人或柱石都不能容忍。"[②] 于是，这种"拒绝"和相应的"辩护"就逐渐成了写作中的惯例，被写作史诗、悲剧等正统文体之外的诗人们所遵循。实际上，在二者之中，真正值得关注的诗作家的"辩护"部分，因为也只有这一部分才是在文中作者所重点呈现的。所谓"辩护"，根据 Elroy L. Bundy 的解释，它是：

Apologetic are all devices whereby an author seeks to enlist the sympathies of the person or persons to whom his work is addressed. We may include under this heading all attempts to justify, defend, or render esthetically pleasing an author's selection or rejection of a topic or manner of treating it. [③]

（辩护包括作家使用的所有方式，目的是致力于唤起作品之目标读者的同情心。在这个问题下，我们还将以下所有企图纳入其中，包括证明合理性，捍卫主张，或者作家对某个主题或者处理主题方式的选择或者拒绝让读者获得美学上的满意。）

---

① "Along with these genres went stylistic concerns which emphasized (relative) simplicity and plainness in opposition to the grandiloquence of the 'grander' genres." (William H. Race, "Odes 1. 20: An Horatian Recusatio." *California Studies in Classical Antiquity*, Vol. 11, No. 1, Jan., 1979, pp. 179-196, 181.)

② 亚里士多德、贺拉斯：《诗学·诗艺》，罗念生、杨周翰译，人民文学出版社 2008 年版，第 143 页。

③ Elroy L. Bundy, "The Quarrel between Kallimachos and Apollonios Part I: The Epilogue of Kallimachos's Hymn to Apollo", *California Studies in Classical Antiquity*, Vol. 5 (1972), p. 45.

古典时期的诗人们都会在其诗歌展开之初进行自辩性的说明，但是他们为自己的选择所找到的解释也逐渐趋于一致。就史诗而言，自亚里士多德以来，人们普遍接受史诗创作需要诗人的灵感，这是一种天赋的能力，非普通的诗人所能企及。这种灵感和天赋是来自诗神的降临，是神力的干预，否则难以完成一部史诗。在这种掺杂有浓厚意识形态色彩的诗论影响下，放弃史诗等正统诗体而选择其他更为个体化诗歌，诗人们为进行自我"辩护"而找到的理由总结起来，不外乎就是以下两个：一者他们认为自己缺乏创作史诗等的天赋；再者就是他们认为自己遭到了诗神的冷落，没有得到神灵的眷顾。比如，人们认为荷马本人具有创作史诗的天赋，而且一定得到了神灵的帮助——这就是为什么史诗中必定有对诗神的吁请（invocation）这一部分，否则荷马完全凭一己凡人之力是不能够完成其史诗的宏伟叙事，比如他肯定不能够一一叙述得出希腊的各路大军和他们浩浩荡荡的庞大舰队。因此没有天赋和不能获得神助的诗人只能在"自辩"里承认自己的平凡之资，不能够去创作公共的（public）、高贵而神性的史诗等，因而只能去选择创作那些个体性的（personal）、低下而卑微（modest and humble）的诗体。但是，对于古罗马的讽刺诗人尤文纳尔而言，他选择创作讽刺诗的"*apologia*"而不是传统上承认自己没有能力创作史诗，自己缺乏相应的天赋和训练，是因为罗马城内那些缺乏天资的蹩脚诗人：他们在公众面前朗诵自己冗长乏味而又全是陈词滥调的史诗，面对罗马城内随处可见的种种罪恶，这些蹩脚的诗人们完全不闻不问，这让他感到愤怒，于是声称自己也要写诗来进行反击——既然他们是在浪费纸张，我为什么只能作为他们的听众而不也去浪费纸张呢，尽管我们都缺乏天才。①

尤文纳尔在他第一首被称为"总序性"（programmatic）的诗里，他批评嘲讽那些无能的蹩脚诗人，并谑称自己也可以同他们一样有权利去浪费纸张——虽然他最终选择了讽刺诗而非史诗作为自己写作的

① 认为自己同这些蹩脚诗人们一样缺乏天赋，是尤文纳尔用以强调对手们无聊和无能的修辞说法，他自己在其第一首讽刺诗里反复说明自己其实并不缺乏创作史诗的天赋和训练。

渠道。尤文纳尔为自己对史诗的"拒绝"（recusatio）而进行的"自辩"（apologia），不同于之前写作史诗等正统诗体之外诗歌的诗人们所作的"辩护"，因为他认为讽刺诗人放弃史诗等写作其主要原因并不是因为讽刺诗人们同那些蹩脚诗人一样缺乏天资，没有能力去尝试史诗的创作，因而只能去摆弄那些小型、卑微、低下的讽刺诗以自娱。相反，他认为讽刺诗人们都具有写作正统诗体（authodoxical）的天资，比如他的前辈鲁克留斯就有创作的天赋（ingenium），而且，他在"自辩"里声称自己对史诗的题材其实非常熟悉，他年轻时曾受到过严格的文学训练，他们这些讽刺诗人们完全可以创作出史诗等大家所认可的正统形式诗歌——其实，尤文纳尔本人的第六首讽刺诗，其篇制已经是一首史诗的规模！只是因为在讽刺诗人所处的时代，都是丑行充塞、罪恶流行的时代，所以他们无法选择讽刺诗之外的诗体，因为只有讽刺诗才能够让他们关注他们的社会，并谴责社会中无处不在的罪恶。就尤文纳尔本人而言，在他所生活的罗马城中，"每一桩恶行在今天/都达到其毁灭性的顶点"①，他为此感到愤怒，所以他决意选择去追随鲁克留斯和贺拉斯等讽刺诗的前辈，要去攻击那些恶人、丑行——"即使缺乏天赋，愤怒也驱我作诗。"② 在尤文纳尔看来，"史诗"只能根据想象去描述一些久远的传说，它所关注的内容距离当下的社会现实非常遥远，不能起到纠正时弊、改良风气的作用，因此那些充斥着陈词滥调的史诗决不适用于这个时代，所以他本人不愿去创作史诗。而讽刺诗的现实性正同史诗的虚构性相对，它能直接面对当下的时代和社会，能对充斥于世的不公和罪行进行谴责和鞭挞，能揭露丑行、遏制恶人，最终让即使"不畏惧上帝的人们，他们却要畏惧我"。③

所以讽刺诗之于尤文纳尔，同样需要天赋——它曾帮助鲁克留斯成功地创作了讽刺诗，虽然尤文纳尔声称自己缺乏天赋，这显然是他

---

① Juvenal, *The Sixteen Satires*, tran. Peter Green, London: Penguin Press, 1974, p. 70.

② Ibid., p. 68.

③ 这是转引蒲伯（Alexander Pope, 1688—1744）的话。（Matthew Hodgart, *Satire*, New York, Toronto: McGraw-Hill Book Company, 1969, p. 15.）

演说术的一种修辞。尤文纳尔声称只有庸人才会重复那些不合时宜的陈词滥调，而要让写作直面当下时代的荒诞现实，比如太监娶妻、良家妇女袒胸斗兽、昔日的理发匠如今成为巨富、从埃及运来的奴隶已经高升为贵宦，面对这样一个怪诞、荒谬的社会，诗人如何能悄然忍受并乐得去写作麻醉理智的史诗，而不去写作于现实有揭发、能开启人之理智的讽刺诗呢？面对这些欺骗者、不顾名誉者、告密者、投毒者、以淫技换取财产者、大肆榨取外省财富的总督、贪食豪赌却吝惜施舍的恩主，贺拉斯都会忍不住去写作这样的主题，我（尤文纳尔）怎么还能无动于衷而坚持去写作赫拉克勒斯、戴奥米底斯、忒休斯和代达罗斯等这些远古题材的史诗呢？我为什么不能也去攻击犯下这些恶行的人呢？[1] 然而要针砭时弊、揭露恶行、谴责罪恶，写作这样的主题同样也需要天赋，那么谁曾经有过这样的天赋（ingenium）呢？尤文纳尔给出的答案是鲁克留斯，他就是在自己的怒火（animo fla-grante）支配下直笔其事的——这里，尤文纳尔似乎在告诉读者，怒火就是他们讽刺诗人们的诗神。如今，尤文纳尔面对罗马城中种种丑恶的现象，他同样感到怒不可遏，他也同样选择了讽刺诗作为自己的创作渠道，并且他也大声宣称是愤怒驱使了他的写作：*Si natura negat, facit indignation versum.*（即使缺乏天赋，愤怒也驱我作诗。）（Satire 1, line 79）[2]

于是这里可以很便利地将尤文纳尔的讽刺诗对比史诗而做出这样的总结：如果说写作史诗需要天赋，讽刺诗的写作同样需要具备天赋，自鲁克留斯以来的讽刺诗人们都不缺乏；写作史诗要吁请诗神缪斯，而尤文纳尔等讽刺诗诗人们所吁请的讽刺诗诗神则是"愤怒"（indignatio）。于是，从创作所应该具备的条件来看，写作讽刺诗同史诗创作是一致的，即史诗并不比讽刺诗的要求更高；从创作的内容上看，史诗所叙述的对象是勇武的英雄、显贵的家族和他们的英雄事迹及辉煌家族史，而尤文纳尔说他在讽刺诗里要写的对象也同样是具有

[1] Juvenal, (1974) *The Sixteen Satires*, tran. Peter Green, London: Penguin Press, p. 67.

[2] "Though nature say me nay, indignation will prompt my verse."

高贵出身的名流；但是对于诗人而言，写作史诗里的高贵者更为容易、更加安全，而要写作现世里的那些名流，却无比凶险——因为他们会给予诗人以致命的打击报复，因此史诗诗人的写法是从英雄的生写到英雄的死，而讽刺诗人尤文纳尔所采取的策略是将笔下的名流们从他们的死还原到他们的生，因此在内容上，如果不说讽刺诗更有现实关切性，至少它同样也可以营造有宏大和庄严的气氛。从写作的技法上看，史诗积累有许多种写作的方法，其中一个重要的叙述方法就是所谓的倒叙法，即从事件的中途开始叙述（ *in medias res* ），让读者立即进入事件的高潮和故事的中心；如果将死亡看作是人一生事业的高潮——总结，那么从死亡开始追溯其生的写法，尤文纳尔的策略则更符合史诗从事件的中途开始叙述的写法。

　　现代学术研究倾向于认为尤文纳尔有意同史诗拉开距离，比如他不满于史诗中描述神话的内容，虽然写作史诗具有相对的安全性，而写作具有煽动性（infammatory）的讽刺诗却更具危险性；尤文纳尔还声称自己只是写作一些零碎的内容，这相对于史诗的鸿篇巨制和叙述事件的完整显得小气和轻微，更像是个人的喁喁私语。然而，这些并不说明，尤文纳尔并非不熟悉史诗的创作，根本上排斥史诗。其实经过上文的讨论，可以了解尤文纳尔只是基于几个显见的原因反对去写老套而于事无补的史诗，他自己却非常熟悉史诗，也认为讽刺诗诗人们都有写作史诗的天赋，他本人在创作中也常常利用史诗的材料和创作方法，甚至干脆模仿史诗的特征来进行创作。比如，在尤文纳尔共计十六首讽刺诗中①，大部分的诗歌都是两三百行，但是第六首却近七百行，其篇制已经是一部中等史诗的长度，而单独构成他讽刺诗作的第三卷。尤文纳尔同史诗的关系，已经许多批评家们的分析考证，逐渐变得明朗清晰。他的讽刺诗对史诗的主题（epic motif）、史诗的词汇和史诗的意象（epic imagery）多用利用，如 Victoria Baines 所指出的那样，他的讽刺诗是史诗的天然继承者，其讽刺诗同史诗本身并

---

　　①　尤文纳尔一共写作了5卷共16首讽刺诗，最后一首第16首只写了60余行，没有最终完成。

不 构 成 绝 对 的 矛 盾："Juvenalian, urban, satire is not so much antithetical to epic as its natural successor."① （尤文纳尔式的城市讽刺，作为史诗的自然继承者，它同史诗并没有那么对立。）

罗马讽刺诗是都市文学（urban literature），尤文纳尔眼中所见、心中所感、笔下所书，都不外乎罗马这座"永恒之城"（Eternal City）。许多学者将尤文纳尔对史诗风格的模仿、对史诗题材的借用看作是"mock-epic"（仿史诗，滑稽史诗）或者"parodic"（戏仿），Baines 反对这种"knee-jerk identification"（未经思考、下意识的判断），因为她注意到尤文纳尔在其讽刺诗中常常多层次、多角度地呼应着维吉尔和荷马的史诗，因此不能简单地把尤文纳尔所做的史诗类比看作是仅仅服务于一个简单的目的。在她对尤文纳尔第三首讽刺诗的分析中，罗马居民 Umbricius 不堪忍受罗马城内的生活而决定逃离，而外来的古希腊人则在罗马城中占据着优势、横行无忌，因此很容易可以联想到 Umbricius 类似于史诗《埃涅阿斯纪》中的主人公埃涅阿斯纪，而罗马城也顺理成章地被联想为被希腊人占领的特洛伊。为了说明不是自己的臆造，而是诗人自己故意要引起的类比，Baines 有非常充分的证据：Umbricius 离开罗马要去的地方是 Cumae，这是《埃涅阿斯纪》中通往地狱的门户所在，也是 Daedalus 自制翅膀飞离迷宫而落地的地方；其次，活跃在罗马城中的希腊人是"Achaei"，他们不仅仅指来自罗马省份 Achaea 的人民，更让人联想到史诗《伊利亚特》中攻占特洛伊的 Achaeans，因此罗马城已经变成了"被攻占了的（希腊人的）城市"（Urbs capta），它同冒着火与烟的特洛伊没有区别。此外，69—72 行所出现的那种史诗式的罗列（Epic style catalogue）也进一步说明了诗人在着意同史诗进行类比。②

其实，在尤文纳尔的讽刺诗里，将罗马城类比为史诗事件的发生地，尤文纳尔的讽刺诗所关注的也是史诗的主题，批评家们对此已多有所述："Rome is a city in which exceptional epic events are a constant

---

① Victoria Baines，"Umbricius' Bellum Ciuile：Juvenal, Satire 3"，*Greece & Rome*，Vol. 50，No. 2，October，2003，p. 233.

② Ibid.，p. 221.

presence..."① （在罗马这座城里，超凡的史诗事件总是不断在呈现。）他们甚至将该城类比为史诗里的战场："The Rome of Juvenal's Satires consumes epic combat..."② （尤文纳尔讽刺诗里的罗马包含着史诗的战斗……） Victoria 的这篇文章非常详细，许多情节的设计均可以看得出尤文纳尔在刻意引起读者对于《埃涅阿斯纪》、《伊利亚特》和斯塔提乌斯（Publius Papinius Statius，45—96）的史诗《忒拜传奇》（*Thebaid*，80-92 AD）的联想。于是，另一个很自然地联想就是，诗人把自己也视为写作史诗的维吉尔、荷马或者斯塔提乌斯等史诗诗人："Juvenal himself assumes a role, which implies aspirations to be a version of an epic poet."③ （尤文纳尔自己所充当的角色，暗示了他渴望成为某种史诗诗人的身份。） 再换一个角度，考虑到诗人在其第一首"总序性"讽刺诗的末尾，使用了"战鼓"（*Tubas*）、"甲胄"（*Galeatum*）等意象，他把自己决意写作讽刺诗形容为甲胄在身即将奔赴战场，决战的鼓点已经擂响，他无法停下手中的刀笔，只能勇往直前。这种语言风格和这些战争意象，无疑是要让读者感受到史诗里常见的鏖战在即的场景，他自己也因此就成了史诗中斗志高昂的勇士。同样在第一首诗里，他对鲁克留斯形象的刻画，已经完全就是一个挥舞刀剑寻找对手的史诗英雄——阿喀琉斯或者其他。

　　所以我们说，讽刺诗从尤文纳尔那里开始，就已经有意识地将史诗作为参照的对象，开始本以日常、琐细和关涉个体为主要特点的讽刺诗里融于史诗的严肃、宏大和关涉整个民族的特点，或者如 Baines 所称："Juvenalian satire has fused two genres which would normally be diametrically opposed."④ （尤文纳尔的讽刺诗融合了两种文类——二者通常是相互构成直接相对的文类。） 尤文纳尔在讽刺诗中着意类比史诗、照应史诗的努力可以解读出许多种意义，而不仅仅

---

① Victoria Baines, "Umbricius' Bellum Ciuile: Juvenal, Satire 3", *Greece & Rome*, Vol. 50, No. 2, October, 2003, p. 222.

② Ibid..

③ Ibid..

④ Ibid., p. 228.

只是为了对特定的讽刺对象形成某种反讽。相比于讽刺诗，史诗并不能因为其叙述宏大而严肃的事件和尊贵而勇武的人物而高出一等；相反，讽刺诗在这些方面不但可以成为可与史诗比肩和抗衡的诗体，而且讽刺诗本身比史诗更加切合实际、更加关注现实，同时写作讽刺诗需要诗人的更大勇气和更多智慧。正因为尤文纳尔的讽刺诗同史诗和悲剧一样关注严肃问题并给予深沉思考，这些相近的特点让 T. S. 艾略特在自己的文章里称尤文纳尔的讽刺诗是悲剧式的。而常常以尤文纳尔为典范而立意史诗化讽刺诗的德莱顿尤其称赞尤文纳尔诗歌的这一特点，称他的诗里具有一种"崇高"（sublimity），并基于他在创作中实际抬高讽刺诗诗体地位的这些做法，在三位古典讽刺诗人中，他把尤文纳尔的地位摆在另两位讽刺诗人贺拉斯和帕修斯之上。

第二节　德莱顿的"史诗化"理论和实践

德莱顿特别青睐英雄诗和史诗，这体现在他的创作和批评中。在诗歌创作上，他时时以英雄诗作为准则；在批评中，他一反推崇古典诗论而高度评价英雄诗，甚至从道德伦理的维度将英雄诗抬高到关涉人类心灵的地位——上文对此已有讨论。德莱顿将英雄诗的准则应用到戏剧作品中而创造了英雄戏剧这一戏剧类型，他利用英雄诗的风格特点将一直处于文类下游的讽刺诗改造成为具有史诗气质的英雄讽刺诗。他毫不讳言自己以荷马、贺拉斯、奥维德等古典史诗诗人作为学习的模范，他也高度赞赏写作英雄诗的布瓦洛、弥尔顿等当代诗人。《格拉纳达的征服》（*The Conquest of Granada* I & II，1670，1671）、《印第安皇帝》等是他最具代表性的英雄戏剧，《押沙龙与阿齐托菲尔》等是奠定他文学史上地位的英雄讽刺诗。在德莱顿的整个批评中，除了使用史诗一词之外，他还使用过许多意义相近的术语来指代英雄诗，比如"heroic poetry""heroic poem""heroic poesy"等。根据德莱顿的批评文本来判断——因为德莱顿有时并不是非常严谨而持续地使用某个术语，"heroic poetry"所指是诗的类型（genre），它包括史诗——英雄诗中的最高类型，和史诗之外的诗，这些史诗之外的诗能称得上是英雄诗，它们应该是"elevated and dignified in style, subject, and content, sublime in its conception and execution."① （风格、主题和内容的高尚和庄严，概念和表现的崇高。）这些英雄诗的要求自然也是他将其运用于英雄戏剧和英雄讽刺诗创作的原则。"heroic poem"则是指具体的英雄史诗，德莱顿所推崇的史诗有荷马的《伊利亚特》和《奥德修斯》、维吉尔的《埃涅阿斯纪》等古典史诗，而对于同时代的史诗创作，他认为考利的《大卫王》和弥尔顿的《失乐园》等也都属于史诗的类型。另一个指称"英雄诗"的术语"heroic poesy"在德莱顿的用法里既指史诗也指英雄戏剧（heroic play）。德莱顿还有其他一些同英雄诗有关和相近的术语，如英雄戏剧（heroic play）、历史诗（historic poesy, historical poem）、历史戏剧（historical play）等。所以从整体上看，德莱顿的英雄诗理和史诗论同他整体批评理论风格一样，驳杂纷呈，因此要弄清他对某个具体问题的看法，需要就该问题进行仔细分析。

一　德莱顿的英雄诗/史诗理论

德莱顿对于英雄诗和史诗的讨论始于 17 世纪 60 年代，先后在《论戏剧诗》中以及在《奇异之年》的序言里，这些讨论直到他生命的最后一年，在其《古今故事集》的序言中。在德莱顿所有相关的讨论中，他在《关于讽刺诗起源与发展》一文里对史诗的讨论最为丰富，因为这篇文章是写于他讽刺诗出版的十多年后，大约可以看作是对之前讽刺诗创作实践的一种理论总结。他对于他这篇文章的安排是，先从讨论英雄诗和史诗入手，进而谈到讽刺诗这一主题。尽管他自己在文章中表示，这些讨论 "... which does not particularly concern satire"（并不特别地同讽刺诗相关），因此他决定 "... leaving the crit-

---

① H. James Jensen, *A Glossary of John Dryden's Critical Terms*, Minneapolis: University of Minnesota Press, 1969, p. 60.

ics... I will hasten to my present business, which is the antiquity and origin of Satire...”① （我将尽快进入我目前的正题——关于讽刺诗的古代情形和起源。） 如果真的以为德莱顿在讨论关于讽刺诗的正题之前，他对英雄诗和史诗的讨论是多余而离题的举动，那么显然是误会了德莱顿本人的用心，也小看了这位具有高度写作艺术手腕的理论家。联系到他对具有英雄诗特点讽刺诗的推崇——他对布瓦洛的赞赏和对其诗作 “*Le Lutrin*” 的喜爱，和他之前的讽刺诗创作实践相比，他明显是要将英雄诗和史诗同讽刺诗联系起来，通过运用英雄诗和史诗的特点去改造和提高讽刺诗的品位和地位，即是为了将一向被认为是 “低等文类” 的讽刺诗联系到英雄诗和史诗这一 “高等文类”②，从而提高讽刺诗本身的地位：

His fullest statement on the subject before 1697 occurs in the Discourse of Satire, where it supports his efforts to win for the less well-established genre of satire a comparable status to that of epic or tragedy.③

（他在 1679 年以前关于此主题的完整表述体现在《关于讽刺诗的起源与发展》一文中，该文支持他为地位稍逊的讽刺诗赢得同史诗或悲剧相配地位的努力。）

---

① John Dryden, "Original and Progress of Satire", *Essays II*, ed. W. P. Ker, Oxford: The Claronden Press, 1926, p. 44.

② 亚里士德在《诗学》中分别讨论了严肃的诗（Serious poetry）和轻佻的诗（'Light' poetry），讨论轻佻诗的部分已经遗失，而今天可见的文本是其讨论严肃诗的部分。亚里士德在其《诗学》中设计了一对首要的二元项：σπουδαιος（good, serious）/ φαυλοσ（low, base），前者高于后者。悲剧和史诗代表的是 “善” 和 “严肃” 的人和行动，所以这两种类型属于 σπουδαιος，而喜剧和 Iambic 诗（以阿里斯托芬和阿基洛库斯为代表）代表的是低等的人和行动，属于 φαυλοσ。讽刺同喜剧和 Iambic 诗的近缘关系决定它也是属于 φαυλοσ 之列，所以讽刺诗文类性质决定了它的地位要低于悲剧和史诗。（See *Poetics* 48a17 and b26.）

③ John Dryden, *The Works of John Dryden, Volume VI: Poems*, 1697, ed. William Frost and Vinton A. Dearing, Berkeley, Los Angeles, London: University of California Press, p. 858.

　　这种拔高当然不仅仅是停留在名义上的空洞口号，德莱顿是通过将英雄诗的许多特点应用到讽刺诗创作中，使讽刺诗本身也携有英雄诗和史诗的特征，使之成为讽刺诗中的新类型——英雄讽刺诗或者史诗讽刺诗。① 所以德莱顿的英雄讽刺诗是对以往讽刺诗所进行的文体上的改造，通过改变其讽刺诗中被认为是"低等文类"的因素而将"高等文类"所具有的特征赋予诗本身，这是德莱顿在英国诗歌中的创造。

　　在《诗学》里，亚里士多德认为悲剧是高于史诗的诗歌艺术。② 但是德莱顿在其《关于讽刺诗的起源与发展》一文中，推翻了亚里士多德这一论断。相反，他认为英雄诗（Heroic poem）是比悲剧更伟大的诗歌："... the greatness of an heroic poem, beyond that of a tragedy, may easily be discovered..."（英雄诗超越悲剧的伟大之处，能被轻易

————————————————

　　① 许多批评家已经认识到德莱顿讽刺诗的英雄诗和史诗特征，因而给予其讽刺诗以史诗讽刺诗、英雄讽刺诗或者类似的称呼，如 Chester H. Cable 的文章 "Absalom and Achitophel as Epic Satire"，H. T. Swedenberg, Jr 的文章 "Dryden's Obsessive Concern with the Heroic"，David Alexander Currell 的博士论文 "Epic Satire: Structures of Heroic Mockery in Early Modern English Literature"，Reuben Arthur Brower 的文章 "Dryden's Epic Manner and Virgil" 等等，都有类似的叫法。

　　② 柏拉图在其晚期著作《法律篇》第二、三卷中认为史诗高于悲剧，因为它投合于老人的趣味，而悲剧则被有教养的妇人、年轻人及其他大多数的人所青睐，小孩则中意喜剧。(Laws II 658D) 但是，亚里士多德在《诗学》里对不同类型的人物和行动模仿进行讨论之后，接着又讨论了叙述和戏剧模仿（Narrative and dramatic repesentation）(See 48a19-28)，进而引出了对史诗和悲剧的比较，并以为悲剧高于史诗（See 49B9-20 and 61b26-62b15)，因为悲剧（全部六个部分）有比史诗（仅有四个部分）更多的组成部分，比史诗所持续的时间短，因此悲剧的一致性（Unity）更好，给予观众的快乐质量更高，因而能更好地实现其目的（Telos）。这一节文字保存较好，可以根据已有的文字重建作者的原意："[Tragedy is superior to epic, because] in tragedy there is narrative in messengerspeeches only and what is enacted in its other parts, but in epics there is narrative only. [Again, it is superior because] epic has [only] the heroic line instead of those of tragedy; for tragedy is composed of all the verse-forms. [Further,] everything that is in epic is also in tragedy, but the opposite does not hold: [for] tragedy may reasonably be thought to have [a kind of] song of its own, as it represents songs to the oboe...." (Aristotle, Poetics, tr. Richard Janko, Indianapolis, Cambridge: Hackett Publishing Company, 1987, pp. 178-179.)

地发现。)① 在《论戏剧诗》中，他认为坚持悲剧高于史诗的人是不
了解英雄诗也没有从中获得过快乐，或者说他们根本不能理解英
雄诗：

I do not dispute the preference of tragedy [over epic]；let every
man enjoy his taste：but'tis unjust that they who have not the least
notion of heroic writing should therefore condemn the pleasure which
others receive from it，because they cannot comprehend it. . .②

（我不是争论悲剧优先于史诗，人们可以各取所好。但是如
果有人对英雄写作毫无概念，却因此去谴责其他人从英雄作品获
得的快乐，这就不公平，因为他们只是不能够理解英雄作品而
已……）

所以这些人应该怀疑他们自己的判断力（judgments），而不是去
怀疑荷马、维吉尔、塔索或者弥尔顿等人的创作。对于亚里士多德热
衷于悲剧在于悲剧的行动能够集中于一个较短的悲剧时间之内，德莱
顿反驳说：". . . might prove as well that a Mushroom is to be preferr'd be-
fore a Peach，because it shoots up in the compass of a Night."③（倒不如
证明蘑菇比桃子更受欢迎，因为它在一昼夜的时间就可以生长出来。）
Le Bossu 也曾就类似的问题产生疑问：《埃涅阿斯纪》中的行动是否
超过了一年？德莱顿嘲弄说：

---

① John Dryden，"Original and Progress of Satire"，*Essays II*，ed. W. P. Ker，Oxford：The
Claronden Press，1926，p. 44. 在德莱顿之前，15 世纪的人文主义学者们根据他们自己的爱
好，早已颠覆了亚里士多德关于悲剧高于史诗的结论。这些文艺复兴早期的文化精英们通
过引证《荷马史诗》和维吉尔的《埃涅阿斯纪》，以及柏拉图在其《法律篇》第 2、3 卷中
的说法，给予史诗最为庄严而高贵的地位。（W. A. P. Smit，*La théorie de l'épopée en Europe oc-
cidentale aux XVIe et XVIIe siècle*，p. 53）

② John Dryden，" Of Dramatic Poesy"，*Essays I*，ed. W. P. Ker，Oxford：The Claronden
Press，1926，p. 199.

③ Ibid. ，p. 270.

the whole Dispute is of no more concernment of the common Read-er, than it is to a Plough-man, whether February this Year had 28 or 29 Days in it. ①

（整个争论如同无关乎田夫一样也无关乎普通的读者：该年的二月到底只有 28 天还是 29 天？）

德莱顿在《关于讽刺诗的起源与发展》中进一步解释说，英雄诗不但有悲剧的各种优点，它的美和完善之处比悲剧更为高贵（noble），如它的行动更为宏大，史诗的动作虽然持续时间长，可是它能给读者带来更多的快乐，史诗的众多情节给予史诗更多修饰和变化；在教益方面，虽然二者功能相同，可是史诗是要培养英雄和国王的德行；在时间上，《荷马史诗》比悲剧更为古老；对于创作者自身而言，史诗作者不但需要同悲剧诗人一样的天赋，它还需要比悲剧诗人更为广阔的学识，等等。无怪乎德莱顿在考察了史诗所具有的这些优势之后，作了这样的判断："... an Heroic Poem is certainly the greatest work of human nature."②（英雄诗一定是人类本性的最伟大作品。）实际上，在德莱顿之前，文艺复兴时期的诗人们都普遍表现出对于史诗的偏好，这部分是因为作为史诗诗人的维吉尔在中世纪被尊为先知和法师，部分是因为戏剧文学在中世纪逐渐失去了其曾经的光彩。所以尽管前有亚里士多德对于悲剧的推崇，但是此时的作家纷纷把荷马和维吉尔奉为前无古人后无来者的伟大悲剧诗人，如意大利批评家敏图尔诺就认为史诗高于悲剧。意大利诗人 Giovan Giorgio Trissino（1478—1550）对此争论最后总结说，究竟史诗还是悲剧是最高贵的文学形式，可以留待后世的读者为其作出判断。③ 百余年后，德莱顿是否清楚文艺复兴时期意大利诗人们关于史诗和

---

① John Dryden, "Dedication of Aeneis", *Essays I*, ed. W. P. Ker, Oxford: The Claronden Press, 1926, p. 309.

② Ibid., p. 43.

③ Raúl Marrero-Fente, *Epic, Empire, and Community in the Atlantic World*, Lewisburg: Bucknell University Press, 2008, p. 20.

悲剧的争论不得而知，但是他的确作出了同他的那些意大利前辈们相似且有力的判断。

不但史诗有比悲剧更多的优点，而且因为史诗的叙事先于悲剧的舞台表演，所以德莱顿认为史诗因此可以为悲剧的形成确立法则：

> Narration, doubtless, preceded acting, and gave laws to it: what at first was told artfuly, was, in process of time, represented gracefully to the sight and hearing. ①

> （叙事毫无疑问先于表演，并给予它法则：首先以极具技巧的方式讲述出来，随着时间推移，就会同样优雅地在视听上呈现出来。）

虽然德莱顿对于文学形态持有一种强烈的进步观念，但同时他也强调要尊重和学习前人已经取得的成就，所以德莱顿是一位灵活而有辩证思维的文学理论家，这也许是他多为时人所诟病的原因。史诗首先作为一种口头传述的文学形式，在传递的过程中不断增加的艺术性，自然也会影响和丰富后来的书写文学和表演艺术，为其提供资源和模范。根据德莱顿的观察，亚里士多德对于文学模仿自然的观念不过是来自他对于荷马的《伊利亚特》和《奥德修斯纪》的研究，他从这些史诗里归纳出许多原则并将其用于戏剧理论的建构上：

> ... those many rules of imitating nature which Aristotle drew from Homer's *Iliads* and *Odysseys*, and which he fitted to the drama... ②

> （这些模仿自然的许多规则是亚里士多德从荷马的《伊利亚特》和《奥德赛》中总结出来，然后应用于戏剧。）

---

① John Dryden, "Dedication of the Aeneis", *Essays II*, ed. W. P. Ker, Oxford: The Claronden Press, 1926, pp. 156-157.

② Ibid., p. 156.

所以追溯起来，史诗才是戏剧的源头："... the original of the stage was from the Epic Poem."① （最初的舞台就是从史诗而来。） 史诗虽然庞大，但是它的许多情节都可以被放大而用作戏剧里所要求的一个大的"行动"，因此史诗躯干的一个部分就可以形成戏剧的整个身躯，史诗所提供的一粒种子可以长成戏剧的成熟果实。德莱顿以大力神赫拉克勒斯为例作了一个非常有趣的比喻："Out of one Hercules were made infinity of pigmies." （从一个大力神赫拉克勒斯身上造就了无数的小人。） 但是这些从巨神而出的小人，也都具有"神祇的灵气" (*Divine particulam aurae*)。所以，作为史诗的赫拉克勒斯相比于作为戏剧的小人，其间的高下不言自明。悲剧的浓缩让它只能成为人生的一个微型，但是史诗却是详细描写人生的稿本。这种浓缩还为悲剧带来另外一个不良的后果，就是它失去了宏伟之美："... a great beauty were omitted." 如同好的习惯不可能在三个小时内形成，而急症也不可能立即去除。悲剧所承诺的一套"净化"治疗的机制：先通过放大激情，再通过净化而使之变得平静，从而戒掉自大而引入怜悯。悲剧通过诉诸强烈的行动和激烈的情感，去治疗病态的心理，会因为它的作用不能持久而难以达成应有的效果。正因为悲剧的治疗效果难以持续，导致它不得不重复"用药"，如同悲剧要不断被搬演以维持它的效果。而史诗因其本身宏大和丰富却可以令它悠游不迫的渐进"施诊"，因为"Ill habits of the mind are like chronical disease, to be corrected by degrees, and cured by alternatives." （思想上的坏习惯如同慢性疾病，只能逐步进行纠正，并以不同的方法进行治疗。） 所以史诗相比悲剧，更能制造令人满意的疗效。而且，史诗是创造完整的英雄，是对一个英雄全部历史的模仿，这是其他艺术形式如史诗和雕塑不能企及的——

This is that idea of perfection in an epic poem which painters and

---

① John Dryden, "Dedication of the Aeneis", *Essays II*, ed. W. P. Ker, Oxford: The Claronden Press, 1926, p. 156.

statuaries have only in their minds, and which no hands are able to express.

（史诗中的这种完美的概念，是只能存在于画家和雕塑家的脑海里，然而却不能利用手工进行表达。）

而在庄严和宏大方面，也因为史诗为悲剧提供借鉴："There likewise Tragedy will be seen to borrow from the Epopee."[1]（同样，悲剧也被视为是从史诗借鉴。）而作为借鉴的一方自然就会在庄严性方面稍逊一筹，因为它毕竟不是来自自身的本性。所以，荷马是舞台的始祖，而史诗自然比悲剧更有德性："There is more virtue in one heroic poem than in many tragedies."（一首英雄诗里的德性比许多悲剧里的还要多。）[2]

德莱顿的英雄诗和史诗理论既形成于他对古代史诗作品以及意大利和法国作品的广泛阅读，又得益于 17 世纪在法、意等国对于古代史诗所进行的公开而热烈的讨论，参加这些讨论的理论家包括当时有名的批评家霍布斯、达夫南特、考利、爱德华·霍华德、Thomas Rymer、Milton's nephew Edward Philops、the Earl of Mulgrave、the egregious Blackmore 和 John Dennis 等人，他们的讨论都对德莱顿的史诗观产生了影响，而此时来自法国的影响是 Father Le Bossu。他注意到自己的时代盛产戏剧而缺少史诗，而且史诗中成功的作品数量更少，因此德莱顿主张史诗作者应该去研究古代史诗，从亚里士多德和贺拉斯那里找到规范，听从当代批评家如 Vida 和 Le Bossu 等人的指导。德莱顿本人作为他那个时代最伟大的批评家之一，他对当时的史诗作品也发表过自己的评论，从中也可以窥见他的史诗观。弥尔顿的《失乐园》是英国整个 17 世纪最重要的作品、最伟大的史诗，该作品一经出版就引发了许多热烈的讨论。德莱顿紧随 Samuel Barrow 和 Andrew Marvell 之后，也对这首诗给予了极高的评价，他甚至将弥尔顿视为荷马和维吉尔之后的第三位伟大的

---

[1]　John Dryden, "Dedication of the Aeneis", *Essays II*, ed. W. P. Ker, Oxford: The Claronden Press, 1926, p. 160.

[2]　Ibid., p. 158.

史诗诗人。① 也有许多批评家因为看到了这部作品的不足之处，反对
称其为史诗，比如当时一位古典学学问深厚、极富批评创见的理论家
Thomas Rymer（1641—1713）。为了捍卫该诗的史诗地位，并针对一
些批评家的反对意见，德莱顿发表了他对于《失乐园》的看法，这些
看法无疑构成了德莱顿关于英雄诗和史诗的理论部分：在他的一首警
句诗里高扬弥尔顿，把他与荷马和维吉尔相提并论：

> As for Mr. Milton, whom we all admire with so much justice, his
> subject is not that of an heroic poem, properly so called. His design is
> the losing of our happiness; his ［outcome］ is not prosperous, like
> that of all other epic works; his heavenly machines ［supernatural char-
> acters］ are many, and his human persons are but two. But I will not
> take Mr. Rymer's work out of his hands. He has promisd the world a cri-
> tique on that author; wherein, tho' he will not allow his poem for hero-
> ic, I hope he will grant us that his thoughts are elevated, his words
> sounding, and that no man has so happily copied the manner of
> Homer; or so copiously translated his Grecisms, and the Latin elegan-
> cies of Virgil. 'Tis true, he runs into a flat of thought, sometimes for a
> hundred lines together, but 'tis when he is got into a track of
> Scripture.... Neither will I justify Milton for his blank verse, tho I may
> excuse him by the example of Hannibal Caro, and other Italians, who

---

① 德莱顿写于 1688 年的这首警句诗里如此描述弥尔顿的地位：

> Three poets, in three distant ages born,
> Greece, Italy, and England did adorn.
> The first in loftiness of thought surpassed;
> The next, in majesty; in both the last.
> The force of Nature could no further go.
> To make a third, she joined the former two.

他认为弥尔顿融合了荷马和维吉尔，从而成为他们之后的第三位伟大的诗人。

have used it. ①

（至于弥尔顿，我们所有人都如此正当地崇拜他，他的主题不是一首英雄诗的主题——然而如此称呼此诗为英雄诗是恰当的。他的构思未能给我们带来快乐，他的诗歌未能如所有其他史诗一样带来丰硕的结果，他的降神装置——超自然的人物太多，然而普通的人类只有两个。我不会从 Rymer 先生手中夺过他的作品，他曾经承诺世人要对那位作者进行批评。在该批评中，尽管他不会承认弥尔顿的诗是英雄诗，我希望他会同意我们的看法，即弥尔顿的思想是严肃的，他所使用的词语音节响亮，还没有另外一个人如此快活地复制了荷马的风格，或者如此丰富地转述了他的希腊词语，以及传述了维吉尔拉丁式的优雅。的确，他也有思想单调之嫌，有时一百行的诗句挤在一起，但是当他论及《圣经》时也同样如此……我不为弥尔顿的无韵诗辩护，但我会原谅他的这种做法，因为此前有 Hannibal Caro 以及其他使用过无韵体的意大利诗人作为先例。）

在这段话里，德莱顿首先指出了《失乐园》作为史诗的不足之处，比如：该诗的主题不能成为史诗的主题；弥尔顿的构思不能给予读者乐趣；他的史诗没有像其他人的史诗那样可以给他带来丰硕的收获；诗中降神的装置太多，普通的人只有两个；有时百余行诗黏结一起导致表达单调而缺少变化；他没有使用双行韵体而是使用了无韵体②，等等。在

---

① John Dryden, "Original and Progress of Satire", *Essays II*, ed. W. P. Ker, Oxford: The Claronden Press, 1926, p. 29.

② 德莱顿认为在古典史诗之后，每个国家都已形成了自己的史诗格律，如法国史诗惯于使用押韵的亚历山大诗格（Rhymed Alexandrine），而英国的史诗格律在他看来就是英雄双行体，用韵可以让诗歌具有英雄诗的特点。但当时许多作家和批评家并没有在使用英雄双行体上达成一致，诗中用韵也遭到许多人的质疑，比如弥尔顿本人。德莱顿并不认为《失乐园》使用无韵体的合法性，但是基于弥尔顿意在模仿意大利的无韵体史诗，而德莱顿本人一直奉意大利史诗为典范、意大利批评家的批评理论为正统和圭臬，因此表示弥尔顿的无韵体也可以因此获得谅解。但是德莱顿认为弥尔顿不使用无韵体的原因，是因为他不能自如而优雅（Ease and grace）地运用这种格律，这从他早年使用韵体创作的"Juvenilia"显得窘迫和牵强可以得知。

"Dedication of the Aeneis"中，德莱顿再次重复了弥尔顿《失乐园》作为史诗的这些不足之处。① 可是，德莱顿仍然认为这首诗毫无疑问（Properly）是一首英雄诗，他随即指出该诗作为英雄诗的特征：诗里表达了崇高庄严的（Elevated）思想，使用了具有明亮音响（Sounding）效果的词语，得心应手地（Happily）模仿了荷马的风格并翻译了大量的希腊词（Grecisms），体现了维吉尔史诗的优雅之美（Elegancies），等等。Rymer 当然也能看到这些缺点，而且据说他将要根据这些缺点写一篇评论以否认《失乐园》英雄史诗的地位。也许是因为德莱顿对于《失乐园》的捍卫十分有力，Thomas Rymer 最终也没有发表他意图否定《失乐园》史诗地位的文章："... he did forestall Rymer, whose attack was never publishd."② （他的确抵制过 Rymer，只是他的这个攻击从没发表出来。）

　　而对于英国人引以为自豪的另一位英语史诗诗人斯宾塞——弥尔顿的老师，德莱顿认为他虽然也不乏史诗诗人所应该具有的丰富学识，但是他在《仙后》一诗里没有很好地遵循"一律"原则：没有哪一个行动都得到最终完成，每一次历险之旅他都为之塑造一位英雄，每一位英雄都被赋予一种美德。即使他最终完成了此诗，"亚瑟王子"也可以作为这些指责的辩解，但是这些不分主次而各自平衡的设计也难掩其不守"一律"原则的瑕疵。此外，他的语言陈旧和失调

---

　　① 德莱顿发表的这些对于《失乐园》评价距离上一次大约是十年之后："if the Devil had not been his hero, instead of Adam; if the giant had not foiled the knight, and driven him out of his stronghold, to wander through the world with his lady errant; and if there had not been more machining persons than human in his poem."（John Dryden, Essays of JohnDryden, ed. W. P. Ker, Oxford: Clarendon Press, 1900, 2: 165.）这一次，德莱顿却是把弥尔顿代之以塔索，看作是同荷马、维吉尔相比肩的诗人。

　　② *Paradise Lost*, 1668—1968: *Three Centuries of Commentary*, ed. Earl Roy Miner, William Moeck, Steven Edward Jablonski, Lewisburg: Bucknell University Press, 2004, p. 41. 对于另一位伟大的英国英雄诗诗人斯宾塞，Rymer 却给予了极高的评价，认为他是英国第一位仅次于维吉尔的英雄诗诗人，其不足是他的想法太过奇幻，结果是让他的诗歌变成了乐园（Fairy-land）。（R. M. Cummings, ed., *Edmund Spencer: The Critical Heritage*, London and New York: Routledge, 1971, p. 345.）

的诗节也都是其缺陷。① 虽然斯宾塞有这些不足，德莱顿还是认为他不失为一位优秀的史诗诗人，甚至认为罗马诗人中只有维吉尔在他之上，英国诗人中只有 Waller 超过了他。除了对这两位英国诗人的史诗诗法进行过比较仔细的分析和评论——既指出其不足，更为了肯定他们的成就。在这些讨论中，可以看出德莱顿自己的史诗思想。德莱顿不但对英国诗人的史诗诗法进行过评论——虽然他在《关于讽刺诗的起源与发展》一文开始不久就讨论史诗，这却是为其随后探讨现代讽刺诗应该具有的特征和如何创作现代史诗等问题而张目②，他还分析了距离维吉尔更近的罗马诗人，虽然维吉尔无疑是罗马史诗的顶峰和史诗写作应可效法的典范，但是即便眼前有现成的模板，但是这些诗人还是在其史诗中未能创作完美的史诗。比如，史诗《忒拜传奇》的作者，罗马诗人斯塔提乌斯，就不知道如何构思（design），犯同样毛病的还有卢坎，而且卢坎的史诗主题（subject）也不合适，这也是德莱顿指责弥尔顿的地方。卢坎的史诗"充满激情和做作"（full of heat and affectation），这不是有优裕回旋空间的史诗所应该使用的方法，它只是悲剧因为其范围有限而不得不使用的激烈手段。

在现代史诗诗人当中，阿里奥斯托的构思不够水准，而塔索的构思也只是能力平平。阿里奥斯托没能遵守行动一律的原则，塔索却能严守时间和地点的一律原则，这方面他甚至超过了维吉尔。阿里奥斯托之不足是因为他的风格多变而缺乏史诗的庄严和得体，而他设计的冒险行动非出于自然，因此不具有可能性；塔索的史诗情节不如阿里奥斯托有趣，但同阿里奥斯托一样，他的史诗也不够严肃庄重。这是因为他的史诗缺乏英雄诗所应该具有的堂皇和庄严，原因是他的抒情

① 这种诗节后来被称为"斯宾塞诗节"（Spencerian stanza），这是德莱顿专为自己的史诗《仙后》所发明的诗节。该诗节一共九行，前八行使用抑扬五音步，第九行单使用抑扬六音步，就是所谓的亚历山大诗行，其押韵格式是：ababbcbcc。

② 德莱顿也解释了自己本应在文章中讨论讽刺诗却转向了对于英雄史诗进行讨论的原因，这是因为二者的性质都是"narrative"，即他们都是叙事诗。他说："I hope the usefulness of what I have to say on this subject will qualify the remoteness of it." 即，他的这番看似离题（Remoteness）的讨论将会在后文中得到正名，因为讽刺诗同史诗一样，也是英雄诗的一种类型。

意味太浓，还在于他风格不够自然：有时空虚无物，有时干瘪乏味，更多的时候是杂乱失衡，最常见的是强行推进；除此之外，诗中充满了巧智（conceit）、尖利的警句和俏皮的妙语。所以，阿里奥斯托和塔索等诗人在严肃的史诗主题里表现轻浮的幼稚之气，使得他们很难被归入英雄诗诗人之列。

二　德莱顿的"历史诗"理论与实践

德莱顿为躲避"伦敦大瘟疫"（The Great Plague of London，1665—1666）而离开伦敦城到威尔士郡的查尔顿（Charlton in Wiltshire）居住，在此期间他写下了《奇异之年》（Annus Mirabilis：Year of Wonder，1667）。这是他的第一首叙事长诗，该诗记述了英荷两国在 1665—1666 年之间所展开的战争以及 1666 年 9 月 2 日到 7 日之间的伦敦大火。在以上讨论德莱顿英雄诗和史诗的理论中，已经知道他要求英雄诗和史诗必须使用合适的主题，为此他批评《失乐园》没有选择一个英雄的主题。而在《奇异之年》中，他认为自己这首诗的主题是英雄的，是所有诗人都会追求的主题："For I have chosen the most heroic subject，which any poet could desire..."[1]（我选择了最具英雄性的主题，这是任何一位诗人都渴望的题目……）这首诗第一部分的主题是关于战争："The former part of this poem，relating to the war..."（此诗的前一部分，是关于战争……），以及其中的英雄人物如国王、海军将领以及将军，他们所表现出的英勇和在战争中所取得的胜利；该诗第二部分的主题是关于伦敦大火："The latter part of my poem，which describes the Fire..."（我诗歌的后一部分，是描写那场大火……），以及在这灾难中国王对于臣民所表现出的"父亲般的爱"（Fatherly affection）和伦敦城的坚毅、忠诚和大度。这两部分的主题和相关的对象按照德莱顿的理论来看都是具有"英雄的"（Heroic）特点，下面所引是《奇异之年》的第一个四行诗节，从中可以一睹德

_____

① John Dryden，"Preface to Annus Mirabilis"，*Essays I*，ed. W. P. Ker，Oxford：The Claronden Press，1926，p. 10.

莱顿英雄诗的特点：

> In thriving arts long time had Holland grown,
> Crouching at home and cruel when abroad:
> Scarce leaving us the means to claim our own
> Our King they courted, and our merchants awed.
> (*Annus Mirabilis*, line 1-4)
> (荷兰长期在繁荣的艺术中成长，
> 在家里潜伏但在海外残酷：
> 几乎不让我们获取自己的东西
> 他们奉承我们的国王，却令我们的商人感到畏惧。)

  分析这一节诗，发现它不但立即引出了诗中英雄行动的对象：王国和国王，而且还迅速揭示出诗中对象之间的巨大矛盾——史诗的行动：荷兰王国的霸权和英王国所受到的凌辱，以及后来为之而起的两个王国之间的战斗。不止如此，这一节诗采用了之前史诗所开创的史诗起始传统：*In medias res*，即史诗是从事件的中间部分开始叙述，以期迅速引起听众和读者的兴趣和他们的注意力。参看荷马的《伊利亚特》的开头：

> μῆνιν ἄειδε θεὰ Πηληιάδεω ᾿Αχιλῆος
> ο᾽λομένην, ἡ μυρι᾽᾿Αχαιοῖς ἄλγε᾽ ἔθηκε,
> (*Iliad*, line 1-2)

  同样，荷马在诗一开始就点明要歌颂的对象是珀琉斯的儿子阿喀琉斯（᾿Αχιλῆος），内容是关于阿喀琉斯的"怒火"（ἄλγε）。维吉尔《埃涅阿斯纪》的开头同样是遵循此传统：

> *Arma virumque cano, Troiae qui primus ab oris*
> *Italiam, fato profugus, Laviniaque venit*

litora, *multum ille et terris iactatus et alto*

vi superum saevae memorem Iunonis ob iram；

（*Aeneid*，line 1-4）

　　他要歌唱一位英雄和他的武力（arma virumque），这位英雄为了带领特洛伊人建立新城所要经历的漫长磨难，该诗也是以闪回（flash-back）的方式从事件的中途进行叙述。

　　因此，从上一段的分析来看，《奇异之年》的主题和它所使用的写作技法同史诗一致，它所叙述的行动和参与行动的人物也都具有"英雄的"特征，所以这首诗毫无疑问可以算作是德莱顿的一首史诗。但是出人意料的是，他否定了自己的诗是史诗，并称这首诗应该算作是"历史诗"（historical poem）："I have called my poem *historical*, not epic, though both the actions and actors are as much as heroic as any poem can contain."① （我称自己的诗是历史诗，不是史诗，尽管它的行动和演员如任一史诗那样都具有英雄性质。）那么德莱顿的理由是什么呢？其一，他认为此事的行动还不能非常严谨地看作是一个统一的行动，其二是该诗行动的最后结局也不是一般史诗最后所达到的成功，其三是该诗的诗节比《伊利亚特》要多，即使最长的史诗《埃涅阿斯纪》也没有达到该诗的长度。德莱顿自己所列出的这些理由，都是在传统的史诗理论中找到依据，他自己自然非常清楚他的诗作没有完全遵守这些史诗原则。其中他所指出的第二点，该诗不但不是以成功结束，相反甚至可以看作是悲剧的结局，因为伦敦大火给伦敦城造成了巨大的牺牲和破坏——虽然德莱顿力图从一个基督教徒的角度来看这个巨大的悲剧事件，他认为这次大火的奇异之处在于大火最终被止住，伦敦城因此而得救，国王也承诺将重建城市。作为一个虔诚的教徒，德莱顿在该诗里给出的解释是，这一切都不过是证明了，上帝在行使他的神迹（miracle），让伦敦城避免了毁灭之灾。而对于第三个非史诗

---

　　① John Dryden, "Preface to Annus Mirabilis", *Essays I*, ed. W. P. Ker, Oxford：The Clar-onden Press, 1926, p.11.

的理由，因为史诗本身一直被视为地位低于悲剧就在于它的长度太长，从而容易使得史诗的行动缺乏一致性（unity），所以德莱顿也把这个理由统一到行动的一致性之中，以为该诗的长度问题其实就是它行动不连贯的问题："I mean not of length, but broken action..."（我所指的不是长度，而是破碎的行动……）那么产生这种行动不连贯的原因在哪里呢？德莱顿认为是该诗过于遵守历史的本来发展面目，因为历史当中的行动本身具有不连续性，这就自然导致了对历史行动进行忠实记述的不连续性："... tied too severely to the laws of history."①（太过束缚于历史的原则。）

然而，在这种"历史诗"的创作上，如同史诗和讽刺诗一般，在德莱顿之前也还是有前辈罗马诗人作为典范，德莱顿所提到的就是罗马帝国初期的卢坎（Lucan，39—65）和 *Silius Italicus*（28—103）。卢坎一般被认为是史诗《内战记》（*Bellum Civile*, or *Pharsalia*, 61—65）的作者，该诗记述了恺撒同庞培之间的内战经过。该诗的写作因卢坎卷入"皮索阴谋案"（Pisonian conspiracy，65）而被尼禄处以极刑而中断，全诗十卷都得以保存下来。后世关于这首诗的性质和地位有很多争议，有些批评家以为卢坎这首记述历史的诗所表现的只是除诗之外的其他特征，它可以是历史，是演说词，但不是诗，因而不承认卢坎的诗人身份②，比如，昆体良认为卢坎"更值得演说家而非诗人去

---

① John Dryden, "Preface to Annus Mirabilis", *Essays I*, ed. W. P. Ker, Oxford: The Claronden Press, 1926, p. 11.

② 亚里士多德在《诗学》中认为诗的认知能力（Cognitive achievement）高于历史，因而其重要性高于历史并比历史更具哲学意味："The work of the poet is not to speak of what has happened, but of the sort of things that could happen, plausibly or necessarily.... And so poetry is a more philosophical and significant thing than history: poetry speaks more of what is universal, history more of what is particular. What is universal is what it is plausible or necessary for a certain sort of person to turn out to say or do, and poetry aims at this even though it gives proper names."（*Poetics* 9, 145a36–b11）诗和历史之间的相对地位因而自此确立，并影响后世学者对于二者的接受和看法。

模仿他"（*X*，91）；① 《萨蒂利孔》（Satyricon，61AD.）的作者彼得罗纽斯（Petronius，27 AD-66 AD）赞成昆体良的说法，也认为历史事件应该由历史学家们去记述而不是诗人的任务；达夫南特在他的《贡第博特》（*Gondibert*，1651）序言中写道：

> Lucan, who chose to write the greatest actions that ever were allowd to be true... did not observe that such an enterprise rather beseem'd an Historican, then a Poet: for wise Poets think it more worthy to sek out truth in the Passions, then to record the truth of Actions.
>
> 　（卢坎选择写作伟大而真实的行动，却没有意识到这样的事业更适合于历史学家，而不是诗人——明智的诗人认为更值得从激情中寻求真实，而不是去记述事件的真实。）

可见，达夫南特虽然看到了卢坎这首诗中的"伟大行动"，但是认为这些行动过于真实，因而他认为与其说卢坎是诗人，不如说他是历史学家。德莱顿则也是以为卢坎的《内战记》过于紧靠历史事实，内容零碎而缺乏英雄诗的庄严与堂皇：

> Lucan, who followed too much the truth of history, crowded sentences together, was too full of points, and too often at somewhat which had more of the sting of an epigram, than of the dignity and state of an heroic poem. ②
>
> 　（卢坎太过于接近真实的历史，将句子挤压在一起，充满了各种要点，而且常常表现出警句的刺人写法，而不是英雄诗的庄严和堂皇。）

---

① "magis oratoribus quam poetis imitandus"（X. 91），Quintilian, *The Complete Works of Quintilian*, Delphi Classics, 2015.

② John Dryden, "Of Heroic Plays", *Essays I*, ed. W. P. Ker, Oxford: The Claronden Press, 1926, p. 152.

　　同之前的批评相比，德莱顿对于卢坎的认识有所推进，虽然卢坎的诗作为史诗多有不足，但德莱顿仍然把他的诗归为一类诗，这就是"历史诗"。而另一位罗马诗人 Silius Italicus，他仅有一首十七卷的史诗 Punica（83—103）留下来①，这是拉丁诗歌中最长的一首，有一万二千余行，诗中记述了第二次布匿战争。德莱顿基于类似的原因认为这首诗不能算作史诗，而应该同卢坎的《内战记》一样归于"历史诗"的范围："in whose room, if I am not deceived, Silius Italicus, though a worse writer, may more justly be admitted."②（在其范围之内，如果我没被欺骗的话，Silius Italicus 虽然是一个糟糕的作者，但可以更适合被纳入其中。）

　　除了"历史诗"因为事件过长而导致缺乏史诗所要求的行动一致性之外，"历史诗"所使用的格律在德莱顿看来也应该同史诗有所区别。《奇异之年》使用了交叉用韵的四行诗节（"stanzas of four in alternate rhyme"），每一行由十音节构成（decasyllabic line）。在上文的讨论中，我们已经了解到用韵和使用十音节诗行是德莱顿所坚持英语英雄诗所应该使用的格律，但是在英语英雄诗和史诗中，德莱顿此前一直认为这种用韵和十音节诗行的诗格应该是双行韵体或英雄双行体（heroic couplet），而不是此处所使用的四行诗节（quatrain）。然而，这倒不是说在诗格的"英雄性"特征上，这种交叉用韵的四行诗体不如英雄双行体。相反，德莱顿认为这种四行诗体比所有通用的格律形式更为高贵和庄严："我已经做出判断，比起其他已见的诗歌，在声音和格律上，它们更高贵，更有尊严。"③正因为如此，他才特地选择了这种诗格作为他这首诗的格律——他在此处似乎有意将这种四行诗体抬高到双行体之上，而其后德莱顿对此选择所作出的进一步说明，更表明了他将交叉用韵的四行诗体凌驾于双行韵体之上。首先，他以为在英文诗中需要用韵的场合，虽然选择使用双行韵体最为轻松，然

①　该诗第一次由 Thomas Ross 翻译，发表于 1661 年。

②　John Dryden, "Preface to Annus Mirabilis", *Essays I*, ed. W. P. Ker, Oxford: The Clarondon Press, 1926, p. 11.

③　Ibid..

而它并不非常适合于此处——《奇异之年》这首"历史诗":"But in this necessity of our rhymes, I have always found the couplet verse most easy (though not so proper for this occasion)."[1] (在我们需要用韵时,我总发现双行体诗歌极为容易——尽管不是太适合于此处。) 其次,为了进一步解释他的说法,他特别比较了双行韵体和交叉用韵的四行诗之间的特点:

　　　　for there the work is sooner at an end, every two lines concluding the labour of the poet; but in quatrains he is to carry it farther on, and not only so, but to bear along in his head the troublesome sense of four lines together. For those who write correctly in this kind must needs acknowledge, that the last line of the stanza is to be considered in the composition of the first.[2]

　　　　(因为作品到达一个结局更快,每两行就结束一次诗人的劳动;但是在四行中,他可以使诗行走得更远一些,不但如此,他还可以在头脑中一起记住四行诗的恼人意义。对于那些正确使用这种类型的诗人而言,他必须承认,这种诗节的末行在写作第一行时就要被思考。)

　　从这番特点的比较中,可以看出德莱顿似乎还是在强调"历史诗"所使用的四行体诗节难度更大——是否说明了"历史诗"的本来属性决定了它必须选择难度较大的四行诗节?因为常理就是,把四行组织到一起当然比写作双行更加费时费力。对于"历史诗"所使用的这种四行诗节,还有其他一些可以想见的困难,比如写作四行诗节的第一行时,就要同时为第四行进行构思;不能为了用韵的需要而随意拼凑或者使用非通行的英语,也不能使用阴性韵(female rhyme)——德莱顿也同样反对在英雄诗和史诗的诗格中使用阴性韵。

---

　　① John Dryden, "Preface to Annus Mirabilis", *Essays I*, ed. W. P. Ker, Oxford: The Claronden Press, 1926, p. 13.

　　② Ibid..

德莱顿在反复强调四行诗节的难度，实际上他是在为"历史诗"所使用的格律进行辩护，而他为这种辩护所设置的对象是史诗所使用的双行韵体，因此不难明白，这对不同格律的比较区分，其目的还是在解释"历史诗"同英雄诗和史诗的差异——是否因为四行诗节难度高于双行韵体，而说明"历史诗"的地位高于英雄诗和史诗，德莱顿对此并未明言。为了进一步加强对交叉用韵四行诗节的辩护，德莱顿还诉诸达夫南特之前为这种诗节所做的辩护，他甚至说达夫南特的辩护比自己的更有力："the choice of my stanza, which you may remember is much better defended in the preface to *Gondibert*."（我自己对诗节的选择，你可能记得，在《贡第博特》的序言里得到了非常有力的辩护。）《贡第博特》是威廉·达夫南特所创作的一首史诗，在结构上，他力图将荷马史诗和维吉尔史诗的传统同英国文艺复兴时期的五幕剧结合起来；在思想上，他融入了托马斯·霍布斯（Thomas Hobbes，1588—1679）关于"治理"（government）和"激情"（passion）等哲学命题的讨论。德莱顿所提到的序言，就是达夫南特写给霍布斯的一封长信，在该诗 1651 年的第一版中，这封长信连同霍布斯本人的回信和评论一并被出版。① 该诗使用了一种后来被称为"贡第博特诗节"（Gondibert stanza）的格律，也就是德莱顿所说的交叉用韵（abab）十音节四行体（a decasyllabic quatrain）诗节。在该诗的序言里，即达夫南特写给霍布斯的那封信函，他为这种诗节的使用进行了辩护：

Yet I may declare, that I believ'd it would be more pleasant to the Reader, in a Work of length, to give this respite or pause, between every Stanza (having endeavored that each should contain a period) then to run him out of breath with continued Couplets. Nor doth alternate Rime by any lowliness of Cadence make the sound less Heroick, but rather adapt it to a plain and stately composing of Musick; and the

---

① 达夫南特不但就该诗给霍布斯写了一封长信，而且还把诗的初稿寄给他评论。霍布斯给达夫南特进行了回复，并应邀对该诗发表了他的意见，他的评论意见也因此成为早期英国文论中关于史诗理论的重要文献。

brevity of the Stanza renders it less subtle to the Composer, and more easie to the Singer, which in *stilo recitativo*, when the Story is long, is chiefly requisite. ①

（然而我可以宣称，在一首具有一定长度的诗中，我相信它可以带给读者更多快乐，在诗节之间提供暂时的休息或者停顿，然后以连续的双行让他上气不接下气。间隔的韵脚也不能以节奏的低俗而使其音韵缺乏英雄性，相反是使它适应于创作平实而庄严的音乐。诗节的精炼使它让作曲家不感到难以捉摸，让歌唱者感到更加容易——当故事很长，需用"诵式唱法"时，对于歌者而言，这是非常必需的。）

在此段辩护中，达夫南特仍然是以双行体作为"贡第博特诗节"所辩护的对象，他特别指出，该诗节优于双行体之处在于：史诗里双行体的发展流动缺乏停顿，致使读者阅读紧张而不能获得歇气的地方，而"贡第博特诗节"在每一个诗节后直接有一个完整的停顿（period），让读者有缓气的机会。另一个是这种诗节里的交叉韵不但不会降低诗本身声音上的"英雄性"，相反，交叉韵还能增加诗节音乐性的庄严特点。② 因此综合以上德莱顿和达夫南特为四行诗节所进行的辩护，可以总结出德莱顿对于"历史诗"和史诗相区别的一些基本看法。虽然史诗是英雄诗中的完善形式，但是英语史诗的双行体在写作难度上不如四行诗节，也缺乏四行诗节在音乐性上所具有的优

---

① Edward Niles Hooker, H. T. Swedenberg, Jr, eds, *The Works of John Dryden*: *Poems 1649—1680*, Berkeley, Los Angeles, London: University of California Press, 1956, p. 271.

② 达夫南特之后，这种诗节受到了作家们的欢迎，Waller 和德莱顿都使用这种诗节为克伦威尔写过颂诗。本来属于支持国王一派的 Waller 在被允许返回英国后，他写下了这首颂诗"A Panegyrick to my Lord Protector"（1655），称颂克伦威尔统一英国的努力。而根据"Cambridge History of Early Modern English Literature"的说法，德莱顿更是有志于重振达夫南特的四行诗节："Dryden revives this measure to make his peace with the 1650s and advertise his bid to continue Davenant's Laureate project."因而写下了英雄诗"Heroic Stanzas on the Death of Oliver Cromwell"（1658）以及他称为"历史诗"的"*Annus Mirabilis*"（1666）。此后有更多诗人加入到使用该诗节的行列中来。

裕，只是因为"历史诗"所关切的是历史的真实和细节，而真正的史诗是要求："A true epic poem had to be liberated from the demands of historical accuracy and literal truth."① （一部真正的史诗必须从历史的精确和真实这些要求中解脱出来。）所以史诗通过有意地选择和组织能够保持艺术上的连贯（Coherence）和完整，这也是谨遵历史真实的"历史诗"所缺乏的，因此它只能归于历史的叙述。然而，"历史诗"在使用四行诗节等方面仍然表现出同史诗一样的"英雄性"特征，所以，尽管"历史诗"不是史诗，但是也可算作"英雄诗"的一种。所以，对于《奇异之年》，德莱顿自己评价说："Such descriptions or images, well-wrought, which I promise not for mine, are...the adequate delight of Heroic Poesy."（如此精致的描述或者形象……是英雄诗所带来的充分快乐。）

三　德莱顿的"英雄戏剧"理论与实践

"英雄戏剧"（Heroic play）是 17 世纪最为引人注目的两种戏剧形式之一，另一种是"风俗喜剧"（Comedy of Manners）。德莱顿认为"英雄戏剧"应该是诗剧，不能混有散体形式："For Heroic plays in which only I have used it without the mixture of prose..."② （对于英雄戏剧，只有我在创作它时，还没有将散体融入其中。）它以英雄诗或史诗为模型。至于英雄诗是否能够应用于严肃的戏剧，德莱顿认为这已经不是问题，因为它已经被搬上了舞台，以至于悲剧中如不使用英雄诗，就几乎不会被观众接受：

WHETHER Heroic Verse ought to be admitted into serious plays, is not now to be disputed: 'tis already in possession of the stage; and I dare confidently affirm, that very few tragedies, in this age, shall be

---

① Edward Pechter, *Dryden's Classical Theory of Literature*, London: Cambridge University Press, 1975, p. 154.

② John Dryden, "Of Heroic Plays", *Essays I*, ed. W. P. Ker, Oxford: The Claronden Press, 1926, p. 149.

received without it. ①

（英雄诗是否应该被严肃戏剧所接纳，现在不必进行争论，因为它已经属于舞台了。我敢于自信地宣称，在今天这个时代，如果没有它，几乎没有悲剧可以被接受。）

所以英雄戏剧不仅表现英雄诗的各种特征，还能够表达严肃的内容，比如戏剧人物须是完美的英雄②，他的行动和激情都高于普通人的能力，爱情和勇敢是其主题，要表现出英雄的德行，等等。在《论英雄戏剧》（1672）一文中，德莱顿就表明自己英雄剧《格拉纳达的征服》（*The Conquest of Granada* I & II，1670，1671）同史诗的密切关系：

The first image I had of him was from the Achilles of Homer; the next from Tasso's Rinaldo（who was a copy of the former），and the third from the *Artaban* of Monsieur Calprenede，who has imitated both.

（我对于他的敌意印象是来自荷马的阿喀琉斯，其次是来自塔索笔下的"Rinaldo"——他是前者的翻版，然后是来自 Calprenede 先生模仿前二者所创造的"Artaban"。）

这种紧密的关系表现在其剧中人物以阿喀琉斯为原型，从而让剧中的阿尔曼佐（Almanzor）这个人物具有了《荷马史诗》意义上的合法性，还通过引入文艺复兴时期塔索《解放的耶路撒冷》（*Jerusalem Delivered*，1581）中的人物，进而纳入了中世纪基督教传奇（Medieval Christian rommance）的理想，而所提到的"Artaban"是 17 世纪法国

---

① John Dryden，"Of Heroic Plays"，*Essays I*，ed. W. P. Ker，Oxford：The Claronden Press，1926，p. 148.

② "英雄戏剧"里要求戏剧的人物是完美的、毫无瑕疵且是英勇无敌的英雄，高乃依就是刻意把熙德（Cid）描写成这样的人物，这在一定程度上就脱离了亚里士多德对主要人物的要求："neither altogether good nor entirely bad"，高乃依在这一点上是接受了敏图尔诺对于塑造主要英雄人物的观点。

的传奇，其既有恢宏的行动，还有风雅的情感。所以，在德莱顿关于"英雄戏剧"的理解中，这种戏剧不仅以古代的史诗为模型，其中还纳入了中世纪及后来传奇创作中的许多元素。故德莱顿一方面明确指出"英雄戏剧"同英雄诗和史诗的密切关系，另一方面在行文中也间接指出了"英雄戏剧"所受到来自传奇的影响。"The Heroic poem and romance had considerably anticipated the play in England itself."① （英雄诗和传奇在英国本土都极大地预示了该戏剧的出现。）传奇是后起的文学类型，亚里士多德当然没有机会提到它，所以不会要求它也如史诗一样去遵循许多规则，但是塔索根据亚里士多德的史诗理论，为这种"Classic-romantic epic"找到了其立身的理论基础，并也尊其为一种"Heroic Poem"。简言之，传奇这种英雄诗也要求史诗的结构一律，只是它情节的多样化和华丽色彩让它增加了吸引人的力量。在本质上， "There is no essential difference between the epic and romantic poem."② （传奇同史诗并无区别。）因此，"英雄戏剧"同英雄史诗和英雄传奇的三角关系也就可以约减为"英雄戏剧"同史诗的二元关系。

德莱顿就认为英国"英雄戏剧"的发端，是从达夫南特爵士开始的③："For Heroic Plays... the first light we had of them, on the English theatre, was from the late Sir William D'Avenant."④ （对于英雄戏剧，我

① John Dryden, *The Mermaid Series: John Dryden*, Vol. 1, ed. George Saintsbury, London: T. Fisher Unwin Ltd., New York: Charles Scribner's Sons, p. 4.

② A. E. Parsons, "The English Heroic Play", *The Modern Language Reivew*, Vol. 33, No. 1 (Jan., 1938), p. 2.

③ 有学者的研究表明，达夫南特曾经抱怨舞台的空间太小，以至于不能同时容纳七个人物，因此他本人实际上把戏剧和诗等同为一物："The similarity of this expression to that used in describing 'the underwalks and counterturns' of Gondibert suggests that Davenant thought of play and poem in the same terms, and that, had it not been for the exigencies of space, the structure of the two would have been alike." (A. E. Parsons, "The English Heroic Play", *The Modern Language Review*, Vol. 33, No. 1 (Jan., 1938), p. 14.)

④ John Dryden, "Of Heroic Plays", *Essays I*, ed. W. P. Ker, Oxford: The Claronden Press, 1926, p. 149.

们第一次在英国舞台上见到它，是从去世不久的威廉·达夫南特爵士开始的。）此外，在达夫南特把此诗题献给霍布斯的序言里，达夫南特第一次使用了"英雄戏剧"这个术语，这也可能是该术语第一次出现在文学史上。① 达夫南特把自己创作戏剧的兴趣同他对史诗的兴趣结合在一起，同时，他也受到了法国传奇和法国戏剧的影响，人们认为达夫南特的"英雄戏剧"是他所受到的法国影响在英国土壤上的演化。② 在英国文学史上，他被认为是首位将英国戏剧同法国英雄剧进行结合的作家："D'Avenant appears to have been the first to mix the English drama with the French heroic play..."③（达夫南特似乎是头一位将法国英雄戏剧融入英国戏剧的人……）这同他曾居住在法国而受到影响也有关系。达夫南特的 *Love and Honour*④ 是其迈向英雄戏剧写作的可贵尝试，而其在"Interregnum"⑤ 期间创作的《罗德岛之困》

---

① 达夫南特使用"英雄戏剧"这个术语是为了表明自己的作品不同于伊丽莎白时期悲剧和喜剧的创作，而是一种配合音乐的歌剧形式。对于这个背景，德莱顿也作过一番解释，因为在之前革命的时代，悲剧和喜剧被认为会制造针对"良善人们"（Good people）的丑闻，会影响到他们的合法统治，因而都被禁止。鉴于此，达夫南特不得不采取一种新的方式进行创作："... he was forced to turn his thoughts another way, and to introduce the examples of moral virtue, writ in verse, and performed in recitative music."（"Of Heroic Plays", *Essays* I, p. 149.）

② Sir William D'Avenant, *Love and Honor and the Siege of Rhodes*, ed. Jame W. Tupper, Boston: D. C. Heath & co., 1909, p. xx.

③ *The English Cyclopaedia*: *A New Dictionary of Universal Knowledge*, Vol. 1 and 2, ed. Charles Knight, London: Bradbury and Evans, 1858, p. 519. Also "Davenant's interest in melding dramatic and heroic forms is consistent with his primarily theatrical interests before and after the interregnum."（Marshall Grossman, *The Seventeenth-Century Literature Handbook*, Chichester: John Wiley & Sons Ltd, 2011 p. 268.）

④ "Love and Honour"是达夫南特早期创作的一部戏剧，1634 年被搬上舞台，1649 年经 J. W. Tupper 编辑并印刷出版。

⑤ "Interregnum"指的是两个王朝之间的过渡期，在英国，它开始于查理一世于 1649 年 1 月被推上断头台，结束于 1660 年 7 月查理二世在英国的复辟。而要仔细讨论英国"Interregnum"确切的开始与结束时间，则是另一个复杂的问题，此处从简不赘。

(*The Siege of Rhodes*, 1656) 是他"英雄戏剧"创作的最重要成果。①
从文学源头来看,不难发现《罗德岛之困》这部歌剧同英雄诗的关系
以及作者将戏剧同史诗相结合的企图:The story sung in Recitative Mu-
sick。而且,的确也可以看得出作者极力提高此诗到史诗高度 (epic
elevation) 的努力。② 在诗的格律上,作者使用了英雄双行体的格
律——德莱顿把使用这种十音节的诗称作英国的英雄诗。③ 诗人还塑
造了对称的人物和事件,这预示了新古典主义规范在创作中的运用。
同时,这部戏剧的许多写法后来也成了写作"英雄戏剧"的滥觞:

> There are long moments of self-communings and arguments over
> "costly scruples" and typical psychological perplexities, such as the
> difficulty of reconciling love and honor — all of which were soon to be
> stereotyped in the so-called "heroic play". ④
>
> (在许多时间里,有着对这些"昂贵的疑虑"和典型的心理
> 困惑所进行的长时间的自我交流和争论,比如调和爱情和荣誉
> 的困难——所有这些很快就会固定为所谓"英雄戏剧"的
> 主题。)

---

① 为了避开这期间对于戏剧的限制,达夫南特创作配有音乐的戏剧——歌剧
(Operas),《罗德岛之困》即是其中一例。为此,有些批评家认为该剧严格上讲不能算作戏
剧,见 Alfred Harbage 的 "Sir William Davenant" (Philadelphia, 1935)。

② George Sherburn, Donald F. Bond, "The Restoration and Eighteenth Century (1660—
1789)", *A Literary History of England*, 2nd edition, ed. Albert C. Baugh, London: Routledge &
Kegan Paul Ltd, 2004, p. 752.

③ "I would prefer the verse of ten syllables, which we call the English heroic..." (John Dry-
den, "Original and Progress of Satire", *Essays II*, ed. W. P. Ker, Oxford: The Claronden Press,
1926, p. 106)

④ George Sherburn, Donald F. Bond, "The Restoration and Eighteenth Century (1660—
1789)", *A Literary History of England*, 2nd edition, ed. Albert C. Baugh, London: Routledge &
Kegan Paul Ltd, 2004, p. 751.

　　达夫南特对于所谓"英雄戏剧"的贡献，一般批评家们对此都无异议①，甚至有人把"英雄戏剧"比作达夫南特另一个除"英国歌剧"之外的养子。②

　　也有些批评家认为《罗德岛之困》不尽是"英雄的"，他们以为该诗主题主要还是抒情性质，而且达夫南特并不是该双行韵体这种英雄格律的热情拥戴者，比如他的《贡第博特》（*Gondibert*，1651）所使用的就不是双行韵体而是四行诗节（Quatrain）。③ 德莱顿也承认该作品并不是完善的英雄戏剧，它在构思（Design）和人物的多样性（Variety of characters）方面存在不足。除了这些不足之外，德莱顿还认为该诗没有完全达到英雄诗所要求的宏大和威严："... in the scanting of his images and design, he complied not enough with the greatness and majesty of an heroic poem."④ 虽然《罗德岛之困》作为诗歌和戏剧存在种种不足，但它仍然是合适的"英雄戏剧"。那什么是"英雄戏剧"呢？德莱顿引用了阿里奥斯托的诗句来对"英雄戏剧"从其戏剧主题和戏剧叙述的对象进行了说明：

　　　　　Le donne，i cavalier，l'arme，gli amori，
　　　　　Le cortesie，l'audaci imprese io canto，etc. ⑤
　　　　　（贵妇，骑士，武器，爱情，
　　　　　礼仪，勇敢是歌谣的印记。）

　　阿里奥斯托认为他所歌唱的主题和对象就是贵妇、骑士、武器、爱情、礼仪和勇敢，而这些主题和对象正是史诗和传奇要描写的目

<hr>

① 参见 Edward J. Dent 所著 *Foundation of English Opera*（Cambridge，1928）。

② 参见 Alfred Harbage，*Cavalier Drama*（Philadelphia，1936），pp. 48~71。

③ Mervyn L. Poston，"The Origin of the English Heroic Play"，*The Modern Language Review*，Vol. 16，No. 1（January，1921），p. 18.

④ Ibid.，p. 151.

⑤ John Dryden，"Of Heroic Plays"，*Essays I*，ed. W. P. Ker，Oxford：The Claronden Press，1926，p. 150.

标，由此，更可以理解"英雄戏剧"同史诗和传奇的渊源关系。于是，就非常容易理解德莱顿为"英雄戏剧"的创作所作出的规定：

An heroic play ought to be an imitation, in little, of an an heroic poem; and consequently that Love and Valour ought to be the subject of it. ①

（一部英雄戏剧应该是对于一部英雄诗的小规模模仿，因此，爱情和勇敢应该成为它的主题。）

德莱顿认为《罗德岛之困》满足了"英雄戏剧"这些要求，"Both these Sir William D'Avenant had begun to shadow." ② 所以它是一部"英雄戏剧"。对于达夫南特而言，"英雄戏剧"在某种意义上只是一种文化现象而不是一种文学成就③，倒是德莱顿创作了不少该类型戏剧，而且也发表了大量评论，从而成为"英雄戏剧"的最主要剧作家和理论家："Dryden... produced *The Indian Queen*, and for more a decade thereafter Dryden was the master-author of heroic plays." ④（德莱顿写作了《印度女王》，此后十余年，他一直是英雄戏剧的主要作家。）他早期的剧作包括《印第安女王》（1664）和其续集《印第安皇帝》（1665），1669年，在创作了三部喜剧之后德莱顿又重新回到"英雄戏剧"，他创作了《暴君之爱》（*Tyrannick Love, or, The Royal Martyr*, 1670），以及随后更受观众喜爱的《格拉纳达的征服》（1670, 1671）。他的对头沙德维尔特地创作了《排练》（1671），以对德莱顿坚持用韵的主张和其整体上的英雄戏剧进行讽刺，但并没有减弱观众

---

① John Dryden, "Of Heroic Plays", *Essays I*, ed. W. P. Ker, Oxford: The Claronden Press, 1926, p. 150.

② Ibid. , p. 151.

③ George Sherburn, Donald F. Bond, "The Restoration and Eighteenth Century (1660—1789)", *A Literary History of England*, 2nd edition, ed. Albert C. Baugh, London: Routledge & Kegan Paul Ltd, 2004, p. 751.

④ Ibid. , p. 753.

对于《格拉纳达的征服》一剧的喜爱。1675 年，德莱顿使用双行韵体创作了他文学生涯中最后一部英雄戏剧《奥朗·泽布》（*Aureng-Zebe*，1675）。

　　总结来说，德莱顿对于戏剧创作如同他写作讽刺诗一样，始终不忘以英雄诗和史诗的形式来对其进行改造，让他的戏剧和讽刺诗都沾上"英雄气"，都带上英雄诗和史诗的特点。Edward Pechter 认为德莱顿对于史诗拥有一股不可阻遏的雄心："Dryden's overriding ambition, to write a heroic poem. It is virtually imporssible to exaggerate the power of this ambition."① （德莱顿怀有不可遏制的雄心，立志要写作一部英雄诗。实际上也不可能夸大他这股雄心所给予的动力。） 而 H. T. Swedenberg 则把他对于英雄诗和史诗的偏好描述为"着迷"（obssessive），指出他对于自己所创作的任何一种类型的诗，包括讽刺诗、历史诗、英雄诗剧等等，都无一例外地想以某种方式让它们同史诗发生关系：

　　　　Along with historical poetry like*Annus Mirabilis*, political, panegyrical and satirical poetry all find a home in Dryden's mind under this broad roof, subspeicies of epic if not fully epic themselves. ②

　　　　（同他的历史诗如《奇异之年》一道，颂诗和讽刺诗都在德莱顿那里找到了表达之处，在他那宽阔的房顶之下，即使它们本身不完全是史诗，但也可称得上是史诗的亚类。）

　　德莱顿已经视史诗形式为一种能够改造和提高这些类型诗歌的一种最为有效而高妙的手段，Watson 在其所编辑的德莱顿批评散文集的序言里甚至这样评论他对于英雄诗的使用："（Dryden would）make the

---

　　① Edward Pechter, *Dryden's Classical Theory of Literature*, London: Cambridge University Press, 1975, p. 158.

　　② Ibid. .

world some part of amends for many ill plays by an heroic poem. "① （德莱顿会通过英雄诗对这个世界上的许多有害行为进行部分的修正。）所以，就很容易理解德莱顿的"英雄戏剧"创作无疑也是属于他对于英雄诗和史诗所包含"雄心"或者对其"迷恋"而结出的硕果，是他利用英雄诗和史诗对这个世界做出某种修正而付出的一种努力。Ker 在评论德莱顿的《论英雄戏剧》（*An Essay of Heroic Plays*）时说：

He (Dryden) is not really much interested in dramatic form, and though his present theme is Almanzor, it may be suspected that his heart is with the unwritten epic for which the right time never came. ②

（他并不是真的对戏剧形式感兴趣，尽管他当下的主题是关于 Almanzor，但是有理由怀疑他的内心是在想着那部未能写出的史诗，只是写作它的机会永远没有到来。）

虽然这个说法可能过于夸大，因为德莱顿如果没有真正喜欢过戏剧这种形式，很难解释他为何可以创作出如此众多的戏剧，而且其中不少还深受当时观众的喜爱，但是从一个侧面也说明了德莱顿在戏剧创作中引入英雄诗和史诗形式的努力。

第三节　讽刺诗的"史诗化"理论与实践

巴赫金把史诗看作是"独语"（monologic）的文学类型，认为喜剧和笑声构成了"史诗距离"（epic distance）的反面。③ 这实际上是

---

① John Dryden, *Of Dramatic Poesy and Other Critical Essays*, Vol. 1, ed. George Watson, London: J. M. Dent & Sons, 1962, pp. 190-191.

② John Dryden, "Introduction", *Essays I*, ed. W. P. Ker, Oxford: The Claronden Press, 1926, p. lvi.

③ M. M. Bakhtin (1981), "Epic and Novel", *The Dialogic Imagination: Four Essays*, trans. C. Emerson and M. Holquist, ed. M. Holquist. Austin: University of Texas Press, p. 35.

对史诗比较极端的看法，即使在早期的史诗当中，我们也能不时发现喜剧和笑的存在，这两种看似迥异的性质不是互相排斥、互不相容的。比如《伊利亚特》中忒塞提兹（Thersites）就是一个典型的制造讽刺效果的人物，史诗中这样介绍他：

Θερσίτης δ᾽ ἔτι μοῦνος ἀμετροεπὴς ἐκολῴα,

ὃς ἔπεα φρεσὶν ᾗσιν ἄκοσμά τε πολλὰ τε ᾔδη τ

μάψ, ἀτὰρ οὐ κατὰ κόσμον, ἐριζέμεναι βασιλεῦσιν,

ἀλλ᾽ ὅ τι οἱ εἴσαιτο γελοίϊον 'Αργείοισιν

ἔμμεναι· … （II, 212-216）①

（只有忒塞提兹，舌头不羁的人，

还在吵闹，他心里有许多混乱的词汇，

拿来同国王们争吵，鲁莽、杂乱，

只要可以引起阿尔戈斯人发笑。②）

　　而忒塞提兹在诗中分别对联军主帅阿伽门农和大英雄阿喀琉斯的讥笑和嘲弄就构成了该史诗中的讽刺部分。所以，虽然巴赫金正确地看到了喜剧和笑的功能可以改变或者消解史诗的庄严和宏大等性质，但是史诗中却也不能缺乏这种笑和讽刺的因素。③ 因为描写一种有缺陷的、虚假的英雄主义更加能衬托真正的英雄主义。而在纳吉看来，讽刺同史诗的结合本来就内蕴于史诗本身的发生机制之中，史诗是建

---

　　① Richard Lattimore 的英文翻译是：Thersites of the endless speech, still scolded, who knew within his head many words, but disorderly; vain, and without decency, to quarrel with the princes with any word he thought might be amusing to the Argives.

　　② 中文译文采自罗念生、王焕生译《伊利亚特》，人民文学出版社 2008 年版，第 33 页。译文中的特尔西斯特即是文中的忒塞提兹。

　　③ 一般的观点是，从史诗的角度分析，忒塞提兹和他粗鲁的批评与讽刺在史诗中的运用是不得体的，但是现实却是史诗中的确容纳了这些因素，Ralph Rosen 在他的著作 "Making Mockery: The Poetics of Anicent Satire"（Oxford University Press, 2007）中对此提供了他自己的解释。

基于庆祝和谴责两种功能的相互依存上，是颂扬诗学和谴责诗学的融合。① René Le Bossu 认为史诗就是 "A discourse invented by art, to form the manners by such instructions as are disguis'd under the Allegories of some one import action."②（利用技艺创作的文章，它通过隐含于某个重要行动中的寓言来进行教导，形成良好的礼节。）史诗行动本身就是作为讽寓以给人教导，而海因西乌斯说讽刺也不过是用于净化心灵的诗歌："a kind of poetry... invented for the purging of our minds"（一种诗……为净化我们的思想而作），所以史诗和讽刺之间本来就具有天然的联系。对于德莱顿本人而言，他认为讽刺诗具有同史诗一样的"庄严和活力"（dignity and vigor），他的长文《关于讽刺诗的起源和发展》吸取了当时其他理论家关于史诗的讨论，如 René Le Bossu 的《史诗论》（Traité du poème épigque，1742）和卡索本的《帕修斯讽刺诗集》（Prolegomenon to Persius，1605）③，他在该文中将讽刺诗同史诗联系起来，认为它们具有相同的文体特征，相似的道德形象和共同的说教功能。④

　　所以，德莱顿在此文里不惜笔墨纵论史诗，实质上不能算作跑题，而是有其深刻的用心，他力在表明讽刺实则同史诗一样，作为一种类型的英雄诗，它同样可以运用英雄诗和史诗里所能用到的各种手段和策略。Sanford Budick 对德莱顿在此文中的用意曾如此评论说：

for Dryden the critic, satire and epic are not conflicting modes. He asserts, in fact, that satire is "undoubtedly a species" of "heroic poetry." This is not an offhand statement. It is a conviction that is suppor-

---

① G. Nagy (1979), *The Best of the Achaeans: Concepts of the Hero in Archaic Greek Poetry*. Baltimore: The Johns Hopkins University Press, pp. 211–275.

② *M. Bossu's Treatise of the Epick Poem* (1695, reprint, 1970), p. 6.

③ "Casaubon's *Prolegomenon to Persius*," trans. P. Medine, ELR 6 (1976), pp. 288, 291.

④ Dustin Griffin, *Satire: A Critical Reintroduction*, Lexington: The University Press of Kentucky, 1995, p. 19.

ted by the entire design of the lengthy essy. . . in which it occurs. ①

（对于批评家德莱顿而言，讽刺诗和史诗不是相互矛盾的方式。事实上，他宣称讽刺诗"毫无疑问是英雄诗的一种"。这不是一个随意的宣言，它是一则信仰，这篇长文的整体构思都为此进行证明。）

Thomas F. Woods 对此文研读之后的结论却更进一步，认为德莱顿不仅仅把讽刺诗——尤其是现代讽刺诗，即经过改造和完善之后的讽刺诗如同史诗（也是被古人完善的英雄诗）一样是严肃（serious）、高贵（noble）而伟大（great）的文学（genre），而且更为重要的是：史诗（包括现代史诗）所使用的各种诗歌手段和策略都可以用于写作现代讽刺诗。② 实际上，德莱顿对此也极为自信，他在《关于讽刺诗的起源与发展》一文里说："some great genius may arise to equal any of the Ancients"，甚至"this age and the last, particularly in England, have excelled the ancients in both tragedy and satire"③（这个时代和上个时代，尤其在英国，在悲剧和讽刺诗两个方面，都超过了古人。）而二者的代表则分别是莎士比亚和多赛特爵士（Charles Sackville, 6th Earl of Dorset and 1st Earl of Middlesex, 1638—1706）。

德莱顿不但在理论上将讽刺诗史诗化，他在自己的创作中，也同样实践以史诗化原则来创作"真正的讽刺诗"（"true satire"）。司各特爵士曾评论说德莱顿为英国的讽刺诗注入了前所未有的"雄性能量"（Masculine energy）：

---

① Sanford Budick, *Poetry of Civilization: Mythopoeic Displacement in the Verse of Milton, Dryden, Pople and Johnson* (New Haven: Yale University Press, 1974), pp. 37-38.

② Thomas F. Woods, "John Dryden's Interest in Prophecy", *Poetic Prophecy in Western Literature*, ed. Jan Wojcik and Raymond-Jean Frontain, London and Toronto: Associated University Presses, 1984, pp. 82-83.

③ John Dryden, "Original and Progress of Satire", *Essays II*, ed. W. P. Ker, Oxford: The Claronden Press, 1926, p. 26.

He gave them varied tone, correct rhyme and masculine energy, all which had hitherto been strangers to the English satire. ①

（他给予了讽刺诗变化的语调，正确的韵脚和强健的能量，所有这些迄今对于英国讽刺诗而言都是陌生的事物。）

Gerard Manley Hopkins 认为包括他讽刺诗在内的诗作都表现出强烈的阳刚之气（Masculinity）和雄健风格：

the most masculine of our poets; his style and his rhythms lay strongest stress of all our literature on the naked thew and sinew of the English Languanges. ②

（我们诗人中最强健者；在我们的所有文学中，他的风格和节律最为强调英语语言的赤裸肌腱。）

这些都是明显的史诗化特征，所以 Ronald Paulson 在研究德莱顿的讽刺诗之后称：“The nucleus of Dryden's satire is the epic simile.”（德莱顿讽刺诗的内核就是史诗之喻。）③ 尽管 Paulson 认为这种史诗喻象主要来自维吉尔。在三位古典讽刺诗人中，德莱顿一反之前许多评论家的观点，将尤文纳尔的讽刺诗抬高到三人之首，是因为他认同尤文纳尔的讽刺诗中所表现出的史诗化特征，进而为他抬高讽刺诗为史诗的一个亚类张目：

Dryden's exaltation of Juvenal as the greatest poet is part of his plan

---

① James Kinsley, Helen Kinsley, ed., *John Dryden: The Critical Heritage*, London and New York: Routledge, 1995, p. 353.

② Gerard Manley Hopkins, *The Letters of Gerard Manley Hopkins to Robert Bridges*, ed. Claude Colleer Abott (London: Oxford University Press, 1955), p. 265.

③ Ronald Paulson, "Dryden and energies of satire", *The Cambridge Companion to John Dryden*, ed. Steven N. Zwicker, Cambridge: Cambridge University Press, 2004, p. 41. "Epic simile" 是一种史诗传统，指使用类比的方法来强调陌生事物同已知或可知事物的相似性，从而达到对其进行认知的目的。

to elevate the genre, satire, to make it a heroic mode, a subspecies of epic. ①

　　(德莱顿抬高尤文纳尔，将他视作最伟大的诗人，这是他着意抬高讽刺诗这种类型、使其具备英雄的方式、成为史诗的亚类这一计划的一部分。)

　　另外，从古典史诗到英国的现代史诗，其间已经在文化背景、史诗题材等方面发生了许多转型，考察英语现代史诗中的这些变化相对于古典史诗而言是否依然有效和具有合法性，这是德莱顿要关注的一个问题，因为这些问题会牵涉到德莱顿自己史诗化讽刺诗的努力，他因为要为自己的史诗化讽刺作出理论上的说明，并为自己的史诗化讽刺实践进行解释。当然，他的努力在客观上也为他之后的讽刺诗人和他们的创作奠定了基础和提供了模型。

一　基督教和异教之于史诗

　　在德莱顿的讽刺诗《押沙龙与阿齐托菲尔》中，德莱顿将基督教的故事和人物类比于他所意图的现实从而为整首诗建构起一个宏大的框架，在其中去容纳各个细描的部分包括众多的情节和人物，这是前文已经提到过的史诗传统之一，即史诗之喻（epic simile）。德莱顿的这首诗，被批评家们普遍认为是一首史诗化讽刺（epic satire）。讽刺诗和史诗的结合是德莱顿的理论努力和创作实践，这已在本书经过反复阐明，因此对于史诗化讽刺一语在理论和实践中的正当性自然不难理解。但是，随即出现的问题是，既然讽刺诗被关联到史诗，同时这首讽刺诗又可以容纳异教之外的基督教，那么其中史诗同基督教的结合还需要得到进一步的说明。这是因为古典史诗是同希腊、罗马的异教相关，如古希腊诗人赫西奥德在其《神谱》中声称：作为史诗起源的歌谣主题不外就是"the glorious deeds of men of old and the blessed

---

① Rose A. Zimbardo, *At Zero Point*: *Discourse*, *Culture*, *and Satire in Restoration England*, Kentucky: The University Press of Kentucky, 1998, p. 147.

gods who inhabit Olympus"（前人和居住在奥林匹斯山上诸神们的辉煌事迹）（*Theogony*，line 100–101），而异教中"与人同性"的这些奥林匹斯诸神为古典史诗创作提供了永不枯竭又充满跨越时空魅力的资源。如果将史诗中散发着人性、人情气息的希腊罗马众神代之以希伯来人的宗教虔诚，是否还能产生基督宗教的史诗？一方面，希腊人推崇对未知领域的勇敢尝试，赞扬身体的强健之美和它的孔武之力，对于荣誉一往无前地求取，他们以狂暴的行动进行征战杀伐，人神之间会产生不可避免的交集，等等，这一切对于希伯来人而言都是感到陌生和产生厌恶感的方面。另一方面，死亡对于希伯来人而言不具有希腊、罗马人的悲剧色彩，他们所强调的是重生和不朽（resurrection and immortality），他们的伟大人物中只有圣人和烈士（saints and martyrs），而不是希腊罗马人的英雄。所以，从希腊罗马的史诗要转换到基督宗教的史诗，这种史诗转换是否依然有效、基督教的史诗是否依然充满活力和吸引听众和读者的魅力，这些都是令诗人和学者感到困惑的问题：

> The juxtaposition of two works from the same pen and in much the same style, one so pagan, and the other so Christian, has set scholars an essentially insoluble puzzle. [1]
>
> （出自同一支笔下并且风格非常近似的两部作品并置，一者异教色彩如此浓厚，一者基督教色彩如此浓厚，这让学者们面临着本质上难解的迷惑。）

如朱光潜在《悲剧心理学》中对希伯来人和希腊人之精神差异所做的分析："希伯来人是最具宗教情感的民族，大概希腊人在精神上和他们相去最远。虔诚的希伯来人会把希腊人看成不敬神的民族，另一方面，有广泛兴趣和节制有度的希腊人又会把希伯来人看成狂信者

---

[1] Jasper Griffin，"Greek epic"，*The Cambridge Companion to the Epic*，ed. Catherine Bates，Cambridge，New York，Melbourne，Madrid，Cape Town，Singapore，Sao Paulo，Delhi，Dubai，Tokyo：Cambridge University Press，2010，p. 30.

和'庸人'。"① 所以，两个民族在精神上的差异必然在他们的文学创作上，尤其是史诗创作上，会产生不可调和的矛盾。随着基督教对异教取得压倒性胜利，如前面对两个民族特性的分析，新起的基督宗教自然会对于异教的英雄史诗产生敌意："But the victory of the new Christian religion was inimical to the creation of heroic epics."② （新兴基督教所取得的胜利对于史诗的创作是会产生敌意的。）那么，基督教化后的社会要在他们的文学中产生自己的史诗传统，即要化解这种敌意而开辟出异教英雄史诗之外的史诗创作之途，需要在主题、题材、构思等方面进行改造和转换，如此方能取得与古典的异教史诗相媲美的成绩。

德莱顿对于英雄史诗的推崇和热爱散见于他的献辞、前言、后记、书函等散文写作中，或见其横生笔墨数语带过，或见其目标明确而高谈阔论予以详析。其一生孜孜创作英雄戏剧、历史诗和讽刺诗等也都与这些理论相互解释印证而平行展开。荷马、维吉尔等创造了古典史诗的典范，今人虽在其才智、学识和民族语言等方面已具备成功史诗诗人的条件，可是他们的作品终未能达到古典史诗诗人们的成就。究其原因，当时的普遍观点认为基督宗教应该为此失败担负起责任，因为基督教不能如古代异教一样为史诗提供必要的灵巧润饰：

The fault is laid on our religion; they say, that Christianity is not capable of those embellishments which are afforded in the belief of those ancient heathens. ③

（错误在于我们的宗教；人们认为，基督教不能够对史诗进

---

① 朱光潜：《谈美、变态心理学、悲剧心理学》，《朱光潜全集》第二卷，安徽教育出版社 1987 年版，第 437—438 页。

② Jasper Griffin, "Greek epic", *The Cambridge Companion to the Epic*, ed. Catherine Bates, Cambridge, New York, Melbourne, Madrid, Cape Town, Singapore, Sao Paulo, Delhi, Dubai, Tokyo: Cambridge University Press, 2010, p. 30.

③ John Dryden, "Original and Progress of Satire", *Essays II*, ed. W. P. Ker, Oxford: The Claronden Press, 1926, p. 30.

行那些润饰，相反，那些古代的异教徒们却可以。)

德莱顿承认他们的信仰的确让写作英雄史诗变得困难，因为基督徒对于上帝的爱让他们能够忍受其所遭受的一切磨难，他们的坚毅性格表现在他们的平静态度和受难精神，他们不会去做无妄的企图，以为能够去完成被异教徒视作英雄气概的伟大行动，自大和招摇是不虔敬的行为，荣誉和利益等是异教徒所追求的目标。基督徒们的道德在于其谦卑和顺从，他们重视心灵的净化而非外在的英雄行为。战争行动和所取得的战功是英雄史诗的构思，它描写英雄个人的充沛体力和旺盛精力，肯定战士履行责任和完成任务，颂扬将军的能力和谨慎的可贵品质。所以，异教的英雄史诗所渲染的是行动德性而不是基督教的受难精神。以弥尔顿的《失乐园》为例，这一部经历过长期经典化和史诗化过程的基督教史诗，但是人们仍能发现它与传统异教英雄史诗之间的大不同：

On the other hand, the more *Paradise Lost* has been examined the more it has not seemed to be heroic poetry in the traditional sense of the term. ①

（另一方面，对于《失乐园》的研究愈多，愈加发现它似乎并不是传统意义上的史诗。）

因此，以古典史诗的英雄主义作为规范，要创作基督宗教的史诗，就必须解决基督教教义同异教史诗精神不相容的矛盾，解除基督教对于异教英雄行为的敌意，为基督教史诗能够描写伟大行动和歌颂史诗人物追求伟大事业提供理论说明；或者像弥尔顿那样，在古典的英雄主义同基督教之间发掘一种新的英雄主义，这种英雄的特点是他们的屈从、受难和忍耐。然而，在本书前面的讨论中，我们已经知

① Francis C. Blessington, *Paradise Lost: A Student's Companion to the Poem*, Lincoln: iUniverse, Inc., 2004, p. 13.

道，弥尔顿的这种基督教史诗实践因为不符合古典史诗的特点，已经
遭到许多理论家的非议。即使对于德莱顿自己，在为他辩护的同时，
他也理出其种种不足，其中就有他对于《失乐园》中人物塑造所表现
出的不满，反感使用太多的降神装置（*Deus exmachina*），而这些他所
认为的不足，很明显，他依然是同其他评论家一样根据古典史诗的创
作原则所作出的。所以，对于表现基督教史诗中的英雄主义和塑造其
英雄人物，德莱顿自然持有同弥尔顿不一样的观点。一方面，对于古
典史诗中的英雄行动，德莱顿承认基督徒的德行在于谦卑和顺从，因
而从外在行为上看，这种德行的要求不会产生激烈的行动。但是，既
然古典史诗的行动可以表现在外部的行为上，那么，史诗行动自然也
应该包括内在的英雄行动，即发生在灵魂中的行动："and that these
include no action, but that of the soul."[1]（这些也可以是没有行动，仅
仅包括心灵的行动。）另一方面，德莱顿也指出，虽然对于普通的基
督徒个人，基督教的伦理规范要求其忍耐、服从、谦恭等等，但是，
对于作为基督徒的法官、将军和国王，他们却需要不一样的基督教品
质，而这些品质同异教徒在史诗中赋予自己英雄人物的品质是相似
的，比如审慎、决议、坚韧的行动、强制的力量、威严的领导、宽宏
大量和正义等等。因此，异教史诗里英雄行为对于基督徒里的这些领
袖人物而言，也不是异质的，他们同样可以为大众的利益、基督教事
业的荣誉去行使那些英雄行动，而这些都是可以写入基督教的史诗
的，只要我们的基督徒诗人具有同古典诗人一样的才能。所以，异教
的英雄行动不是基督教史诗的阻碍，德莱顿告诉有志于史诗的诗人们
对此大可放心。[2] 总之，基督教史诗与古典史诗的差别不在于各自的
宗教信仰，唯一能让德莱顿感觉基督教史诗不如古典史诗的地方，在

---

[1]　John Dryden, "Original and Progress of Satire", *Essays II*, ed. W. P. Ker, Oxford: The
Claronden Press, 1926, p. 31.

[2]　塔索认为史诗的英雄应是一个完善的人，而异教的英雄不够虔诚，因此史诗就应该
写作基督教的英雄人物，比如查理曼大帝和亚瑟王就是史诗最好的人物题材。法国的布瓦
洛认为史诗是 "vaste récit d'une longue action"，这种诗歌要表现德行和勇气，所以它的主题
最好是异教的内容而非基督教的。

于现代的语言——虽然这些蛮人的语言有很多进步，但是它们还是不如古典语言完善、精致，这是无法弥补的缺憾。

将古典史诗模型引入基督教史诗写作的实践在 17 世纪并不陌生，此前已有许多关于基督教史诗的理论出现，如塔索认为要让史诗的事件可信就应该在史诗中写作有关基督教的内容，因为如果引入异教的神祇会让故事变得不可能（improbable），所以在 17 世纪的英国史诗中，出现了一种不同于古典史诗写作战争题材的无战争的史诗。因为古典史诗要表现英雄人物恶"荣誉"（$\tau\mu\dot{\eta}$）和"荣耀"（$\kappa\lambda\dot{\epsilon}os$），这个需要通过外在的战争来实现。但是在基督教里，无论是"Honor"还是"Glory"都归于上帝，而不是肉体凡胎所能完成和享有的。达夫南特声称他的诗是要表现基督徒，而基督徒的模范行为不是通过外在的征伐武功来获得，而主要是通过自身来完成，这些行动都是依据相同的教义和权威，所以英国的诗人们开始建立起了一种没有战争的史诗。① 此外，还有一种通过混合古典史诗精神和基督教教义的史诗传统，而这个影响主要来自另一位意大利诗人 Marco Girolamo Vida（1485—1566）。Vida 的拉丁文史诗 "*Christiados libri sex*"（"The Christiad in Six Books"，1535）到 1600 年之前在整个西欧已出现不止三十五个版本，在整个文艺复兴时期产生了广泛影响，并毫无争议地成为这一时期的经典之作。Vida 继承了维吉尔和斯塔提乌斯（Publius Papinius Statius，45—96）的拉丁史诗传统，维吉尔对其影响尤深，Vida 的 "Christiad" 广泛地借鉴了维吉尔的《埃涅阿斯纪》：

The Christiad owes much to Virgil's *Aeneid* for its phrases, images, themes, and structure, and Renaissance commentaries on the *Aeneid* furthered Vida's blending of Christian and Virgilian matter. ②

---

① "所以，英国作家作为一个整体，他们发展出一种和平的史诗，或者像锡德尼那样把战争限定在作品中的一小部分，或者更为彻底、完全省掉战争。Michael Murrin（1994），*History and Warfare in Renaissance Epic*，Chicago：University of Chicago Press，p. 241."

② George F. Butler，"Satan and Briareos in Vida's Christiad and Milton's Paradise Lost"，*ANQ*：*A Quarterly Journal of Short Articles*，*Notes*，*and Reviews*，Spring 2007，Vol. 20，No. 2，p. 13.

（"Christiad"在语汇、形象、主题和结构上对维吉尔的《埃涅阿斯纪》多有借鉴，而文艺复兴时期对于《埃涅阿斯纪》的评注进一步加强了 Vida 对于基督教和维吉尔二者特征的融合。）

Vida 在英国的影响集中体现在弥尔顿的身上，他的"Christiad"已是公认的弥尔顿的拉丁诗以及他在《失乐园》中对"地狱之门"描写的源头。[①] 在内容和风格上，Vida 已经成为弥尔顿的"史诗之喻"（epic simile），弥尔顿追随他将古典神话同基督教神话融合在一起，将古典史诗中的人物转换为基督教人物，比如二人都将古典神话中的"百臂巨人"Briareos（或 Aegaeon）改换为"Christiad"和《失乐园》中的撒旦。虽然德莱顿对弥尔顿的《失乐园》并非完全满意，但是这种古典神话和基督教神话的融合、从古典史诗人物刻画到基督教史诗中的转换，无疑为德莱顿提供了理论思考的契机和实际创作的启示，于是也就有了德莱顿进一步以《圣经》的故事和人物原型来比喻当时的历史现实，在此现实的推动下而完成了他的史诗讽刺《押沙龙与阿齐托菲尔》。德莱顿的这首英雄讽刺诗受到《失乐园》的影响已是学界共识，但是德莱顿似乎并没有注意到 Vida 在这种创作传统中的作用，因为他多次指出了荷马和斯宾塞同弥尔顿的关系，甚至称弥尔顿是斯宾塞的儿子，但未见其对弥尔顿同 Vida 的关系有所提及。因此，基本可以假设，德莱顿将《圣经》题材用于英雄讽刺的实践主要来自《失乐园》，而不是 Vida 的"Christiad"。

在《押沙龙与阿齐托菲尔》出现之前，17 世纪中的英国诗人还主要依靠精巧的比喻来写讽刺，以期利用这种"巧智"（conceit）来打动和劝说读者认同自己的观点，摈弃并唾责其所讽刺的对象，如 John Cleveland；或者利用 17 世纪流行的哲学性思辨，对某一对象进行逐一辩驳，从而获得读者的支持，如 Martin Lluellyn。而将史诗特点运用到讽刺诗的写作中，则是从德莱顿开始。这个世纪里对讽刺诗学

---

① George F. Butler, "Satan and Briareos in Vida's Christiad and Milton's Paradise Lost", *ANQ: A Quarterly Journal of Short Articles, Notes, and Reviews*, Spring 2007, Vol. 20, No. 2, p. 12.

有所推进的理论家是海因西乌斯和巴腾·哈立德①，但是他们都没有将讽刺诗朝史诗化的方向推进。对此，德莱顿对于海恩西乌斯的讽刺诗理论颇有微词，认为他的理论仅限于描述贺拉斯的那种庸俗而粗鄙的讽刺方式，而忽略了后来的帕修斯和尤文纳尔的讽刺诗，因为帕修斯和尤文纳尔的讽刺方式较贺拉斯更为庄严而宏伟。认同帕修斯和尤文纳尔讽刺诗的宏伟和庄重等史诗化特点，有弥尔顿和 Vida 等人创作基督教史诗的先例，在不可避免的历史现实大潮推动下，德莱顿创作了他的这首高度史诗化的讽刺诗《押沙龙与阿齐托菲尔》。在此诗中，德莱顿利用了《圣经·旧约》中的人物原型和故事框架，刻画了与古典史诗中相似的英雄人物和表现了相似的英雄主义。Chester H. Cable 认为此前的批评忽略了这首讽刺诗的史诗化特点，而他自己却把此诗称为 "讽刺史诗"（Epic satire），认为这首诗的叙事和对人物的描写是根据当时公认的史诗理论来安排的。② 而在他 "仿史诗"（mock-epic）的讽刺诗《麦克·弗雷克诺》的结尾处，他也不失时机地套用了《圣经·旧约》中的典故，

> Sinking he［Flecknoe］left his drugget robe behind,
>
> Borne upwards by a subterranean wind,
>
> The Mantle fell to the young prophet's part,

---

① 海因西乌斯的讽刺诗理论见于他所编辑的贺拉斯诗集和他的论文 "*De Satyra Horatiana*"，他曾对讽刺诗作出定义："讽刺是一种诗，它没有一系列的行动，用于净化我们的思想；在诗中，我们每个人思想中人性的罪恶、无知和错误以及其他一切缺陷，都受到了严厉的指责；这种指责方式部分是戏剧性的，部分是平实的，有时兼有两种方式；然而，大多数时候，这种讽刺是比喻性的和晦涩的；这种讽刺包含在通俗而熟悉的方式之中，语言尖锐而辛辣；但也有部分是以诙谐而文雅的方式进行；通过这些方式，从而调动起仇恨，或者嘲笑，或者愤怒等情绪。"（根据德莱顿在《关于讽刺诗的起源与发展》一文中的引文译出，John Dryden, "Original and Progress of Satire", *Essays II*, ed. W. P. Ker, Oxford: The Claronden Press, 1926, p. 100.）而巴腾·哈立德的讽刺诗理论则见于他为自己翻译的帕修斯讽刺诗集所写的序言。

② Chester H. Cable, "*Absalom and Achitophel* as Epic Satire", *Studies in Honor of John Wilcox*, ed. A. Dayle Wallace, Woodburn O. Ross, Detroit: Wayne State University Press, 1958, p. 51.

With double portion of his father's art.

（下落时他留下了他的粗毛氅，

被一股由低下往上吹起的风撩起，

毛氅掉落在这位年轻的先知身上，

继承有他父王的两倍技艺。）

《列王记下》第 9—12 章中说，先知伊利亚（Elijah）在旋风中被神接走，他将自己的外套留给了自己的继承人以利沙（Elisha）。所以，对于德莱顿而言，将基督教《圣经》中的人物和题材纳入到史诗的写作中并没有内在的阻碍，而又在史诗化讽刺中引入基督教《圣经》中的人物和故事，更显得水到渠成而自然妥帖，这种做法无疑加强了他讽刺诗的说服力而能引起更广泛范围读者的共鸣和认同。

二　德莱顿讽刺诗的史诗化试读：政治讽刺诗《押沙龙与阿齐托菲尔》

Elaine McGirr 称："As the heroic is a cultural experience, any definition of the mode will necessarily be descriptive rather than definitive."[1]（因为英雄性是一种文化经验，因此任何对此方式的定义将是描述性的，而非定义性的。）的确，英雄式的写作很难进行定义，而只能倾向于对其进行描述，因为这种写作可以出现在许多文学形式内，从最早的英雄史诗到如今的英雄戏剧[2]，再到德莱顿所着意创作的讽刺诗。正因为"The heroic"的适应性非常强，所以只要作家们愿意对其进行精心改造，它就能以新的面目出现在读者目前，所以很难可以一劳永逸地对它的性质和特点予以确定。尽管 McGirr 称"The heroic"只是一种文化现象，但实际上这种文化现象总会溢出文化的范围之外，即文学和文化总是会同它的时代和社会发生关系，英雄式的写作也不例外，它同样会参与到社会的组织和运作活动之中，以其所含有的意识形态对读者

---

[1]　Elaine McGirr, *Heroic Mode and Political Crisis, 1660—1745*, Newark: University of Delaare Press, 2000, p. 16.

[2]　德莱顿甚至声称他的戏剧就是"an imitation, in little, of an heroic poem"。

发挥它所具有的形而上作用，进而可能对社会产生形而下的影响。英雄史诗的写作是对过去历史的一种重写，是将已经发生过的现实行动以理想化的方式呈现出来，其旨在对今日的读者进行某种英雄式的宣传，从而服务于一种文学之内或者之外的某种目的。德莱顿熟悉英雄史诗的写作传统，他自己也尤为钟爱进行英雄式的写作，他自然明了史诗的个中情味和英雄诗可能在读者那里所发生的反映意义，他在《格林纳达的征服》一剧的序言中如此称英雄诗的写作：

to raise the imagination of the Audience, and persuade them, for the time, that what they behold on the Theater is really perform'd. The Poet is, then, to endeavor an absolute dominion over the minds of the Spectators.

（提升观众的想象力，在其时劝服他们，让他们理解他们在舞台上所见的，是在现实中真正发生的。诗人因此需要对观众的思想努力进行绝对的调控。）

通过写作调动起读者的想象力——当然首先得有作者自己在诗中所进行的理想化想象，并因此打动和说服读者，这是文学理论家的一般观察。而更能显出"桂冠诗人"德莱顿对英雄式写作的洞见的，是此处"really peroform'd"一语：要让读者以为舞台上的表演就是现实中实际发生的行为；同时，它所提示的就是：诗中（舞台上）的"performing"既是一种虚构的现实，又要引导（诱导）英雄的行为在现实中发生。

弗莱曾在《批评的剖析》中解释"文学"时说：

Literature shapes itself, and is not shaped externally: the forms of literature can no more exist outside literature than the forms of sonata and fugue and rondo can exist outside music. ①

---

① Northrop Frye, *Anatomy of Criticism: Four Essays*, Princeton: Princeton University Press, 1957, p. 97.

（文学是自我塑造，而不是自外部：如同奏鸣曲、赋格曲和回旋曲不能存在于音乐的外部一样，文学的形式也不会更多地存在于文学的外部。）

他是在文学的本体论意义上来说明文学，文学的这种自我包含、自我指涉、自我生产和自发运行主要还是就文学本身的形式而言，而弗莱这番话所强调的是文学有其前后相沿的深厚和悠长的传统。但就文学发生的动力和文学创作的具体内容而言，文学则是对其所产生的社会语境之各个方面的回应——政治、经济、社会等等，并同时受到这些因素的制约和塑形。对于此节，弗莱本人也有清醒认识，他不否认文学内容是来自社会的各个方面：

Literature may have life, reality, experience, nature, imaginative truth, social conditions or what you will for its content. [1]

（文学的内容来自生活、现实、经历、自然、想象性的真实、社会状况，或者你所意愿的一切。）

以此来考察 17 世纪的英国文学，尤其是复辟后的英国文学，正好可以说明这一时期的文学特点和趋向。基于这种文学动力学的理论，Eric J. Sterling 对这一时期文学做了一个总体性的说明：

Seventeenth-century English literature was shaped by various historical occurrences and cultural phenomena such as. . . the Restoration of the English royal family to the throne in 1660 under Charles II, and the Glorious Revolution of 1688. [2]

（17 世纪英国文学被各种历史事件和文化现象所塑造……比

---

[1] Northrop Frye, *Anatomy of Criticism: Four Essays*, Princeton: Princeton University Press, 1957, p. 97.

[2] The Seventeenth-Century Literature Handbook, ed. Robert C. Evans, Eric J. Sterling, London, New York: Continuum, 2010, p. 1.

如 1660 年英国王室在查理二世的领导下复辟，以及 1688 年的"光荣革命"。)

Eric J. Sterling 考察这一时期文学时之所以看重同时期英国社会所发生的一系列重大历史事件，是因为他认为这些事件以及其他次要的事件激发了 17 世纪英国作家们的创作主题；同时，他们所创作的文学又反过来极大地影响了同时期历史、宗教和政治等方面所发生的相应变化：

and similarly, the literature by seventeenth-century authors greatly influenced historical, religious, and political occurences and early modern cultural thought. ①

（同样的，17 世纪作家们的文学极大地影响了历史、宗教和政治事件以及现代早期的文化思想。）

1660 年，英国国王查理二世率领他的追随者们从法国返回，斯图亚特王朝复辟。查理二世表面上信奉英国国教，但是他却对天主教徒给予极大同情，这引起国内新教徒的不满。又因为在王位继承的问题上，他的弟弟即后来的詹姆士二世作为合法继承人却是一位天主教徒，英国的新教徒们对此愈加不满，他们蠢蠢欲动，要罢黜这位天主教徒的继承人，而代之以新教徒身份的其他继承人，如查理二世的私生子蒙茅斯公爵。另外，查理二世的宫廷及与王室关系亲密的成员因生活混乱及行为不受法律约束而备受民众诟病。因此，复辟王朝需要有文人为这个王室和他们的行动进行辩护和正名，德莱顿虽然不是最早参与到为王室进行辩护的文人行列中，可他算得上是最持久和最不改初衷的一位。同时，德莱顿在文学上的成功和随后的声名也正是得自他为复辟的王室进行辩护而获得的回报，他最后又失去了"桂冠诗

---

① The Seventeenth-Century Literature Handbook, ed. Robert C. Evans, Eric J. Sterling, London, New York: Continuum, 2010, p. 2.

人"和"皇家史撰家"两项荣誉和相应俸禄，也是因为他坚持自己的政治和宗教信仰，不愿改宗新教和效忠新的王室———一向因政治立场不坚定而备受争议的德莱顿这次却表现得非常坚定，而更具讥讽意味的是，他失去的这两项荣誉随即被他所讽刺过的对手沙德维尔接任。

德莱顿为王室进行辩护的名作有前期的英雄诗《奇异之年》和后期史诗化的讽刺诗《押沙龙与阿齐托菲尔》，"将权力联系于高尚的风格可追溯至早期人文主义，因此毫不奇怪，复辟王朝带回了新古典主义新趣味的——尤其是新罗马式的（New Roman），风雅（Refinement）"。① 德莱顿的辩护诗直接服务于王室的利益并把王室尤其是国王许多有争议的行动加以合理化甚至神化，而且他写作辩护的技术极为高超，Thomas N. Corns 如此评价他：

I would add that surely more interesting is the guileful and imaginative ingenuity with which Dryden contrives to transform this tawdry phenomenon into something heroic. ②

（我要再说一句，更有趣的事情是德莱顿所使用的狡黠和富有想象力的灵巧，将这个世俗的现象转变成具有英雄性的事物。）

Thomas 对德莱顿的观察和概括非常准确，英雄诗自不必说其中包含有"Heroic"因素，德莱顿尤其将这种"英雄写作"运用到了他的政治讽刺诗《押沙龙与阿齐托菲尔》中。John Wallace 认为这种"英雄性"在复辟时代应该被看作是一种意识形态模式③，Muguire 则认为"英雄性"写作是为复辟王朝的合法性和神圣性而进行的协调一致的

① John D. Cox, "Renaissance Power and Stuart Dramaturgy: Shakespeare, Milton, Dryden", *Comparative Drama*, Vol. 22, No. 4 (Winter, 1988—1989), pp. 323–358, 336.

② Thomas N. Corns, *A History of Seventeenth-Century English literature*, Oxford, Malden: Wiley-Blackwell, 2014, p. 325.

③ John Wallace, "John Dryden's plays and the conception of a heroic society", *Culture and Politics from Puritanism to the Enlightenment*, ed. Perez Zagorin, (Berkeley: 1980), p. 113.

宣传努力①，所以 Margarita Stocker 说"英雄性"是极端保守的意识形态，倾向于反映斯图亚特王朝关于王权的概念，而这种"英雄诗"的意识形态和概念就是"绝对主义"（Absolutist）的王权。为此，查理二世就需要御用文人为他政权的合法性进行解释和辩护，为他政治目标的达成进行造势和张目：

> It was no accident that Charles II encouraged the genreand that Dryden, a conservative apologist, was its foremost theorist and exponent. ②
>
> （查理二世鼓励这种类型的写作，而德莱顿，一位保守的辩护者，则是该类型的理论家和阐述者。）

因此不难理解在"继承人危机"（Exclusion Crisis）这一重大的历史事件中，德莱顿坚定拥护国王查理二世首肯的继承人约克公爵詹姆士，进而在对沙夫茨伯里爵士的判决上，无论是否如资料所显示的那样是国王的亲自授意，德莱顿对此判决结果的期待和促成，同国王的愿望应该完全是一致的，而正是这种明确的政治立场和取向决定了他写作《押沙龙与阿齐托菲尔》的初衷，即他是为一个政党（The Torries）写作："he who draws his Pen for one Party."（他执笔是为一个政党写作。）③讽刺诗往往具有非常强的针对性，由具体的某个人或某件事所激发，其创作因此缺少美学上所追求的一般性（generality），如 George De Forest Lord 所言：

> satire directed at ephemeral issues and persons seems above all to

---

① Nancy Klein Maguire, *Regicide and Restoration: English Tragicomedy*, 1660—1671, Cambridge: Cambridge University Press, 2005, pp. 7, 11.

② Margarita Stocker, "Political Allusion in The Rehearsal", *Philological Quarterly*; Winter 1988; 67, 1; p. 16.

③ John Dryden, *The Satires of Dryden*, ed. John Churton Collins, London: Macmillan and Co. , 1923, p. 1.

lack the autonomy or universality of true poetry. . . ①

（讽刺诗处理的是暂时的问题和人，首先，它似乎缺乏真正诗歌所具有的自律性或者一般性。）

文学创作的偶发性和单发性不具备恒久的生命力，因为它缺少代表性，不能引起读者持久和广泛的共鸣，而德莱顿的高明之处就在于他能够使他的讽刺诗摆脱易逝的性质而获得经久的一般性，Rouben Brower 把德莱顿的成功归因于他能够超越他所处时代诗歌的地域性和狭隘性。② 《押沙龙与阿齐托菲尔》一诗的写作如果就其初衷而言，它只是针对沙夫茨伯里爵士一案的判决，有特定的时空范围，不会有影响久远的美学价值。但是诗人德莱顿却使这首讽刺诗超过了其有限时空的局限性，而赋予它更为持久而恒长的影响力，这就是将该诗融于英雄史诗的传统，并利用《圣经》主题而诉诸最大多数人的文化和精神心理，从而获得美学上的一般性。不同于意、法等国，英国没有自己的史诗——《贝奥武甫》在这时还没有被英国人普遍认识和接受为他们的第一部民族史诗，毕竟古英语在 17 世纪的英国对于绝大多数人而言仍然陌生如一门外语。许多诗人和作家都想尝试创作一部英国的史诗，黑骑士和亚瑟王是他们最容易想到和可以选择的主题，斯宾塞在《仙后》里做过尝试，可它更像是一部传奇（Romance）而没有被接受为是一部史诗，弥尔顿在年轻时有过类似的想法，可是到了晚年，因为政治形势的变化和个人处境的改变，他也改变了自己的史诗主题，他的《失乐园》却是要 "Justify the ways of god to man"（为上帝对待人的方式进行辩护）。德莱顿早年同样有写作民族史诗的雄心，但最后部分满足了他这个愿望的作品却是他的讽刺诗《押沙龙与阿齐托菲尔》，"But it was in satire that Dryden made the most apt use of

---

① George De Forest Lord, *Poems on Affairs of State*: *Augustan satirical verse*, *1660—1714*, New Haven: Yale University Press, 1963, pp. xlix.

② Rouben Brower, "An Allusion to Europe: Dryden and Poetic Tradition", *Dryden*: *A Collection of Critical Essays*, Englewood Cliffs, N. J.: Prentice-Hall, 1963, pp. 51–52.

his epic manner. "① （但是德莱顿仅在讽刺诗中，才最充分地使用了他的史诗方式。）他仍然没能让民族英雄黑骑士或者亚瑟王出镜，而同弥尔顿一样是借用了《圣经》的母题来完成他当下的需求，同时又因为此母题的广泛意义而使得该诗在美学意义上获得了"一般性"的特点，从而奠定了这首讽刺诗史诗持久而深远的审美价值，Michael McKeon 也承认德莱顿诗歌的妙处在于他诉诸"史诗的一般性"："the poetic excellence of Dryden's poem owing to its 'epic generali-ty'."②（德莱顿之诗的诗性精粹在于其能诉诸"史诗的一般性"。）

在为查理二世多情妇、多私生子的行为进行"狡黠而极具想象力的"（"guileful and imaginative"）辩护中，读者很容易会将此诗开头的八行诗句联系到《荷马史诗》的传统，因为在荷马的《伊利亚特》中，也是一个凡事都需祈求诸神的"pious times"（虔敬的时代），也是一个繁殖多子（如普里阿摩斯）、争抢妇女为奴（阿伽门农与阿喀琉斯争抢女奴）的时代。虽然这个辩护如 Thomas N. Corns 所称很"guileful and imaginative"（狡黠和具有想象力），对于查理二世的行为很有解释力和说服性，可是联想到德莱顿对荷马史诗和维吉尔史诗两种史诗传统的接受和态度，似乎隐约又可以觉察到德莱顿另一个较为隐蔽的态度。因为在这两种传统中，维吉尔史诗在道德自觉、文明教养、伦理意识和爱国情操上远高于荷马史诗所提供的范例，德莱顿因此受到维吉尔史诗理想的更多影响，而不是《荷马史诗》：

> For Virgil's Age was more civiliz'd, and betterbred; and he writ ac-cording to the politeness of Rome, under the reign of Augustus Caesar, not to the Rudeness of Agamenmon's Age, or the Times of Homer. ③

---

① Reuben Arthur Brower, "Dryden's Epic Manner and Virgil", *PMLA*, Vol. 55, No. 1 (Mar. , 1940), pp. 119–138, 131.

② Michael McKeon, *Politics and Poetry in Restoration England: The Case of Dryden's Annus Mirabilus*, Cambridge, Mass. : Harvard University Press, 1975, p. 11.

③ John Dryden, "Original and Progress of Satire", *Essays of John Dryden*, *vol. II*, ed. W. P. Ker, Oxford: The Clarendon Press, 1926, pp. 101–102.

（因为维吉尔的时代更加文明，更富教养；在奥古斯都凯撒治下，他是以罗马的优雅方式来写作，而不是根据阿伽门农或者荷马时代的粗鲁方式。）

所以从这一角度来看，这个史诗性的开头部分虽然表面上和直接目的是为诗人的"恩主（Patron）"——查理二世辩护，但在这辩护的语言背后却隐藏着诗人不便明说的否定态度，于是这一明一暗、一正一反的两层意义所构成的正是德莱顿在该诗序言里所提到的"如令诗有神韵"（"If a poem has a genius"），因为这样的天才诗在刺痛敌手时同样也是在挠痒对手，在反对对手时又能逗乐对手，对手即使受到讽刺也不会因此而对诗人大动肝火——这倒真实反映了诗人创作的灵巧（ingenuity）。

德莱顿曾批评达夫南特的《贡第博特》缺乏同史诗相应的宏伟风格和广阔设计："he complied not enough with the greatness and majesty of an heroic poem."① （他还不足以同史诗的伟大和威严相配）所以，他在自己的讽刺诗里，不但赋予其"greatness and majesty"（伟大和威严）的史诗特点，还特别满足了讽刺诗的最终目的是"the amendment of vices by correction"②（通过纠错来改正错误）。在刚才开头说明查理二世多妻多子的一节里，通过对其文字表里的分析，已经见识了德莱顿讽刺诗学的这番史诗化讽刺的实践。德莱顿要求史诗"drawing all things as far above the ordinary proportion of the stage, as that is beyond the common words and actions of human life"（选取远远超越舞台一般比例的一切事物，因为他们超越了人类生活的一般语词和行为），即史诗所描写的对象应该超出一般和平常，所以当代表查理二世的大卫出场时，他给予的表达是"神一般的大卫王"（"god-like David"），大卫作为本诗所要赞颂的对象——德莱顿同达希尔一样认为讽刺诗也可以进行颂扬，他的英雄诗和

① John Dryden, "Of Heroic Plays, an Essay", *Essays of John Dryden*, *vol. I*, ed. W. P. Ker, Oxford: The Clarendon Press, 1926. , p. 151.

② John Dryden, *The Satires of Dryden*, ed. , John Churton Collins, London: Macmillan and Co. , 1923, p. 3.

戏剧诗中大多都可视作颂诗（Panegyrics）。

诗人称查理二世亦如神一般，这是诗人要表明王权的神圣性，同时又宣示查理二世作为国王具有超出凡人的特殊能力。为了描述查理二世超出一般人的特点，诗人紧随其后在诗中巧妙地安排了对年轻王子押沙龙的介绍："Of all this numerous progeny was none / So beautiful, so brave, as Absalom"（在他所有的子嗣中，没有一个/如此美丽、勇敢如押沙龙。）接着诗中对这位王子的不凡之处大加渲染："... made way / By manly beauty to imperia sway."（以男性的壮美迈向帝王的高位）他以军功享誉异国，以慈爱见誉于和平时期，他应事裕如，易于取悦，举止优雅，如此等等，然而诗人的诗笔一转，说："With secret joy indulgent David viewed / His youthful image in his son renewed."（宽容的大卫暗自欣喜地在一旁观看；他年轻时的形象又在他儿子身上重现。）原来，王子身上所有的这些优秀品质，不过是对当今国王的复制。于是，从这数行诗句的描述中，可以见出诗人仍然包含有双重意图，其一是为了对押沙龙——即蒙茅斯公爵这位青年王子进行描写，而更重要的是从侧面突出国王自己的品质，从而为此诗最后国王决定奋起一击、严厉惩罚反叛者而埋下伏笔。

在对史诗人物进行描述时，英雄人物在战斗中所表现出来的英勇和勇气是其最重要的品质之一，《荷马史诗》中尤其强调人物的这种孔武之气，但是《荷马史诗》中这类人物的勇猛却多显得武断和带有血腥的性质，因此德莱顿欣赏荷马笔下那类莽撞的勇武。德莱顿所接受和效法的英雄模型却是维吉尔笔下的埃涅阿斯纪，他不仅能在战场上表现出极大的勇气和战斗的技术，而且还是经历过文明熏化而文雅有礼的，使之能够在德行上成为众人的模范："The design of it is to form the mind to heroic virtue by example."[①]（其构思就是要让心灵通过典型的影响导向英雄的德性。）总之，在德莱顿的眼中，维吉尔的埃涅阿斯纪才是能够代表他的时代的英雄人物，他身上没有任何荷马时

---

① 该语来自德莱顿在翻译维吉尔的《埃涅阿斯纪》一书时写给 Lord Marquis of Normanby 的献辞，他在献辞里阐述了他对英雄史诗之性质、目的和功用的看法。

代的野蛮瑕疵，而是充满了文明时代的慈爱、教养和有德行的情操：

> piety to the gods, and a dutiful affection to his father, love to his relations, care of his people, courage and conduct in the wars, gratitude to those who had obliged him, and justice in general to mankind. [1]
>
> （对诸神的虔诚，对父亲尽责的爱戴，对亲戚的慈爱，对人民的关心，在战争中表现出的英勇和得体，对有助于己之人的感激，对全体人类所持有的公正。）

所以作为一位新古典主义的人文主义者，德莱顿只能从维吉尔那里寻找到能支持自己伦理原则的英雄人物模型。所以当德莱顿在塑造自己的史诗英雄时，他所赋予他们的英雄品质不仅仅是战斗中的勇武，人物身上表现出来的更多是他的文雅品质：

> Whate'er he did was done with so much ease, / In him alone 'twas natural to please; His motions all accomplied with grace, / And Paradise was opened in his face. [2]
>
> （他所做的一切，都以如此优雅的方式来完成；于他而言，一切取悦的活动显得自然；他的所有活动都伴都优雅有礼；天堂之门在他面前打开。）

作为史诗的重要特点之一，"Epic catalogue"（史诗列举）一向为那些怀有写作史诗意图的诗人们所重视："In the first place, then, the

---

① John Dryden, "Dedication of the Aeneis", *Essays of John Dryden*, vol. II, ed. W. P. Ker, Oxford: The Clarendon Press, 1926, p. 177.

② John Dryden, *The Satires of Dryden*, ed., John Churton Collins, London: Macmillan and Co., 1923, p. 5.

list or catalogue constitutes one of the original features of western epic. "①
（首先，"列举"构成了众多西方史诗最初特征之一种。）John Lennard
在他的《诗歌手册》中如此定义"Epic catalogue"：

> a formal （as much as long） catalogue of something, typically in-
> tended （in epic as elsewhere） enumeratively to express a large number
> or high degree. ②
>
> （在形式上对某事物进行一种足够长的列举，通常应用于史
> 诗或其他文体中，以表达庞大的数量或者高的程度。）

简而言之，就是在史诗中对一类事物进行大量列举而造成一种史
诗的强度，最有名的例子就是《伊利亚特》第二章中 300 余行的
"Catalogue of Ships"（舰船列举，$\nu\varepsilon\varpi\nu$ $\kappa\alpha\tau\alpha\lambda\sigma\gamma\sigma\varsigma$，2.494—759）。
自《荷马史诗》以来，这种"史诗列举"已经成为史诗中不可缺少
的元素，如《埃涅阿斯纪》第七章和第十章里分别对特洛伊的敌人和
战船的列举，弥尔顿《失乐园》第一章中对魔鬼们的列举，斯宾塞在
《仙后》第一章里对树木的列举等等。对于希望通过讽刺诗《押沙龙
与阿齐托菲尔》来实现自己史诗写作意图的德莱顿而言，他自然不会
忽视在诗中构思"Epic catalogue"（史诗列举）和营造史诗宏大气势
的机会。如同弥尔顿在《失乐园》里构思了两大敌对的阵营，德莱顿
同样在诗中也设置了两大党派的阵营，以沙夫茨伯里爵士为首的辉格
党人和拥护查理二世的托利党人。

对这两派人物的介绍和描述，在形式上构成了史诗特有的列举，

---

① Edmund Spencer, *The Faerie Queene*, *Book Two*, ed, Erik Gray, Indianapolis, Cam-
bridge: Hackett Publishing Company, 2006, p. xxii. Harrison 指出史诗的这种列举其最初的目
的是："the original purpose of the epic catalogue of warriors was to identify the mjor participants in
the forthcoming action." 还有学者认为这种列举起源于其最初是作为一首独立的诗，后来才
被加入到规模更大的诗篇中。

② John Lennard, *The Poetry Handbook*, New York: Oxford University Press, 2nd edition,
2005, p. 369.

在具体描述上却表现出讽刺诗潜藏的讽刺能量。辉格党人那边有代表沙夫茨伯里爵士的阿齐托菲尔，他是一位危险的政治阴谋家，矮小的身体里却蕴含着狂暴的思想，不安于和平而寻求造成混乱的冒险，宁可自己治理不好国家而不惜去毁掉它；代表 Titus Oates 的 Corah——Titus Oates 是"天主教阴谋案"的始作俑者，其形象恶劣却为了隐秘的目的而散播谣言；Shimei 代表的是伦敦的警长 Slingsby Bethel，此人虔诚、智慧却很贪婪，但是如果可以从中得利，他也可以不守安息日的斋戒："And never broke the Sabbath, but for Gain."（他从不破坏安息日的规矩，除非为了自己的利益。）于是该人物虚伪而贪婪的面目跃然纸上。而为了描写 Shimei 吝啬的性格，诗人不从正面描述而选择了从侧面进行嘲讽，通过言彼而喻此，谐说他的厨子因为主人吝啬而久不上厨，以致都忘了自己的职业："His cooks, with long disuse, their Trade forgot. / Cool was his Kitchen, tho his Brains were hot."（他的厨师，因为长久没有使用自己的厨艺而对它变得陌生；他的厨房老不生火，可他的脑子一直在闹腾。）这种讽刺的风格正是德莱顿实践自己讽刺诗学的实践：拣取小处、攻其侧面，故诗刺而不虐，讥而不诅，令对手痛而难怒，伤又难忍发笑。

　　德莱顿在他所设计的"史诗列举"中尽展其灵巧的讽刺艺术，践行他自己讽刺诗学里对理想讽刺方式的要求："'its not bloody, but 'tis ridiculous enough."（它不血腥，但是能够给予足够的嘲弄。）在德莱顿自己看来，最能代表自己这种诗学精神的讽刺描写是他在诗中对辉格党阵营里 Zimri 这个人物的刻画。[①] 他本人非常欣赏自己所写的这一节，甚至认为这一节诗歌能抵得上整首诗："The character of Zimri in my *Absalom*, is, in my opinion, worth the whole poem."[②]（《押沙龙与阿齐托菲尔》一诗中的 Zimri 这个人物，在我看来，抵得上整首诗。）Zimri 所影射的是白金汉爵士，是德莱顿在政治和文学上的对手。为了刻画 Zimbri 性格变化多端、反复无常的面目，诗中说他在忙于其他

---

　　① 刻画 Zimri 形象的这节诗行，请见附录四。

　　② John Dryden, "Original and Progress of Satire", *Essays of John Dryden*, *vol.II*, ed.W.P. Ker, Oxford: The Clarendon Press, 1926, p.93.

事情的同时可以改变主意一千次："Besides ten thousand freaks that died in thinking."（除此之外，他脑子里转过一千个怪念头。）为了说明他的多面和无常，诗人把他说成是整个人类的缩影："A man so various, that he seemed to be / Not one, but all mankind's epitome."（一个人如此变化多端，以至于使他像是/不止一个人，而是所有人类的缩影。）他固执己见却总是坚持错误意见，他尝试一切事物，却没有一件事情他能长久坚持："Stiff in opinions, always in the wrong, / Was everything by starts, and nothing long."（他的观点从不改变，但总在错的一方/他开始做所有事情，但没一桩长久。）他从事的事业广泛，可是没有一项可以成为他的目标，他只是在众多职业中走马灯似的变换，不但可以是化学家、提琴手、政治家，还可以变身成为舞台上表演的小丑；此外，他还要去讨好女性，参加绘画，附和写诗以至饮酒，无一不在其嗜好和从事的职业之中："Was chemist, fiddler, statesman, and buffoon; Then all for women, painting, rhyming, drinking."（他是一位化学家、政治家、丑角；然后所有其他的技艺都是为了女性而准备，比如绘画、作诗、饮酒等。）Zimri留给读者深刻印象的其他特点还包括他批评和颂扬别人的极端态度：

Railing and praising were his usual themes; / And both (to show his judgment) in extremes: / So over violent, or over civil, / That every man, with him, was god or devil.

（谴责和颂扬是他常见的论调/而两者都甚为极端，只是为了显示他的高见/要么过分猛烈，要么如此文雅/每一个人在他面前，不是上帝，就是魔鬼）

这四行诗把他喜欢品评他人以显示自己见解不凡的性格刻画得非常巧妙：尽管Zimri喜发高论，可是他却没有什么真知灼见，为了表现自己的见解高超，他只能诉诸极端表达，即该人要么粗暴如恶魔，要么该人文雅如天神。而对于Zimri轻易挥霍钱财的描写更令读者莞尔，诗人甚至认为他精于此道而使之成为一门艺术："In squardering wealth was his peculiar art. "（挥霍财产是他最为所擅）Zimri 与优伶相见恨晚，他们各取所需，Zimri 被伶人逗乐，而伶人却趁机得到了他的财产："Beggar'd by fools, whom still he found too late: / He had his jest, and they had his estate. "[1]（为优伶所求，他还觉得相见恨晚/他被伶人逗乐，伶人因此获得他的财产。）Zimri 在诗中并没有被描写成一位令人憎恶的恶棍或者投机的政治家，诗中只是对这个人物的种种弱点和可笑之处进行讽刺刻画，就如德莱顿在序言里所说："which tickles even while it hurts. "（它既逗乐，也能伤害。）而受到讽刺的人也不会对此讽刺大动肝火而痛恨不已："And he for whom it was intended was too witty to resent it as an injury. "[2]（被着意讽刺的人能够聪明地意识到，不能把这个讽刺当作一种伤害而去怀恨）据说白金汉爵士后来对此诗进行过回应，但因为这首诗并没有给他造成极端的伤害，所以他的回应也显得漫不经心，其回击的力量并无多大实际效率。

德莱顿声称该诗为"党派"——拥王的托利党而写作，如其在序言中所说，那么他必定要与作为敌对一方的对手——辉格党人为敌："he who draws his pen for one party must expect to make enemies of the other"（提笔为一个政党服务的人必定期待要与另一个政党为敌）。因此他在刻画形形色色的辉格党人时，一方面采用史诗的列举形式制造一种"列举的范式威力"（"paradigmatic force of a catalogue"），[3]另一方面，他又将灵巧的讽刺融入这种史诗形式之中，使得史诗宏大特征同讽刺诗的嘲弄内容能够完美地结合起来，造成一种更新了史诗特征的讽刺诗。在对自己阵营的人物进行刻画时，诗中的描写则完全没有了对另一阵营人物进行刻画时的讽刺语调，对他们的描写则完全呈现

---

[1] John Dryden, *The Satires of Dryden*, ed. John Churton Collins, London: Macmillan and Co., 1923, pp. 19-20.

[2] John Dryden, "Original and Progress of Satire", *Essays of John Dryden*, *vol. II*, ed. W. P. Ker, Oxford: The Clarendon Press, 1926, p. 93.

[3] Benjamn Sammons, *The Art Rhetoric of the Homeric Catalogue*, Oxford, New York: Oxford University Press, 2010, p. 18.

出史诗严肃而崇高的性质，人物身上都体现出德莱顿所认可的史诗英雄品质。这一阵营的人物虽少（"this short file"），然而他们才是真正的"史诗"英雄。第一位是 Barzillai，他在《旧约》里是一位帮助大卫王平定押沙龙叛乱的加利利人，他在诗中所寓指的人物是查理二世的忠实追随者 James Butler, Duke of Ormond（1610—1688），诗中对他的渲染完全是维吉尔影响下的文艺复兴时期描绘英雄人物时所使用的英雄原则和史诗语调。James Butler 对外征伐外敌，对内镇压反叛，忠心耿耿地支持他的国王，他个人经历了个人流放、跟随国王流亡，返回后继续为查理二世效忠、尽职。诗人表达了对他的敬意，称赞他拥有巨大的财富，而他的心胸更为宽广：

Large was his wealth, but larger was his heart, / Which well the noblest objects knew to chuse, / The fighting warrior, and recording Muse. [①]
（他的家资雄厚，可他心胸更广/因此它懂得去选择高贵之物/战斗中的武士，和在记述的缪斯。）

据另一个作家 Burnet 对 James Butler 的评价："A man every way fitted for a court: Of a graceful appearance, a lively wit, and a cheerful temper." [②]（一位在各方面都符合宫廷礼仪的人：有着优雅的外表，灵动的机智，令人愉快的脾性。）所以这位爵爷在现实中也是一位名副其实的勇士和德行优良的朝臣，是诗中所描述的："The fighting warrior, and recording Muse."（作战的勇士，记述的缪斯。）紧随其后，德莱顿在这里又引入了对一位早逝英雄的哀悼，史诗的高昂语调立即转入了挽歌（Elegiac tone）低沉哀婉的痛惜之中（"always mourned"），这位悲剧英雄就是 James Butler 的儿子（"His eldest hope"）。同乃父

①　John Dryden, *The Satires of Dryden*, ed. John Churton Collins, London: Macmillan and Co., 1923, p. 27.

②　John Dryden, *Dryden: Selected Poems*, ed. Paul Hammond, David Hopkins, London and New York: Routledge, 2007, p. 216.

一样，他举止文雅有致"With every grace adorned"，又不乏英雄为自己赢取荣誉的迅猛和威武：

> Yet not before the goal of honour won，/ All parts fulfilled of subject and of son；/ Swift was the race，but short the time to run.
> （不久，他便赢取了荣誉/履行了臣子和儿子的责任/行动迅速，只是生命太短）

Reuben Arthur Brower 认为这一节诗最具维吉尔式的严肃史诗气质，尤其在提到英雄早逝、命运不公时，德莱顿使用的"unequal fates"就是从翻译维吉尔《埃涅阿斯》中的"*iniqua fata*"① 而来，而诗中最为动情的哀悼诗句："O ancient honor！O unconquer'd hand"（啊，古老的荣誉！啊，永无败绩的青年），则分明可以联想到埃涅阿斯的父亲 Anchises 在称颂年轻的 Marcellus 时所使用的语言："*heu pietas，heu Prisca fides invictaque bello / dextera*！"② （啊，虔诚！啊，古老的信仰，和那战争中永不落败的右手！）德莱顿即是从他对《埃涅阿斯》的翻译中拈取而来。此后诗人继续介绍国王阵营里的人物 Zadok（喻指 William Sancroft，1617—1693）、Adriel（John Sheffield，Earl of Mulgrave，1648 - 1721）、Hushai（Laurence Hyde，1642—1711）、Amiel（Edward Seymour，1633—1708）等，仍然使用饱含史诗性质的语言进行描述，遣词造句崇高而恢宏，行文气势也显得严肃而庞大：

> whose weighty sense / Flows in fit words and heavenly eloquence.
> （他深沉的理智/流淌着恰当的言辞和神圣的雄辩。）

> Of ancient race by birth，but nobler yet / In his own worth，and without title great.

---

① *Aeneid*，II，line 257.
② *Aeneid*，VI，line 878-879.

（生于古老的家族，而且更为高贵/就其自身价值而言，无须封号即显尊贵。）

等等不一而足。列举人物完毕，诗人还不忘对这些人物进行群体性的总结和归纳，以为他们才是可堪重任、领众而行的人物：

These were the chief, a small but faithful band / Of worthies, in the breach who dared to stand, And tempt th' united fury of the land. [1]

（他们都是首领，数目虽少却忠诚/有为，敢于直面这分裂，挑战起于这土地上的共谋之怒。）

强调史诗英雄忠诚而称职的部落领导力，突出他们所谓"绝对的"部族首领权力，是维吉尔在《埃涅阿斯》中极为强调的英雄品质，所以德莱顿在赋予其讽刺诗以史诗化性质的过程中不但利用"列举"等种种的史诗设置（Epic device），相较于荷马之外的其他史诗诗人，他还极力推崇维吉尔而模仿和化用他的诗歌写作而获得整体上的维吉尔式诗歌尤其是史诗的风格，如此处对家长式领导力的强调和上文对 Ormond 公爵英勇儿子的描述即是维吉尔曾给予他笔下英雄人物的重要品质。

德莱顿认为维吉尔生活于一个较荷马更为文明的时代，而且他获得了他的恩主米西纳斯的赏识及奥古斯都大帝的青睐，他对自己受到的礼遇和回报感到满足并对此感恩戴德（也有批评家从他的《牧歌集》中解读出了相反的隐晦表达），维吉尔就非常自然地在自己的写作中形成特定的意识形态，这也决定了他的史诗英雄不同于荷马笔下的人物，埃涅阿斯纪身上所体现出的品质要远远超过阿喀琉斯的勇猛；而在他的意识形态精神中就含有营造一个更文明的罗马社会所追

---

[1]　John Dryden, *The Satires of Dryden*, ed. John Churton Collins, London: Macmillan and Co., 1923, pp. 27-29.

求的政治秩序和社会秩序的安定，他诗歌中的这种宣传可以用他《牧歌集》之四里的一行诗句来总结：“*magnus ab integro saeclorum nascitur ordo.*”① （“时代的伟大秩序从更新中生长起来”） 德莱顿同维吉尔一样也蒙受政治家的恩宠，或许德莱顿所获得的荣誉和在文学上所能发挥的作用更甚于当年的维吉尔。并且，二人都对之前时代所经历的内部战乱和因此而给社会所带来的不幸遭遇有深刻记忆，因此他们都对社会内部的潜在危险发出警告和进行拒斥，并大力维护和捍卫能给予自己优渥待遇的现有政权。正因为德莱顿在这些方面同维吉尔能保持一致，所以德莱顿可以在史诗的意识形态上对维吉尔多有模仿和化用。

在《押沙龙与阿齐托菲尔》的结尾处，面对内部的动乱威胁，大卫王—查理二世的出场如同神一样，他威严的语言如同神的谕旨而应之以雷霆震动，预兆着一切动乱都将回归神圣的伟大秩序：

> He said. Th' Almighty, nodding, gave Consent;
>
> And Peals of Thunder shook the Firmament.
>
> Henceforth a Series of new time began,
>
> The mighty Years in long Procession ran:
>
> Once more the God-like *David* was Restor'd,
>
> And willing Nations knew their Lawfull Lord.
>
> ——*Absalom and Achitophel*, Line 1026—1031
>
> （他一说完，上帝点头，应允;
>
> 雷电闪过天际。
>
> 自此，新的时代之序开始,
>
> 强盛的年代如同长长的对列，相延前进:
>
> 再一次，更似上帝的大卫王恢复王权,
>
> 乐愿的众邦从此认识了他们合法的主人。)

---

① 相应的英文可以翻译为：“A great order of the ages is born from the renew.”

而这个结尾的描写似乎是在回应和再现查理二世时以"神"一般的命令解散牛津议会的情形，而据记载，德莱顿的这个结尾正是得到了查理二世本人的授意，让德莱顿本人有意在诗中对这一事件进行表现。总之，德莱顿在其讽刺诗的史诗化过程中，不但广泛使用史诗的各种可能手段来改造讽刺诗，使他的讽刺诗带上史诗的特点和气质，他还尤其倚重维吉尔的诗歌传统，这使得他的史诗化讽刺诗特别倾向于维吉尔的诗歌特点。William Frost 对于德莱顿借重维吉尔的传统进行解释说，他是为了适应变化着的英国国内环境，为诗人自己在诗歌创作上开启一种新的变化，而对诗歌进行一种复杂的调整和转变：

Dryden's Virgil could be said to representa new departure for the poet, a complicated adjustment of poetry and translation to a changing national scene. ①

（德莱顿的维吉尔对于诗人而言代表着一种新的转变，这是诗歌上的一种复杂变化和对于一个正在变化着的国家状况的适应。）

但是，这并不是说明，在德莱顿的诗歌中，尤其此处所讨论的他的讽刺诗中，没有受到其他史诗诗人的影响。事实上，仔细分析他的讽刺诗，从由他全力创作的政治讽刺诗《押沙龙与阿齐托菲尔》第 I 首和由他部分参与创作的《押沙龙与阿齐托菲尔》第 II 首开始，到随后的《奖章》，再到他的文学讽刺诗《麦克·弗雷克诺》，德莱顿也多有借鉴荷马、塔索、弥尔顿、达夫南特等古今史诗诗人和帕修斯、尤文纳尔等讽刺诗人。德莱顿对这些史诗诗人的借鉴是在多种层次上展开的，不但有具体的技法上的，如对维吉尔式 Hemistich（ἡμιστίχιον，half-verse，半行）的模仿使用，还有句法上的直接挪用和翻译化用，上文已举出了不少例子；而古典讽刺诗人帕修斯的隐晦修辞和

① William Frost, "Dryden's Virgil", *Comparative Literature*, Vol. 36, No. 3（Summer, 1984）, pp. 198-199, 193-208.

严肃表达以及尤文纳尔气势磅礴的演说风格也都构成了德莱顿讽刺诗中具有史诗特征的部分。

此外，德莱顿在他诗歌的史诗化过程中同样借重和放大某些史诗中与其相应的意识形态和史诗精神，由于这些意识形态和精神是同史诗成诗的社会历史环境相关的，因此德莱顿在有意借用的时候也进行取舍选择以契入自己的语境。总之，德莱顿的诗歌包括他的讽刺诗同此前各种诗歌传统的关系非常密切，而他对讽刺诗所进行的史诗化特征改造尤其以古今史诗作为创作灵感的来源，这些探讨和研究在西方的学术界早已开始，而且也积累了不少相关的研究成果。这里限于本节的篇幅，仅就德莱顿对维吉尔诗歌传统某些方面的借鉴进行一些具体的文本分析，仅为进一步揭示和说明德莱顿如何有机地将史诗的多种特征和多样传统纳入到他的讽刺诗写作中，因为发生在这些诗中的史诗化活动极为普遍和巧妙，对德莱顿的这些诗学活动进行发现和讨论永远只能是在进行之中而难有最后的终结，因此任何单独的研究和学术写作都不能够将这些活动概全说尽，而本节对此的讨论和描述也只能就其中的某些方面进行梳理和适当展开，不能够涉及维吉尔史诗特征的所有方面和其他更多的史诗诗人及他们的史诗传统。也因为德莱顿在《押沙龙与阿齐托菲尔》一诗中所进行的史诗化努力最为明显，该讽刺诗中所进行的史诗化活动也最多，以至于让有些批评家径直称该诗为史诗，所有此节的讨论就主要以此诗为中心来进行相应的讽刺诗史诗化的分析，而暂不纳入德莱顿加于其余讽刺诗史诗化特征部分的讨论。

第六章

结　语

　　无论在当时还是后世，德莱顿始终是一位备受争议的人物，这种争议主要来自他的政治活动。但这并不是说作为文学家就不能同政治产生交集，相反，许多伟大的文学家同政治都直接或间接、浅显或浓重地发生过千丝万缕的联系，并因此在中外文学史上创造了许多伟大的作品，而德莱顿终其一生的文学活动几乎都没有完全脱离英国17世纪的紧张政治。批评家和一般读者对于德莱顿政治活动的诟病，主要是针对他在政治立场上的骑墙态度，诟病他没有在重大的政治活动中保持前后一贯的坚定政治立场。英国的17世纪充满着狂风暴雨般急促的政治变革，在这一系列的政治活动中，德莱顿似乎总是根据政治风向的改变在不断变换他的立场，这是构成世人对他不满和批评的原因。德莱顿的同情者们曾为这一点感到惋惜，认为他在政治立场上的善变损害了他在文学上所取得的成就，减弱了他作品所发出的耀眼光芒。

　　其实，如果深入了解德莱顿和他的文学活动，整体理解他的政治情结和文学关怀，不难发现他的这两种活动从一开始就互相纠缠在一起，并随着他文名的增长和受到重要政治人物的重视，进一步使这两种活动之间的关系变得愈加深入而难解。正如他自己所说，他的笔是为政党而写作，故而他通过写作来参与政治，同时政治事件又刺激了他的文学活动。虽然如斯威夫特所谑称的那样，德莱顿的写作是为了多"挣上一文"，事实上该情形在他创作生涯中的某些时期也的确非常突出，他自己对此也并不讳言，但是他始终能够把自己以写作牟利的活动统一到他为国王效忠、为王室效力的主题中——尽管他的第一首诗是为歌颂护国主克伦威尔而作。另外，如果对德莱顿在政治和宗教态度上的转变做一历时的整体分析，如果说德莱顿早年在政治立场上的改变如约翰逊博士为他辩护的那样，他是随着整个社会的改变而发生变化，那么此后他在政治和宗教上所持的立场和相应改变，则是他的保守态度在这些重大问题上一以贯之的反映，是符合其保守意识形态发展的自然结果。因此他的数度变化，并不是真的那么令人惊讶和显得突兀。

德莱顿的讽刺诗较之他的戏剧更为稳固而持久，确立了他在文学史上经典作家的地位。讽刺诗是一种古老的诗歌文体，至德莱顿的时代有一千八百余年的历史。本书旨在初步探讨德莱顿的讽刺诗学，而对于德莱顿讽刺诗学进行研究的可能在很大程度上得益于他本人有专门的讽刺诗学作品《关于讽刺诗的起源与发展》一文，以及其他大量相关的文学批评和理论文章。除此之外，还有他最知名的诗歌创作——他的讽刺诗《押沙龙与阿齐托菲尔》第 I 和《押沙龙与阿齐托菲尔》第 II 中出自他手笔的部分，以及《奖章》和《麦克·弗雷克诺》。如前文所言，德莱顿的创作与其政治活动紧密联系，研究他的讽刺诗学，也必定要去关注这种文学与政治之间的联系。他的《关于讽刺诗的起源与发展》写于"光荣革命"之后，这次革命不仅正式在英国确立起了君主立宪制的政体，并使得英国国教从此免除了来自天主教的威胁；而对于德莱顿个人，由于他选择继续忠于被驱逐的詹姆士二世和他改宗的天主教，他因此失去了"桂冠诗人"和"皇家史撰家"两项荣誉和相应俸禄。世易时移带给诗人的失落和怨愤，让他对新政权产生不满和对旧王室充满留恋，让他有机会利用尤文纳尔等古典讽刺诗人的传统——通过讽刺诗的相关写作来表达对当下社会状况的不满。就在他完成自己的讽刺诗写作近十年后，他再一次回到了讽刺诗的主题，于是就有了他这篇关于讽刺诗学的理论文章《关于讽刺诗的起源与发展》。

德莱顿的讽刺诗作品受到政治事件的激发而创作：《押沙龙与阿齐托菲尔》第 I 和第 II 均同当时的"继承人危机"政治事件相关，而诗歌的直接指向则是当时辉格党的首领沙夫茨伯里伯爵——即诗中的阿齐托菲尔；《奖章》矛头所指仍然是沙夫茨伯里伯爵及追随他的辉格党党徒们，该诗的副标题尤其说明了此诗的政治目的是要反对煽动民众以制造混乱的行为："A Satyre Against Sedition"；《麦克·弗雷克诺》政治意味似乎没有其他讽刺诗那么强，诗歌的直接目的是讽刺德莱顿在文学上的老对头沙德维尔——一位二流的诗人和戏剧家，但是考虑到沙德维尔属于辉格党阵营，以及德莱顿将成于数年前的此诗重新发表出来，其中自然也有政治的考量。指出德莱顿写作同政治之间相互影响和作用的关系，目的是要指出德莱顿讽刺诗学的形成在某种程度上受到了 17 世纪英国政治本身特点和性质的作用和可能的规定——复辟时代对于英雄题材的兴趣和对史诗创作的鼓励，从而使得德莱顿讽刺诗学在此影响下呈现出独具特色的新内容和可以给讽刺诗带来的新变。

德莱顿讽刺诗学体系的构成既有来自其批评的内容，又有他的讽刺诗作为实践支撑，因此讨论德莱顿的讽刺诗学是一个复杂的话题，而要在一篇博士论文中兼顾到德莱顿讽刺诗学系统的各个面向，这在实际操作中是难以完成的任务。然而决定谈论这个话题，自然就要选择一个可以进入的路径和具有代表性的诗学话题。在德莱顿的众多批评文章中，《关于讽刺诗的起源与发展》是专门就讽刺诗展开批评的理论作品，因此选择从这篇长文入手来讨论德莱顿的讽刺诗学是较为稳妥和简便的进入路径。虽然这篇文章如众多批评家所抱怨的那样，有其"零散"和"游离"的特点，然而从更广阔的角度来看，这篇文章却是德莱顿讨论讽刺诗最集中的理论文章，该文在具体写法上的"零散"并不能消解它所讨论问题的中心指向以及他在整个讽刺诗创作史和批评史上的重要地位，而正是该文对讽刺诗的集中讨论使其成为研究和探讨德莱顿讽刺诗学最直接和可能的原因；然而，由于德莱顿在该文中提供了众多可以讨论讽刺诗的问题线索，这也就使得该文在某些侧面显示出其"游离"的特点，其实这也只是说明了具有悠久创作历史的讽刺诗是一个开阔的话题。

基于以上这些原因，本书决定讨论德莱顿的讽刺诗学，于是就选择《关于讽刺诗的起源与发展》作为集中参考的目标文本。然而德莱顿并没有将讽刺诗看作是一个孤立的文学类型和陡然出现的文学现象，作为"英国批评之父"的德莱顿素有宏观的批评视野，他对讽刺诗的批评同样也是将其置于整个西方文学史和批评史的历时观察中，从中确定自己的批评原则和构建相应的诗学理论。于是，本书在以该文为主的基础上，也必得观照德莱顿其他的批评文章和其中所关涉的古今文艺理论。再者，德莱顿的讽刺诗同他这篇后于其诗作的理论文章自然有相互说明和印证的地方——他的诗作既可视作其理论的实践和展开，而其理论又可视为对其具体作品的理论概括和总结，故本书在讨论德莱顿诗学理论的同时，还不时回溯到他具体的讽刺诗作寻找参考和进行佐证。将《关于讽刺诗的起源与发展》作为讨论德莱顿讽刺诗学的立足点，既是为讨论方便的考虑，更因为这篇文章本身所讨论问题的性质使然。该文从一个最基本的问题开始，即"讽刺"从何起源的问题。这个看似极为简单的词源学问题，实则导出了该文所要讨论的所有问题和问题的全部方面。更重要的是，该源头问题还提示了该文的写作初衷及反映出的作者决意写作新时代讽刺诗所应采取的写法和应蕴含的精神。因此不难理解该文以《关于讽刺诗的起源与发展》为题，以看似"狭窄"的题目来统领关于德莱顿关于讽刺诗纵贯古今、横涉岛内外的广角讨论。

　　"讽刺"的词源学问题——"Satire"从何开始，是德莱顿展开其诗学讨论的首要问题和基本的出发点，该话题实际上在本书的内在理论中规定了讨论的方向和精神。在"Satire"的种种起源说中，经过德莱顿的仔细梳理和分析，彻底否定了它同希腊"羊人"和"羊人剧"的关系，并认定了它的原始罗马起源。类似的工作和对希腊起源说的否定已见于法国的语文学学者如卡索本和达希尔的研究中，德莱顿在此基础上面向英国的文艺界重新进行这一工作，不是为了图其简便而谋其所可能带来的声誉利益，而是因为这里存在着一个更大的文学背景，即欧洲自文艺复兴以来，人们有意无意曲解附会"讽刺"于"羊人"，从而造成了这一时期欧洲各国讽刺诗的粗粝写法和庸俗面目，所以才有了法国学者的考据和纠正。在英国，因这种误解而导致的影响更为恶劣，以至于让德莱顿认为英国讽刺诗人中除了多恩和多赛特爵士等寥寥数位未落入其窠臼外，其他诗人几乎都不可取。正是面对这种文学上的时弊，作为实际上曾能够影响和左右英国文坛风气的领袖人物，德莱顿才接续和翻新了法国学者的相关研究和结论，在他们的旧说上进行了自己独立的考证和推理，在新的基础上批判了旧的论点并提出了自己新的意见。德莱顿在英国文坛上重提"Satire"起源一说，直接目的是要矫正讽刺诗的写作精神，改正讽刺诗的粗鄙写法，探讨和引入讽刺诗的新做法和反映时代的"新"精神——一种见于维吉尔式英雄史诗中坚毅勇武而文雅有礼的文明精神，德莱顿批评这种精神不见于他之前的时代，所以他们的讽刺诗才呈现出俗气和庋态：

> In the age wherein those poets lived, there was less of gallantry than in ours... Their fortune has been much like that of Epicurus... Greatness was not then so easy of access... ①
>
> （那些诗人所生活的时代，缺少我们时代所拥有的勇毅精神……他们的气质尤近于伊壁鸠鲁……伟岸之气在那个时候却不容易接近。）

在另一处，德莱顿对这种文雅的文学精神表达得更为明晰："let us ascribe to the gallantry and civility of our age the advantage which we have above them..."② （我们将自己高于他们的优势归结为我们时代所拥有的勇毅和文雅精神。）这样的精神才是德莱顿在讽刺诗写作中要传达的内容，而不是常见于此前讽刺诗中猥亵、粗鲁和滑易的庸俗题材和鄙陋精神。

德莱顿持有文学随着时代文明而进步的"发展"观，"他总是相信'进步'这个观念"，③ 其论文题目《关于讽刺诗的起源与发展》表明了讽刺诗这一文类从古至今所经历着的不断"发展"和演变的进

---

① John Dryden, Essays I, p. 75.

② Ibid. , p. 117.

③ Michael Werth Gelber, *The Just and the Lively: The Literary Criticism of John Dryden*, Manchester and New York: Manchester University Press, 1999, p. 194.

化过程。"讽刺"脱胎于大众节庆仪式中的庆祝活动,这种最初的粗鄙文学雏形在不断加入外来元素和得益于语言更新而发展为后来的罗马讽刺诗,它经历了一个愈加精致和文雅的发展过程,包括他后来力图以英雄史诗的特征来改造讽刺诗的努力,也是一种改造"低等文类"到"高等文类"的拔高和升阶文类的过程。德莱顿尤其重视文学语言的进步,他认为拉丁语言的成熟带动了罗马讽刺诗的发展,他也曾抱怨自己的语言——英语不如古代语言灵巧精致导致难以创作出好的作品。

讽刺诗天然具有道德的维度,以此作为线索,本书简略梳理了英国讽刺诗直至德莱顿的演进过程,而这种道德性在德莱顿那里体现得尤为明显——他自己也曾非常明确地说过讽刺诗要以"纠正谬误"为目的。那么讽刺诗纠正错误的力量来自哪里,如何理解德莱顿利用讽刺诗可以左右他人意志并对对方造成伤害的传统,以至他自己在戏剧创作活动中遽而选择讽刺诗作为他为党派服务的工具。本书从宗教仪式和巫术诅咒等角度考察了这些活动中能产生特殊力量的语言,也回溯了古希腊时期检视了 Archilochus 等人对于具有特殊伤人力量"Iambic"的写作,指出从这类语言中逐渐发展出的语言形式和修辞技巧是使讽刺的语言能打击对手的原因,进而又形成讽刺能够以语言成功攻击敌人的传统。在此传统影响下,人们笃信讽刺语言伤人的力量,因此才会有蒲伯极为自信的宣言:"不惧上帝的人,却会害怕我。"

德莱顿强调讽刺诗的"诗教"和它能带给读者的"快乐",同时,他还坚持讽刺诗的"净化"功能,这些问题依然同德莱顿坚持讽刺诗的伦理维度相关联。当然,这同时也是自柏拉图和亚里士多德以来对于诗歌——尤其是"高等文类"的史诗和悲剧诗所坚持的一个古老诗学命题。虽然这些命题古老,但是当人们重新回到这些古老命题的时候,他们却各有侧重、各自对其进行了不同的阐释和强调。德莱顿在此问题上接受了贺拉斯"寓教于乐"的诗学观,即既强调诗歌道德维度的"诗教",也认为诗之"乐"是达于"教"的不可或缺的手段。同时,德莱顿志于将讽刺诗抬升到"高等"史诗门类,自然高等诗类的"教"和"乐"传统同样适用于讽刺诗。"讽刺净化"虽然由海因乌斯首先提出，但是德莱顿将其接受为讽刺诗的第三重目的："The end and scope of satire is to purge the passions."（讽刺诗的目的是要净化激情）。德莱顿认为"净化"在诗人和读者两个维度进行，在于作者维度，他认为只有当贺拉斯早期诗歌经过"净化"（Purged）之后，他的讽刺诗可以真正算作罗马讽刺诗。德莱顿熟悉修辞术并且展现于诗中，如在《押沙龙与阿齐托菲尔》中对阿齐托菲尔等人煽动性演说的表现等；在读者维度，他认为诗歌在读者身上所激起的情感应该也予以规范："regulate our passions"（规范我们的激情）。

德莱顿以"起源"为题而开始他的讽刺诗批评，其用意在于提出和规定一种理想的讽刺方式，同时也是对文艺复兴时期以来流行讽刺方式的否定，因为以这种讽刺方式写作的讽刺诗，"作者充当'羊人'的角色，以粗鲁、晦涩、严厉的语言去抨击恶习"。[①] 这种讽刺方式近于"lampoon"和"invective"这类对个人进行恶意人身攻击的文体，这是德莱顿所不愿赞同的粗暴写作方式。他自己最终为英国讽刺诗找到的最好讽刺方式就是"Fine-raillery"（精巧的逗趣），他在多个场合对这种"Fine-raillery"进行过阐述，简论之，这种讽刺方式仅进行机智而文雅的责骂，它伤敌轻、脆而不留痕迹，让敌人领教了被讽刺的滋味却又难以找到回击的借口。总之，对于德莱顿而言，讽刺是一项高尚的事业，而正是机智而灵巧的讽刺方式成就了这项事业的高尚。

讽刺诗写作中的"一律"原则是德莱顿的讽刺诗学里的重要内容，德莱顿认为要创作一首完美的讽刺诗必须要遵守"一律"的原则。德莱顿所论讽刺诗的"一律"原则偏向于新古典主义戏剧"三一律"中的"行动一律"，同时德莱顿的"一律"原则还表现在"题目/话题"（Subject）和"主题/中心"（Theme）的"一律"上，即一首讽刺诗只能处理一个特定的话题和这个话题中的一个主要问题，这也就是他所谓的"构思一律"，又从此推出他的"道德一律"，即一首诗里——包括讽刺诗，只能为读者提出一条德行的原则，更多的德行原则可以作为这条主要原则的从属部分。

---

① Alvin Kernan, *The Cankered Muse* (New Haven, 1959), p. 62.

　　讽刺诗的格律和韵是德莱顿最为关注的问题之一，因为这关乎讽刺诗的形式问题，缺少了形式即难以确定讽刺诗到底是什么。受到了法国诗歌的影响，德莱顿坚持要在诗中用韵，因为他认为韵的使用让诗歌更加具有英雄气。在讨论了古今、内外讽刺诗的各种格律形式之后，他最终确定押韵的五步抑扬格的双行——封闭式的"英雄双行体"作为英国讽刺诗的诗体形式。这种诗体形式有堪媲美古代诗歌的表达空间，并且经过了历代英国诗人在创作中的长期实践，使这种形式不但可以成为写作英语史诗的媒介，也注定它可以成为英语讽刺诗的理想媒介，更何况史诗同讽刺诗在德莱顿看来有特殊的近缘关系。

　　讽刺诗的史诗化问题是本书最后讨论的德莱顿讽刺诗学问题，这是一个统领德莱顿全部诗学思想的核心问题。讽刺一类的创作从古典时代以来就被认为是一种"低等文类"，而在德莱顿之前荒诞而粗糙的讽刺诗创作更使讽刺诗不能获得光辉的正名，这促使了德莱顿从讽刺诗的起源问题出发，以发展的眼光为讽刺诗寻找一条高尚而庄严的发展路径，即通向英雄史诗的路径，故本书论讽刺的起源说、"一律"原则、理想的讽刺诗方式、英雄双行体的诗律等等问题，莫不是最终统一到这个史诗化的问题。因此末章讨论了英雄诗、史诗以及讽刺诗三者之间的关系，这种讨论还从罗马讽刺诗开始，观察最早的讽刺诗同史诗的联系以及这种联系是在哪些层面发生和展开的，从而能够在本书讨论德莱顿进行讽刺诗史诗化的过程中提供延续性的参考和获得可能的发现。但是史诗诗学从古代到德莱顿的 17 世纪也是一个在不断发展和演变的概念，如从异教史诗到后来基督教史诗的变化；同时，德莱顿在自己的"历史诗"和"英雄戏剧"创作中也发展出了自己具有个人色彩的史诗观，如德莱顿推崇史诗而把史诗置于悲剧之上等。总之，德莱顿对讽刺诗所进行的史诗化努力，是在多种史诗传统中进行的，尤其是维吉尔的史诗传统。本书最后对史诗化特征最为显著的《押沙龙与阿齐托菲尔》一诗进行了史诗化的解读，就讽刺诗的史诗化过程进行了具体的分析和解读，从中管窥德莱顿为讽刺诗的史诗化所做努力之一斑。当然这种解读永远只能是部分而片面的工作，因为德莱顿在其讽刺诗中所进行的史诗化努力是在许多史诗传统

下进行的；即便是同一传统，其侧面和层次也可以是多样的，因此他
在赋予讽刺诗以史诗化特征时，也必定是以多样化、多角度和多层次
的方式进行呈现。所以，对于德莱顿讽刺诗中多元而复杂的史诗化操
作，人们的读解只能是在尝试性的不断发现中进行下去。

　　总之，本书研究德莱顿的讽刺诗学，据其专论讽刺诗之批评作品
《关于讽刺诗的起源与发展》，结合其他众多批评及具体诗作作品，从
讽刺起源问题开始，讨论了德莱顿讽刺诗批评的道德维度，讽刺诗的写
作原则，讽刺诗的诗体形式，讽刺诗与史诗的关系及讽刺诗本身的史诗
化等问题。从而勾勒出德莱顿讽刺诗学的大致旨趣和面向，即德莱顿意
图改造曾作为"低等文类"的讽刺诗，将其提升到具有高雅、宏大特
征的"高等文类"，将其归为英雄诗的类型，使其具有史诗的特征，从
而构建起一种文雅有致、庄严宏大的史诗讽刺。德莱顿以"他的批评著
作对17、18世纪英国古典主义文学的发展产生过深刻久远的影响。"①
具体就讽刺诗而言，德莱顿的讽刺诗学和讽刺诗实践所带给这一诗体的
影响也极为显著。德莱顿加于18世纪讽刺诗最明显的影响印记，莫过
于他在《麦克·弗雷克诺》一诗里所开始的"仿史诗"写法而对蒲伯
《群愚史诗》等所产生的借鉴效果。"仿史诗"实则是对史诗所给予对
象的崇高和伟大叙述进行反向使用，其一般操作就是将所讽刺目标的无
知说成智慧，弱小说成伟大，将目标所缺乏的内容进行增加和放大，并
在一个崇高的标准上对这些不足和缺陷进行史诗式的赞颂和称扬，从而
在强烈的对比中制造讽刺的效果。此外，德莱顿的讽刺艺术对于其他后
来的诗人和作家如约翰逊、斯威夫特、艾迪生等都产生过程度不一的影
响，目前对这些影响进行的研究也仍在进行，因此这也构成了德莱顿诗
学研究中的另一个有趣而一言难尽的研究课题。

　　德莱顿讽刺诗学是一个系统的构成，但是他自己并未建构自己的
诗学系统，而是后来的研究者从各自角度出发在不同的基础上为他建
构起一个系统来。德莱顿有《关于讽刺诗的起源与发展》诗论长文，
还有大量相关的批评，以及以《押沙龙与阿齐托菲尔》为代表的讽刺

---

① 韩敏中：《德莱顿和英国古典主义》，《国外文学》1987年第2期。

诗歌，面对着这些丰富的研究材料和资源，对于研究者而言，他有广阔自如的研究空间可进行选择。另外，如果研究者各自的旨趣不同，出发点和研究路径有别，所使用的方法和构思的框架相异，那么德莱顿讽刺诗学所呈现出的形态也会不同。因此，本书只是因其便利从德莱顿《关于讽刺诗的起源与发展》一文出发，结合他的其他相关批评，观照他的讽刺诗创作，拣取了数个本书作者认为重要的话题开启自己对德莱顿诗学的整理与讨论，并在梳理德莱顿的这些讽刺诗学问题的过程中，找到一个可以贯穿诸问题的归属性论题，即德莱顿意图通过给予讽刺诗以史诗化特征而升阶其文类地位，从而构建起一种有"高等文类"性质的讽刺诗诗学。当然，本书对德莱顿讽刺诗和其讽刺诗学的研究和梳理，在国外相关研究仍在进行之中、国内德莱顿研究还未充分开展的背景下，也还是尝试性的初探，目的只是想以笔者的初步探讨一方面能融入整个关于德莱顿的研究中，尤其是对其讽刺诗学进行的研究之中；另一方面，是想以本书作为一个肤浅的先声，希冀在中国的英国文学研究中开启更丰富、更深入的德莱顿研究和对其讽刺诗及其诗学的研究。

　　本书一定还存在很多不足，如对德莱顿讽刺诗学的探讨还只是停留在分析、归纳、整理和发现的层面上，尽管在此过程中也累积了许多新的观察和发现，但是作者尚未能具备足够的学力和更全面而渊博的文学史和史学史视野，能够对他的诗学进行整体的再批评，同时笔者对拉丁文和古代希腊文等古典语言还在学习之中，对意大利文和法文的掌握也还是处于初级阶段，对古代和其时意、法等国重要作家作品还不能有全面而深刻的领悟，这一切都影响到对拥有深厚古典学素养和熟悉当时欧洲文学和诗学传统的德莱顿进行更深入的研究。因此，所述这一切不足所造成对德莱顿讽刺诗学研究的缺憾，以及个人视野和能力的局限所造成的盲区甚或谬误，一方面只能留待在以后的时日中继续学习补足，另一方面祈请读者诸君不吝指出。总之，无论是从积极的正面，还是消极的反面，本书如能对德莱顿和他的讽刺诗学研究起到某种增补和促进作用，那么笔者的写作目的也就达到了。

附录一

Priscus Grammaticus de Satyra

A Satyre is a tarte and carping kind of verse,
An instrument to pynche the prankes of men,
And for as muche as pynchynge instruments do perse,
Yclept it was full well a Satyre then.

A name of Arabique to it they gaue:
For Satyre there, doothe signifie a glaue.

Or Satyra, of Satyrus, the mossye rude,
Vnciuile god: for those that wyll them write,
With taunting gyrds & glikes and gibes must vexe the lewde,
Strayne curtesy: ne reck of mortall spyte.

Shrouded in Mosse, not shrynkyng for a shower,
Deemyng of mosse as of a regall bower.

Satyre of writhled waspyshe Saturne may be named,
The Satyrist must be a wasper in moode,
Testie and wrothe with vice and hers, to see bothe blamed,
But courteous and friendly to the good.

As Saturne cuttes of tymes with equall sythe:

So this man cuttes downe synne, to coy and blythe.

Or Satyra of Satur, thauthors must be full,
Of fostred arte, infarst in ballasde breste.
To teach the worldlyngs wyt, whose witched braines are dull,
The worste wyll pardie hearken to the best.

If that the Poet be not learnde in deede,
Muche maye he chatte, but fewe wyll marke his reede.

Lusill, (I wene) was parent of this nyppyng ryme:
Next hudlyng Horace, braue in Satyres grace.
Thy praysed Pamphlet (Persie) well detected cryme,
Syr Iuuenall deserues the latter place.

The Satyrist loues Truthe, none more then he.
An vtter foe to fraude in eache degree.

附录二

为撒缪尔·巴特勒的《胡迪布拉斯》所作的插画
版一：卷首插画及解释，1725（Heath Edition，1822）

这是霍加斯（William Hogarth，1697—1764）为巴特勒的讽刺诗《胡迪布拉斯》所刻的第一块板，这块板的设计师在其中心部分，呈现一块体积巨大用于纪念诗人的大理石碑。大理石纪念碑顶端正中是诗人巴特勒的头像，头像被常青藤缠绕覆盖，象征不朽。在大理石碑左侧下方，可以看见小天使丘比特在石碑正面正在雕刻一幅已快完成的图画。丘比特左侧屈蹲着一位"satyr"羊人，在为他展开《胡迪布拉斯》一诗的文本，为小天使进行雕刻作参考。已经完成的雕像画面上，表现的是一位"satyr"羊人坐在马车上，向后挥动马鞭，击打三个被拟人化的人物：虚伪、反叛和无知。纪念碑的右边一端，背依靠着石碑而坐的诗人布列塔尼亚女神（Britannia）——大英帝国的拟人化象征，正从一面镜子中打量自己的美丽镜像，而为她举起镜子的是另一位"satyr"。背景最左边的远景，是巴特勒的坟墓，时间之父正跪在坟墓前向坟墓主人致敬。

附录三

《押沙龙与阿齐托菲尔》开头与结尾部分

1   In pious times, ere priestcraft did begin,
     Before polygamy was made a sin;
     When man on many multiplied his kind,
     Ere one to one was cursedly confined;

5   When nature prompted, and no law denied,
     Promiscuous use of concubine and bride;
     Then Israel's monarch after heaven's own heart,
     His vigorous warmth did variously impart,
     To wives and slaves; and, wide as his command,

10   Scattered his Maker's image through the land.
     Michal, of royal blood, the crown did wear,
     A soil ungrateful to the tiller's care:
     Not so the rest; for several mothers bore.
     To godlike David several sons before.

15   But since like slaves his bed they did ascend,
     No true succession could their seed attend.

1026   He said.Th' Almighty, nodding, gave consent;

And peals of thunder shook the firmament.

Henceforth a series of new time began,

The mighty years in long procession ran:

1030   Once more the god-like David was restor'd,

And willing nations knew their lawful lord.

附录四

Character of Zimri (the Duke of Buckingham)
By John Dryden (1631—1700)

From "Absalom and Achitophel"

Some of their chiefs were princes of the land:
In the first rank of these did Zimri stand,
A man so various, that he seemed to be
Not one, but all mankind's epitome:
Stiff in opinions, always in the wrong,
Was everything by starts, and nothing long,
But, in the course of one revolving moon,
Was chemist, fiddler, statesman, and buffoon,
Then all for women, painting, rhyming, drinking,
Besides ten thousand freaks that died in thinking.
Blest madman, who could every hour employ,
With something new to wish or to enjoy,
Railing, and praising, were his usual themes;
And both, to show his judgment, in extremes:
So over-violent, or over-civil,
That every man with him was god or devil.
In squandering wealth was his peculiar art;
Nothing went unrewarded but desert.

Beggared by fools, whom still he found too late,

He had his jest and they had his estate.

He laughed himself from court, then sought relief,

By forming parties, but could ne'er be chief;

For spite of him, the weight of business fell,

On Absalom and wise Achitophel.

Thus, wicked but in will, of means bereft,

He left not faction, but of that was left.

参考文献

德莱顿的著作

Dryden, John, *The Works of John Dryden*, 2nd edition. Edited by Sir Walter Scott. Edinburgh： A. Constable and Co., 1821.

The Poetical Works of John Dryden. Edited by W. D. Christie, London： Macmillan and Co., 1886.

The Poems of John Dryden. Edited by John Sargeaunt. Oxford： Oxford University Press, 1913.

The Satires of Dryden. Edited with memoir, introduction and notes by John Churton Collins. London： Macmillan, 1923.

Essays of John Dryden, *I*, *II*. Edited by W. P. Ker. Oxford： The Clarendon Press, 1925.

Absalom & Achitophel. Edited by C. H. Firth. Oxford： The Clarendon Press, 1930. First edition 1871.

The Best of Dryden. Edited by Louis I. Bredvold. New York： Ronald Press Company, 1933.

The Mermaid Series： *John Dryden*, Vol. 1 & 2. Edited by George Saintsbury. London： Ernest Benn Ltd, 1949.

The Poetical Works of Dryden. Edited by G. R. Noyes. Cambrdge, Mass.： Riverside Press. 1956.

Of Dramatic Poesy and Other Critical Essays, Vol. 1. Edited by George Watson. London： J. M. Dent & Sons, 1962.

The Works of John Dryden, *Volume VI*： *Poems*. Edited by William Frost and Vinton A. Dearing. Berkeley, Los Angeles, London： University of California Press，1967.

The Dramatic Works of John Dryden.Edited by Montagne Summers.New York：Grodian Press，1968.

The Works of John Dryden，*Vol. XI*.Edited by John Loftis and David Stuart. Berkeley, Los Angeles, London：University of California Press，1978.

Dryden：*Selected Poems*，eds. Paul Hammond, David Hopkins, London and New York：Routledge，2007.

中文著作

金东雷：《英国文学史纲》，上海书店1991年版。

梁实秋：《英国文学史》，新星出版社2011年版。

王佐良：《英国文学史》，商务印书馆1996年版。

刘意青等主编：《英国18世纪文学史》，外语教学与研究出版社2005年版。

陈嘉、宋文林：《大学英国文学史》，商务印书馆1996年版。

刘意青、刘阳阳：《插图本英国文学史》，北京大学出版社2011年版。

常耀信：《英国文学大花园》，湖北教育出版社2007年版。

常耀信、索金梅：《英国文学通史》，南开大学出版社2010年版。

［美］艾弗·埃文斯：《英国文学简史》，蔡文显译，人民文学出版社1984年版。

［英］安德鲁·桑德斯：《牛津简明英国文学史》（上），谷启楠、韩加明、高万隆译，人民文学出版社2000年版。

王佐良：《英国散文的流变》，商务印书馆2011年版。

陈新：《英国散文史》，南京师范大学出版社2008年版。

王卫新：《英国文学批评史》，上海外语教育出版社2011年版。

李维屏、张定铨：《英国文学思想史》，上海外语教育出版社2011年版。

王守仁、胡宝平：《英国文学批评史》，南京大学出版社2012

年版。

王佐良选编，金立群注释：《英国诗歌选集》，上海译文出版社
2013 年版。

王佐良、李赋宁等：《英国文学名篇选注》，商务印书馆 1983
年版。

［古希腊］亚里士多德、［古罗马］贺拉斯：《诗学·诗艺》，罗
念生、杨周翰译，人民文学出版社 2008 年版。

朱光潜：《谈美、变态心理学、悲剧心理学》，《朱光潜全集》第
二卷，安徽教育出版社 1987 年版。

英文著作

Abrams, M. H., *The Norton Anthology of English Literature*. New York: W. W. Norton & Company, 1975.

Alden, R. M., *Rise of Formal Satire in England*. Philadelphia: The University Press, 1899.

Alexander, M., *A History of English Literature*, 3rd edition, printed in China by Palgrave Macmillan, 2013.

Aristotle, *Aristotle's Poetics*, 4th edition. Translated and with critical notes by Samuel Henry Butcher. Mineola: Dover Publications, Inc., 1951.

On Poetry and Style. Translated by G. M. A. Grube. Indianapolis: Hackett Publishing Company, 1989.

Poetics. Translated by Richard Janko. Indianapolis, Cambridge: Hackett Publishing Company, 1987.

Ascham, Roger, "From the Schoolmaster" (1570). In *Elizabethan Critical Essays I*. Edited by G. Gregory Smith. London: Oxford University Press, 1904.

Auger, P., *The Anthem Dictionary of Literary Terms and Theory*. New York: Anthem Press, 2010.

Bakhtin, M. M., "Epic and Novel". In *The Dialogic Imagination: Four Essays by M. M. Bakhtin*. Translated by C. Emerson and M. Holquist. Austin,

TX: University of Texas Press, 1975.

Baldick, C., *The Oxford Dictionary of Literary Terms*. Oxford: Oxford University Press, 2015.

Banham, Martin, *The Cambridge Guide to Theatre*. Cambridge: Cambridge University Press, 1995.

Barasch, Moshe, *Theories of Art*: *From Plato to Winchelmann*. New York & London: Routledge, 2000.

Birney, Alice Lotvin, *Satiric Catharsis in Shakespeare*: *A Theory of Dramatic Structure*, Berkeley, Los Angeles, London: University of California Press, 1973.

Blessington, Francis C., *Paradise Lost*: *A Student's Companion to the Poem*, Lincoln: iUniverse, Inc., 2004.

Bowra, C.M., *From Virgil to Milton*. London: Macmillan, 1945.

Bradford, Richard, *Poetry*: *The Ultimate Guide*. New York: Palgrave Macmillan, 2010.

Bray, Rene, *La formation de la doctrine classique en France*. Paris: Hachette, 1927.

Brink, C.O., *Horace on Poetry*: *The "Ars Poetica"*. Cambridge: Cambridge University Press, 1971.

Broich, Ulrich, *The Eighteenth-Century Mock-Heroic Poem*. Translated by David Henry Wilson, Cambridge: Cambridge University Press, 2010.

Brower, Rouben, "An Allusion to Europe: Dryden and Poetic Tradition". *Dryden*: *A Collection of Critical Essays*. Englewood Cliffs, N.J.: Prentice-Hall, 1963.

Cable, Chester H., "*Absalom and Achitophel* as Epic Satire". In *Studies in Honor of John Wilcox*. Edited by A. Dayle Wallace and Woodburn O. Ross. Detroit: Wayne State University Press, 1958.

Campbell, O.J., *Comicall Satyre and Shakespeare's Troilus and Cressida*. San Marino, Calif.: Huntington Library, 1938.

Campion, Thomas, "Observations in the Art of English Poesie"

（1602）. In*Elizabethan Critical Essays I.* London： Oxford University Press, 1904.

Chadwick, N.Kershaw, *Poetry and Prophecy.* Cambridge： Cambridge University Press, 1942.

Cicero, Marcus Tullius, *Cicero on the Ideal Orator（De Oratore）.* Oxford： Oxford University Press, 2001.

De Oratore： in Two Volumes. Cambridge, Mss： Harvard University Press, 1942.

Philippics. Cambridge, Mss： Harvard University Press, Loeb Classical Library, 2009.

Political Speeches. Oxford： Oxford University Press, Oxford World's Classics, 2006.

Connors, Catherine, "Epic allusion in Roman satire". In*The Cambridge Companion to Roman Satire.* Edited by Kirk Freudenburg. Cambridge： Cambridge University Press, 2005.

Clark, F.B.A., *Boileau and the French Classical Critics in England,* 1660—1830. Paris： Librairie Ancienne Edouard Champion, 1925.

Costello, Robert B., *Random House Webster's Unabridged Dictionary,* 2nd edition. New York： Random House, 2000.

D'Avenant, Sir William., *Love and Honor and the Siege of Rhodes.* Edited by Jame W.Tupper. Boston： D.C.Heath & Co., 1909.

Dennis, John., *The Critical Works of John Dennis,* vol. II. Edited by Edward N.Hooker. Baltimore： Johns Hopkins University, 1943.

Dent, Edward J., *Foundation of English Opera： A Study of Musical Drama in England during the Seventeenth Century.* Cambridge： Cambridge University Press, 1928.

Duffy, Seán, *Medieval Ireland： An Encyclopedia.* New York： Routledge, 2005.

Dryden, John, Philip Sidney, and others, *The Great Critics： An Anthology of Literary Criticism.* Edited by James Harry Smith and Edd Winfield

Parks. 3rd edition. New York: W. W. Norton & Co. , 1967.

Edmonds, J. M. , ed. & trans. , *The Greek Elegy and Iambus*: *Vol. II*. London: Loeb Classical Library, 1931.

——, trans. *The Greek Bucolic Poets*. London: William Heinemann, 1923.

Elliott, Robert C. , *The Power of Satire*: *Magic*, *Ritual*, *Art*. Princeton and New Jersey: Princeton University Press, 1960.

Evans, Robert C. , Sterling, Eric J. , editors, *The Seventeenth-Century Literature Handbook*. London, New York: Continuum, 2010.

Farley-Hills, David, ed. , *Rochester. The Critical Heritage*. London: Routledge & Kegan Paul, 1972.

Feinberg, Leonard, *Introduction to Satire*. Ames: Iowa State University Press, 1967.

Forcione, Alban K. , *Cervantes*, *Aristotle*, *and the Persiles*. Princeton: Princeton University Press, 1970.

Frye, Northrop, *Anatomy of Criticism*: *Four Essays*. Princeton: Princeton University press, 1957.

Gascoigne, George, *The Steele Glas*. London, 1576.

Gilbert, Allan H. , editor, *Literary Criticism*: *Plato to Dryden*. American Book Co. , 1940. Reprinted. Detroit: Wayne State University Press, 1962.

Gosse, Edmund. , *A History of Eighteenth Century Literature*. London and New York, 1889.

Greene, Roland, and Stephen Cushman, eds. , *The Princeton Encyclopedia of Poetry and Poetics*, Princeton: Princeton University Press, 2012.

Griffin, Dustin, *Satire*: *A Critical Reintroduction*. Lexington: The University Press of Kentucky, 1995.

Griffin, Jasper, "Greek epic", *The Cambridge Companion to the Epic*. Edited by Catherine Bates. Cambridge, New York, Melbourne, Madrid, Cape Town, Singapore, Sao Paulo, Delhi, Dubai, Tokyo: Cambridge University Press, 2010,

Fyfe, W. Hamilton, *Aristotle's Art of Poetry*: *A Greek View of Poetry and Drama*. Oxford: The Clarendon Press, 1948.

Gelber, Michael Werth, *The Just and the Lively*: *The Literary Criticism of John Dryden*. Manchester and New York: Manchester University Press, 1999.

Gransden, K. W. ed., *Tudor Verse Satire*. London and New York: Bloomsbury Academic, 2013.

Hager, A., editor, *Encyclopedia of British Writers*, 16th, 17th, and 18th Centuries. New York: Book Builders LLC., 2005.

Hainsworth, J. B. and Arthur Thomas Hatto, *Traditions of Heroic and Epic Poetry*, Vol. 1. London: The Modern Humanities Research Association, 1989.

Harbage, Alfred, *Cavalier Drama*: *An Historical and Critical Supplement to the Study of the Elizabethan and the Restoration Stage*. New York: Modern Language Association of America, 1936.

Harte, Walter, *An Essay on Satire*, *Particularly on the Dunciad*. Library of Alexandria, 1731. Kobo Edition (eBook), 2015.

Hodgart, M., *Satire*. New York, Toronto: McGraw-Hill Book Company, 1969.

Hooker, Edward Niles, Swedenberg, H. T. Jr, eds, *The Works of John Dryden*: *Poems* 1649—1680, Berkeley, Los Angeles, London: University of California Press, 1956.

Hornblower, Simon, Antony Spawforth and Esther Eidinow, eds., *The Oxford Classical Dictionary*, 4th edition. New York: Oxford University Press, 2012.

Huizinga, Johan, *Homo Ludens*. Translated by R. F. C. Hull. London: Routledge and Kegan Paul, 1949.

Innes, Paul, *Epic*. London and New York: Routledge, 2013.

James, R. A. Scott, *The Making of Literature*. New Delhi, Mumbai, Kolkata, Chennai, Nagpur, Ahmedabad, Bangalore, Hyderabad, Lucknow: Allied Publiers PVT, 2009.

Jensen, H.James, *A Glossary of John Dryden's Critical Terms*. Minneapolis: University of Minnesota Press, 1969.

Johnson, S., *Lives of the English Poets*. London: J. M. Dent & Sons, 1941.

Samuel Johnson: Selected Poetry and Prose. Edited by Frank Brady and W. K. Wimsatt. Berkeley, Los Angeles, London: University of California Press, 1977.

Juvenal, *The Sixteen Satires*. Translated by Peter Green. London: Penguin Press, 1974.

Kernan, Alvin, *The Cankered Muse: Satires of the English Renaissance*. New Haven: Yale University Press, 1959.

Kinsley, James; Kinsley, Helen, ed., *John Dryden: The Critical Heritage*. London and New York: Routledge, 1995.

Knight, Charles, editor, *The English Cyclopaedia: A New Dictionary of Universal Knowledge*, vol.1 & 2. London: Bradbury and Evans, 1858.

Knight, Dr. Leah, *Reading Green in Early Modern England*. Surrey, England and Burlington, USA: Ashgate, 2014.

Kuiper, Kathleen, editor, *Prose: Literary Terms and Concepts*. New York: Britannica Educational Publishing, 2012.

Le Bossu, René, "Treatise of the Epick Poem". Translated by W.J. (1695). In *Le Bossu and Voltaire on the Epic*. Introduced and edited by Stuart Curran. Gainesville, Fla.: Scholars'Facsimiles and Reprints, 1970.

Lennard, John, *The Poetry Handbook*. New York: Oxford University Press. 2nd edition, 2005.

Liddell, Henry George and Robert Scott, eds., *A Greek-English Lexicon*. Oxford: Clarendon Press, 1996.

Lord, George De Forest, *Poems on Affairs of State: Augustan satirical verse*, 1660—1714. New Haven: Yale University Press, 1963.

Maguire, Nancy Klein, *Regicide and Restoration: English Tragicome-

dy, 1660—1671.Cambridge: Cambridge University Press, 2005.

Mack, Michael, *Sidney's Poetics: Imitating Creation*. Washington: The Catholic University of America Press, 2005.

McGirr, Elaine, *Heroic Mode and Political Crisis*, 1660—1745.Newark: University of Delaare Press, 2000.

McKeon, Michael, *Politics and Poetry in Restoration England: The Case of Dryden's Annus Mirabilus*. Cambridge, Mass.: Harvard University Press, 1975.

Marrero-Fente, Raúl, *Epic, Empire, and Community in the Atlantic World*.Lewisburg: Bucknell University Press, 2008.

Marshall, Ashley, *The Practice of Satire in England*, 1658—1770. Baltimore: The Johns Hopkins University Press, 2013.

Milton, John, *John Milton's Complete Poetical Works: A Critical Text Edition*. Reproduced in photographic facsimile. Edited by Harris Francis Fletcher.4 vols.Urbana: University of Illinois Press, 1943—1948.

"An Apology for Smectymnuus".In *The Works of John Milton*.Edited by Frank Allen Patterson et al. New York: Columbia University Press, 1931-8.

Paradise Lost, 2nd edition.Edited by Alastair Fowler.London and New York: Routledge, 2007.

John Milton: The Critical Heritage, Volume 1, 1628—1732, London and New York: Routledge, 1999.

Miner, Earl Roy, William Moeck and Steven Edward Jablonski, eds., *Paradise Lost*, 1668—1968: *Three Centuries of Commentary*. Lewisburg: Bucknell University Press, 2004.

Mori, Masaki., *Epic Grandeur; Toward a Comparative Poetics of the Epic*.Albany: State University of New York Press, 1997.

Myers, Irene T., *A Study in Epic Development*.New York: Henry Holt and Company, 1901.

Nagy, Gregory, *The Best of the Achaeans: Concepts of the Hero in Ar-*

chaic Greek Poetry.Baltimore：The Johns Hopkins University Press，1979.

Norton，Glyn P.，*The Cambridge History of Literary Criticism*，*Vol*.3：*The Renaissance*.Cambridge：Cambridge University Press，2006.

O'Daly，Aenghus，*The Tribes of Ireland*：*A Satire*.Translated by J.C.Mangan.Dublin：John O'Daly，1852.

Paton，W. R.，tr.，*The Greek Anthology*，*Bk. VII*，*epigram* 120.London and New York：Loeb Classical Library，1917.

Patterson，Frank Allen，ed.，*The Student's Milton*.New York：F.S.Crofts & Co.，1947.

Paulson，R.，"Dryden and the energies of satire".In *The Cambridge Companion to John Dryden*.Edited by S.N.Zwicker.Cambridge：Cambridge University Press，2004.

Pausania，*Pausania's Description of Greece*.Translated with a commentar by J.G.Frazer.London：Macmillan，1898.

Pechter，Edward，*Dryden's Classical Theory of Literature*. London：Cambridge University Press，1975.

Piper，William Bowman，*The Heroic Couplet*.Cleveland：The Press of Case Western Reserve University，1969.

Pope，Alexander，"Essay on Criticism".In *The Norton Anthology of English Literature*，7th edition.Edited by M.H.Abrams and Stephen Greenblatt.New York and London：W.W.Norton & Company，2000.

Poplawski，Paul，editor，*English Literature in Context*. Cambridge：Cambridge University Press，2008.

Puttenham，George，"The Arte of English Poesie"（1575）.In *Elizabethan Critical Essays II*.Edited by G.Gregory Smith.London：Oxford University Press，1904.

Quintilian，*The Complete Works of Quintilian*.United Kingdom：Delphi Classics，2015.

The Orator's Education（*Institutio Oratoria*）. Cambridge，Mss：Harvard University Press，2001.

Ramsay, G. G. tr., *Juvenal and Persius*. Cambridge, Mass: Harvard University Press, 1957.

Reckford, Kenneth J., *Recognizing Persius*. Pinceton: Princeton University Press, 2009.

Rhodes, Neil, *The Power of Eloquence and English Renaissance Literature*. New York: St. Martin's Press, 1992.

Richards, I. A., *Principles of Literary Criticism*. London and New York: Routledge, 1924.

Rosen, Ralph, *Making Mockery: The Poetics of Ancient Satire*. Oxford: Oxford University Press, 2007.

Rosand, Ellen, *Opera in Seventeenth-Century Venice: The Creation of a Genre*. Berkeley, Los Angeles, Oxford: University of California Press, 2007.

Rotstein, Andrea, *The Idea of Iambos*. Oxford: Oxford University Press, 2009.

Rudd, Niall, *The Satires of Horace*. Cambridge: Cambridge University Press, 1966. Reprint, Berkeley: University of California Press, 1982.

Runge, Laura L., *Gender and Language in British Literary Criticism 1660—1790*. Cambridge, New York, Melbourne, Cape Town, Singapore, Sao Paulo: Cambridge University Press, 1997.

Sammons, Benjamn, *The Art Rhetoric of the Homeric Catalogue*. Oxford, New York: Oxford University Press, 2010.

Schlegel, Catherine M., *Satire and the Threat of Speech: Horace's Satires, Book I*. Wisconsin: The University of Wisconsin Press, 1930.

Sherburn, George and Donald F. Bond, "The Restoration and Eighteenth Century (1660—1789)". In *A Literary History of England*, 2nd edition. Edited by Albert C. Baugh. London: Routledge & Kegan Paul Ltd, 2004.

Sidney, Philip, "An Apologie for Poetrie" (1583). In *Elizabethan Critical Essays I*. Edited by G. Gregory Smith. London: Oxford University Press, 1904.

An Apology for Poetry. Edited by G. Shepherd. Manchester: Manchester

University Press, 1973.

　　"An Apology for Poetry". In *The Norton Anthology of Theory and Criticism*. Edited by Vincent B. Leitch. New York: Norton, 2001.

　　Skinner, L. James, *William Cowper's Use of the Heroic Couplet*. Michigan: University of Arkansas, 1965.

　　Spencer, Edmund, *The Faerie Queene*, *Book Two*. Erik Gray, editor. Indianapolis, Cambridge: Hackett Publishing Company, 2006.

　　The Works of Edmund Spenser, *A Variorum Edition*. Edited by Osgood Greenlaw and Padeford. Baltimore: Johns Hopkins Press, 1932.

　　Spingarn, J. E., *A History of Literary Criticism in the Renaissance*, 7th impression. New York: Columbia University Press.

　　Tasso, Torquato, *Discourses on the Heroic Poem* (1594). Translated by Mariella Cavalchini and Irene Samuel. Oxford: Clarendon Press, 1973.

　　Test, George Austin, *Satire*: *Spirit and Art*. Tampa: University of South Florida Press, 1991.

　　Tucker, S. M., *Verse Satire in England before the Renaissance*. New York: The Columbia University Press, 1908.

　　Turner, Victor, *The Ritual Process*: *Structure and Anti-Structure*. New York: Cornell University Press, 1966.

　　Van Rooy, C. A., *Studies in Classical Satire and Related Literary Theory*. Leiden: Brill, 1965.

　　Virgil, *Virgil's Aeneid*, vol. 13. Translated by John Dryden. New York: P. F. Collier & Son Company, 1909.

　　Walker, Hugh, *English Satire and Satirists*. London: J. M. Dent & Sons, 1925.

　　Wallace, John, "John Dryden's plays and the conception of a heroic society". *Culture and Politics from Puritanism to the Enlightenment*. Perez Zagorin, editor. Berkeley: California University Press, 1980.

　　Watson, Gorge, *The Literary Critics*: *A Study of English Descriptive Criticism*. New York: Barnes & Noble, 1964. (London: Hogarth Press, 1986.)

Weinberg, Bernard, *History of Literary Criticism in the Italian Renaissance*. Chicago: Chicago University Press, 1961.

Weinfield, Henry, *The Blank-Verse Tradition from Milton to Stevens: Freethinking and the Crisis of Modernity*. Cambridge: Cambridge University Press, 2012.

West, Martin Litchfield, *Studies in Greek Elegy and Iambus*, Berlin: Wubben & Co., 1974.

Wheeler, A. J., *English Verse Satire from Donne to Dryden*. Heidelberg: Winter, 1992.

Wolfe, Humbert, *Notes on English Verse Satire*. New York: Harcourt, Brace & Company, 1929.

Yarrow, P.J., *A Literary History of France*, *vol.* 2. In *The Seventeenth Century*, 1600—1715, 5 vols. London: Ernest Benn, 1967.

Yu, Christopher, *Nothing to Admire: The Politics of Poetic Satire from Dryden to Merrill*. Oxford and New York: Oxford University Press, 2003.

Zimbardo, Rose A., *At Zero Point: Discourse, Culture, and Satire in Restoration England*. Lexington: The University Press of Kentucky, 1998.

论文

Balliet, Conrad A., "The History and Rhetoric of the Triplet." *PMLA*, Vol.80, No.5 (1965): pp.528-534.

Baines, Victoria, "Umbricius' Bellum Ciuile: Juvenal, Satire 3." *Greece & Rome*, Vol.50, No.2 (October, 2003): pp.220-237.

Bates, C., "'A Mild Admonisher': Sir Thomas Wyatt and Sixteenth-Century Satire." *Huntington Library Quarterly*, Vol.6, No.3 (Summer, 1993): pp.243-258.

Benham, A.R., "Horace and His Ars Poetica in English: A Bibliography." *The Classical Weekly*, Vol.49, No.1 (Oct.17, 1995): pp.1-5.

Bohn, Wm. E., "The Development of John Dryden's Literary Criticism." PMLA, Vol.22, No.1 (1907), pp.56-139.

Brooks, H. F. , "The 'Imitation' in English Poetry, Especially in Formal Satire, before the Age of Pope." *The Review of English Studies*, Vol.25, No.98 (Apr., 1949): pp.124–140.

Brower, Reuben Arthur, "Dryden's Epic Manner and Virgil." *PMLA*, Vol.55, No.1 (Mar., 1940): pp.119–138.

Bundy, Elroy, L. , "The Quarrel between Kallimachos and Apollonios Part I: The Epilogue of Kallimachos's Hymn to Apollo." *California Studies in Classical Antiquity*, Vol.5 (1972): pp.39–94.

Butler, George F. , "Satan and Briareos in Vida's Christiad and Milton's Paradise Lost." *ANQ: A Quarterly Journal of Short Articles, Notes, and Reviews*, Vol.20, No.2, (Spring, 2007): pp.11–16.

Conte, G. B. , "A Humorous Recusatio: On Propertius 3. 5." *The Classical Quarterly*, Vol.50, No.1 (2000): pp.307–310.

Cotterill, Anne, "The Politics and Aesthetics of Digression: Dryden's Discourse Concerning the Original and Progress of Satire." *Studies in Philology*, Vol.91, No.4 (Fall, 1994), pp.464–476.

Cox, John D. , "Renaissance Power and Stuart Dramaturgy: Shakespeare, Milton, Dryden". *Comparative Drama*, Vol. 22, No. 4 (Winter, 1988—1989), pp.323–358.

Dessen, Cynthia S. , "An Eighteenth-Century Imitation of Persius, Satire I." *Texas Studies in Literature and Language*, Vol.20, No.3 (Fall, 1978): pp.433–456.

Ellis, F.H. , "'Legends no Histories' Part the Second: The Ending of 'Absalom and Achitophel'." *Modern Philology*, Vol.85, No.4, From "Restoration to Revision: Essays in Honor of Gwin J.Kolb and Edward W. Rosenheim" (May, 1988): pp.393–407.

Freedman, Morris, "Dryden's 'Memorable Visit' to Milton." *Huntington Library Quarterly*, XVIII (1955): pp.99–108.

Frost, William, "Dryden and 'Satire'." *Studies in English Literature*, 1500—1900, Vol.11, No.3, (Summer 1971): pp.401–416.

"Dryden's Virgil". *Comparative Literature*, Vol.36, No.3 (Summer, 1984): pp.193-208.

Griffin, D., "The Ending of 'Absalom and Achitophel.'" *Philological Quarterly*, Vol.57, No.3 (summer, 1978): pp.359-382.

Greudenburg, Kirk, "Recusatio as Political Theatre: Horace's Letter to Augustus." *Journal of Roman Studies*, Vol.104 (November 2014): pp.105-132.

Hardison, O.B., "Blank Verse before Milton." *Studies in Philology*, 81, 3, (Summer 1984): pp.253-274.

Hayman, John, "Raillery in Restoration Satire." *Huntington Library Quarterly*, Vol.31, No.2 (Feb.1968): 207-214.

Hendrickson, G.L., "Satura-The Genesis of a Literary Form." *Classical Philology*, Vol.6, No.2 (Apr., 1911): pp.129-143.

Hume, R.D., "'Satire' in the Reign of Charles II." *Modern Philology*, Vol.102, No.3 (February, 2005): pp.332-371.

Ingersoll, J.W.D., "Roman Satire: Its Early Name?" *Classical Philology*, Vol.7, No.1 (Jan., 1912): pp.59-65.

Jones, W.R., "'Say They Are Saints Although That Saints They Show Not': John Weever's 1599 Epigrams to Marston, Jonson, and Shakespeare." *The Huntington Library Quarterly*, Vol.73, No.1, (2010): pp.83-98.

Kaminski, Thomas., "Edmund Waller's 'Easy' Style and the Heroic Couplet." *SEL Studies in English Literature* 1500—1900, Vol.55, No.1, (Winter, 2015): pp.95-123.

Keane, C., "The Critical Contexts of Satiric Discourse." *Classical and Modern Literature*, Vol.22, No.2 (2002): pp.7-31.

Medine, P. E., "Issac Casaubon's Prolegomena to the Satires of Persius: An Introduction, Text, and Translation." *English Literary Renaissance* 6, (March 1976): pp.271-277.

Mukherjee, N., "Thomas Drant's Rewriting of Horace." *Studies in*

English Literature, 1500—1900, Vol.40, No.1, *The English Renaissance* (Winter, 2000): pp.1-20.

Parsons, A.E., "The English Heroic Play." *The Modern Language Reivew*, Vol.33, No.1 (Jan., 1938): pp.118-119.

Piper, William Bowman, "The Inception of the Closed Heroic Couplet." *Modern Philology*, Vol.66, No.4 (May, 1969): pp.306-321.

Poston, Mervyn L., "The Origin of the English Heroic Play." *The Modern Language Review*, Vol.16, No.1 (Jan., 1921): pp.18-22.

Race, William H., "Odes 1.20: An Horatian Recusatio." *California Studies in Classical Antiquity*, Vol. 11, No. 1 (Jan., 1979): pp. 179-196.

Randolphy, M. C., "The Structural Design of the Formal Verse Satire", *Philological Quarterly*, Vol.21, (Jan., 1942): pp.368-384.

Stocker, Margarita, "Political Allusion in The Rehearsal".*Philological Quarterly*, Vol.67, No.1 (Winter, 1988): pp.11-35.

Thompson, Elbert N. S., "The Octosyllabic Couplet." *Philological Quarterly*, 18, (Jan 1, 1939): pp.257-268.

Wood, Henry, "Beginnings of the 'Classical' Heroic Couplet in England." *The American Journal of Philology*, Vol.11, No.1 (1890): pp.127-134.

Syed, Afshan, Dr.Saxena, M.C., "Dryden as the Father of English Criticism", *European Journal of English Language and Literature Studies*, Vol.2, No.4 (December, 2014), pp.48-53.

学位论文

Currell, D.A., *Epic Satire: Structures of Heroic Mockery in Early Modern English Literature*.New Haven: Yale University, 2012.

Ellis, A. M., *Horace and Dryden*. Iowa: State University of Iowa, 1922.

Grace, Paul J., *John Dryden's Theory of Satire and its Practice in his*

Chief Satiric Poems. Washington: Catholic University of America, 1954.

Harris, K.M., *John Dryden: Augustan Satirist*. Michigan: Emory University, 1968.

Williams, R.C., *The Theory of the Heroic Epic in Italian Criticism of the Sixteenth Century*. Baltimore: The Johns Hopkins University, 1917.

Archer, Stanley L., *John Dryden and the Earl of Dorset*. Mississippi: University of Mississippi, 1965. Skinner, L. James. *William Cowper's Use of the Heroic Couplet*. Michigan: University of Arkansas, 1965.